刑事科学技术室
痕迹检验师

九滴水

著

无间行者

尸案调查科 ③

刑事科学技术室
痕迹检验师

九滴水

著

湖南文艺出版社
HUNAN LITERATURE AND ART PUBLISHING HOUSE

博集天卷
CS-BOOKY

初版自序

不知不觉，"尸案调查科"这个系列已经被我写到了第三季，随着读者群的增多，接踵而来的问题也越来越多。

"你真的是警察吗？"

"这些案件是真实发生的吗？"

这是读者在我微博私信里问得最多的两个问题。

关于我的身份，我已在第一季的序中表露无遗，对于第二个问题，我后面想说的话里会有一个答案。

从上高中时，我就是一个书虫，我几乎啃完了市面上所有我喜欢看的小说。多年以后，当我提起笔去书写自己的故事时，才发现我对"小说"二字的概念十分模糊。很多人在闲暇之时都在讨论××小说精彩绝伦，但"小说"的真正概念又是什么，到底又有多少人了解？

"小说"在《新华词典》上解释为"以刻画人物形象为中心，通过完整的故事情节和具体环境描写广泛地反映社会生活"的文学体裁。

字面上的意思再好理解不过，既然一本书被人们称为"小说"，那它从根本上最起码要能折射出社会生活的某个方面。而作为刑侦类小说，它的立足点至少要尊重警察的实际工作。在我读过的刑侦小说中，很多名家都热衷于"大案"的描写，"大案"确实可以给人带来很强的感官冲击，但真正的"大案"素材又有多少？

从我2008年上班至今，在刑侦一线已经摸爬滚打了八年多，经我的手处理的案件最少也有几千件，但是"连环杀人""变态杀人"可以说是屈指可数，在这个信息飞速发展的时代，如果这样的案件在某地发生，估计在一夜之间便可以传遍全国，一旦有这样的"大案"发生，那肯定是全警联动实施抓捕。

凡是参与过办案的侦查员都知道，其实"大案"并不难破，而真正考验一个人办案能力的往往都是"小案"，所以在我的书中，多是一桩桩发生在身边的"小案"，我的目的就是让大家真切地感受到一桩案件从发案到侦破的全部过程，而这些"案件"在你们身边或许都曾发生过。

　　我的主业是警察，写作只是我的业余爱好，我不以此谋生。我个人认为，小说不是给读者展示精湛的写作手法，也不是勾勒出那些玄之又玄的故事，作为刑侦小说，它至少要能反映出客观真实的"刑侦体系"。在我国的公安队伍中，根本不缺"福尔摩斯"，"尸案调查科"系列，就是让大家能真实地感受到他们的存在。

　　往往发生案件时，大家都只能站在警戒圈外翘首观望，很多人都会好奇，警察究竟在案发现场做了些什么？而今天，我会用我的笔，把大家从"圈外"领进"圈内"看一看，一本书便是一张观影券，真实、精彩、刺激的罪案现场。

　　第三季即将拉开帷幕，请跟随我来吧！

再版感言

时间如白驹过隙，《尸案调查科3：无间行者》迎来了再版。其实有心的读者可能在阅读的时候就已发现，尸案的前三本，其实是一个主线故事的完结，我现在依稀记得，当初我在文末打上"全书完"三个字后，顿时有了一种："啊……终于写完了"的那种畅快。

这本书虽是在2016年6月出版，但完稿的时间却是在2015年年初，那时我还不到二十七周岁，正处在创作的激情期。工作或生活中的一个闪念，都能激发起我的创作灵感，所以当年我的写作速度非常快，快到编辑老师前一本书还没审完，后一本书就已全部完稿的夸张程度。可是，没有深入构思而进行的连续写作所带来的弊端，在我风头正盛的当年，是完全想不到的。

随着出版的图书越来越多，各种负面评论也随之而来，我才恍然意识到，一本书的呈现，不能仅仅只有案子，还要有人物，人物与人物之间还要产生情绪，而一个好的故事，永远是牵着人的情绪。读者看书，说白了，就是想在故事中体验到不一样的人生，从而感受不一样的情感，爱情小说也好，罪案小说也罢，题材只是一种形式，人性的成长才是所有故事的内核。

如果以我现在的写作水平再回过头去看《尸案调查科3：无间行者》，从文字的方面，它更像是一本办案手记，而从影视的角度，它只能被归结在"刑侦纪录片"的范畴。

在这本书里，我以"痕迹检验"为切入点，从"鉴证科学"的角度，详细的描述了七起刑事案件被抽丝剥茧的全过程，这个过程，也是我的一些老读者津津乐道的重点。

其实从某种意义上来说，也正是这些老读者的安利，才让这个系列又有了一次再版的可能。图书再版是对一个作者的肯定，而从一个写作者的角度来说，我的内心情绪也远比"喜悦"更加复杂。

因为心中存在困惑，我还曾和编辑老师以及挚友聊过，想把全文再从文学性的角度再顺一遍，但令我感到意外的是，他们都委婉地否定了我的想法。

用挚友的话来说，一个成长型的作者，每一部作品其实都代表了他的某一个阶段，而在这个阶段中，作者无疑都是想竭尽所能把最好的故事呈现给读者，硬核的"刑侦纪录片"虽然文学性不足，但却满足了读者所追求的真实感；而具有文学性的电影或许会被更多人所接受，不过却也失去了原本属于作者的特色。俗语云：当局者迷。挚友的话，让我有了一种拨开迷雾见彩虹的畅快。

从2014年的提笔，到2015年的完结，再到2016年的出版，八年前，这本书经历了无数次的修改和校对，而八年后的再版，这个过程还要再来一遍，对于书中的一些瑕疵，我做了调整，但那些硬核的案子，我还是保留了它的原汁原味，正如挚友所说的那样，这本书，属于那个阶段下，我所能达到的水平，既然在文学性欠缺的前提下，仍可以顺利出版，那么只能说明一点，案子的精彩程度已弥补了其中的不足。

如果各位读者朋友想知道如何"抽丝剥茧"破大案、难案的全过程，那么这本书绝对不会让你失望。

九滴水　敬上

目 录 Contents

尸 案 调 查 科　无间行者

尸案调查科

第一案

七岁成人

无间行者

一

正当晌午，灼眼的日光铺满了张圩村的每个角落，目视四方，一片生机盎然的景象。村屋烟囱里飘出的炊烟袅袅上升，空气中到处弥漫着令人垂涎的味道。

村西头，一户人家的茅草厨房内，老汉正抽着旱烟目不转睛地盯着在灶台前忙碌的老妇。

当啷，当啷，老妇手持一把长把的铁锅铲，快速地翻动着锅里的青椒茄丝。

"老头子，添点火。"

老汉麻利地闷灭烟窝，把烟杆在鞋底上使劲地敲了敲，接着几步走到灶台旁蹲下身子，只见他左手使劲地拉了两下风箱①，右手熟练地从身后的柴火堆里抓了一把晒干的玉米芯塞了进去。呼哧，呼哧，随着风箱的来回抽动，炉火越烧越旺。

_____

① 农村灶台旁鼓风用的一种器具。

"行了，我一会儿把菜起锅，煮点米粥，蒸几个白面馒头咱就开饭。"

"多蒸两个馒头，我回头给芳儿他们娘俩送去。"老汉丢下风箱，抓起烟杆起身说道。

"啥？你说啥？"

"我说给芳儿他们娘俩送一点去，怪可怜的。"老汉从腰间抽出火柴擦了擦，随着刺啦一声响，火柴棒被点燃。

正当老汉把火苗送入烟锅时，老妇一把夺了过来，扔在地上使劲地踩了踩。

"你干啥？"

"我干啥？老张啊老张，我还真看不出你有这么多花花肠子，一个寡妇带个娃，你天天寻思着给人送吃送穿，我看你是心疼人吧？"老妇把手中盛菜的铁盆使劲往锅台上一摔。

"你这个疯婆子，喊什么喊？"

"好哇，老张，我天天给你洗衣做饭，你现在为了一个外人骂我是疯婆子。"

"两个馒头能值几个钱？吃你身上一块肉了？"

"对，一顿是吃不了几个钱，你是不是自己都不记得去送过几次了？我现在就去打电话给儿子，让他评评理，这日子还能不能过了！"

老妇刚想往外冲，被老汉用身体给挡了回去。

"怎么？理亏了？你跟那个寡妇到底有啥？"

"你呀，你这辈子就只能种地。"

"哟，你还有理了是不是？你别拦着我，我现在就打电话去。"

"你这臭脾气，说翻脸就翻脸。"

"你——"

"别吵吵，"老汉仿佛做了极大的妥协，不想再争论下去，他把老妇拉到一边，悄悄把头伸向门外，神秘地环顾了一下四周，故意压低声音，"进堂屋说。"

"进屋说啥？"

"进屋你就知道了。"老汉一把攥住她的手腕，连拖带拽地把她拉进了堂屋。

"你到底要说啥？"

"我跟你说，芳儿快不行了。"

"啥？你说啥？她不才三十多岁吗？"

"我前几天去给他们娘俩送饭时，亲耳听芳儿自己说的。说是啥并发症，没钱治，只能等死。"

"真的？"

"那还能有假？"

"都快死了，你还给她送啥饭？"老妇撇撇嘴。

"说你个老娘们啥也不懂，你还跟我犟。"

"那你啥意思？"

"你也不想想，芳儿家里不就她跟庆生娘俩吗？这芳儿一走，庆生这孩子不就是一个孤儿了吗？"

"咋？难不成你还要领养？"

"养，咋不养！"

"敢！家里就这么一点地，马上老四家娃出生，咱都没钱养小孙子，你还想领养人家的孩子，你脑子被驴踢了吧？"老妇用手指使劲地戳了一下老汉的太阳穴。

"种地，种地，你就知道种地，我天天让你看电视里的致富经，你都学的啥？！"

"种地咋了？我种地不照样供养了四个娃？"

"行了，行了，我不跟你争，你就是那个啥……那个词咋说来着……"

老妇已经顾不上跟老汉抬杠，开始在屋里收拾桌椅，准备开饭。

"对，鼠目寸光……"老汉绞尽脑汁想出了一个成语。

"你才是耗子呢，起开，我去端菜。"

"别急，别急，我正事还没说完呢！"

"那你快说！"

"我跟你说……"老汉把嘴巴凑到了她的耳朵边。

"快说啊！"

"我经常去给芳儿他们娘俩送饭，这村里人都看见了。"

"你还要不要脸？给寡妇送饭，你还觉得光宗耀祖了？你也不怕同村的戳你脊梁骨！"

"你给我小点声！"老汉一把捂住老妇的嘴巴。

"唔……唔……唔……"

老汉趁着这个工夫赶忙说道："前天晚上我请了村主任一顿酒，告诉他我想领养庆生，他一喝尽兴就答应了。"

"唔……唔……唔……"老妇听到这儿，双手在空中乱抓乱挠，嘴巴里的声响越来越大。

老汉根本不管她怎么张牙舞爪，接着说道："芳儿一死，我把庆生带过来，那他们家的宅基地应该归谁？"

老妇眼睛忽然一亮："那肯定是归咱们家啊。"

"你看是不是这个理：我天天给芳儿送饭，村里人都知道，我领养庆生也是天经地义，村里绝对没人会说啥。"

"对，是这个理。"

"咱们家的菜地跟芳儿家的宅基地连在一起，如果我们能把他们家的宅基地弄到手，把里面拾掇拾掇，那个大院子能喂几十头猪。"

"几十头，那么多？"

"到时候，咱们把两块菜地都种上苦菜，这样猪饲料就有了。你别看庆生那孩子只有六七岁，这几年全靠他捡破烂养活芳儿，这孩子很能干活。"

"你的意思是……"老妇的脸上已经多云转晴，笑嘻嘻地看着老汉。

"对，咱把庆生领过来，只需每天给他口吃的，让他给咱喂猪、干杂活，你说值不值？这他娘的就是天上掉馅饼的事，你还拦着我。"

老妇听到这儿，笑得花枝乱颤："我说老头子，我跟你几十年，怎么没发现你肚子里这么多坏水？"

"你这话说的，谁还能嫌钱烫手。"

老妇笑而不语，推开了木门。

"你干啥去？"

"我给你孙子盛饭去！"

"这老婆娘！"老汉笑眯眯地叼起了烟杆。

"亲家母，你坐下，咱俩说说心里话，亲家母咱都坐下呀，咱们随便拉一拉……"老汉左手端着饭碗，嘴里哼着豫剧《朝阳沟》里的经典唱段，右手在空中比画着，晃晃悠悠地出了门。

"晌午吃过了？"老汉对着在墙根下唠嗑的村民们招呼了一声。

"吃了，你这是干啥去？"

"哦，我去给芳儿他们娘俩送个饭，怪可怜的。"

"要不说人都夸你是菩萨心肠呢！"其中一名村民用牙签剔了剔牙齿上的韭菜末，对着老汉竖起大拇指。

"都一个村，咱这儿富余一点，就帮衬帮衬。走着。"

"哎，走好！"

老汉一走，村民们就开始交头接耳起来。这哪能逃过他的耳朵？听着村民们的议论，老汉心里那叫一个美，这正是他想要的。

他的步子越来越轻盈，也就三五口旱烟的工夫，便来到了村南头的一家院门前。

汪汪汪，院子的双开红大门虚掩着，院内传来阵阵犬吠声。

"叫什么叫！"老汉推开了大门。

汪汪汪，院子里的大黄狗失心疯般，对着老汉狂吠。

"你妈的！"老汉捡起一块石头猛地朝黄狗砸去，院子内顿时传来嗷嗷的惨叫声。

"庆生，芳儿，我给你们娘俩送饭来了。"老汉站在院子当中扫视了一圈，扯着嗓子喊道。

见无人应答，老汉又喊了两声："庆生！庆生！"

"这小子不会又捡破烂去了吧？"

他走到门前，小心翼翼地推开那扇摇摇欲坠的木板门："芳儿？"

吱呀的开门声显得那么诡异。

墙上几扇窗户的玻璃早就没了踪影，为了防止屋内灌风，窗子原本安玻璃的地方，糊上了厚厚的报纸。所以虽然屋外阳光明媚，屋内却一片昏暗。

"芳儿！"老汉推门走进了屋内。

"什么味？"他本能地捏了捏鼻子。

随着房门被完全地推开，倾斜的光柱照在了屋内仅有的一张土床上。

当啷！老汉左手的饭碗掉在地上摔成了两半，还冒着热气的饭菜打翻在地。

他惊得一屁股坐在地上，双腿不听使唤地抖了起来。

"杀……杀……杀人啦……"

二

"司元龙，你换衣服能不能关门！"叶茜一把推开办公室的木门，冲我扯着嗓子喊道。

我被这突如其来的一声尖叫，惊得着实不轻。

"知道我在换衣服，你还看！"

"啧啧啧……你最近身材保持得不错嘛！"叶茜一脸坏笑地帮我带上房门。

按理说，今年叶茜就应该转正了，可悲剧的是，她的实习期还要往后顺延。按照领导的说法，她还要以实习生的身份在科室再待上一年。

究其原因，还要归结于去年我们破获的"鲍黑贩毒集团"案。本来这个案件是一个皆大欢喜的结局，可叶茜主动提出，她虽然并不知道丹青在背后做了些什么，但她还是有些意气用事，她觉得刑警是一个不容许出现错误的职业，在她自己觉得还没有达到能够出师的前提下，她感觉还需要在科室再待上一段时间，培养证据意识。她这话说的是一点毛病都没有，可是一想到她还要继续跟我一个办公室，我这头皮都发麻起来，实不相瞒，我是真想耳根子清静清静。

砰！我正要提裤子时，房门突然打开了。"我还没换好，你怎么又开门？"

"什么又开门？"不是叶茜的声音。

我抬头一看："磊哥，啥情况？"

"赶紧的，你别想着出门了，发命案了！"

"啥？在哪里？"

"市西郊，张圩村，我在楼下等你们，抓紧时间。"

我三下五除二把原本换下来的警裤又重新套上，叶茜也在这个时候穿好制服站在房门前。来不及吃午饭的我们，坐着那辆装满设备的现场勘查车，朝案发现场驶去。

云汐市西郊因多山、资源稀少、道路不便等，导致那里的经济相当落后，周围六个村落的经济来源基本上都是"靠天收"。和别的市一样，落后地区的青壮年基本都外出务工贴补家用，村中的居民多是老人和孩子。也正是这个原因，那里的发案率极低，平时有个盗窃案件就算是顶天了，发命案那是想都不敢想的事。

前后花了近两个小时，我们才驶入案发的村落。还没下车，透过车窗便能看到村南头的一座院子门口被围得严严实实。村民们一个个抻着脖子站在警戒圈外向院子内望去。很显然，那里便是案发现场。

"徐大队。"明哥朝着不远处的一个身影喊了一句。

"哎呀，冷主任，你们终于来了。"刚才还挂满愁容的徐大队，一见到我们顿时轻松了不少。

"什么情况？"明哥开门见山。

徐大队翻开笔记本，熟练地介绍道："死者名叫李芳，女，三十一岁，就住在那个院子里。"

顺着徐大队手指的方向，我们又一次朝案发现场看了一眼。

"根据我们的初步调查，李芳的丈夫张丛宝几年前坠河溺水死亡，李芳的父母和张丛宝的父母也相继去世，家里只剩下李芳和她的独子张庆生。现在的情况是，李芳被人杀害，张庆生下落不明。"

"行，那我们先进去看看现场再说。"

"好。"徐大队亲自领路，把换上勘查服的我们送进了警戒圈。

现场是一个坐南朝北的院子，院门是两扇锈迹斑斑的铁门，铁门上没有任何的锁具，院墙也就是一圈象征性的土坯墙，力气大的人一脚便可以踹倒。

站在门前的我已经做好了最坏的打算，我拿出勘查灯，开始了第一步的处理。几分钟后，我轻叹了一口气，无奈地放下了手中的工具，结果不容乐观。

人之所以会在接触物体上留下手印，多半还是因为手指汗腺分泌的汗液，像案发现场这种布满锈迹的铁门，人手在接触时，汗液会吸附这些细小的颗粒，颗粒堵塞指纹缝隙，使得指纹无法完全遗留在客体上。人们在生活中都接触过生锈严重的物品，通常的结果是整个手掌沾满铁锈，这正是手指汗液吸附造成的。

其他人站在门口，目不转睛地看着我的一举一动。我还没来得及转身告知他们结果，明哥已经帮我推开院子大门，示意我开始第二步客体处理——院子地面。几年的磨合，这是一种心照不宣的默契。

这里比我想象中要整洁许多，院子内并没有摆放很多东西。靠近院子的西边，整齐地码放着一排排啤酒瓶，目测有上百个之多；院子的东边是一个用红蓝塑料雨布搭建起来的狗窝，一只黄狗正趴卧在地上，用惊恐的眼神直勾勾地盯着我。它或许是这起案件最直接的目击者。

院子地面上的脚印很清晰，不用耗费太长的时间。二十分钟后，我深吸一口气，站在了中心现场，也就是这座院子的堂屋门外。

破旧的木门随着阵阵微风吹过，发出吱呀吱呀的声响。我用戴着手套的右手捏了一下木门的边角，稍稍一用力，木屑在我指尖上变成面粉般的碎末。木门早已腐朽不堪，和布满锈迹的铁门一样，这里也留不下指纹。

虽然已经有了一个初步的判断，但我还是抱着一丝希望开始了处理工作。随着指纹刷的几次挥动，我心中最后一点残念也烟消云散。胖磊在我身边架好相机蓄势待发，我俩相视一眼之后，轻轻地推开木门，昏暗的屋内也因为这一米阳光变得亮堂起来。

云汐市李芳被故意杀害案书案现场示意图

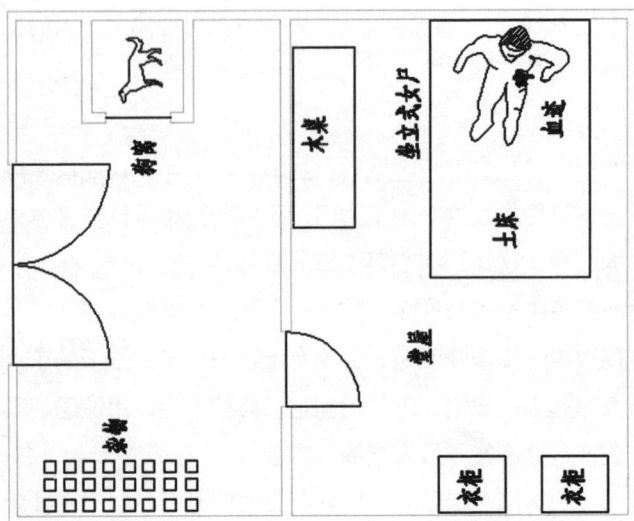

制图单位	云汐市公安局刑事科学技术室
制图人	司元龙

还没来得及观察屋内的家居摆设，一股潮湿的血腥味肆意地蹂躏我的鼻子，我很不适应地转过头换了口气，这才定睛朝屋内望去。

三

一贫如洗，是我脑海中出现的第一个词语。整个堂屋最多三十平方米，两个老旧的衣柜，一张布满油污的小方桌外加一张土床，便是全部家当。

房屋的墙面上已经出现了一指多宽的裂纹，白色墙皮早就不见踪影，一块块红色方砖裸露在外。屋内地面也是泥土地，和屋外唯一的区别，就是这里要稍微平整一些。

"小龙，有没有难度？"胖磊站在我身边关心地问道。

闻言，我稍微集中了一下注意力。

虽然胖磊的领域是刑事照相，但也是身经百战的专家级技术员，他之所以这么问，主要是因为他知道这种泥土地面是最难处理的客体。

我们在一般室内提取的足迹大多是灰尘足迹，这种足迹在瓷砖、木地板等光滑的客体上可以形成很好的反差，用强光一打便清晰可见。可室内泥土地面处理起来就没有那么简单了，因为地面本身就布满了大量同颜色的细小灰尘，鞋子踩上去形成的鞋印容易模糊，这就好比把一个红色物体扔进红色的油漆桶内，然后让你辨认，绝对会让你傻傻分不清楚。

我看着光溜溜的地面，除了一碗打翻在地上的青椒茄丝和两个馒头外，根本看不清一点足迹的影子。

"磊哥，关门，我要在暗室里观察一下。"常年侦查命案的经验告诉我：作为刑事技术员，一定要有良好的心理素质以及抽丝剥茧的执念，屋内那条被残害的生命还在等人为其申冤，我不能有一丝的懈怠。于是我在最短的时间内把自己调整到了最佳状态。

将近半个小时过去了，我对胖磊做了一个"OK"的手势，屋内闪光灯几次爆闪后，我把其他三人喊了进来。

明哥习惯性地拉了拉乳胶手套，直接来到死者的床前。

这是一张长两米、宽一米半的土床，它与炕的区别在于，炕下面的炕洞可以烧火取暖，而这种土床则没有这样的功能，它只是用黄土掺石块垒起来的立方体。因为造价低廉，这种床在我们这边经济极为落后的农村几乎家家都有。

此时的死者佝偻着身子，头部下垂靠在床头，一头乌黑的披肩长发挡住了她的面貌，凝固成块状的暗红色血液布满了死者整个左胸，她双腿掩在盖被之中，血肉模糊的双手搭在床边，垫被破损露出的棉絮吸满了暗红色的鲜血。虽然她已经没了声息，但我总有一种她会随时站起来的错觉。

"双手锐器伤？"明哥有些疑问。

"死者有过抵抗？"叶茜在一旁插了一句。

根据刑警队的调查，李芳因病常年卧床不起，从她左胸口的血液分布来看，嫌疑人的杀人方式应该是用锐器刺入其心脏，人在面临死亡的时候会有本能的反抗行为，最直接的就是用双手抓住刀刃，所以形成这种抵抗伤也属正常情况。

明哥没有说话，而是仔细地观察着死者的双手，从他紧锁的眉头来看，好像并没有那么简单。几分钟后，明哥掀开了死者单薄的上衣，一个"I"形状的锐器伤口出现在了我们的面前。

"心脏锐器穿刺伤，一刀毙命。"

"屋内有明显的翻动痕迹，嫌疑人会不会是入室抢劫杀人？"我结合我勘查的情况给出了一个结论。

明哥并没有回答我，表情变得越来越难看。

"难道不是？"我没了底气。

"不是这个问题，我发现了一些疑点。"

"疑点？"

"对，从致命伤上分析，嫌疑人应该是一刀致命，而且速度相当快。你们再看看死者的双手。"说着，明哥用力掰开了那双挂着血痕的青紫色双手。一条条划入肌肉的线条状锐器伤凌乱地布满了死者两只手掌。

"刚才叶茜推测得没错，死者双手上的伤口是抵抗伤，而通过致命伤创口我可以肯定，嫌疑人是一刀致命，就算死者双手曾握住刀刃，在她双手上应该也只会形成一至两条抵抗伤才是，根本不会形成这种错综复杂的伤口。"

"会不会死者跟嫌疑人之间发生了激烈的抢夺？"我脑补了一下当时的情景。

明哥很不确信地摇了摇头，接着他拿出直尺示意我抓住，用它来还原当时的情景。

"死者被害前端坐于床前，也就是说她很清醒，从死者双手锐器伤口的深度来看，死者当时握住刀刃所用的力量很大。"

"嗯。"我们都认同地点了点头。

"如果是这种情况，那每一次抓握形成的伤口，最多只有一至两条，且方向一致，这才符合常理。但你们看看死者的双手，不同方向的锐器伤口有三条以上，也就是说，死者和嫌疑人之间有过多次争夺，如果嫌疑人速度够快，死者不会有这么多次的机会接触刀刃。"

"你是说嫌疑人在杀人前曾经犹豫过，所以才放慢了速度？"我好像明白了明哥想要表达的意思。

"小龙，你在勘查的时候有没有发现室内有财物损失？"

"不确定，但是屋内的抽屉被翻动过。"

"被翻动过？"

"对。"接着我翻开了我的勘验笔录本，"屋子西边墙角的衣柜内有浮灰断层的现象，并且我在柜子抽屉上提取到了三根并联的指节印记，如果这手印是嫌疑人的，那他可能从抽屉中拿走了某样东西。"

"如果真是入室抢劫，死者李芳常年卧床不起，根本没有任何反抗的能力，那他为什么要杀人灭口？"叶茜有些不解。

"会不会是熟人作案，死者跟嫌疑人熟识，嫌疑人在侵财的过程中行迹败露，他才杀人灭口？"我提出了另外一种假设。

"你觉得死者家里这种状况能有什么值钱的东西？"胖磊补了一句。

"那只有一种可能。他要的是命，不是财！"

"目前只有这个可能。"明哥很肯定地点了点头。

"仇杀？情杀？还是……"叶茜开始漫无边际地推测。

"暂时无法确定，先把现场勘查完再说。"明哥说完用手抬起了死者的头颅。

"啊！"这一举动，把叶茜惊吓得喊出声来。

死者的嘴角竟然挂着一抹微笑。

四

当技术室的所有人都沉浸在案件侦破工作中时，谁也没有想到，恶魔正一步一步慢慢向他们靠近。傍晚，云汐市南端一间再普通不过的民房内，一个皮肤黝黑的中年男子双手合十，跪在金黄色的蒲团之上，虔诚地注视着一张挂在墙壁上的彩色画。

画中赫然挺立着一只面目狰狞的凶兽，它的两只獠牙有如弯钩，仿似麒麟的藏青色身躯上长满了细长的绒毛，最让人不寒而栗的，还是它额头上那七只呈弧线形分布的血红眼珠。

中年男子喃喃自语，好像负荆的罪人正在痛心悔过。

几次跪拜之后，男子缓缓地闭上了双眼，胸腔很有节奏地上下起浮，他努力地调整自己的呼吸。

忽然，他的眼睛再次睁开，目光中闪动的虔诚不见踪影，此时双目中充满的却是那种看破生死的诀别。

男子双拳紧握，发出咯咯的声响，是愤怒，是怨恨，是不甘。

他双脚用力蹬地，靠蛮力使自己稳稳地站了起来。

环顾四周，他望见了屋外那几个扎满银针的巫毒娃娃。

怒火，再一次燃烧；恨，已经到了一个极致。他再也无法控制自己，像一只咆哮的狮子，扑向面前的藤椅。一支带着强烈金属质感的手枪被他牢牢地抓在手中。

乒，乒，乒，乒，乒……

瞬间，娃娃的头颅全部被一枪击碎。

由于子弹的冲击力，原本贴在娃娃身上的黄纸应声而落。

夕阳的余晖照亮了黄纸上的墨迹，五个人的名字隐约显现了出来：

冷启明、陈国贤、焦磊、司元龙、叶茜。

五

根据现场推断，死者的致命伤只有一处，解剖并没有发现什么重要的线索。明哥那里没有头绪，老贤也是一样。案发现场又是在农村，连条像样的路都没有，更别提什么监控设备，所以胖磊那里也是"两手空空，一身轻松"。现在砝码全部压在了我一个人的身上，可想而知，我现在的担子有多么重。

嘀嘀嘀，痕迹检验室的仪器被我打开了。叶茜像跟屁虫一样站在我的身后。

"小龙，你在现场有没有发现？"

"有！"

"能不能破案？"

"不知道！"

"你现在准备干啥？"

"哎呀，姑奶奶，您真不愧是警校'武当'出身的女汉子，这体力就是好，您在这儿叽叽喳喳，我还要不要做实验了？"

"啥？实验？"叶茜顿时来了精神。

"对，实验！"

"到底什么实验？"叶茜不厌其烦地又问了一遍。

这时，我从电脑中调出了一张还热乎的数码照片。

"这是……？"

"我在现场提取的并联指印的照片。"

叶茜眯着眼睛使劲瞅了瞅："这一点指纹纹线都看不见，怎么比对？"

"没有纹线我也照样有办法！"

"什么办法？"叶茜看我一副胸有成竹的样子，准备打破砂锅问到底。

她的脾气我最了解，所以我只能耐心解释道："你有没有发现，成年人不管身体胖到什么程度，脂肪厚度有多大变化，这手指的粗细变化得并不是很明显。"

叶茜伸出双手，在一起比较了一下，接着又偷瞄了一眼我的手指："好像是啊！"

"这就可以当作一个判断的依据。"

"依据？"

"对。"

"这说白了就是三根手指指节并在一起的照片，还那么模糊，能分析出结果来？"叶茜似信非信。

我微微一笑解释道："这还要从人手的生长过程来说。"

"啥意思？"

"儿童和青少年时期是人生长发育的重要阶段，人体骨骼的成骨细胞和破骨细胞在这个阶段会表现的极为活跃。这会使得骨骼由细到粗，由短变长。同样，指节的生长也遵循这一规律。而骨骼的生长基本完成于十六七岁，止于二十三岁前后，也就是说，像我们这么大的人，手指基本上已经发育完全，能够形成稳定的特征，既然特征趋于稳定，那就一定有规律可循。"

"你接下来的实验，就是找出这里面的规律？"

"对。"

"我们刑警队在调查的过程中反馈回来信息，同村的张云福经常去给死者送饭，咱们掌握的这三根手指节印会不会是他留下的？"叶茜也说出了我的疑虑。

"从新鲜程度上来分析，指纹的遗留时间不会超过五天。按照正常人的记忆力，五天以内的事情，只要他刻意做过，应该可以清晰地回忆起来。"

"你准备亲自问问这个张云福？"

我低头看了看手表："对，明哥、胖磊以及老贤那里，基本上没有任何有价值的线索，所以我这边必须全力以赴，否则这个案件可能就黄了。"

"嗯！"叶茜表情凝重地点了点头。

"如果顺利的话，明早就应该有结果。你让刑警队的人通知张云福明天早上八点来科室，等我的分析结果出来，也好有个抓手。"

"要不要我帮忙？"

"不用，基本上靠仪器就可以完成。"

"那……那你……"

因为案件紧迫，现在李芳死了，她的儿子张庆生下落不明，我所有的心思都放在了案件上，所以叶茜话还没有说完，我便低头开始观察从现场提取的痕迹。

"多……多……多注意点身体。"叶茜忸怩地说完这句话，轻轻地退出了检验室。

作为刑事技术警察，我们和其他的警种有着本质的区别，在外我们有个文雅的称号叫"警队中的科学家"。对每一名技术警来说，要想提升自己的能力，最简单快捷的办法就是参加全国的培训班，听取学科泰斗分享最为精华的实战经验。就在侦破"鲍黑贩毒集团"案之后，明哥几乎拿出了科室所有经费，给我开启了最为充实的学习之旅。就好比玩网络游戏打怪升级，我这人物的经验条唰唰地往上涨，拦都拦不住。

有句话怎么说来着？"在科学的海洋里遨游。"整整十一个小时，就这样不知不觉被我"遨游"了过去。

吱呀！检验室的门被推开了，室外强烈的阳光刺得我睁不开眼睛。当我眼前还是一片漆黑的时候，我的鼻子却得到了极大的享受。

"豆浆、油条。"是叶茜的声音。

我揉了揉眼睛，看着叶茜因疲惫而有些发红的眼睛："你昨天晚上没有回家？"

"没有。"叶茜轻轻地摇了摇头。

"那你在单位干吗？"

"该干吗干吗。你赶紧把饭吃了，都凉了。"叶茜忽然把东西往实验台上一放，转身就要离开。

"怎么说翻脸就翻脸！"我小声嘟囔了一句。

"张云福我给你喊来了，在明哥办公室呢！"

经过一夜的挑灯夜战，我总算得出了一个大致的结论。当然，有些结果还需要排除，所以一听到张云福的名字，我立刻动手把那几根明显是刚出锅的油条，拼命往嘴巴里塞。

半小时后，我手里拿着一沓厚厚的报告走进了明哥的办公室。此时胖磊和老贤已经坐在屋里抽起烟卷来，从桌面上快要堆满的烟灰缸不难看出，他们早已等待多时。

三双布满血丝的眼睛告诉我，他们同样彻夜未眠。

明哥抬头用询问的目光看了看我。

"有点头绪！"我读懂了他的意思。

"真的？"老贤和胖磊异口同声。

"行，张云福你来问！"还没等我回答，明哥主动给我让出了座位，但脸上读不出任何表情。

在我们科室，不管是询问证人还是讯问犯罪嫌疑人，从来都是明哥的活，他这么一说，我有些慌神。

明哥甩给我一支烟卷："我们三个和叶茜那边暂时没有什么新的进展，你结合你掌握的情况询问就行了，我会在一旁给你做补充。"

"该来的总会来的，小龙！"胖磊给我一个鼓励的眼神。

六

我点燃烟卷，深吸一口，慢慢地吐出。当烟卷烧到一半时，我有些忐忑地坐在了明哥的木椅上。叶茜见状，迅速坐在我身边，打开了笔录软件，双手准备敲击键盘。

一切准备好之后，我冲她点了点头，接着把目光转移到坐在软椅上的张云福身上。

　　"张云福。"因为我暂时还没有捋清楚从哪里开始询问，所以便喊了他的名字，好让他集中注意力。这也是菜鸟第一次询问惯用的招数。

　　听我这么一喊，张云福本来还弓着的身子，立刻直了起来："到！"

　　我边吸烟边打量坐在我对面的老汉，他年纪有六十五岁上下，因为是庄稼人，身体还很硬朗。现在正值春季，他很应景地穿了一身还算干净的春装：一件蓝色条纹大码西装，一条藏青色的西装裤，脚上套了一双锃光瓦亮的老式圆头皮鞋，裤脚边缘处，墨绿色的棉袜裸露在外，相当扎眼。

　　在别人眼里，他就是一个老实巴交的庄稼汉，可在我心中，他暂时还被列为嫌疑人，所以我对他并没有什么好态度。

　　我皱着眉头又从上到下打量了他一遍，最后把视线落在了他的脚上。

　　科室的其他人都屏气凝神，生怕打搅我，连一向跟我对着干的叶茜，也很识趣地在一旁没有发出任何的声响。

　　"屋里打翻的那碗饭是你送的？"我开始切入正题。

　　"对！"张云福可能感觉到了我的态度并不是很友善，恭恭敬敬地回答道。

　　"你对死者的家庭情况是否了解？"

　　"啥叫家庭情况？"张云福一愣。

　　"就是她家里的情况。"由于一夜未眠，我有些不耐烦。

　　"我们是一个村子的，多少知道一点。"

　　"什么叫多少知道一点？我们调查过，村子里只有你一个人给死者送过饭，你和死者的关系肯定不一般，把你知道的仔仔细细说出来，不要给自己找麻烦！"

　　他听出了我语气里警告的意味，战战兢兢地点点头。

　　看到他这种表情，我把手指缝中早已熄灭的烟头扔进烟灰缸，接着往椅背上一靠，长舒一口气："说吧！"

　　张云福抬头看了我一眼，停顿了几秒钟，开口说道："芳儿，哦不，是死者。"

"你就按照你的叫法说，没必要学我。"

"欸！"张云福点了点头接着说，"芳儿男人张丛宝跟我小儿子是一个辈分，我比丛宝他爹还大几岁，我们是堂兄弟，按照辈分，芳儿应该算我的侄媳妇。"

室内响起了噼里啪啦的打字声。

"丛宝和芳儿有个男娃，叫张庆生，今年虚岁七岁。庆生这孩子可是个苦命的娃！"张云福用手掌抹了一把他那张布满岁月痕迹的脸，有些忧伤地感叹了一句。

"怎么说？"

"这事还得从六年前庆生出生那会儿说起。"张云福换了一个姿势，"庆生刚出生，头一胎又是男娃，丛宝一家那叫一个高兴，光娃的满月酒在村里就摆了整整三天。可也就几个月的热闹劲，后来的事简直像撞了邪。"

"撞了邪？"

"你不知道，我侄儿丛宝长得那叫一个丑，连我儿一半都赶不上，家里又没啥钱，可芳儿却长得相当水灵，当时在我们村里，绝对算得上一枝花！你说，这么漂亮的黄花大闺女怎么会看上我那丑八怪侄儿？"

"难道里面有原因？"因为目前从我们掌握的情况来分析，不排除仇杀、情杀的可能性，所以一听到这儿，我们所有人的耳朵都竖了起来。

"有，怎么没有！"

"说说看。"

"芳儿娘家就在我们村三十里外的小李庄，听我们村的媒婆说，芳儿家的祖坟风水不好，克夫，芳儿她姐就把她男人活活给克死了。她家里这事，在十里八村都传开了，所以芳儿才找不到男人，也只有我那个侄儿不信邪，可到头来呢，年纪轻轻就给克死了。"

我本来以为是直接关系到破案的矛盾点，可听他说得越来越邪乎，我却越来越没有听下去的欲望。

"张丛宝具体是怎么死的？"明哥开口问了一句。

“哦，掉水塘里淹死的。”

“仔细说说！”我把问题接了过来。

“我记得应该是庆生五个月大的时候，丛宝带着娃去赶集，那天正好逢大集。”

“大集？”

“大集是我们自己的叫法。我们农村买东西可不像你们城市，去个超市啥都能买到。集市一个礼拜只有逢单才开张，礼拜一、三、五人少，我们叫小集；礼拜天是人最多的时候，我们叫大集，大集也是最热闹的一天。”

“嗯，你接着说。”

“丛宝这孩子啥都好，唯一一点，就是好赌，一到逢集就要赌两把。当年他把庆生放在背篓里，只顾自己押宝，等钱输光了才发现庆生不见了。”

“不见了？”

“对，被人拐跑了，卖到了山里。丛宝他爹妈因为这事害了心病，不到六十就走了。娃被拐的那两年，丛宝他们两口子天天哭成个泪人，地里的庄稼也荒了，塘里的鱼也不养了，一家人起早贪黑地找娃。就在娃被拐的第二年，丛宝因为身子虚，掉进水塘里淹死了，芳儿因为受不了打击一口气没上来，瘫在了床上。”

“后来呢？”

“娃被拐的时候，丛宝报了110。就在第三年，外地的公安竟然把庆生给送了回来，说是人抓到了。那个老拐子①还给芳儿赔了几万块钱。”

“那个拐卖庆生的人你认不认识？”

“生面孔，不是我们那边的人，听说好像住在集市附近，具体在哪里我也不清楚。”

“你们打过照面？”

“我没见过，我是听别人说的。”

“怎么说的？”

---

① 拐卖人口的嫌疑人。

"说这个老拐子也就三十岁上下，因为这事被判了五年大牢。"

"五年？"听到这个年限，我开始在心里盘算起来。

如果这名拐卖张庆生的嫌疑人因为被判刑而萌生怨念杀人，好像也能说得通。张庆生今年满打满算才六周岁，嫌疑人在其三岁的时候被抓获，也就是说，嫌疑人还剩下最多两年的刑期，不过，除非他有特别重大立功表现，否则不可能减刑两年出狱。换句话说，这名嫌疑人虽然有作案动机，但可能不具备作案时间。

几秒钟之后，我在纸上画了一个大大的问号。

"张庆生被解救回来的时候才三岁，李芳又瘫痪在床，这些年都是你资助他们？"听到这儿，我对他的态度有了很大的转变。

"不是，我也就是最近一段时间才断断续续给他们娘俩送饭的。"张云福回答得倒是诚恳。

"那家里没有劳动力，他们的生活来源是什么？"

"在我们农村，嫁出去的闺女就是泼出去的水，本不应该跟娘家有什么瓜葛，可芳儿他们娘俩实在是太可怜，庆生被送回来的时候，芳儿的娘就把他们娘俩接过去住了一年。可好景不长，她娘一脚没踩稳，后脑勺着地，把自己给摔死了。芳儿她多死得早，她的几个姊妹过得又不行，所以芳儿他们娘俩只得又回到了咱们村子。"

"难道是靠村里的人救助活着？"

"出了这事，芳儿被村里人说成扫把星，到哪儿哪儿死人，哪里还有人敢进她家的门？这两年，全靠庆生这孩子在外捡破烂换点吃的养活他娘。"

"那你为什么最近开始往他们家送吃的？"

"我……"张云福听我这么问，突然停顿了下来。

"嗯？"我用笔在纸上画了一个圈。

"我也是看他们娘俩怪可怜的。"张云福挺了挺腰杆子。

"那你前两年干吗去了？"

"前两年不也是怕村里人的风言风语吗？"

"为什么现在不怕了？"

"那时候我小儿子还没办事，我怕名声坏了，儿子不好找媳妇。现在我小孙子都快出世了，怕那些干×。"张云福爆了句粗口。

"行了，你接着往下说吧。"

"要说庆生这孩子真是太懂事了，每天天不亮就出门捡破烂，中午回来一趟给他娘端屎端尿，再弄点热乎的饭菜给他娘吃，下午还接着出去，一直到太阳落山才回来。不管刮风下雨，天天如此。"

"张庆生天天去哪里捡破烂？"因为目前他没有一点音讯，所以这个问题至关重要。

"三公里外的镇上，这附近也只有那里的垃圾桶里能捡到东西。"

"你去死者家中时，有没有触碰过死者家的物品？"

"物品？"

"有没有摸过她家的家具，从里面拿走过东西？"

张云福头摇得跟拨浪鼓似的："没有，没有，绝对没有！她家都那样了，还有什么东西能拿？"

"确定？"

张云福信誓旦旦地把右手举过了额头："我敢赌咒！"

"行，我相信你！你穿多大码的鞋？"

"四十一码。"

"你把左脚的鞋袜脱掉。"

"脱鞋子干啥？"张云福有些纳闷地看着我。

"哎呀，让你脱你就脱！"胖磊不耐烦地喊道。

"大嗓门就是催化剂"，胖磊这句堪称经典的口头禅，在这个时候那是相当好用。

张云福三下五除二拔掉皮鞋，拽掉棉袜，一股子酸臭味扑面而来。

"汗脚！"张云福有些尴尬地笑了笑。

我抬头瞄了一眼，很快便让他重新穿上。

"行，问题我基本问得差不多了。"

"那我是不是能走了？"张云福早就如坐针毡。

"你为什么要给李芳娘俩送饭，在这个问题上你说谎了。如果不说实话，你别想出这个门！"关键的问题已经问完，接下来就该拔掉这个老家伙的狐狸尾巴了。

"说谎？我……"

"到底是因为什么？"我猛地一拍桌子。

张云福惊恐地望着我，估计他心里也很纳闷，我是怎么看出来他在这个问题上撒了谎的？

"这是一起命案，我还是那句话，别给自己找麻烦！"我已经不是单纯地警告那么简单了。

张云福这次真的受到了惊吓，他哆哆嗦嗦地说道："几个月前，我在庄稼地里除草，看见庆生手里拿着麻袋，哭喊着朝我这边走来。我问他怎么了，他说他娘吃不下饭，病重了。我割完草就到芳儿那儿走了一趟，我看她脸白得就跟一张纸似的，吓人得很。我就问芳儿怎么样了，她告诉我她患了啥并发症，疼得要死要活，怕是撑不了多久了。因为她家宅基地后面就是俺家的菜地，如果芳儿真的死了，像她这种情况，那她家的宅基地村里要重新分，我就寻思着给芳儿送送饭，让村里人能看见，这样我也好有个说道占了她家的屋。"

"卑鄙！"叶茜一向心直口快。

"行了，你回去吧！"我下了逐客令。

张云福如释重负，灰溜溜地跑出了办公室。

"小龙！"

正当我想起身时，叶茜喊住了我。

"啥事？"

"你刚才怎么知道他撒了谎？"

"看眼神！"

"看眼神？"

"对，这也是审讯的一种技巧，主要是在问话的过程中观察对方瞳孔的大小反应。"

"哟嗬，你现在完全是一副审讯专家的派头！"叶茜捏着下巴，上下打量着我。

"得，不说了！"面对她的调侃，我佯装生气。

"你觉得你不说，出得去这个门吗？"叶茜学着我刚才问话的口气。

"小龙，叶茜，抓紧时间去会议室！"走廊上传来胖磊的叫喊声。

"得得得，不开玩笑了，这到底是什么高深的学问？"叶茜收起了嬉皮笑脸。

我清了清嗓子解释道："我是从两点来判断的，第一就是在询问时观察瞳孔。人的瞳孔，会受到人体交感神经的管控而呈现不同的形态，当人紧张或者陷入情绪的困境而不知所措时，会自动启动交感神经系统，造成瞳孔放大，这是人的意志无法控制的，通过这个我可以分析出张云福说话时是什么样的情绪。

"另外就是观察被询问人的眼球状态，一般情况下，当被询问人回忆场景或者案发过程时，会有眼球往左上移动的动作；当他集中注意力倾听我的问话时，他的眼球往左方移动；但是如果他是在说谎创造虚构情境，他的眼球会向右方偏移。我就是结合这两点判断出张云福刚才说了谎。"

"你的意思是说，你一边询问，还一边观察了他的瞳孔和眼球动作？"叶茜瞪大双眼等待我的确认。

"对！"

"变态，变态，太变态了！"

八

张云福的问话材料加上昨天晚上的实验结果，被我放在了会议室的桌面上。

"磊哥，帮我把投影仪放下来！"

白色的投影布缓缓下降的同时，米黄色的U盘被我插入了笔记本电脑之中，一切妥当之后，我示意明哥可以开始了。

四支烟卷被明哥从烟盒中甩了出来。

"国贤，你那儿有没有什么情况？"明哥用烟屁股敲了敲桌面。

"屋内只有血迹一种生物检材，遗留的DNA信息全部属于死者李芳，其他没有发现任何情况。"

"焦磊，你那儿有没有！"

胖磊没有出声，叼着烟卷，有些无奈地摇了摇头。

"那我来说说！"明哥翻开了笔记本，"死者是心脏锐器贯穿伤，一刀毙命。从创口看，作案刀具应该有二十厘米左右的长度，刃口锋利，我怀疑是军刺、藏刀之类的单刃刀具，但也不排除自制刀具的可能。

"结合尸斑、胃内容物的消化程度，死亡时间在案发前十小时，也就是当日夜里一点左右。死者被杀前双手曾多次接触过凶器，怀疑双方曾发生过争执。我目前掌握的就这么多。叶茜，你把刑警队的调查情况跟大家做个介绍。"

"死者家中养了一只黄狗，根据周围邻居反映，案发时间段并没有听到狗叫，所以我们怀疑嫌疑人和死者熟识，或者经常去死者家中。死者儿子张庆生目前下落不明，别的暂时没有什么进展。"

叶茜说完，会议室所有人的注意力都集中在了我的身上。

我把资料依照顺序摆在面前，接着点开了电脑中"张圩村命案"的文件夹，开口说道："经过排查，我在案发现场一共提取到了两种痕迹物证：鞋印和并联指印。"

"并联指印？"

"对。"说着我在笔记本电脑上点开了照片，投影仪上清晰地显示出了照片的放大版。

"连纹线都没有，这能分析出什么？"胖磊有些失望。

"焦磊，别打岔！"明哥敲了敲桌面，"小龙，你接着说！"

"这张照片上的并联指印是食、中、环三指并列所留下的灰尘减层手印。

我们都知道，人手的生长基本上止于二十三岁前后，这时就可以形成稳定的特征。这枚指印边缘轮廓粗大，在放大五十倍的情况下，可以看到密集的毛边，从而反映出手指肤纹较深，为男性所留。昨天晚上，我在大量的检验样本中抽样提取了上千枚指印进行测量，得到了下面的结论：

"十四岁男性食、中、环三指的并联宽度为四点五厘米，十六岁男性为五厘米，十八岁男性为五点五厘米，二十五岁男性为六厘米，三十五岁男性为六点五厘米，四十五岁男性为七厘米[①]。而我们在现场提取的这枚并联指印的宽度为六点二厘米，根据此数据，我可以推测出，此人年龄在三十五岁左右，而实际值低于平均值，说明其食、中、环指略窄，怀疑其身材较瘦。"

"精确度可以达到多少？"明哥很谨慎地问道。

"如果光看这个的话，一半一半，还需要结合现场提取的足迹来分析。"

"好，你接着说。"

"结合叶茜提供的刑警队调查访问的结果，我个人倾向于熟人作案。排除干扰足迹，现场只有一种鞋印，应该就是嫌疑人的鞋印。"我接着双击鼠标，把现场的第一枚鞋印点进了投影仪。

"因为此案件的所有条件都要落在足迹上，所以我做了细致的分析。首先，是进出的次数，按照鞋印的新旧程度，嫌疑人曾不止一次来过死者的住处，这也是案发时，院子里的黄狗没有吠叫的原因。

"我在案发现场的院子外，发现了未成年人的鞋印，不出意外，这应该就是死者失踪的儿子张庆生所留。蹊跷的是，张庆生的鞋印全部为陈旧性，也就是说，案发前他至少三天都没有回过家，他不是案发当天失踪的。"

"按你这么说，这个张庆生失踪真的和嫌疑人有关？他很有可能是被嫌疑人带走了？"叶茜忍不住问道。

"你说得没错，因为院子中有一串鞋印分别为嫌疑人和张庆生所留，而且两人鞋印的新旧程度相仿，为伴生鞋印。"

"伴生鞋印？"

---

① 数值为虚构数值，非实验数值，只是为了方便理解。

"就是两人的鞋印同时出现且在一条直线上，换句话说，他们两个是并排走出门的！"

"你是否能确定？"

"这个可以确定！"

明哥眉头紧锁陷入思考。

就目前来看，现场有太多解释不通的地方，我们任何一个人都无法准确还原案件的真实情况。

"呼！"明哥吐出一口浓重的烟雾，示意我接着往下说。

我接着点开了下一张照片："这是在案发现场院子中提取的一组鞋印。第一步，我需要弄清它是否有伪装鞋印的可能。我们都知道，一般鞋印的伪装有两种情况：大脚穿小鞋和小脚穿大鞋。

"当脚大鞋小时，脚受鞋子束缚和挤压，会出现脚趾节变短，脚趾肚变大，脚趾间间隙变窄且向中趾靠拢等变化，因为重力集中在鞋子边缘，这样所踩出来的鞋印中间花纹虚空。

"当脚小鞋大时，脚能在鞋子中左右、前后窜动，重力均集中在鞋子的中间部位，鞋印中间部分的花纹则会受重力的影响而变得清晰。

"我们看，案发现场的这组鞋印，不管是从边缘痕迹还是从中心花纹看，都不存在伪装的迹象，所以嫌疑人所穿的鞋子很合脚。

"这与案件有关系？"叶茜有些不解。

"这是一个前提，后面我还会说。"

九

我点燃了烟卷，吸了一口："男性鞋印较为宽厚，尤其是脚前掌，一般较宽，而女性的长宽比很协调且比较瘦小，从这方面也可以判断出嫌疑人为男性。

"得知了性别，我们还需要分析年龄。案发现场的院子中有十分清晰的成趄足迹，我可以用步幅①特征作为依据。

　　"一般来说，少年时期正处于生长发育的关键期，人的个子长得很快，所以步幅特征尚未定型。青年时期新陈代谢旺盛，人在走路的时候前脚掌落地有力，鞋印的前脚掌花纹最为清晰。壮年时期因为身体发育已经完成，重心偏后，使得鞋印的后跟花纹比前掌要清晰。通过花纹的清晰程度，我分析嫌疑人正处于壮年时期。"

　　"鞋印全长二十五点一厘米，换算成鞋码为四十码，通过精确测量步长、步角和步宽，套用公式可以算出嫌疑人的年龄在三十五岁上下，身高一米七二左右，这一点跟并联指印推算出来的结果一致，所以这就应该是嫌疑人的年龄范围。"

　　"嗯！"明哥认可地点了点头，接着在笔记本上写下了我报出的数字。

　　"以上是我刻画出来的嫌疑人的基本特征，下面才是我要说的重点！"

　　"什么？还有？"

　　"当然！"

　　"还有哪些情况？"

　　吧嗒，一张最为清晰的鞋印照片被我调了出来！

　　"我们在案发现场发现的鞋印是波折状花纹，但是你们有没有发现，这些波折纹中间有很多圆形的缺损，尤其是鞋跟和鞋尖的位置有'凸'形的点状印记？"

　　听我这么说，所有人的目光都望向投影仪，看着照片逐渐放大。

　　"真的有啊！"叶茜喊出声来。

　　"这是因为嫌疑人所穿的是最为廉价的胶筑泡沫鞋，这种鞋鞋底的工艺很简单，一般的手工作坊就可以批量生产。事先打好模具，在鞋尖和鞋跟的位置留出两个小孔，两种化学品同时从孔中注入，最后让它们在模具中自己发生反应，反应结束掰开模具就是一只鞋底。因为这种工艺很粗糙，所以化学试剂在反应的过程中，会产生大量的气泡，这些气泡反映在鞋印上就是我刚才说的圆

-----
　　① 就是一步的距离，以脚的中心点计算。

形的缺损，而鞋跟和鞋尖位置的'凸'点，就是生产鞋底时，泡沫挤出注入孔留下的印记。

"鞋底生产出来，再缝上鞋面，这鞋就成了。按照我们云汐市的行情，这种鞋子的售价不会超过五十元。而且从鞋底的磨损程度不难看出，这双鞋嫌疑人肯定穿了很长时间，说明嫌疑人的生活水平不高。"

我说着，明哥他们全都在唰唰唰地认真记录。

"当然，这都是一些泛泛的结论，下面我要说的是一个指向性的结果。"

我这突如其来的一句，把会议室里的所有人都惊得抬起头来。

"还有？"胖磊那张长满络腮胡的大嘴能吞下一个鸵鸟蛋。

"有！"

"快说啊！"胖磊兴奋地拍打着桌面。

"我刚才已经说过，嫌疑人在现场留下的鞋印并没有伪装，所以我在测量他左右两只脚的步长时发现了问题。"

"什么问题？"

"我发现，他右脚跨出的步子长度比左脚跨出的步子长度长了五厘米，也就是说他左脚跨出的步子短。"

"短的原因是什么？"

"我们行走，靠的是脚与地面的作用力和反作用力，而作用力的大小，决定着我们每只脚所跨出步子的长短。嫌疑人左脚步子之所以短，主要还是因为其作用力不够大。

"在排除腿部残疾的情况下，作用力与反作用力的大小取决于接触面积。也正是因为测量出了这细微的变化，我发现了这些看似不清晰的鞋印上让人注意不到的差别。"

吧嗒，两张剪切在一起的鞋印照片被我投在了大屏幕上。

"这是嫌疑人左脚和右脚的鞋印，大家请看鞋印的大脚趾位置，你们有没有发现什么不同？"

"左脚大脚趾部位的鞋底花纹不是太清晰，右脚的要清晰很多！"叶茜眯着眼睛说出了大家心中的答案。

"对，准确来说，嫌疑人整个大脚趾根部的作用力都不明显，所以才造成了左脚的接触面积变小，从而导致步子的长度变短。换句话说，嫌疑人的左脚大脚趾很有可能缺失或者残疾。"

"很好！"

"厉害！"

"你赢了！"

"牛×！"

会议室里在同一秒钟，传出四种赞叹声。

"所以，我的结论如下：嫌疑人为男性，三十五岁左右，身材较瘦，身高在一米七二左右，左脚大脚趾缺失或者残疾，生活水平不是很高。"

明哥停下笔，开始分析道："根据我们现在掌握的情况，死者常年卧床不起，而且村里也没有人跟她接近，她的关系网几乎是零。刚才小龙分析得很细致，其中有一个细节：死者的儿子张庆生和嫌疑人曾一同离开过案发现场。这就不排除嫌疑人很有可能跟张庆生熟识。我们在勘查现场时发现室内的抽屉里有物品丢失，会不会有这种可能：死者丢失的物品不值钱，但对嫌疑人却很重要？如果是这样的话，嫌疑人行窃被发现，就有杀人灭口的动机。"

明哥分析得合情合理，我们都没有反驳。

"所以，我们下一步的工作要分三步走。首先，继续追查死者儿子张庆生的下落；其次，全面调查张庆生的关系网；最后，调查六年前拐卖张庆生的人贩子是否还在服刑。叶茜，你回头联系徐大队，让他尽快落实。"

"明白。"

十

可能谁也没想到在案发现场条件如此有限的情况下，我可以分析出指向性的结论，有了它，破案只是一个时间问题。负责侦破案件的刑警队员得到如此振奋人心的消息，一个个就像打了鸡血一般，在我们中午开饭前，所有的调查任务全部完成。

"冷主任。"

"摸出情况来了？"

"有了！"

"快说来听听。"

叶茜并没有翻开她手中的笔记本，而是选择了直接口述，可想而知，调查结果可能不是那么尽如人意。

"火车站、汽车站、轮渡码头，所有可能出行的公共交通场所，我们在案发后第一时间就张贴了大量的寻人启事，到目前为止，张庆生依旧没有任何下落。"

听到这个消息，一种不好的预感从我心头涌起。李芳已经被杀，现在张庆生下落不明，我们最担心的就是他也遭遇了不测。虽然我们每一个人都有这种猜测，但谁都没有说出口，因为我们都还抱有一丝希望。

明哥眉头紧锁，没有出声，静静地等待着下文。

叶茜没有停顿，接着说："当年拐卖张庆生的人叫贾兵，我们也联系到了当年的办案民警，贾兵确实因拐卖儿童罪终审被判处了五年有期徒刑。"

"也就是说他现在还在服刑？"我忍不住问出了声。

叶茜还没开口，可她脸上挂满的愁容已经给了我答案，她继续说："就算是贾兵在监狱中表现良好，也不可能提前两年被释放，除非有重大立功表现。而重大立功表现无外乎检举揭发同伙或者他人等，可当年他是单人单案，嫌疑人就他一个人，根本不存在这种情况。而且他的办案民警很肯定地告诉我们，贾兵的四肢健全，不存在小龙说的左脚拇指残疾的情况。还有最为重要的一点，刑满释放人员都需要持释放证明在规定时间内到辖区派出所落户，贾兵的户籍派出所我们也去查了，他目前没有去落户。"

"唉！按照这么说，贾兵基本可以排除。"我有些失望。

"还有没有什么别的结果？"明哥接着问。

"这可能是我们最后一个希望。"叶茜这一句话，让我们所有人的耳朵都竖了起来。

"张庆生的关系网很简单，他这几年基本上都是以在外捡破烂为主要经济来源，镇上的黄氏废品收购站是他这些年出售废品的唯一地方，我们怀疑废品收购站的老板可能会知道一些情况。"

"刑警队有没有对这个老板做初期的询问？"

"暂时还没有！"

"走！"明哥没有耽误一秒钟，转身朝楼下走去。

他之所以这么着急，是因为时间真的耽误不起，能多抢一秒钟，张庆生就有生的可能。这一点在我们所有人心里已经达成了共识，胖磊一路拉着警报朝目的地飞速驶去。

没过多久，我们的勘查车停在了一个略显破旧的院门前，院子的围墙上象征性地装着一道摇摇欲坠的红色双开铁门。如果大家观察足够仔细，就会发现农村院子的大门颜色大多是红色，其实这里面有些说道。一来，这是民俗，红色可以辟邪挡煞；二来，红色也预示着日子红红火火。很多人深信，用红色的大门会给人带来好运，所以，红色的大门在经济欠发达地区相当普遍。

红色大门的两边，一左一右用铁钉钉着两块木板，木板上用红色油漆歪歪扭扭地写着两行大字："废品收购""正在营业"。

大门没有上锁，随着门被推开，一只黄狗冲我们汪汪汪狂吠起来。

"谁啊？"院子正当中一间平房内，传来一个中年妇女的询问声。

"是黄月娥吧，我们是公安局的！"

"啥？公安局的？你们是来检查的？"屋内的声音略显担忧。

废品收购站在公安局被列入"特种行业"的范畴，因为这一行业一旦监管不力，就会成为犯罪分子销赃的"天堂"，尤为突出的就是盗窃电缆、井盖等，此类案件要想堵住源头，必须从废品收购业下手。所以这种场所会被辖区派出所单独列出，不定时地对其检查和管理。

"不是，我们是市局的，有些问题想找你问问。"明哥掏出警官证举在半空中。

"市局的？"听我们这么一说，黄月娥放松了警惕，从屋子里探出头来。

明哥应了一声，收起了证件。

黄月娥一看我们都是生面孔，又试探性地问了问："你们真的不是检查的？"

"大姐，检查至少要穿制服吧，您就别磨磨叽叽的了，出来我们简单地问个事情就走。"

胖磊的这句话仿佛给她吃了一颗定心丸："那好，那好，想问啥进屋问！"

因为案件紧迫，我们五人一头扎进了那间黑乎乎的房屋内。

明哥一进屋便自己找了个板凳坐下来，快速地从包中掏出笔和纸准备记录。

"警官，你们想问啥？"黄月娥看我们这阵势，担心地问道。

"张庆生你认识不认识？"

"张庆生？"

"男孩，虚岁七岁，天天在你这里卖废品。"

"家住张圩村？"

"对！"

"他怎么了？"黄月娥腾地一下从椅子上起身，担心地问道。

"你很关心他？"

"警官，他到底怎么了？我都好几天没见到他了。"

"能不能把张庆生的事情跟我们说说？"明哥尽力岔开话题。

作为废品收购站的老板，肯定是经常跟警察打交道，黄月娥何尝不知道明哥是不想正面回答她的问题，于是她缓缓地重新坐在板凳上，开口说道："庆生这娃早在两年前就开始来我这里卖破烂，起先我以为他是个流浪娃，后来才渐渐知道他家里还有一个娘。"

"那他家里的情况你都清楚？"

"我一个亲戚以前就住在他们村，庆生家的事情我都知道，是个苦命的娃。"黄月娥有些心疼。

"能不能尽量说得详细一点？"

"庆生这孩子别看就只有那么点大，可心里特别有数，而且娃还特别懂事，要不是我家里有三个男孩，经济条件不行，我真想把他供养了。"

　　"张庆生平时都干些啥，你知不知道？"

　　"还能干啥？走街串巷捡饮料瓶。"

　　"每天都是如此？"

　　"对。别看庆生年纪小，但是很勤快，早上天蒙蒙亮就出去了，中午会到我这儿卖一些，然后下午接着出去。我们农村不像城市喝饮料的多，有时候跑一天也就能卖个三四块钱，连顿饭都买不起。也是因为可怜他们娘俩，只要他来，我每天中午都会多给他一些钱，好让他能多给他娘买点吃的。因为我的名字里有个'月'字，娃平时都喊我月娘。"

　　"庆生会不会做饭？"我忽然想起了一个细节，张口问道。

　　"巴掌高的娃，连锅台都够不到，哪里会做饭。平时要么是我给他做一点带着，要么就是多给他点钱，让他给他娘买点吃的。"

　　"这些年都是这样？"

　　"对。"

　　我给明哥使了个眼色，示意我问完了。明哥点点头，接着说："你最后一次见到庆生是什么时候？"

　　黄月娥回头看了一眼墙上的挂历，很肯定地说道："六天前他还来卖过一次废品。"

　　"那你知道不知道，张庆生平时有没有得罪过什么人？"

　　"他一个娃能得罪谁？"

　　"你那么肯定？"

　　"别的不敢说，这点我肯定能打包票。除了他娘，庆生跟我最贴心，平时在外面受欺负了他都会跟我说。"

　　明哥问到这儿，有些停顿。

　　"警……警官？"黄月娥小心地说道。

　　"怎么了？"

　　"我也经常跟你们公安局的警察打交道，我知道有些话不该问，但是我真的很担心庆生，这都多少天了，是不是他出了什么事情？"

从黄月娥焦急的表情来看，她对张庆生的感情绝对不是装出来的，越是这样，那她的口供就越可信。换句话说，张庆生这边也没有任何矛盾点可以调查，案件即将走进死胡同。

"我们也在找他！我们很担心他遭遇不测，所以你如果发现他的行踪，希望你及时跟我们联系，但一定要注意保密。"明哥可能也感觉到了这个黄月娥所言无任何瑕疵，才跟她透了一个底。

"不测？"黄月娥直勾勾地看着我们。

明哥私底下朝我们挥了挥手，我们一行人在她的悲伤即将袭来之际，退出了房间。

十一

"死者李芳、张庆生均没有矛盾点，拐卖张庆生的贾兵还在服刑，难道我们之前的所有调查都走了弯路？难道这真的是一起入室抢劫杀人案，嫌疑人跟死者没有任何瓜葛？"叶茜垂头丧气地重新坐回车里。

"不可能，如果嫌疑人跟死者之间没有交集，就不可能把张庆生带走，也不可能在死者的双手上形成如此多的抵抗伤。退一万步来说，如果嫌疑人真的是图财，看到这样的家庭环境，也不可能选择死者家作为作案目标，就算盗窃被发现，他也不会杀人灭口。我们之前的分析肯定没错，嫌疑人和死者一定认识，可能是我们忽略了某些细节。"明哥很有耐心地向叶茜解释道。

"是哪个细节呢？"叶茜右手托着下巴。

"喂，想什么呢？"叶茜用胳膊肘戳了戳我。

"嗯？"被叶茜这么一戳，我才回过神来。

"有情况？"明哥捕捉到了一丝异样。

"贤哥，你在勘查现场的时候，有没有注意到死者床头地面散落的大米？"我没有回答明哥的问题，而是把问题抛给老贤。

"好像……有吧……"老贤仔细回忆起来，忽然他眼睛一亮，"对了，有！"

"你以为这是在城里啊？在农村，屋里几个星期不扫一次地也不是什么稀罕事，地上有大米有什么好奇怪的？"胖磊不以为意。

"如果我没记错的话，地上的大米颗粒细长，应该是糯米，归拢起来，应该有成人一把的量。"

"糯米？这里面有说道？"叶茜张口问道。

"之前我也没有把这个当回事。刚才黄月娥说得很清楚，张庆生平时都是买现成的给死者吃，他还不会做饭，按理说，死者的家中应该不会出现生糯米才是。"我说出了心中的疑惑。

"照这么说的话，这个案件就可以直接定性了！"明哥斩钉截铁地下了一个结论。

"什么？"我们都被他这句话给惊到了。因为一把糯米就定性，我们实在不知道明哥到底为何如此肯定。

"办案，不光要尊重科学，最重要的还要了解咱们当地的风俗习惯。"

我们全都竖起了耳朵。胖磊直接一踩刹车，把车子停在了路边。明哥坐在副驾驶上，转过身子面对我们开口解释道："在我们云汐市郊的农村，人们对鬼神相当迷信。糯米本身有解毒的功效，在老一辈的年代，糯米可是治病救人的良药，就是因为它的这种特性，后来糯米的功效被传得神乎其神，最终大家公认糯米可以驱鬼辟邪，这是其一。

"其二，相传人死以后，魂魄离开身体的顺序是先头后脚，也就是电影里经常播放的场景，如果在死者的头部也就是床头的位置撒上一把糯米，便可以防止鬼魂的纠缠。

"刚才小龙回忆起的这个细节我也留意到了，床头确实有一把糯米，因为当时屋内太昏暗，我也没有当回事。现在案件调查到这种程度，我们不妨把这作为突破口。这把糯米很有可能是嫌疑人带过来的，他带糯米的目的很明确，就是作案之后撒在床头，换句话说，嫌疑人的真正作案动机就是杀人灭口。这个人既然这么了解这里的风俗，那他极有可能是我们当地人。"

听了明哥的分析，我们佩服不已。

"正好勘查工具全部在车上，焦磊，现在去案发现场，复勘现场。"

"明白。"

也就几根烟的工夫，我们再一次来到死者李芳的家中。

此时室外光线充足，复勘不需要观察室内鞋印（如果想观察清晰的鞋印，必须要在暗室内进行），我们干脆把墙上所有的窗户都打开，这样有利于更好地发现初勘现场时遗漏的痕迹。

在强光的照射下，我们几个人把注意力全部集中在了床头。

老贤用镊子夹起一粒糯米，在放大镜下仔细地观察，接着他开口说道：

"尘土附着量少，糯米相对新鲜，不像是长时间堆放于此，是嫌疑人带过来的可能性极大。"

"咦？"

我忽然有了一个重大的发现。

"怎么了，小龙？"明哥好奇地看着我。

"贤哥，放大镜！"我把手伸到了老贤的面前。他没有耽搁，把他的那个高倍放大镜放在了我的手中。

"你们都别靠近这片区域，我发现了情况！"听我这么说，其他人都很自觉地往后退了几步。

我举着放大镜趴在地上来回观察。

"明哥，你看！这个地方有肤纹印！"我把放大镜放在一块相对平整的泥土上，指着凸透镜的成像说道。

"是不是抬头纹留下的？"明哥试探性地问道。

"这里还有两处网格印记！"我没有回答，而是把放大镜又挪了一个位置。

"劳动布裤子跪压形成的痕迹？"

"小龙你是说，嫌疑人曾给死者下跪磕头？"连反应最慢的叶茜都明白了，其他人很显然也知道我要表达什么。

"印记很新鲜，而且肤纹印记和两处网格印记相距很远，很明显是成年人留下的。张庆生在死者被害之前已经失踪，这个肯定不是他留下的，而这个印记又在这一堆糯米旁，所以叶茜说得没错，嫌疑人在杀人之后，除了在其床头地面上撒了一堆糯米，还跪下给死者磕了头。地面的肤纹印记有重叠，也就是说，嫌疑人给死者磕了不止一个头。"

"是三个！"明哥肯定地说道。

"三个？"

"对！"

"难道这里面也有讲究？"

"这个风俗是参照佛家而来。佛家有佛前三炷香的说法，这三炷香一为前世；二为今生；三为前世因，后世果。按照我们当地的殡葬丧事礼数，一般过来奔丧的客人只会鞠躬，而行三跪拜之礼的只能是死者的亲属。但根据我们的调查，死者仅有的几个亲属都没有作案条件，所以嫌疑人和死者可能是非亲属关系。如果是非亲属，有一种情况也会行三跪拜之礼！"

十二

"什么情况？"我们异口同声。

"赎罪！"

"明哥你的意思是，嫌疑人杀了死者之后，还给她磕三个头请求原谅？"听明哥这么说，我的脑子里已经是一团糊涂糨。这根本不符合常理。

"从嫌疑人的作案手法来看，他事先有预谋，杀人是快速一刀毙命。接着又给死者跪拜。这恰好说明嫌疑人矛盾的犯罪心理。"

"嫌疑人不想杀掉死者，但又不得不杀掉她！"

"小龙说得对！"

"那是什么原因导致嫌疑人产生这种心理呢？"

"张庆生现在下落不明，我们试想一下，嫌疑人的目标如果不是财，而是人呢？他从死者家中拿走的会不会是张庆生的相关证明，比如户口本之类的？"明哥的思维异常敏捷。

"对啊，我在现场勘查的时候没有发现任何关于张庆生的身份证明，死者的也没有！"我很快补充了一句。

"你是说张庆生有可能被嫌疑人带走又拐卖了？"叶茜好像捕捉到了一丝信息。

"会不会是这种情况：跟李芳熟识的A某把张庆生拐带走，恰好被李芳发现。A某把张庆生卖掉之后，为了防止事情败露，最终还是决定把李芳给杀掉。打定主意的A某准备了作案工具，因为他和李芳熟识，所以在杀人的过程中有过犹豫，这使得李芳能多次接触刀具，从而在她的手上形成多处抵抗伤。争执之后，A某鼓足勇气，一刀将李芳杀害，因为害怕李芳变成恶鬼来纠缠，所以A某在床头撒了一把糯米。杀完人他又觉得害怕、后悔，就顺势给死者行了三跪拜之礼，以求一丝心理安慰，接着离开了现场。"我开始对整个案发过程进行重建。

"目前你这种解释说得通！"明哥点了点头。

"也就是说张庆生有可能还活着？"叶茜欣喜地说道。

"如果推理能解释通，那他活着的可能性很大！"

"太好了！冷主任，我们下一步该怎么办？"

"最简单的办法就是找到张庆生！只要能找到他，一切都可以迎刃而解！"我抢答道。

"你说得轻巧，云汐市那么多人，我们刑警队下去摸排了那么久都没有任何消息，何时才能找到他？"

"按照黄月娥的说法，张庆生每天都会出门捡破烂，然后去她那里售卖。她提供了张庆生准确的失踪时间。这是其一。

"一个连温饱问题都解决不了的小孩，应该不会有多少像样的衣服。张庆生在被嫌疑人带走时，可能穿的就是平时的破衣烂衫。这是其二。

"我们可以规划出嫌疑人离开的可能路线，让徐大队抽调人选配合磊哥把沿途的所有监控录像梳理一遍，我就不信他还能飞了！"我脑洞大开地对叶茜说道。

"行，就按小龙说的来，只要嫌疑人带着张庆生从监控摄像头下走过，我就有信心把他给找出来！"这涉及的是胖磊的领域，他一向都是这么有底气。

"好，那就按照这个办法走！"明哥做了最终的拍板。

海量的视频分析，在整个侦查破案中是最为痛苦的一件事，因为视频的观看者不能遗漏任何一个细节，否则可能会给案件的侦办造成极大的影响。

大家可能有所不知，路面的监控设备分为很多种，常见的有交警监控、城市监控、城管监控、银行监控、营业性场所监控以及大量的私人监控。这些监控设备的型号不一致，这就导致监控画面各不相同。举个最简单的例子，你穿一件红色的衣服在路面上行走，经过不同的监控设备，设备上所记录的画面有可能都不一样，有的把你拍高了，有的把你拍胖了，甚至有的因为成像的问题，把你所穿的红色衣服拍成了别的颜色。所以视频分析工作必须要能沉下心，要能记下每一段视频画面的个体差异，这样才能做到案件追踪。

由于这个案件的视频分析量过于庞大，所以由胖磊组织领导的视频侦破组，从之前的十人一下增加到三十五人。所有人都玩命地加班加点，胖磊则负责筛选每一个可疑的图像。

整整四十八小时，胖磊连眼都没敢多眨一下，终于，一个走路有些跛脚的男性被锁定了。照片经过胖磊的细致处理，最终勉强能够分辨出三分之二的面部容貌。当照片被打印出来的时候，叶茜有些似曾相识的感觉。

"难道会是他？"

"谁？"

"贾兵！"

"贾兵？你确定？他不是还在服刑吗？"我一连甩出三个问题。

"我也不确定，就是感觉有点像。"叶茜也有点拿不准。

"叶茜，现在让徐大队派人去监狱核实，看他到底在不在监狱服刑。再查查这个叫贾兵的有没有跟他长得相似的兄弟！"明哥果断下令。

"明白，冷主任。"

"小龙！"

"明哥，你说！"

"抓紧时间跟局领导汇报，让他批一张搜查令，不管是不是，我们现在需要联合刑警队对贾兵的住处进行勘查。目前来看，就算嫌疑人不是他，也跟他脱不了干系。"

"好，我这就去办！"

当我们手持法律文书推开贾兵家的双开大铁门时，院子中密密麻麻的条纹鞋印立刻让我吃了一颗定心丸。在之后的搜查中，我们在他家中起获了死者李芳的一整套纸质病历以及一把被清洗过的军刺。老贤在这把军刺上检出了两个人的混合DNA，一个是死者李芳的，另外一个就是贾兵的。

同时叶茜那边也传来消息，贾兵因为在狱中表现良好，有重大立功表现，被多次减刑，早在一个月前就被释放回原籍，但因他迟迟没有至派出所落户户口，所以这一消息得以隐瞒。

一切均证实：贾兵，就是那个杀人凶手！

十三

专案组出动数十人，在多部门的配合下，最终在湖州将嫌疑人贾兵抓捕归案。

在嫌疑人押解回局的这几天，一些问题始终困扰着我：究竟是什么仇什么怨导致贾兵刚一出狱就急着杀人灭口？为什么一个人可以凶残到这种程度？为什么就不能给这可怜的娘俩一点活路？一想到这些，我的怒火便烧满心头。

最终，在日盼夜盼中，这个没有人性的刽子手坐在了刑警队的审讯椅上。

嘭！随着审讯室的铁门重重地关闭，明哥端坐在审讯桌前准备讯问。

我用愤怒的眼神瞪了一眼被五花大绑的贾兵：三十多岁的年纪，一米七五的个子，骨瘦如柴的身躯，留着服刑人员特有的板寸头。我在他那张国字脸上没有找到哪怕一丁点后悔的表情，相反，他竟然一脸轻松，嘴角还微微扬起。

我最后的一丝忍耐被他这皮笑肉不笑的贱样给彻底破坏了，我抓起桌面上的一杯冷水，隔着铁栏杆一下泼到了他的脸上。

咳咳咳，他很显然没有想到我会这样做，被迎面而来的水呛得着实不轻。

"小龙！"明哥喝止了我。

贾兵的呼吸很快变得均匀起来，他忽然抬起头，竟然露出了解脱的笑容。

"怎么？想通了？"明哥把手中的审讯大纲使劲地往审讯桌上一拍，开口问道。

"你们这里谁说了算？"贾兵忽然问出了这么一个问题。

"是不是想讨价还价？我告诉你，在我这里行不通！"明哥参与过不知多少次审讯，这点伎俩瞒不过他。

"这么说，这里你说话算喽？"

明哥阴着脸没有搭腔。

"我有两个请求，如果你们不答应，我就算死，也不会说一句。"

"你威胁我？"明哥的脸色变得相当难看。

贾兵可能是被明哥强大的威压给惊住了，态度有些收敛，解释道："不是威胁，是请求，如果你不答应我……"

"我答应你！"明哥还没等他说完，便应了下来。

虽然嫌疑人贾兵已经被缉拿，但是从他被抓获到目前为止，有关案情的信息他没有透露一句。现在张庆生生死未卜，我们没有时间再耽搁，所以明哥才答应得如此爽快。

"当真？"贾兵再次确认。

"整个审讯室都有录音录像，我这人一向说到做到。"

贾兵两只眼睛直勾勾地盯着明哥，可能是没有看到一点敷衍和欺骗，接着他长叹了一口气，用相当诚恳的语气说道："谢谢你，警官。"

我们都不知道他的葫芦里到底卖的什么药，为什么态度会转变得如此之快，所以只能静观其变。

"说说你的条件！"

　　贾兵如释重负："你们刑警队从我身上搜走了一张建设银行的银行卡，密码是六个一，里面有九万八千八百块钱。那是我留给庆生的，我希望你们能转交给他，但你们必须给我保密。"

　　"张庆生还活着？"

　　"活得好好的。"

　　"这是唱的哪一出？"胖磊嘀咕了一句。

　　这种情况，我也是第一次遇见，所以我心里也很不解。

　　"还有什么条件？"

　　"等我被枪毙之后，希望你们能告诉庆生，我杀他娘是因为我恨她，恨她当年把我送进了监狱。"

　　"难道你不应该坐牢？"

　　贾兵苦笑了一声，摇了摇头。

　　"这两个条件我答应你，我们可以开始了。"

　　贾兵曾经接受过刑事处罚，很显然他知道明哥所表达的意思。

　　"我……"

　　"从六年前你拐卖张庆生开始说。不要落下一个字！"

　　"好！"贾兵重重地点了点头。

　　明哥抽出一支烟卷在桌面上敲了敲烟屁股，接着用打火机点燃，使劲地吸了一口："说吧。"

　　"我欠庆生他们一家的，这辈子都还不清。"贾兵懊悔地抬头看了一眼，"我十九岁出去打工，本想着能在外面闯出一番事业，衣锦还乡。可当我走进大城市才发现，像我们这种没钱、没文化、没技能的农村人永远只能是可悲的城市建造者。我们每天在工地上玩命，可到了年底还要面临讨薪。我在城市闯荡了十年，省吃俭用，到头来手里竟然连一万块都没有剩下。当我想安定下来时，已经虚岁三十了，在农村，像我这种年龄还没成家的根本没有几个。

　　"当年家里人给我张罗了一个对象，我们两个也相对了眼，女方家里开出了五万块的彩礼，我爹娘为了我能娶上老婆，该借的亲戚都借了，但还是差两万。可女方家里就是不松口，拿不出钱，就死活不愿意。我实在是被逼得没办法，才想到去拐卖小孩。"

"你把你拐卖小孩的经过和我们说说。"

"农村人都想要男娃，有很多人愿意出高价买，刚出生的男娃卖个三四万根本不费劲，我以前在家的时候就经常听村里人说起这事，说谁谁家的男娃是买来的。

"因为极度缺钱，我开始四处打听男娃的销路，只用了不到两个礼拜便找到了下家，对方愿意出三万买一个一周岁以内的男娃。

"条件谈妥，我便开始在集市上踅摸。我家离镇上的集市不远，每到礼拜天逢大集，有很多人带着娃上集耍，这是下手的最好机会。当年我就是在那里把庆生给抱走的，卖了三万块钱。

"我用这钱填了彩礼的窟窿，把媳妇娶回了家。可能是作孽太深，结婚没一年，老婆就把家里的钱全部带走，跟别的男人跑了。后来又过了一年，搞人口普查，我的那个下家嘴上没把住风，把我拐卖孩子的事情给说了出来，公安局紧接着就找到了我，法院给我定了一个拐卖儿童罪，判了我五年，我被送到了农场监狱服刑。

"服刑第二个年头，我在田里干活时，小型收割机出故障冲向人群，情急之下，我推开了我身边的几名狱友，自己被卷进了收割机底下，收割机上的镰刀把我左脚大拇指连根斩断。因为这个，监狱给我申报了重大立功，再加上我在监狱表现良好，所以我只蹲了三年多就被释放了。"

十四

贾兵说到这里，问我要了一支烟卷："我头天刚从监狱到家，第二天一早，我家院子外就站了一个穿得破破烂烂的小男孩。小男孩告诉我他叫张庆生，就是我当年拐卖的那个男娃。

"他不提这个我还不来气，我蹲了几年大牢全是因为这小子。我刚想拿棍子揍他一顿，没想到他突然跪在了我面前。"

"跪在了你面前？"

贾兵点了点头："他告诉我，他打听了好多人才找到我的住处，而且他每天都会来我家，看看我有没有回来。"

贾兵说到这儿有些哽咽。我们不知道接下来发生了什么事，会让他突然变得如此伤感。

许久，贾兵没有说一个字，时间仿佛被定格在那里。

三支烟后，审讯室内再次传出了声音："我当时看娃跪在我面前，心也软了，毕竟当年我有错在先。正当我要把庆生扶起来送出门外时，娃突然抱着我的腿号啕大哭：'我爹死了，爷奶也死了，家里就只有我和我娘。现在娘也快死了，叔叔，我求求你，求求你救救我娘……'

"我刚出狱，根本不知道发生了什么事，我看娃哭得那么伤心，就把他抱进了屋里。从他的嘴里，我终于知道我给这个娃带来了多大的伤害，造了多深的罪孽，我一个人，毁掉了一个家庭。听到最后，我甚至觉得我都不配做个人！"

悔恨的泪水顺着贾兵的眼角滑落。

"可就算知道自己罪孽深重，我又怎么去补偿？坐了几年大牢，除了我爹娘留下的三间平房、十几亩田地，别的我一无所有。窘困的我只能实话实说，对于他娘的病，我也无能为力。没想到娃听我这么说，又一次跪在了我的面前，对我说了一句我死都忘不了的话。"

贾兵突然不再说话，我从他的脸上看不到任何表情，唯一能让我感觉到他悔恨的，就是从他眼角不停落下的泪滴。他强忍着，不让自己的感情那么迅速地爆发。

明哥耐心地等待着，可是过了很长时间，贾兵除了小声地抽泣，并没有发出任何声响。明哥此时终于忍不住了，开口小声问道："庆生说了什么？"

这个问题就好像导火索，点燃了贾兵即将爆发的情感，他挂满泪水的嘴唇微微颤抖，缓缓开口说道："庆生说：'叔叔，我好害怕自己长大，害怕再也见不到你。我真的好想好想救我娘，可是我连饭都吃不上，我求求叔叔帮我一个忙，我求求你……'"

"他求你什么？"

"他说：'叔叔，我求求你再卖我一次，这样我就有钱救妈妈了。'"

说完这句话，贾兵再也控制不住自己的情绪，悲伤与悔恨充斥着整个房间。

感受着他浓浓的悔意，我却更加困惑，既然事已至此，他为何又要对庆生的母亲痛下杀手？很显然，想弄清楚这个问题的不止我一个人。我们无法感受贾兵当时的痛苦，只能等他稍微平复一会儿再听他说下去。

一支烟，两支烟，三支烟，直到一包烟被我们几个人抽完，贾兵才慢慢平静了下来。

"再来一支？"明哥举起了烟盒。

贾兵摇了摇头，用肩膀擦拭了一下眼角："我真的没想到娃心里能这么想，从那天起，我便在心里默默地发誓，他们娘俩这辈子我管定了。

"那天晚上，我去了一贫如洗的庆生家里，从我进门那一刻起，我的眼泪就不受控制地落了下来。我二话没说，跪在地上给他们娘俩磕头谢罪。庆生他娘得知我的来历后，什么也没说，静静地躺在床上，眼都不眨地看着我，就好像死人一样。我以为娃他娘受到了刺激，就把手放在她的鼻子下试试有没有呼吸。就在这时，娃他娘一口咬住了我的手，死命地瞪着眼睛瞅着我，恨不得把我给生吞活剥了。娃在一旁哭着喊着要把我拽开，我一把将娃抱在了怀里，对他娘说：'你如果想让我死，我现在就死在你面前，我要是闭一下眼就是狗娘养的。但我要是死了，娃怎么办？你想让他养你一辈子？'

"话说到这儿，我明显感觉她咬我的力道变轻了许多，接着我又告诉她：'我对不起你们娘俩，我这次就是来赎罪的，你们娘俩以后我养。'可能是我的话触动了她，她松开了嘴，哭得像个泪人。从那天起，我信守了我的承诺。"

十五

"为了防止他们村里人说闲言闲语，我每天只有到了晚上才会去他们娘俩那里。也许是我的诚心实意打动了她，两周后，她终于肯开口跟我说话。只要有了沟通，这仇恨就有化解的可能，我自己本来就是个话匣子，这一番交谈下来，她对我的态度总算有些转变，也是从那时候起，我才知道娃的母亲大名叫李芳。"

贾兵稍稍有些释然："既然消除了心里这道坎，我就寻思着让她重新站起来。我拿着她以前的病历去市里的大医院找医生诊断，在医生的建议下，我又用三轮车把李芳拉到医院做了系统检查。医生告诉我，李芳因为积劳成疾，得了慢性病，再加上久拖不治引起了并发症，机体的很多功能都已经衰竭，基本上没有根治的可能，如果想要保命，只能在医院做保守治疗，总的治疗费用最少需要四五十万。听到这个数字，我彻底傻了眼，别说四五十万，就是四五千我也拿不出来。

"从医院回来，李芳就一直逼问我她的病情，我看瞒也瞒不住，就趁庆生不在时，把诊断结果告诉了她。

"像她这种情况，就算回家等死，至少也有个三五年的熬头，如果病情发作没有药物和器械的治疗，能疼得死去活来。

"李芳听我这么说，就让我带着庆生走，让她一个人在家里等死。虽然我跟庆生接触时间不久，但这孩子比一般孩子成熟太多了，如果让他眼睁睁地看着他娘去死，这个疙瘩可能这辈子在他心里都解不开。

"那天晚上，我躺在床上一夜没有合眼，想来想去只有一个不是办法的办法……"

贾兵的意思我们已经猜到了大概。

"我没有钱救她，可是我不想李芳活活疼死，更不想让庆生眼睁睁地看着他娘离他而去。抛开情感来看，李芳一死，她自己不会再遭受病痛的折磨，庆生也不必再为了他娘到处捡破烂，而且他年纪还小，如果能找一个愿意领养他的家庭，或许以后还有更好的路可以走。虽然医生说李芳只剩个三五年的活头，但是如果到了三五年她没死怎么办？她要是成了植物人怎么办？庆生这辈子岂不是就毁掉了？

"唯一的办法就是我当这个刽子手，杀了李芳，这样她就解脱了，也给了庆生一个机会。我有犯罪前科，杀人肯定要偿命，只要我一死，庆生心里的恨就会随着时间慢慢地淡化。

"我愿意用我的命，去换孩子的一个未来。"

审讯室里鸦雀无声。

贾兵深吸一口气："我有一个老乡不能生育，一直想要个男孩，我费了很大的劲才联系上他们两口子，他们也相当愿意领养庆生。我不放心，又亲自去了一趟，确定他们两口子是真心实意要领养后，我便回来告诉庆生，说我找好了下家，要再卖他一次，卖的钱用来救他娘，庆生想都没想就答应了。庆生被我送走的第二天，我找到李芳，告诉了她我所有的计划，她死活不愿意，想要自行了断，不让我把命搭进去。

"可我心里清楚，如果李芳自行了断，一来庆生会恨我不信守诺言，二来他肯定会认为他娘为了不拖累他才选择去死。庆生年纪还小，心智还不成熟，他根本走不出这个阴影，我不想他带着恨和内疚过一辈子，只有我死，才是一个圆满的结局。于是第三天，我鼓起勇气从集市的地摊上买了一把军刺，去了李芳那里。

"当我举刀时，我还是犹豫了，毕竟我要杀死的是我最熟悉的人。说实话，要不是李芳坐在床上双手拽着刀刃要夺走我的刀，我可能还要挣扎一会儿。"

"她夺你的刀想做什么？"

"她想自行了断。"

"后来呢？"

"她连说话都大喘气，哪里还有自行了断的力气？几次争夺后，我下了决心，一闭眼，一狠心，对准她的心脏就刺了下去。很快，她的心口窝就开始汩汩地往外冒血，没过一会儿，李芳就没气了。"

"你杀完人之后又干了什么？"

"我害怕她的鬼魂上我的身，在床头撒了一把糯米，接着给她磕了三个响头便离开了。"

"你有没有从他们家抽屉中拿走什么东西？"

"有，我把庆生送走的时候，从家里拿走了庆生的户口本。"

"你离开案发现场之后去了哪里？"

"我本来想去公安局投案，但是如果这样，就算是自首，就判不了死刑，所以我就只能在家里等着你们来抓我。在这期间，我同村的一个堂兄给我打电话商议要租我的土地。"

"什么土地？"

"家里种粮食的地，一共有十多亩，我蹲大牢时一直是免费给我堂兄种，他之前打电话问我这土地租不租，那会儿我刚被释放，也没有工作，就没答应。

"我的这十几亩地跟他们家的二十多亩连在一起，他想搞联合生产，就又打电话给我。他打这个电话的时候，我已经作过案了，所以我就顺水推舟，把地便宜租出去了。我带着家里的手续，去湖州跟他签的合同，他直接把钱转到了我银行卡里，一共九万九，我在湖州花了两百块给自己买了一套新衣裳，好让自己走得体面点。剩下的钱我一分没动，全在卡里，希望各位警官能够成全，把这钱转交给庆生。"

贾兵用祈求的目光看着我们每一个人，我们几人不约而同地望向明哥。

几分钟后，明哥起身郑重地说道："我，答应你！"

尸案调查科

第二案

黄泉有伴

无间行者

一

夜幕即将降临，墨蓝色的天空中看不见一片云彩，昏暗的山石小路上，一个圆形的光柱在来回起伏地晃动，脚步声逐渐清晰。

"耗子，你走那么快干啥？"一个身材有些圆滚的男子，上气不接下气地跟在后面。

被称作耗子的男人，把手电筒从左手换到右手，接着停下脚步回答道："我说龙蛋，你平时吃大腰子那劲头到哪里去了？"

"你妹的，你没吃？我这喝凉水都长肉，能怪我？"龙蛋双手掐腰，趁着抱怨的工夫偷偷歇息。

"我跟你说，我接到线报，咱们要抓紧时间把情况告诉波叔，这万一消息泄露了出去，咱们那百分之十的好处费就打水漂了。"耗子催促道。

"有多少好处费？"龙蛋贪婪地舔了舔嘴巴。

耗子神秘地四处望了望，走到龙蛋身边，附耳小声说道："整整一万块！"

"什么？有一万？"

"你小点声！"耗子一把捂住了龙蛋的嘴巴，"现在还有没有力气？"

"嗯嗯嗯！"龙蛋一听到钱，两只眼睛射出精芒，下巴上的赘肉随着头部的晃动不停地颤抖。

"有力气那就赶快！"耗子把沾满龙蛋唾液的手，使劲地在裤子上蹭了蹭，接着手一挥，继续往越来越暗的山中走去。

黑乎乎的小道上，手电筒的光斑时隐时现，小路两侧时不时响起哗啦、哗啦石头滑落的声响。

很快，一片光亮隐约出现在道路尽头，耗子二人见状，加快了脚步。

"买定离手！""买定离手！"

两人未见其人，先闻其声。

"咱们晚上要不要玩两把？"龙蛋显然对这个地方很熟悉。

"你有钱吗？还玩！"耗子撇撇嘴。

"这不马上就有一万块好处费了吗？"龙蛋贪婪地望了望距离自己只有十来米远的彩板房。

眼前的这座彩板房由夹心泡沫板搭建，分为东西两间，东边的房屋里挤满了交头接耳的人，而西边则相对安静。

"等拿到钱，你的那份，你想怎么玩怎么玩！咱们先去见波叔再说。"耗子停下脚步，把两只手同时伸进口袋，接着掏出两种烟盒。

"别看了，左边中华，右边红塔山！你为啥每次都要确认一下？就你这样还说我脑子不好！"龙蛋傻呵呵地笑道。

"波叔是咱们的前辈，这万一拿错了，就丑大发了！别废话，赶紧的！"耗子重新把烟盒放入口袋，三步并作两步朝那间挂着"经理室"牌子的房子走去。

很快，两人便恭敬地站在门前，正准备敲门时，屋内传来一个男人的声音。

"耗子、龙蛋，进来吧，我等你们多时了！"

龙蛋把声音压到最低问了句："波叔怎么知道我们会来？"

"猪脑子，进山的路口就有监控！"

"哦，对！"龙蛋一拍脑门，恍然大悟。

房门因为是泡沫塑料板材质,所以很轻,以至于推门都没有一丝响动。随着视野的逐渐扩大,屋内的情况也尽收眼底。房间的陈设很简单,一张办公桌,一台记录着实时画面的监控电脑,还有两张棕红色的木质沙发。

此时一个五十多岁的男子正跷着二郎腿,悠闲地靠在一把黑色的老板椅上,手指上那颗鹌鹑蛋大小的金镶玉戒指,已经把"有钱人"三个字深深地刻在了他身上。

"波叔!"耗子二人毕恭毕敬地鞠躬喊道。

"嗯,坐吧!"

耗子赶忙从左边口袋中掏出中华香烟,正准备递过去时,波叔却用右手挡在半空中:"耗子,你这次给我带来的是好消息还是坏消息?"

"那当然是好消息!"耗子本来就不大的眼睛挤在了一起。

"好消息我就接你一根!"波叔摆出了一个剪刀手的姿势。

耗子麻溜地从烟盒中抽出一根"3"字打头的软中华架上,吧嗒一声打开打火机,动作一气呵成。

波叔叼起烟卷猛吸一口:"说说吧!"

"赵黑子是不是从您这儿借了十万块爪子钱①?"

"有这么回事,在这个场子里输的,欠了快一个月了!"

"他现在还了没有?"

"还个×,我正找他呢,一个月一万块利息,这加一起都十一万了。"

耗子顿时来了劲,转身走到房门前,小心地把门关紧,接着问道:"那波叔知不知道赵黑子现在在哪里?"

"知道在哪有啥用,他手里没钱我还能杀了他?他房子的房产证写的是他女儿的名字。"波叔越说越来气。

"您消消气,我有可靠的消息,赵黑了现在手头有钱!"

"当真?"

"千真万确,我一哥们儿在别的场子玩,他认识赵黑子,说赵黑子昨天晚

---

① 高利贷。

上赢了十五万现钱！"

"钱呢？"

"他装在一个黑色塑料袋中带走了！"

"妈的，这得赶紧，现在去一趟赵黑子家！"

"波叔，那个……"耗子欲言又止。

"百分之十的提成，钱如果能要回来，我再给你加四千，老子给你一万五！"

"谢谢波叔，谢谢波叔！"耗子二人兴奋得又是点头，又是哈腰。

"山仔！"波叔朝门外大声喊道。

"老大，来了！"声音从嘈杂的赌场中传来，转眼间一个留着机车头的青年男子推门走了进来。

"带几个兄弟，让耗子带路，去把赵黑子的账给我收回来！"

"好的，老大！走吧，耗子！"山仔冲二人甩了甩头。

轰隆隆！彩板房外传来阵阵摩托车的轰鸣声，山石小路被三盏车前大灯照得如同白昼。

"开车！"耗子大喊一句。

山仔听言，使劲转动摩托车的把手，伴着刺鼻的汽油味，三辆铃木大架摩托车如离弦之箭消失在夜幕中。

经过四十分钟的颠簸，耗子、山仔等五人站在了一个小区单元楼的电梯门前。

"几层？"山仔转头问道。

"29层，2908室！"

"赵黑子估计是想钱想疯了，还选个'8'室！"山仔哼了一声，按下了电梯内的数字键。

电梯一路上行，一行人走到了楼层尽头拐角的位置。

耗子抬头看了一眼门牌号："就是这间！"

砰砰砰！山仔使劲地拍打着房门。

巨大的声响惊动了旁边的邻居，2907室的铁皮房门打开了，一个贴着面膜的中年妇女探出头来抱怨道："敲什么敲？"

"你妈的，你再给我喊一个试试？"山仔瞪着眼睛指着对方的额头。

女人抬头看了一眼山仔左耳上的一排耳钉，灰溜溜地关上了房门。

"你妈的，欠骂！"山仔不解恨，朝旁边的门上又吐了一口口水。

"山仔哥，没有反应，会不会人不在家？"

"老大让我来收账，那就是对我的信任，我山仔不能让他的面子掉地上，今天必须要收账。去车上拿撬棍，把门给我撬开，看看这老东西赢的钱有没有放在家里！"

"好的，山仔哥！"

对于专门靠"收账"吃饭的山仔来说，撬门是再平常不过的事。

也就一支烟的工夫，一根半米长的钢筋撬棍被提了上来。

"撬！"山仔对手持撬棍的小弟下了个指令，其他人都主动闪到了一边。

小弟把撬棍的一头塞进了门缝，"嗨……"口号还没喊完，门竟然开了。

"山仔哥，门只是被带上了，没锁死，人可能在家！"

"妈的，今天活要见人，死要见尸！给我进去搜！"山仔冲两个小弟使了个眼色。

二人收好撬棍，走进了屋内。吧嗒！客厅的暖黄色大灯被按开了。

转眼间，两个小弟浑身哆嗦，连滚带爬地从屋里跑了出来。

"什么情况？"山仔有些纳闷。

"山……山……山……山仔哥，见……见……见……见到尸了！"

二

"大家好，这里是《最强大脑》的现场直播间，我是主持人蒋昌建，欢迎大家准时收看……"父亲平时除了研究专业书籍外，我就没发现他对哪个综艺节目"感冒"过，唯独这个例外。

每当节目播出时，父亲都会歪坐在沙发上，紧紧地盯着电视机，客厅里时不时会传来"我的乖乖"的感叹声。这是父亲的口头禅。我这个人从小到大没有太大的野心，小的时候不懂事，等慢慢长大了，我才发现，其实这才是我这辈子最幸福的时刻。

嗡……嗡……

"小龙，把碗放下，抓紧时间下楼！"父亲抓起手机努力地起身，冲着在厨房洗碗的我喊道。

"怎么了？"我看着父亲严肃的表情，赶忙拽掉围裙走到他身边。

"启明的电话！"不是紧急情况，明哥不可能在这个时候打我的电话，父亲心里也明白，八成又是发案件了。

我把手上的水在衣服上蹭了蹭，使劲按了一下屏幕上的绿色接听键。

"五分钟，到楼下！"

"嘟嘟嘟……"还没等我说话，明哥已经挂了电话。

"还愣什么？赶紧下楼，你还有四分钟！"

"你真不愧是明哥的师傅！"我看了一眼焦急万分的父亲，转身朝楼下跑去。

前脚刚站稳，红蓝交替的灯光便充斥了我整个视野。

胖磊一踩刹车，勘查车稳稳地停在了我面前。

我使劲拉开车门，钻了进去。

"明哥，哪里发命案了？"

"绿荫小区！"

"什么情况？"

"情况有些复杂，咱们到现场再说！"

按照惯例，每次到达案发现场，刑警队的徐大队长都会把整个案情做一个简单的通报，所以明哥对案件情况掌握不全面的时候，通常都不会浪费大家的时间。我们现在要做的就是把自己的大脑清空，等待对案发现场做最为细致的勘查。

绿荫小区建在云汐市市区，也是最早的一批高层小区。整个小区由弧形分布的八栋高层楼房组成，虽然小区建成有将近十年之久，但因为这里是学区

云汐市赵四辉被故意杀害案现场示意图

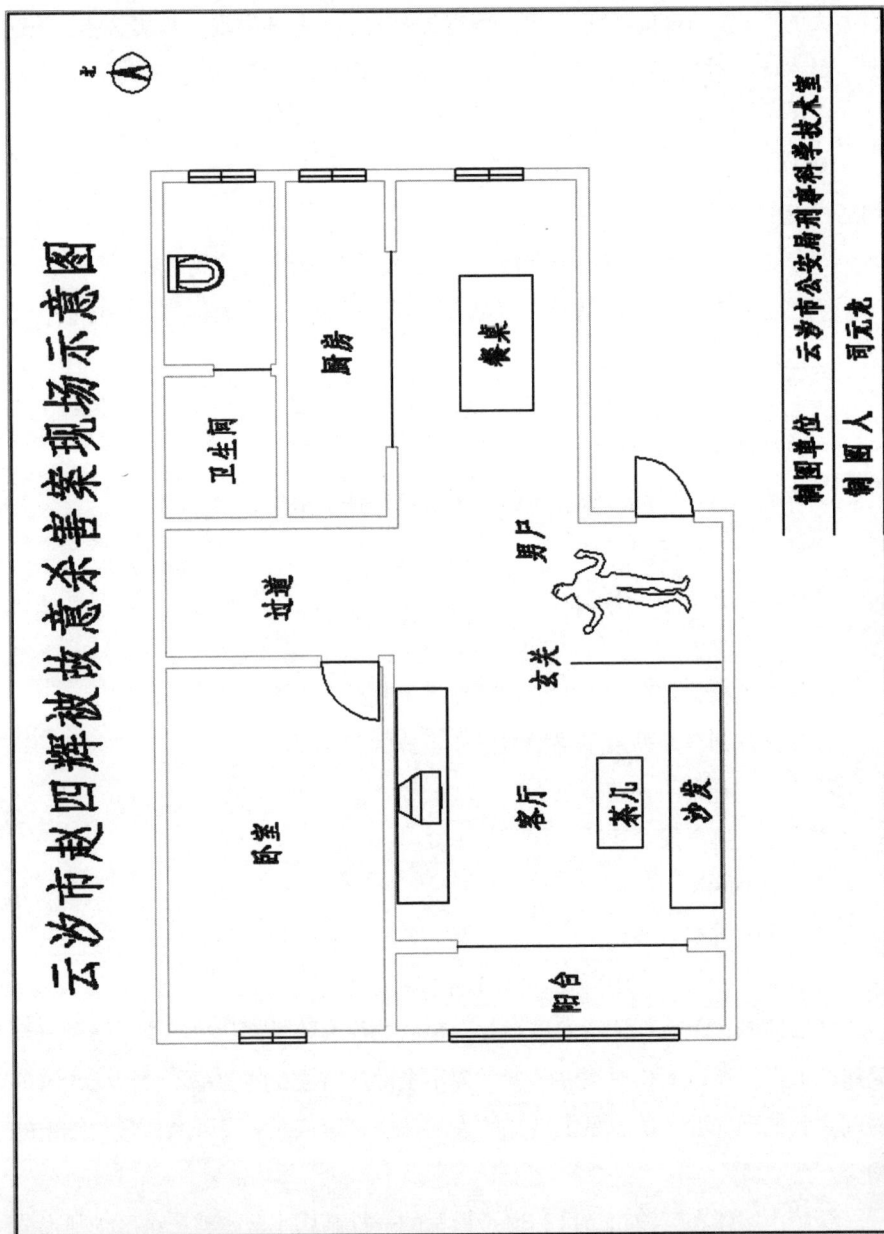

卫生间

厨房

过道

餐桌

卧室

客厅

茶几

沙发

男尸

玄关

阳台

N

制图单位　云汐市公安局刑事科学技术室

制图人　司无左

房，所以价格一直居高不下。

这里是我们市重点中学的片区，小区的入住率几乎达到了百分之九十以上，因为人口密集，所以小区的监控等配套设施相当完善，除非嫌疑人会飞，否则就逃不出监控的影像覆盖。至少从这一点来说，也算是给我们吃了一颗定心丸。

在明哥"直走，直走"的指引下，我们的车停在了8号楼的单元门前。车窗外，黑压压的一片人头。

"我的妈呀，吓死了，这不知怎么回事，人就被杀了！"

"死了几个？"

"我听人说死的是一个男的！"

"怎么死的？"

"听人说是黑社会进屋砍死的！"

"黑社会？"

"可不是，他邻居亲眼看见的！"

"让一让，让一让！"徐大队努力拨开议论纷纷的人群，使出浑身解数才走到我们的面前，趁着这个工夫，我们已经穿好了勘查服。

明哥看了一眼乌泱乌泱的人群："徐大队，我们上车说！"

砰！车门再次被关上。

"案件什么情况？"

"我们通过物业查出死者名叫赵四辉，小名赵黑子，五十五岁，目前一个人独居在8号楼的2908室，女儿嫁到了上海，他的老伴也跟着女儿一起去了那边，我们已经通知他女儿赶回来。另外我们走访周围住户得知，死者平时的口碑并不是很好，经常有一些社会上的人上门催债。根据其邻居介绍，今天晚上有五个小混混曾找过死者，当时她听见外面有人喊死人了，通过门上的猫眼看到五个人从死者的屋内出来，拼命地往外跑，等几人走远后，她开门发现，赵四辉已经被人杀了，接着就报了警。"

"这么说，这个邻居目击到了嫌疑人？"我如释重负。

"是不是嫌疑人还不好说，需要勘查完现场才能有判断！"明哥是标准的唯物主义者，在没看到客观物证的情况下，他从来不做任何猜测性的假设。

"行，那等你们勘查完现场我们再碰头！"

"下车！"明哥一声令下，我们五个人整装出发。周围围观的群众也感受到了我们非比寻常的气场，主动给我们让开了一条通道。

看着电梯间的数字一路飙升，我的大脑几乎进入了完全空白的状态，这也是勘查现场的最佳状态。

叮，电梯门打开，我们五人按照勘查的顺序自动列成一排，朝中心现场走去。

2908室在楼道的拐角处，房门朝东，门是红色的铁皮防盗门，锁芯为"一"字形A级锁芯，锁芯左侧五厘米的门框处有一个宽二点五厘米的撬过的痕迹。这是我站在门口初步掌握的所有情况。

在胖磊将房门的原始概貌用相机固定完全之后，我开始了对房门细致的处理工作。分析这种工程房门是痕迹检验员最为基础的功底，用了不到十分钟，我收起工具，推门进入了案发现场。

早些时候，我曾配合分局的技术室来绿荫小区勘查过盗窃案件。这里主要以小型公寓为主，中心现场的户型也不例外，进门是一块供人换鞋的玄关，玄关的西侧为客厅，在客厅之中摆放了一组沙发，客厅的东侧是一个小型的餐厅，北侧是一条南北向的过道，过道的西边为卧室，东边是厨房和卫生间。整个房间最多也就六十平方米，基本上可以尽收眼底。

玄关北侧五十厘米左右的地面上，一具男性尸体趴在地上。死者的整个颈部几乎被切开，嫩黄色的脂肪碎末沾满了血块；一把银白色的菜刀甩在一旁，屋内血红一片；米白色的地板上，沾满了凌乱的血鞋印。好就好在，阳台和餐厅墙面的玻璃均被打开，形成了空气流通，所以屋内并没有太重的血腥味。

"一个人作案？"胖磊看了看，地面上只有一种鞋印，于是猜测道。

"从鞋印看，很有可能。"我并不否认。

　　我低头看了一眼死者的脚部，肯定地说道："磊哥你看，死者的脚上还穿着皮鞋。这里是他自己的家，屋里的地板很干净，鞋架上也放置有拖鞋。按照正常的情况，他应该一进门就换拖鞋才是，而嫌疑人在杀害死者时，死者连拖鞋都还没来得及换。"

　　"你的意思是？"

　　"我猜测，嫌疑人要么是尾随死者进屋，要么是早早地在屋内等候作案。

　　"死者的致命伤在左侧的脖颈处，也就是说，嫌疑人是站在死者的对面对其下手的。按照正常人的习惯，如果嫌疑人是在死者身后下手，那致命伤应该是在脖子的右后方。"

　　"这一点结合喷溅血迹来分析更为恰当。"明哥见我和胖磊在门口讨论，他也走了进来。

　　"对啊，喷溅血迹！"我突然眼前一亮。

　　明哥看了一眼尸体，肯定地说道："死者的死亡原因很明显是颈动脉锐器伤。"接着他又掰开死者脖颈处血淋淋的伤口："创口骨折线裂向砍击方向，并造成对侧骨板向外翘起，创壁下留有刃部豁口。小龙，你去看看尸体旁边的那把菜刀有没有卷刃？"

　　我点头走到那把沾满黏稠血块的菜刀旁，在强光下，刀上的细节清晰可见："是有一排卷刃豁口。"

　　"嗯，这就应该是嫌疑人使用的作案工具。豁口是否为陈旧性？"明哥接着问。

　　"豁口处氧化很明显，是陈旧性的。"

　　"小龙，你去厨房看一看，死者家中的菜刀在不在厨房？"

　　我转身朝厨房跑去，厨房里响起我翻箱倒柜的声音。

　　"在！"

　　"那这把刀就很有可能是嫌疑人自身携带的作案工具，咱们来看一下现场的喷溅血迹。"明哥的一句话，使我们所有人的注意力集中在了他的指尖方向。

"血迹最为密集的地方为玄关的中上部，距离地面约一米六五的位置，也就是说，死者脖颈伤口喷溅出的血正好可以达到这个高度。血迹集中在玄关上而不是房门处，如果嫌疑人站在死者身后偷袭，血迹应该喷溅右侧，也就是门框位置，这才符合规律。"

"冷主任，如果嫌疑人是左撇子怎么办？"叶茜站在一旁问道。

"这一点可以排除，从伤口的砍切方向看，嫌疑人的发力手肯定是右手。"

"也就是说，我们可以推断出嫌疑人作案时站在死者对面？"

"对，结合伤口和血迹的高度来看，嫌疑人右手持刀与死者面向而站，接着挥刀砍向了其颈动脉。"明哥接着蹲下身子，让我们再往下看，他用手指着玄关的中下段："这里也有血液集中喷溅的地方，但是血量较少，再结合伤口重叠的砍切情况，嫌疑人最少朝死者的脖颈处砍切了两次以上。如果嫌疑人是站在死者身后，趁其不备实施作案，那么所造成的喷溅血不应该是这种分布。从这一点我们也可以得出嫌疑人在行凶时是面向死者而站的结论。"

明哥起身接着说道："有多种可以造成这种对面而站的情况。比如嫌疑人和死者熟识，跟随死者进入屋内，趁其不备将其杀死。还有就是嫌疑人事先埋伏在屋内伺机作案等。

"第一种很好理解，第二种埋伏在屋内又可以分为几种情形，比如嫌疑人和死者之间有仇恨，他事先进入室内伺机作案；或者嫌疑人和死者并不熟识，在偷盗侵财的过程中被发现，于是杀人逃窜。这些问题能否排除，都要靠咱们接下来细致的勘查工作。"

"明白！"

"叶茜！"

"冷主任，你说！"

"让刑警队在最短的时间内结合死者的关系圈进行摸排，最重要的就是要把今天晚上来案发现场的那五个人的情况搞清楚，否则下一步的分析工作没有办法进行。"

"好的！"叶茜领命退出案发现场。

分析、拍照、提取、尸体解剖，等一切忙完已是凌晨四点，还没来得及眯一会儿，叶茜那边就打来电话，说当晚出现在案发现场的五个人，有两个人主动跑到刑警队的大院里说明情况。虽然刑警队已经给两个人各做了一份问话笔录，但是稳妥起见，明哥还是要求叶茜把人带到了我们科室的询问室。

两杯提神的浓茶下肚，困意被赶走了不少。这时，一胖一瘦两名男子在侦查员的陪同下走进了科室的大院。在两人走进院子的时候，我注意到一个细节，两人的双手并没有上手铐，走路更是大步流星，看不出任何担心和惧怕，从这一点几乎可以断定，他们两个很有可能只是知情人，而非案件的嫌疑人。

果然，侦查员反馈，这两个人也是经常跟公安机关打交道，知道事情的严重性，为了撇清跟这件事的关系，才决定主动到刑警队说明情况。其中一个叫陈永浩的人对整件事了解得比较清楚，明哥第一个把他带进了询问室。

四

陈永浩，目测年龄也就二十六七岁，板寸头，一米八的个子，身材瘦削得如同一个立起的衣服架子。

"坐吧，耗子！"看了刑警队做的问话笔录，两人的嫌疑基本可以排除，所以明哥直呼他的外号，谈话的气氛也相当轻松。

"欸，好！"

"事情你也知道了，赵黑子现在死了，我希望你能配合我们公安机关的工作，把你知道的事情全部说出来。"

耗子慌忙起身点头哈腰回答："一定配合，一定配合！"

"赵黑子这个人你是否了解？"

"了解，他在赌场可是出了名的。"

"哦？你说说看。"

"要说这赵黑子就是命好，有个摇钱树女儿，要不然指望他自己，估计连稀饭都喝不上。"

"别卖关子了，说重点。"

"欸，欸！"耗子弓着身子，有些歉意地说道，"我六七年前在赌场里认识的赵黑子，他这个人十分好赌，哪里有场子，哪里就有他的影子。"

关于赌场，我也曾侧面了解过。在全国打击赌博活动的大形势下，我们云汐市公安局开展了多次禁赌专项行动，虽然一再加大打击力度，但是赌博现象依旧时有发生。

随着惩治力度的加大，这些所谓的赌场已经由明转暗，有的潜伏在民宅之中，有的隐蔽在宾馆房间，更有甚者竟然在深山老林之中搭建窝棚，跟公安局打起了游击战。

相传在我们这里，如果你想赌钱，必须提前联系，由中间人带你进入赌场。凡是能进入场子赌博的人，几乎都是熟客。为了防止被打击，这些赌场的老板几乎不做陌生人的生意，这就是赌博现象不能灭绝的重要原因。

"赵黑子很有钱？"明哥问道。

"他一个下岗工人有鸟的钱，还不是他闺女长得漂亮，在地产公司给老板当秘书，说白了就是被人包养的小三。不过话又说回来，他闺女确实有本事，竟然把原配给挤掉了，还给那个老板生了一个儿子。老板是南方人，出手相当阔绰，光在我们云汐市，就给他闺女买了好几套房子。"

"这些情况你是怎么知道的？"

"是赵黑子亲口跟我们说的。"

"接着说。"

"赵黑子以前是有钱大赌，没钱小赌，缺钱不赌。也就是因为赌钱，他老婆和他闺女一气之下全都去了上海，把他一个人丢在了这里。"

"赵黑子平时的经济来源是什么？"

"他闺女一个月会给他个几千块钱生活费，他闺女走的时候给他留了几处房产，因为房子的房产证上都是他闺女的名字，所以他不能出售，只能租出去赚点零花钱，别的就靠天收。"

"靠天收？"

"进场子里推牌九、押大小，赢多少算多少。"

"我还真没听过，哪个人是靠赌博发家的！"明哥冷笑了一声。

"基本上都是场子的老板赚得多！"耗子倒也坦诚。

"你平常是以什么身份出现在赌场？"

"我和我的兄弟龙蛋都是场子里的渡客仔。"

"渡客仔？"

"对，就是中间人。有些赌场的老板要开场子，会先和我们这些人联系，由我们去拉客参赌，然后给我们百分之五的抽头。"

"你昨天晚上为什么会出现在案发现场？"明哥开始对最为关键的问题进行提问。

"为了抽水。"

"抽水？"

"嗯。俗话说，十赌九输，只要是赌局，这赢钱的最终都是赌场老板。很多赌客在赌场里输红了眼就会向场子借爪子钱。爪子钱的利息很高，行情价是十万块一个月一万。虽然赌场老板有专门的收账小弟，但是有些赌客整天东躲西藏不好找，或者就是找到人，身上没钱还。所以在我们云汐市的赌博界有一个不成文的规定，只要有人能提供线索协助赌场老板要回赌债，可以获得百分之十的抽水。"

"你当晚出现在现场就单纯是为了那百分之十的抽水？"

"对，这个赵黑子欠了波叔十万块爪子钱。"

"波叔是谁？"

"警察同志，我不知道这次赵黑子被杀是否跟波叔有关系，这件事非同小可，我也怕我和龙蛋被卷进去，所以我们两个才选择坦白，但是波叔这个人我们惹不起，我在这里恳请你们能为我们保密。"

"好，我答应你。"

"当真？"耗子还是有些不敢相信。

"我是这里的领导，我说话算数。"

听明哥这么说，耗子的眉头逐渐舒展开来："波叔大名叫吕海波，五十多岁，一米七的个头，在龙遴山里开了一家赌场。赵黑子一个多月前，在他的赌场里借了十万块的爪子钱，到现在没述。就在前天，我一哥们儿告诉我，赵黑子在另外一家赌场赢了十五万现钱。因为他在波叔场子里输钱的事我知道，所以我就想能不能把这个消息提供过去，帮助波叔把钱给要回来，这样我就能抽百分之十的水。于是我前天晚上去找了波叔，波叔派了山仔，还有另外两个小弟，我们五个人去了赵黑子家。"

"你们去赵黑子家里之后干了什么？"

"我们到地方时，门是关着的，敲门也没人说话。山仔觉得自己面子上过不去，就让小弟拿撬棍，说是要把门撬开。结果稍稍一用力，门就开了，接着我们就发现赵黑子被人砍死在了家里。"

"你知不知道赵黑子有哪些仇家？"

"我也不是很清楚，我只知道他在外面欠了很多人的钱，而且他经常串赌场，接触的人也复杂。我知道的目前只有波叔。"

"你觉得这件事和吕海波有没有关系？"

耗子眉头紧锁做思考状："波叔手底下有十几个小弟，而且他很有钱，他应该不会因为十万块去杀人，毕竟这些钱都是空手套白狼得来的……"

"也就是说吕海波可以排除？"

"我觉得是他的可能性不大。"

不得不说，明哥的问话技巧已经达到了一个相当的高度。勘查现场时我们已经有了一个大体的判断，再结合刑警队的调查结果，耗子和龙蛋两个人基本可以排除在外。既然排除了嫌疑，那他们的身份就由犯罪嫌疑人直接转化成了证人，而且耗子为了摆脱自己的嫌疑，说话的态度相当诚恳，几乎是有问必答，毫不遮掩。让一个熟悉情况的证人去主动分析一些可能，有时候要比我们煞费苦心去摸排简单得多。

夸明哥神，就是因为这种问话方式需要特事特办，并不是对谁都管用。只有对证人证言有了全面的分析，才能运用这种审讯的技巧，而他的过人之处就在于，他能一边瞄准要害进行提问，一边准确地揣摩被问话者每说一句话之后的内心活动。

"那你觉得谁比较有可能？"明哥接着问。

"我怀疑赵黑子赢了十五万之后，被赌场里的某个人盯上了，然后进他家里抢劫杀人？"

"那，赵黑子在哪个赌场里赢的钱，你应该知道吧？"

"知道，里面有多少人赌博我都能给你问清楚。"

"当真？"叶茜有些兴奋地插了一句。

如果真如耗子所说，是赌场里的人干的，咱们只要查清楚当晚参赌人员的真实身份，然后在案发小区监控中一个个地找，只要有人在案发时间段出现，那基本上就可以锁定为嫌疑人，难怪叶茜会如此兴奋。

"行，叶茜，接下来的情况你来问，然后详细地做个记录，抓紧时间让刑警队去调查。"

"明白！"

"你们手头的物证有没有处理完毕？"

"基本上差不多了！"

"等刑警队的调查有结果之后，我们再碰头。"说着，明哥抬起右手腕，"休息四个小时，上午九点我们直接到会议室。"

五

死者的关系网错综复杂，整个刑警队几乎全部出动，在奋战了一夜之后，终于在预定时间有了一个初步的反馈。

九点钟，我们所有人都带着困意准时坐在了会议室的圆桌旁，明哥并没有着急开口，而是给我们一人甩了一支烟卷，叶茜也端来了几杯浓茶。一支烟卷抽完后，感觉自己的倦意消失了不少，为了抓紧时间，我们四个人几乎是同一时间将烟屁股插进了面前的烟灰缸。

哗啦，哗啦，会议室里响起笔记本翻页的声音。

当会议室里再次安静时，明哥抬头望向坐在窗户边的叶茜："今天叶茜先说。"

因为陈永浩（耗子）的问话材料已经指出了比较明确的嫌疑人对象，刑警队的调查结果关系到下一步分析工作的指向，明哥让叶茜第一个说，就是为了排查所有的嫌疑人目标。

叶茜喝了一口被泡成草绿色的茶水，润了润嗓子："案发当晚除了耗子和龙蛋，还有另外三个人，情况我们也已经查实。电梯监控显示，他们五个人在报案前一个小时出现在死者的家门口。"

"这段视频我也看了，我接着又往前看了一个月的监控视频，发现这五个人那晚是第一次到案发现场。"胖磊补充了一句。

"根据尸体解剖基本可以确定死者的死亡时间与报案时间间隔约二十四小时，也就是说死者是在头一天晚上十一点钟左右被害的，如果这五个人是第一次来到死者家中，那么他们就不具备作案时间。"明哥分析道。

"小区内所有的监控我都看过一遍，基本可以确定。"胖磊很确定地说道。

"那这五个人的嫌疑基本就排除了。"明哥把这一关键点记录下来。

叶茜接着说："我们又按照耗子提供的线索，找到了另外一个开设赌场的老板，根据他的口供，赵黑子在案发当晚九点钟左右确实在他的赌场里赢了十五万现金，接着他接了一个电话便带着现金离开了。因为当天晚上赌场的人不多，所以赌场老板肯定地告诉我们，赵黑子在离开时，赌场里的所有人均在场子里玩，并没有任何一个人离开过。赌场的外围安装有监控，监控正对着门口。"

胖磊又接过话茬："叶茜把这份监控也传给了我，赵黑子在离开时确实没有任何人跟踪，是他一个人离开的。"

"赵黑子在离开赌场时，这十五万现金是如何带走的？"明哥的意思很明确，他想以物找人。"以物找人"是最为常用的调查方法，拿这起案件举例，如果赵黑子装现金用的是某种特殊的箱子，具有特殊的可识别特征（品牌标志、颜色、款式等），这个箱子就可以作为一条线索追查下去。

"就是普通的黑色塑料袋，基本上没有任何特征点。"

"叶茜，赵黑子最后一次赌博的地点在什么位置？"

"在隧道口的一家民房里。"

"那里距离案发现场很近，死者九点钟离开现场，从现场来看，他刚回到家中就被害了，他这两个小时的行踪你们有没有摸清楚？"

"暂时没有任何调查结果。"

"叶茜，你还有没有什么要介绍的？"胖磊抬头问道。

"暂时没有了。"

"明哥，那我来说一下，因为我在观察监控时有些发现。"

"哦？那你赶紧说说看。"

胖磊打开笔记本，把一张有些模糊的监控截图发给我们每一个人。照片上呈现的场景是一个穿着讲究的中年妇女挽着一个男子，两人的动作显得很亲昵，如果仔细观察，你会发现这名男子就是死者赵黑子。

"死者所居住的小区人流量很大，虽然监控的覆盖率很高，但是仍然没有一点抓手，再加上案发时天色已晚，分辨起来难度很大，所以短时间内根本没有办法去甄别。我是在无意间点到了这段视频，通过监控我发现，这名女子在一个月内曾多次来到死者家中，就在上个月的28号，这名女子还在赵黑子家中过夜，并且第二天一大早两个人还手拉着手出去买早点。"

"磊哥，你的意思是说，死者从赌场离开的那两个小时，有可能去找这个女的了？"我好像明白了他的意思。

"就算是没有去找，我感觉这个案件也跟这名女子脱不了干系。"

"焦磊，回头冲洗几张清楚的照片，让叶茜发给刑警队的兄弟们，一定要把这个人的情况给摸出来。"

"好！"胖磊和叶茜异口同声。

"关于视频监控，还有没有什么要补充的？"

"因为时间比较短，我那儿还有大量的视频没有看，暂时只有这么多。"

"好，那接下来我来说说。"明哥接过了话，"尸体解剖确定的死亡时间是前天晚上十一点左右，死者的致命伤分布在左颈部，为锐器伤，作案工具为死者身边的菜刀，这把菜刀根据死者女儿的辨认，为死者家中所有，也就是说，嫌疑人使用的作案工具为就地取材。

"死者身上并没有抵抗伤口，嫌疑人很有可能是在死者还没有完全反应过来时用刀砍向了死者的脖子。我这边能提供的情况就只有这么多。小龙，国贤，你们两个谁先来？"明哥抬头看了一眼面前资料最多的我和老贤，开口问道。

"贤哥，你先介绍一下吧。"

六

"我在现场只提取到了一种生物检材，那就是死者的血迹。"

这句话使我压力倍增。

"但是，这个屋子内的血迹分布可以说明一个问题。"

"什么问题？"

"通过血迹的分布，我基本上可以还原嫌疑人的整个作案经过。"

"整个作案经过？"老贤平时不管说什么话、做什么事基本上都是一个表情，他倒是能沉住气，我心里却焦急万分。

"首先，我在赵黑子家中的电表箱总开关上提取到了一处血迹，血量很大。"

"也就是说嫌疑人在杀害死者之后，曾触碰过死者家中的电源总开关？"听了这句话，我简直就是顿悟。

"对。"

"照这么说，嫌疑人是事先把死者家中的总电源关闭，等将死者杀害后，他又打开了总电源，所以才会在总开关上留下血迹？"

"没错。"

"那嫌疑人必须先一步到达死者家中做好准备，从这一点我们就可以分析出，嫌疑人一定是事先埋伏在死者家中！"

"应该是。"

"我在门口灯的开关上提取到了赵黑子的新鲜指纹，所以当时的情况应该是，死者进屋抬手按动了门口的电灯开关，但是屋内的总电源被关闭，死者便穿着鞋，摸黑走向屋内查看，而此时，埋伏在屋内的嫌疑人趁其不备挥刀砍向了他的脖子。"按照老贤的提示，我推演了整个案发经过。

"可是在黑暗的情况下，嫌疑人怎么能下手如此迅速？"叶茜有些不解。

"虽然在暗室内，但是嫌疑人的眼睛能看得很清楚。"

"什么？不会吧？"

"难道你平时没有留意过，夜里当我们把电灯关掉后，起先眼前一片漆黑，暂时什么也看不到，然而，过不了多久，我们又能看见屋内的事物了？"

"这个……好像……有。"叶茜点了点头。

"这是眼睛适应黑暗环境的一种现象，叫作暗适应。"

"暗适应？"

"这个我来解释。"明哥开了口，"人的视网膜有圆锥细胞和杆状细胞：圆锥细胞主要分布在黄斑区，杆状细胞分布在黄斑区以外的视网膜；圆锥细胞只能感受强光刺激，而杆状细胞则对弱光敏感，也就是说，在夜晚或黑暗的环境下看东西，主要依靠杆状细胞。为什么杆状细胞有暗视觉功能呢？这是因为杆状细胞内含有感受弱光的物质——视紫红质，视紫红质由维生素A和视蛋白结合而成。在强光下，视紫红质分解。因此，从强光下突然进入暗处，圆锥细胞失去作用，杆状细胞需将分解的视紫红质重新合成，这个合成的过程就是暗适应的过程，通常需要数分钟时间。

"嫌疑人提前进入室内并关掉总开关，他在黑暗的环境中已经完成了视紫红质的合成，所以他能看清楚屋内的情况。

"赵黑子居住楼层的过道中有很强的灯光，正如我刚才所说，在强光下，他眼中的视紫红质分解，当他进入黑暗的屋内时，由于视紫红质需要合成，所以他处于短暂的失明状态，嫌疑人应该就是把握了这个时间点杀的人。"

"看来这个嫌疑人还真不一般！"叶茜感叹了一句。

"国贤，你接着说。"

老贤翻开另外一份报告："我在室内的阳台、窗户、柜子、抽屉等多处地方提取到了死者血迹，但根据现场的血液测试结果来看，这些地方的血液较稀，所以我怀疑嫌疑人在打开电源开关后，可能清洗了手上的血渍。我还在卫生间的地面上提取到了一条红色的毛巾，在毛巾上我提取到了三种物质。"

"三种？"

"对。"老贤往烟灰缸里弹了弹烟灰，"这第一种就是死者的血迹，第二种是普通的沙石和泥土颗粒，最后一种的成分较为复杂。"

"复杂？"

"我在上面提取到了大量的虫胶、纯苯、橡胶、乙醇等成分。"

"这些东西有何用处？"

"如果我们把虫胶溶解于乙醇中，经过滤后可以得到棕色透明溶液，再把橡胶溶于苯中，将两种溶液等体积混合，这样就可以得到一种我们生活中常用的物品。"

"常用的物品？"

"对，皮革光油，用于给皮衣上色或者增加亮度，如需要黑色可选用苯胺黑，黄色则用加油溶黄，红色则用加油溶红，等等。"

"沙石和泥土、皮革光油、血迹……贤哥，你的意思是说，嫌疑人在杀完人之后，曾用卫生间的毛巾擦拭，才在毛巾上留下这三种物质？"

老贤点了点头："我提取到的这条毛巾原本很干净，分析应该是洗脸毛巾。嫌疑人肯定是顺手拿过来使用，出现这三种物质很容易理解，嫌疑人用毛巾擦了鞋子和衣服。毛巾上有明显的苯胺黑成分，所以我分析，嫌疑人作案时，应该穿了一件黑色的皮衣。"

胖磊赶忙把这一细节记录在自己的笔记本上，这一关键点对后续的视频侦查工作有很重要的指向性。

"我这边暂时就这么多。小龙，你说说看。"

七

我低头看了一眼报告，将清楚思路之后，开口说道："我在现场提取到了三种痕迹：房门上的撬别痕迹、手套印和鞋印。根据叶茜反馈的情况，撬痕基本上可以排除，那么剩下的就只有手套印和鞋印。我先来说一下手套印。

"现场所有的手套印上伴生有线条状的擦划痕迹，我推断嫌疑人所戴的手套是一种十分特殊的材质制作的。根据对线条痕迹的测量结果，我基本可以断定，他在杀人时戴的是防割手套。"

"是不是警用防割手套？"防割手套，顾名思义就是防止被割伤的手套，它在我们的警用装备中有配备，所以叶茜才有这样的疑问。

"这种手套的主要成分是高强高模聚乙烯纤维、包覆玻纤、氨纶或钢丝，但防割手套市面上的种类很多，具体还要看成分。"老贤推了推眼镜，补充了一句。

"贤哥说得很对，我之前也曾先入为主地认为是警用防割手套，后来经过比对检验发现，嫌疑人戴的手套形成的线条痕迹很不规律，也就是说他戴的手套做工很不精细，防割网排列不整齐，应该是小作坊生产的次品。这种次品淘宝上到处都有售卖，也就几十元一副，没有指向性。"

"也并非一点针对性没有，我们可以由此推断嫌疑人的作案动机。"

"明哥，你的意思是……？"

"在勘查现场时，我仔细观察过现场的血迹分布，没有露白的现象。"

正所谓外行看热闹，内行看门道，当叶茜还在忽闪着两眼等待明哥解释时，我们其他人几乎都已经知道明哥说这话的目的。

死者的死亡原因是颈动脉锐器砍切伤，嫌疑人在杀人的过程中，由于动脉血管血压的原因，肯定会造成血液四处喷溅的情况。血液在空中喷溅时，近距离血量大，远距离血量小，在被溅物体上会形成散射状的血液图形。如果在这个散射状的图形上，有某个物体被移走，那物体上沾染的血液也会随之被移开，这就会造成该有血迹的地方出现空白，我们称这种血液图形不连续的情况为血液露白现象。

根据调查我们得知，死者曾在被害前两个小时在赌场中赢取了十五万元现金，所以嫌疑人的作案动机就可以分为两种，第一种对准这十五万元现金，第二种直接对准这条人命。

我们逐条来分析。死者是一个赌徒，对金钱的渴望比一般人要强烈很多，如果他把这十五万元的现金带回家，势必会把现金紧紧地握在手中。他不是左撇子，发力手为右手，那他到家时，应该是右手持钥匙开门，那装现金的塑料袋就应该握在左手中，而赵黑子的致命伤正好就在左边，这样嫌疑人在杀人的过程中，肯定会有大量的血迹沾染在塑料袋上。假如嫌疑人在作案后拿走了这十五万元现金，那现场的血迹就一定会产生露白的现象，单从这一点我们就可以得出结论，死者当晚并没有将钱带回家中，而嫌疑人的初始作案动机很有可能就是杀人而非侵财。

"监控我看过，死者在进家门时，确实是两手空空。"胖磊的一句话直接让假设变成了客观事实。

明哥点了点头："就目前来看，嫌疑人作案考虑得很周全，他害怕在杀人的过程中死者过激的反抗伤到自己，所以他选择佩戴防割手套，这是他为杀人做的准备。

"我们都知道皮衣的渗透性很差，嫌疑人穿着皮衣，血液在喷溅上去之后，用毛巾很容易擦掉，这是他为逃离现场做准备。

"另外，我们再看看嫌疑人使用的作案工具——死者家中的菜刀。"

"难道这里面还有说道？"我心里泛起了嘀咕。

"现在正值初春，虽然相比冬天衣服减了不少，但一些上了年纪的人穿得还相对较厚，死者被杀时，上身穿了四件衣服。这种情况下，如果选择用匕首捅刺，不一定能将死者杀害。而且我们已经得出结论，嫌疑人是在死者进屋的一瞬间将其杀害，要想准确地把握住这个时间点，只有从颈动脉下手最合适。根据咱们的穿衣习惯，除非戴围脖，否则不管上身穿得多厚，脖子一般都是裸露在外，用菜刀砍切脖颈，基本上可以一刀毙命。但菜刀携带不方便，嫌疑人选择就地取材。从这几点我们不难分析出，凶手在作案之前进行了周密、细致的准备，也就是说，他的原始动机更倾向于杀人。"明哥做了堪称完美的分析。

"如果是这样，那嫌疑人和死者之间一定有某种仇恨，很有可能是熟人作案！"

"我同意叶茜的看法，因为我还有发现。"

"好，小龙，你接着说。"

"死者所居住的为高层楼房的29层，根本无法攀爬。这栋楼的总高是33层，顶楼被封死，也不存在从楼顶悬吊入室的可能，嫌疑人进入室内的方式只有从门进。房门的锁芯我仔细观察过，没有任何撬别的痕迹，所以我怀疑嫌疑人进入的方式是软进门。"

"软进门？"

"对，这是一个学术用语，软进门其实就是非暴力进入室内的统称，通常情况下包括喊门、敲门、等候、尾随或者用钥匙开门等。我们现在已经知道，嫌疑人率先进入室内伏击死者，那他进入的方式只有用钥匙开启。咱们想想，嫌疑人怎么才能有死者家中的钥匙？"

"你是说嫌疑人和死者之间的关系很亲密——难道她就是杀害死者的嫌疑人？"叶茜指着照片上的那名中年妇女说道。

"嫌疑人不是她！"我摇了摇头。

"不是她？"

"对，我把鞋印分析完你就知道了。"

八

"现场只有一种鞋印，四十一码，鞋底花纹很清晰，总体呈现波折形。我把整个鞋的花纹分成前掌、中腰、后掌三大块进行分析。

"前掌，也就是鞋尖的位置，在这个位置上，有六条凸起的人字纹。这种纹线类似于一串站立的大于号，纹线相互交叉，形成一块块菱形的图案。纹线之间的间隔有六毫米，整个前掌花纹纵长为一百零七毫米。

"中腰，也就是足弓的位置。中腰花纹由三等分左右倾斜的细直线组成，夹角为三十度。中间为厂标区，上标注有生产厂的厂号字样，纵长为六十五毫米。

"后掌，也就是后跟的位置，它与中腰相接，呈菱形的格块，中间有三条人字纹，每条纵宽七毫米。"

"这些数据能说明什么？"

"说明嫌疑人穿的是解放鞋。"

"解放鞋不到处都是？"叶茜有些不解。

"他穿的是军用解放鞋，而非市面上售卖的那种。军用鞋有统一的设计，按照统一标准和图纸生产，这种鞋尽管生产厂很多，但鞋的内在质量、外观式样、规格尺寸、鞋底花纹几乎完全相同。军工厂在制作鞋子的过程中，都是根据总后军需生产管理部的标准生产的。这种鞋按照国家标准系劳动鞋类，所以上起机关，下至部队，不论干部、战士，也不分男女，都普遍配发和穿用。

"解放鞋从二十世纪五六十年代已经过多次改型。其间，鞋底由传统的胶粘式改成了模压式，不过时间不长，又改了回来，胶粘式一直沿用到现在。1985年总后军需生产管理部发布了新的标准，代替了老的标准。而我在这个鞋印的中腰位置找到了生产号，再加上测量的数据，我可以分析出，嫌疑人所穿的鞋子为八五式解放布鞋。"

"你刚才也说了，这种鞋子使用的范围很广，市面上肯定不只一个人穿这种鞋子，摸排起来难度很大。"叶茜说出了她的困扰。

"你错了。因为那时候的生产工艺达不到，鞋底很硬，穿起来很不舒服，所以这种鞋子很多年前就不再生产了。而现在的军用解放鞋外观要好看得多，就算是有仿制版，商家也不会傻到仿制那么老的款式。"

"你说的八五式解放布鞋是不是那种最老式的军绿布鞋？"胖磊开口问道。

虽然这些细节在刑警队的摸排中起不到太大的作用，但是在视频分析上的作用不言而喻。毕竟在这个把面子看得比命都重要的年头，一个人要是穿一双老款的绿色解放鞋，那绝对会被看作另类。

"对，绿色的布料鞋面，脚尖的位置有半月牙形状的胶质包头。"

"胶质包头？嫌疑人在作案后曾用毛巾擦拭过鞋子，这样一来，包头位置应该会有很好的反光度……"胖磊在一旁自言自语。

"还有没有什么发现？"明哥问道。

"通过鞋印的数据我分析出，嫌疑人为男性，身高在一米七五左右，中等身材，年龄在四十岁上下。我在室内阳台窗户及家具上提取到了嫌疑人的手套印，说明作案之后他曾开启过窗户并翻动了死者家中的财物。

"结合刚才的推断，嫌疑人开窗户有可能是为了保持空气流通，这样就算尸体腐败，在短时间内也不会让周围的邻居有所觉察，而翻动财物基本就是顺手牵羊。"我一口气说出了我所有的推断。

明哥也在同一时间停下了笔。"现在我们基本上掌握了嫌疑人的一些特征：四十岁左右的男性，上身穿一件黑色皮夹克，脚上穿一双八五式军绿色解放鞋，和死者熟识，有死者家中的钥匙。下面有两个方面的工作需要去开展。

"叶茜，你抓紧时间让刑警队去调查照片上女子的身份信息，重点查明这名女子有没有家庭或者感情纠葛。就目前我们掌握的证据来看，不排除情杀的可能。"

"好的，冷主任。"

"焦磊，你根据分析出来的嫌疑人衣着特征，抓紧时间进行视频碰撞，有了这么明确的结论，找出嫌疑人应该不会很难。"

"简直小菜一碟！"胖磊打了一个响指。

"好，现在就分开行动。"

九

胖磊果然不负众望，只用了一晚上便把嫌疑人从小区的监控视频中给找了出来，可当看到胖磊处理出来的视频截图时，我们所有人的反应用三个字就能全部概括——有屁用。嫌疑人身上口罩、帽子一个都不少，再加上视频并不是很清晰，就算有了截图也没有什么用。

这起案件要想从视频上下手，那也只能进行视频延展追踪[①]，但是这需要耗费大量的时间和精力，除非万不得已或者有明确的目标，否则一般情况下都不会这么做。

虽然胖磊这里走进了死胡同，但叶茜那边传来了捷报，和死者经常一起出入小区的女子被查实，正在来的路上。也就几支烟的工夫，一个打扮得花枝招展的中年女人被领进了科室的询问室。

女人大约一米六的个头，天气不冷却穿着一身貂绒，脚上一双"恨天高"显得格外扎眼，虽然她的身份证上显示她今年已经五十有二，但"风韵犹存"这四个字用在她身上也不为过。

"柏雪，赵黑子死了，这事你知不知道？"明哥开门见山。

"知、知道！"柏雪战战兢兢地点了点头。

"你和赵黑子是什么关系？"

"普通朋友关系。"

"普通朋友能在一起过夜？"可能是因为连续几天熬夜的关系，明哥的火气有点大。

"情……情人关系。"被明哥一吼，柏雪老实了不少。

"你把你家里的情况说一说！"

"我家里就我一个人，十年前和老公离婚了，孩子也判给了他。"柏雪语气中带着一丝伤感。

"你和你前夫这些年有没有联系？"

"他已经重新组建了家庭，我们之间唯一的联络也就是每年我会去看看孩子。"

"你知不知道赵黑子的家庭情况？"

———————————

① 调取嫌疑人所有可能经过路段的视频监控进行分析。

"知道，他有家有院。我跟他在一起，就是为了从他手里弄点钱花。"柏雪倒是实诚。

"除此之外，你还有没有跟别的人有过感情纠葛？"

"有不少，但他们基本上都是想要我的身子，他们绝对不会因为赵黑子睡了我而杀人的。这点警官你可以放一百个心，毕竟我已经人老珠黄，谁会对我动真心？"柏雪自嘲地笑了笑。

"也许真有也说不定。"

柏雪轻轻地摇了摇头，有种看破红尘的味道："自从我前夫怀疑我劈腿把我蹬掉以后，睡我的男人至少有三位数。我跟婊子唯一的区别就是我比她们缠人，婊子卖完拍拍屁股走人，而我还会缠着那些男人给我买这买那，上了我的男人躲我还来不及，怎么可能为了我杀人，这简直是天大的笑话。"

"赵黑子在被杀的那天晚上有没有找过你？"明哥看她的情绪有些不稳定，很快转移了话题。

"找过我。"

"你把认识赵黑子的经过和当天晚上发生过什么事都仔细地说一遍。"

"我这人，只要手里有两个钱，就喜欢去场子里玩两把，也就在那个时候，我认识了赵黑子，聊了几次感觉这个人虽然大大咧咧，但是心眼很实诚。他对别人不怎么样，但是对我还不错。

"第一次陪他睡的时候，他一把给了我一万块，从来没有哪个男人对我出手如此大方，后来因为他，我就断了和其他男人的联系。这一来，我可以从他身上弄到不少好处；这二来，我也想安安心心地过段舒服日子。就这样，我们两个天天在一起，时间长了赵黑子就对我十分信任。

"他被害的那天晚上，大概九点半的样子，他拿了一包钱递给我，让我替他藏起来。因为他在外面欠的有赌债，他不想债主把这钱给拿回去。"

"不还回去，债主就不会要了？"我有些好奇。

"当然会要。但是在场子里欠的爪子钱，说白了就是数字，欠时间长了还不上，债主拿你没办法就会少要一些。经常进赌场的人都知道，所以赵黑子就让我把钱先藏起来，等过一段时间再花。"

"一共多少钱？"

"十五万整。"

"现在钱在什么地方？"

"还在我家里。"

"之后又发生了什么事？"

"我去街上买了点卤菜，他在我家里喝了瓶啤酒，然后我们两个人上了回床，他就回家了。"

"你晚上买的什么卤菜？"

"猪头肉。"

在尸体解剖的过程中，检验死者胃内容物是必做的一项检查，所以明哥才问了这个问题。

"这个人你认不认识？"明哥拿出一张监控视频的截图递了过去。

柏雪仔细地瞅了瞅，摇了摇头："没见过，不认识。"

明哥收回照片。

"叶茜！"

"冷主任，你说。"

"通知刑警队的兄弟带着柏雪一起，按照她说的内容仔细地核查一遍，我等你们的结果。"

"明白。"

死者的社会关系被查了一遍，没有任何的矛盾点。带有嫌疑人截图的监控视频根本无法辨认出嫌疑人的体貌特征。如果柏雪的口供再没有出入的话，那这个案件基本上就回到了原点。

经过一整天的调查，柏雪没有说谎，这个消息对我来说无疑是雪上加霜。现在死者的关系圈基本被排查一遍，没有任何头绪。走访的结果更倾向于嫌疑人跟死者并非熟识，但是凶手如果是死者生活圈以外的人，那他从哪里弄来的钥匙？又是出于什么目的将死者杀害？这一个又一个解不开的谜题就像魔咒一样困扰着我们每一个人。

十

为了解开谜团，明哥第一时间启动了复勘计划，我们选择在一天之中光线最好的时候再次去了案发现场。

下午一点钟，是绿荫小区一天之中最为冷清的时候，因为这个点正好是午休时间，所以我们的到来并没有引起周围住户的围观。

就在我们五个人换好勘查服准备往单元楼道内走时，我的眼睛突然感到一丝不适。

"什么鬼？"我下意识地用手挡在我的眼前。

"有人在拿镜子打反射光！"胖磊第一个反应过来。

"是不是恶作剧？"因为太刺眼，我下意识地走进了单元楼道内，其他人也跟着走了进来。

"还在闪！"叶茜指着对面的高层楼房说道。

"刚才闪了几次？"胖磊眯起眼睛抬头看了一眼。

我揉了揉眼睛回答："我不知道，光顾着捂眼了！"

"难道是求救信号？会不会发生了什么事情？"胖磊捏着下巴有些担心。

"求救信号？SOS？"

"我担心的就是这个！"

"那个信号不是'三短三长三短'吗？这个光柱好像没有这么多次吧？"我心里也不敢确定，说得有些含糊。

"光线应该是从6号楼22层楼道里射出来的，稳妥起见，我们去看看。"

明哥一声令下，我们几个人提着勘查设备，沿着楼宇间的小道很快来到了那个发出光线的位置。这里是楼层最东边的防火通道，通道的尽头便是楼梯间。

"地面附灰尘很完整，只有一种鞋印，四十二码，男士耐克鞋，脚印很凌乱，这个人曾在这里来回踱步，步长很短，说明他当时应该很着急。"我低头看了一眼地面，开口说道。

"焦磊，把鞋印用相机固定下来。小龙，你走近一点看看。"

我几步走到那扇半开的窗户旁："楼道铁栏杆上有大块浮灰擦划痕迹，曾有人趴卧在此，从这里正好可以看见我们的勘查车。"明哥顺着我手指的方向看了一眼。

"会不会这个人看见我们都穿着警服，才向我们求救？"叶茜提出了一个假设。

"他能在这里来回踱步，又能打反光镜，说明他的手脚并没有受到控制，而且这里只有他一个人的鞋印，根本没有第二个人出现，这个人会有什么情况需要我们救援？"我想不明白这个问题。

"难道是我想多了？"胖磊有些歉意地挠挠头。

"我看，八成是小孩子的恶作剧！"叶茜也放松了警惕。

"算了，没事就好，我们先去复勘现场再说！"明哥对我的分析结论也很赞同，冲我们挥了挥手。

我们的脚步声渐行渐远，并不知道当我们搭载的电梯门合上的瞬间，一个男子慢慢地从楼梯间的木门后走了出来，他的手中紧握一把冰冷的长枪，意味深长地看着我们消失的方向喃喃自语："尸案调查科，真不知道下一次你们还会不会这么幸运"。

"都说眼小聚光，还SOS，亏你想得出来！"我们几个人有说有笑地来到了中心现场。

再次站在这个房间的入口时，轻松愉悦的心情立刻烟消云散，撇开刚才的小插曲，更为残酷的现实还在等着我们。案件需要重新梳理，想找到新的线索，只能从复勘现场中去寻求。

一间六十几平方米的房子，在明哥的复勘图纸上被分割成了一百多个小区域，像那种血液密集的重点区域，都被标注上了星号。确定好分工以后，作为痕迹检验员的我，再次推开了案发现场的那扇防盗门。

复勘工作没有我们想象的那么顺利，我们从艳阳高照一直忙活到夕阳西下，几乎没有任何收获。

"走吧！"明哥艰难地说出了这两个字。

复勘现场没有一丝进展，这意味着这个案件很有可能要黄了。砰！房门被我用力地关上。

"我们回去想想，还有什么我们没有考虑周全的地方！"胖磊拍了拍我的肩膀。

每当这个时候，我的心情都最为沉重。我略带不舍地提起勘查箱，抬头重新扫视了一眼案发现场的房门，就在他们四人已经走进电梯间的时候，我发现了一处异常。

我略带激动地喊了一声："明哥！"

"怎么了？"听到我的喊声，他们四人又重新从电梯间里走了出来。

"你们看，这房门有些不对劲！"我指着门上张贴的年画说道。

"不对劲？有什么不对劲？"明哥加快了脚步。

"这应该是过年的时候贴的年画，你看两边的这两个'福'字，全是倒着贴的！"

"我们这里都是这个习惯啊，'福倒'，'福倒'，倒着贴就是'福到'的谐音，讨个吉利，这有啥？"胖磊摇摇头，不知道我葫芦里卖的什么药。

"对。但是你看房门正中位置贴的这张大的'福'字。"

"你不说我还真没注意，这张怎么是正着贴的？"

"这里还有胶带二次粘连的痕迹！"我指着这个'福'字的一角又补充了一句。

"你是说，这个'福'字曾被人撕下来过？"对于明哥来说，很多问题不需要太多的解释。

"从胶带粘连的浮灰看，应该是刚撕开不久。"

"你怀疑这年画是嫌疑人撕开的？"

"对！"

"他撕开年画干啥？这与案件又有什么关系？"

"你把它撕开不就知道了！"

　　叶茜将信将疑地把这张占了半个门大小的"福"字年画撕开，此时，房门上松动的"猫眼"引起了我们所有人的注意。

　　"果然跟我猜测的一样！"我兴奋地提起强光灯，对准猫眼照了过去。

　　"你猜测的什么？"

　　"嫌疑人的开锁方法！"

　　"你不是说他是用钥匙开的锁吗？"

　　"那是之前的推断，现在不是了。他真正的开锁方式，是猫眼开锁。"

十一

　　"什么？猫眼开锁？"这里除了我之外，他们对这种开锁方式都不是很了解。

　　"你们看，这个猫眼显然被人动过！"说着，我用手使劲地晃动了两下，本来还插在房门上的猫眼，竟然很轻松地被我拽了出来："显而易见，猫眼曾被人卸掉过。"

　　"嗯！"

　　"而且你们看房门上的胶带痕迹。"所有人顺着我的指尖看向房门上的黑色长方形斑点。

　　"从张贴痕迹我们可以看出，年画的原始位置应该是在猫眼的偏下方，并没有把猫眼给挡住。嫌疑人在作案的过程中，可能太过匆忙，没来得及把猫眼重新安装回去，但他又害怕我们会识破他的开门方法，所以才将年画撕下来挡在了猫眼的位置，却不小心贴正了年画，露出了破绽。"

　　"但是嫌疑人是怎么从猫眼开锁的呢？"叶茜一直都是一个焦性子。

　　我把强光灯重新打在猫眼之上："有没有发现，猫眼上面有很多呈'凹'形的压痕？"

　　"有，还不少呢！"

　　"这是用专业的猫眼钳拧动猫眼留下的痕迹。先把猫眼拧开，接着用一个特制的'L'形工具，从孔内深入进去，用工具的另一端顶住门内侧的把手，只要稍稍用力往下压，门就可以打开。"

"难道嫌疑人还是个专业的开锁匠？"叶茜瞪大了眼睛。

"就算他不是个锁匠，那他也对这行十分了解。"

"小龙，这'L'形的工具是怎么做成的？"胖磊的眉毛拧在一起。

"工具的长短要根据门锁的位置来决定，又要携带方便，所以一般这样的工具是组装起来的，几根小铁棍，中间用螺丝帽拧在一起，就可以做成。"

"你能不能确定你的判断？"

"磊哥，你让我再仔细研究一下！"被胖磊这么一说，我心里也没了底。接着我把整个猫眼全部卸掉，安装猫眼的孔洞就是两张铁皮，只要有东西在上面施力，孔洞那里就会形成铁皮卷曲的情况。

"铁皮卷曲痕迹在门的内外两侧都有，且在一条直线上。"随后我打开了房门，"门内锁的把手上有新鲜的压痕。我可以肯定，嫌疑人使用的开锁方法就是猫眼开锁。"

"也就是说，我们下一步的工作重心是，要从死者的关系圈中摸排会开锁的这一类人？"叶茜站在一边开始琢磨新的破案线索。

"小龙，有件急事我需要再次确认一下，咱们抓紧时间回单位。"胖磊表情相当严肃。

案发现场被再次贴上了封条，我们几乎是马不停蹄地赶回了科室。我连手中的勘查箱都来不及放下，便被胖磊一把拉进了他的办公室。为了搞明白发生了什么情况，其他人也跟着走了进来。

胖磊一进门便按动了电脑主机箱上的电源按钮。随着一阵开机音乐，一张XP系统特有的桌面出现在我们的面前。桌面上密密麻麻地排满了各种文件，胖磊移动鼠标，点开一个名为"绿荫小区命案嫌疑人进门"的AVI视频文件，开始介绍道："我根据小龙的分析，还有老贤提供的嫌疑人衣着照片，找到了这名嫌疑人，这是小区东门口的摄像头拍摄的嫌疑人进门影像。通过画面我们可以清楚地观察到，嫌疑人在进入小区时双手并没有拿任何东西。"

　　胖磊说完，又点开了另外一段视频："这是嫌疑人作案之后出小区的视频，也是双手空空，什么也没有。如果按照小龙的分析，嫌疑人使用了专业的猫眼钳和组装开锁工具，这一点怎么解释？"

　　"难道嫌疑人在小区里还有内应？"我的脸色变得相当难看，没有丝毫底气地提出了这个假设。

　　当我们激烈地讨论为何会出现这种情况时，明哥却紧盯屏幕没有说话，一直到我们的讨论声逐渐消失，他的眼睛始终没有从屏幕上移开。

　　我以为他在发呆，试探性地喊道："明哥？"

　　"焦磊，电梯的监控有没有？"明哥问出这个问题时，表情也变得舒展了很多，估计他是有什么重大的发现。

　　"嫌疑人作案时故意避开了电梯的监控，作案前后都是走的楼梯。"

　　"对，我在楼梯间找到了嫌疑人上下楼的脚印。"我补充了一句。

　　"整个大楼从一层到顶层所有的楼梯我都做了细致的勘查，没有发现唾液斑、鼻涕斑等生物物证。"老贤也做了总结性的发言。

　　我们都以为明哥是在提醒我们忽略了外围现场的勘查，可事实上在外围现场我们并没有一点发现。

　　"你们勘查楼道的时候我也跟着呢，我不是这个意思。"

　　"不是这个意思？"我已经有些蒙了。

　　"焦磊，单独记录嫌疑人的监控录像是不是只有这一段？"明哥没有回答我的问题，而是继续"拷问"胖磊。

　　"这是最清楚的两段视频了。"

　　"好，选择一个参照点，把这两段视频上嫌疑人的照片用抠图工具给抠下来。"

　　"那我以大门为参照点，截两张。"

　　"好，尽快！"明哥给胖磊让出了座位。

　　啪嗒，啪嗒！办公室里鼠标的点击声和键盘的敲击声此起彼伏。

　　"妥了！"很快，胖磊便把两张照片放置在了一个文件夹内。

　　"按照同比例缩放！"

　　"好！"

"你们有没有发现什么问题？"明哥的食指和中指分别指着两张照片中嫌疑人的腹部。

　　叶茜的眼睛几乎贴在了电脑屏幕上："进门时的照片好像胖了一点！"

　　"对，我在观看两段视频时，发现嫌疑人进门和出门时整个人的体态发生了变化！"

　　明哥的法医技术在整个湾南省可以排在前十，胖磊曾经开玩笑说，明哥光看尸表特征，就能把死亡原因分析个七七八八。经过这些年的实践，我发现胖磊的话没有一点水分，观察一个人体态特征的细微差别对明哥来说再简单不过。

　　"放大这么多，才勉强能看见，明哥的眼不是一般的毒！"胖磊佩服得五体投地。

　　明哥没有时间开玩笑，表情严肃地说道："嫌疑人在进入小区的时候，腹部有些隆起，而在离开小区的时候，整个腹部变得平坦了许多。所以我怀疑，嫌疑人在作案之前把开门工具塞在了皮夹克内，而杀人之后，他把作案工具丢在了小区里。"

　　"难道直接丢在垃圾桶里了？"

　　"不排除这个可能。"

　　"叶茜。"

　　"在，冷主任。"

　　"联系小区物业，把当天负责倒垃圾的工作人员全部排查一遍，一定要确定作案工具的去向。"

　　"明白。"

　　"国贤，如果能找到开锁工具，你能不能提取到相关的生物样本？"明哥有些不确定地问道。

　　老贤嘴角一扬："小龙刚才说了，这个工具需要组装才能完成。如果嫌疑人是徒手组装的话，会有组织细胞脱落，我应该可以在螺丝旋钮内提取到一些生物样本！"

　　"好！"明哥竖起了大拇指。

十二

　　因为这起杀人案件关系到小区居民的切身利益，所以摸排工作进展相当顺利，物业的工作人员均全力配合调查工作。经过半天的摸排，没有一个保洁员在垃圾桶中发现类似的工具。这一消息在第一时间反馈到了我们科室。

　　"难道嫌疑人在小区里随处找个地方丢掉了？"得知这个结果，我脸色变得相当难看。如果真是这样，那寻找的难度就太大了，小区那么大，该去哪里找？

　　明哥在听到这个消息后，并没有像我一样露出为难的表情，而是很淡定地掏出手机，按动了一串号码："喂，警犬基地吗？我是市局技术室的，我们这儿有个案件需要你们的配合……"

　　要不怎么说明哥是我们的主心骨呢，当听到"警犬基地"几个字时，我已经明白了他的用意。警犬在我们的现场勘查中运用得也十分广泛，它的主要作用就是在短时间内追踪犯罪嫌疑人。但是使用警犬的前提，就是要保证充足的嗅源。我们这起案件已经过去了那么久，想找到嫌疑人的嗅源几乎不可能，但是天无绝人之路。

　　嫌疑人在杀人之后曾去卫生间戴手套洗过手，说明他的手套上残留了大量的死者的血迹，而他在带走开锁工具时，就不可避免地会在工具上留下死者的血。我们只要以死者的血迹为嗅源，就可以保证警犬在小区中准确地找到嫌疑人的作案工具。

　　想法虽好，但搜索工作并没有我们想象的那么顺利。四条受过专业训练的警犬在小区内展开了地毯式的搜索，前后用了几个小时，但仍没有任何发现。明哥在再三确认嗅源没有问题的情况下，最终把赌注押在了小区唯一的池塘上。

　　很多人可能曾在电视上看过这样一期节目：华裔神探李昌钰为了侦破一起碎尸案抽干了整个水塘，最终专案组在水塘的淤泥里找到了少量的人体组织，从而锁定嫌犯。大多数人看到这一幕，都会认为电视里的报道有些夸张，恐怕只有我们现场勘查的人员才能体会李博士当时的想法。案件只要有一点抓手，抽干一个池塘对我们来说，又算得了什么？

好就好在这起案件嫌疑人丢弃的作案工具可能是金属材质，使用专业的电磁铁就可以解决所有的问题。而电磁铁在专业的打捞队中是最基础的配备。

功夫不负有心人，打捞的进展很顺利，开锁工具被裹在一条毛巾内，整个沉入了池塘底部。嫌疑人对作案工具如此"细心"地"呵护"，给老贤的检验工作带来了不小的便利。

工具被打捞上来之后，老贤第一时间把它装进物证袋送往实验室。我们几个人则焦急地在实验室门口踱步，我此刻的心情就仿佛一个准爸爸站在手术室门口等待自己的孩子呱呱坠地。我已经记不清是第几次抬起手腕看时间了。此刻早已过了饭点，但是我们几个人没有任何食欲。

嘀嘀嘀！老贤的实验室内传来打印机的声响。

听到动静的我赶忙转身把脸贴在玻璃窗上："有照片，有照片！"

通常只要是被公安机关处理过的人，都会提取生物样本，如果老贤打印出来的报告带有照片，这就表明工具上的DNA直接比中了嫌疑人。

"嫌疑人有前科！"胖磊兴奋地喊道。

"看来是最好的结果！"明哥也滑稽地踮起脚，抻着脖子往里面瞅了瞅。

老贤双手捏着从打印机中出来的A4纸的两个角，激动之情溢于言表，他恨不得把那张写满嫌疑人信息的表格直接拽出来。

嘀嘀嘀……嘀嘀嘀……在打印机滚筒数次工作之后，一张完整记录嫌疑人所有前科劣迹的纸被吐了出来。

老贤激动得一把拽掉口罩，快速输入开门密码，大门刚一打开，他便把那张彩色打印纸塞进了明哥的手中。

"陆军，男，1970年8月12日出生，1988年因为故意杀人罪被判处死缓，2008年出狱。前年一月份又因为吸食毒品被强制戒毒两年，今年一月份刚刚释放。"

"这才出来两个多月又杀人？"我很诧异地站在一旁，读完了关于他的所有犯罪记录。

"叶茜，你们刑警队在调查的过程中，在死者关系圈里没有发现他？"

"没有，这个人我听都没听过！"叶茜对比中的结果也十分困惑。

"难道是搞错了？"老贤皱起了眉头。

"不管怎么说，先找到这个人再说！"

有句话说得好，"有心栽花花不开，无心插柳柳成荫"。当我们所有人都认为这个陆军或许不是嫌疑人时，侦查员却在他家中找到了他作案时穿的八五式解放鞋和皮夹克。

经过检验，老贤在那双解放鞋上提取到了死者和陆军两个人的混合DNA。如果不是这份铁证摆在我们的面前，我们实在想不到被铐在审讯椅上的陆军就是那个"跳出三界外"的凶手。

因为一无所知，所以明哥也无法制作讯问的提纲，我们五个人齐刷刷地把目光对准了与我们只有一扇铁栅栏之隔的陆军。半指长的板寸头，略带棱角的圆脸，四十五岁的他，脸上写满了沧桑，这是一个有故事的人。

十三

"陆军，既然我们能找到你，希望你能配合我们的工作。"因为不明情况，所以明哥张口的第一句话还算客气。

"警官，我的情况你或许也了解。我以前杀过人，如果不是因为我有一个自首的情节，可能早就去投胎了，道理我都懂。"

陆军开口的第一句话让我们的脸色变得很难看，这是在告诉我们，他是有经验的人。虽然他说这话的语气很轻松，但是听在我们耳朵里却有点警告的味道。

"各位警官，不过你们不要误会我的意思。"陆军竟然用歉意的口吻又补了一句。

"哦？"明哥在最短的时间内调整了自己的问话状态。

"警察对我有恩，既然你们已经把我抓到，我也没有必要隐瞒，赵黑子是我杀的。"

我们所有人都没想到他能交代得如此痛快。

"你们不要惊讶，杀了他，我的心愿已了。我现在就是寻死，所以我不会让你们为难，我做了什么就会说什么。"陆军的态度相当诚恳。

"行，那你说说看吧！"明哥主动起身给他点了一支烟卷，并给他松开了右手。

"谢谢警官！"陆军用手夹着烟卷使劲吸了两口，烟卷还没有烧到一半，陆军就掐灭了烟头的火星子，把剩下半支烟卷小心翼翼地放在审讯椅的板凳面上："抽两口，提提神，我也不想浪费各位警官的时间，这些话也憋在我心里很久了，说出来我好尽快上路。"

"好，今天晚上我就好酒好菜给你备着！"明哥也是一个性情中人。

陆军长叹一口气，看了看自己手上冰凉的手铐，沉思了一分钟，接着他打开了话匣子："1986年，我十六岁，因为家里条件不好，小孩又多，供养不起，所以我只得早早地离开家乡在外打拼。

"刚从农村出来的我，手里没有一分钱，只能来市中心找点活先糊口。我的第一份工作就是在酒吧里给人当服务员，工资虽然低，但最起码能保证温饱，有时候把客人哄开心了，人家还能给个一块两块的小费，这小费攒上一个月，也能约朋友出来撮一顿，所以那时候我感觉挺满足。

"在酒吧工作的日子，我认识了跟我一般大的王梦晴。她是外地人，也出生在农村，为了挣钱养活自己，十四岁就下海当了'陪酒小姐'。王梦晴长得还算漂亮，所以经常有客人点台，我在酒吧里只要一上班就能见到她，这一来二去我们两个就熟络起来。说来你们都不信，我们两个人能在一起，就跟电视里演的桥段一模一样。"

"英雄救美？"我想都没想便脱口而出。

陆军点点头："那天晚上，客人硬要拉着梦晴去开房。虽然她是一个陪酒女，但也有自己的底线，坚决不陪睡。客人见软的不行，就要来硬的，就在他准备把梦晴强行拽上车时，我从路边捡起一块板砖就拍了过去。

"梦晴被救以后，作为报答，晚上请我吃了一顿烤串，可能是她心里压抑了太长时间，那天我陪她喝了很多酒。晚上我送她回家时，发生了你们都能想到的事情。"

陆军说话时的表情，带着初恋的甜蜜。

"那天晚上过后，我们很自然地走到了一起，梦晴为了照顾我的感受，主动辞去了陪酒小姐的工作。因为酒吧的收入确实不错，所以我选择继续干，她则在一家饭店当起了服务员。就在我们相处了三个月之后，我发现了她的一个秘密。"

"什么秘密？"

"梦晴吸毒。"

"海洛因还是冰毒？"

"海洛因。是一个客人把她拉下水的。梦晴以为我知道这件事后会离开她，而我却告诉她，不管她变成什么样，她都是我心里最爱的那个人。也正是因为这句话，梦晴下定决心要把毒瘾给戒掉。

"从那天起，我们两个双双辞去工作，我在家里陪她度过了人生中最艰难的半年。我记得很清楚，1987年6月1日，儿童节，我拉着梦晴的手走出房门，头顶上的天是那么蓝，看着街上车水马龙，我从未感觉到自己对未来会有如此美好的憧憬。

"为了能过正常人的生活，我们两个东拼西凑借了一万多块钱，在街边租了门脸准备开个小饭馆。简单地装修之后，'梦军饭店'的招牌正式挂了出来。

"可好景不长，饭店刚开始营业，就有几个社会上的大哥找到了我。"

"收保护费？"

"和这个性质差不多。他们告诉我，如果饭店想正常营业，所有的食材必须从他们那里购买，而且需要定量购买。"

"定量购买？"

"也就是说，不管你生意好坏，都必须每天从他们那里购买两百块的食材。可他们提供的那些东西都是烂菜叶子、死猪肉，你说给客人这种东西吃，这不是丧良心吗？我那时候年轻气盛，就给一口回绝了。"

"后来这些人的老大，一个绰号叫'猴子'的人警告我说：'这片地方都是老子的，要想在这里干，就要懂这里的规矩，否则就他娘的给我卷铺盖走人。'

"那年我才十八岁，正是血气方刚的年纪，他这话一出，我俩就在店里干了起来。我一刀砍在了猴子的头上，后来因为这事，我被派出所治安拘留了十天。"

陆军说到这里，突然握紧了拳头，我仿佛看见怒火在他的身上燃烧。

"我被送进拘留所的那天，猴子就带话给梦晴，让她给我准备好棺材，我从拘留所出来的那天，就是我的死期。梦晴为了能保我一命，主动找到猴子和解，希望他能放过我们俩。可猴子说，放过我们俩可以，梦晴必须要陪他睡一觉。梦晴跪在猴子面前哭得像个泪人，可猴子非但没有可怜她，反而喊着他的几个小弟，把梦晴给轮奸了。

"这个畜生把梦晴给轮奸了！"陆军一拳砸在了审讯椅的铁板上，发出砰的一声巨响。

十四

明哥起身走到陆军跟前，用手拍了拍他的肩膀："不行就休息一会儿再说。"

"谢谢警官，不用。仇我报了，我想赶紧上路去见她。"恢复平静的陆军感激地看了明哥一眼。

"那好，你自己掂量。"

陆军的喉结上下滚动，接着开了口："从拘留所回来时，我就发现梦晴有些不对劲，在我的再三逼问下，她说出了整件事的经过。

"我的女人被这帮畜生糟蹋了，我要不报这个仇，我他妈还是个人吗？当时我脑子一热，从厨房里抄了一把菜刀跑进了猴子家，趁他还没有反应过来，一刀砍断了他的脖子。"

陆军缓了口气，接着说道："杀人时完全是在气头上，可回到家里我就开始后悔，杀人偿命，梦晴怎么办？她未来的几十年该怎么走？我杀猴子时，他的两个小弟都在场，警察很快就会找到我。为了不拖累梦晴，我决定亡命天涯。

"就在我一只脚踏出房门的那一刻，梦晴一把拉住了我，她说：'陆军，你不能走，如果选择逃跑，你这条命就没了，你死了就等于我死了。虽然你杀了人，但是我们选择自首，还能保住一命，以后不管你判多久，我这辈子都是你陆军的女人，就算是到了老得走不动的那一天，我也会等你出狱。'听了她的话，我的泪水没有任何征兆地流了出来，我们两个紧紧抱在一起，把这辈子的眼泪都流干了。我真想就这样抱着她，永远不分开，可梦晴担心警察会找上门，把家里仅有的两百块钱揣在了我的兜里，我们两个牵着手，走进了派出所的大门。

"因为我认罪态度良好，有自首情节，最终被判了死缓，保住了一条命。服刑期间，我白天黑夜拼了命地干活，我的管教知道了我的情况，多次给我申请减刑，后来我只蹲了最低刑期，二十年。

"那年，我们三十八岁。我出狱的第一天，梦晴就带着我走进了民政局，她在苦苦地等待我二十年之后，终于……成了我的新娘，而我们的婚礼也仅仅花了几元钱的工本费。

"我很珍惜和梦晴在一起的每一天，为了养家，我什么都做，拎泥兜，搬砖头，就这样我玩命地干了一年，手头总算有了些积蓄。但因为身体不好，这种体力活我越来越吃不消，后来我俩开始卖早点维持生计。

"结婚一年多，平淡的生活之外，我最大的心愿就是能像别的家庭一样，有一个属于我们的孩子。也正是因为这件事，梦晴在万分艰难的抉择之后，选择告诉我实情。"

从陆军哀伤的表情上看，这可能又是一个悲剧。

"当年为了能保我一命，梦晴借了几万块的高利贷，没有工作的她，只能选择卖身子去还账。梦晴当'小姐'的这些年，曾多次怀孕，为了省钱，她选择去一些小诊所做人流。就在最后一次接受手术时，医生操作不当，导致她子宫大出血，为了保命，只能做了全切手术，永远地失去了生育能力。

"子宫被切除后，梦晴感觉整个天都塌了下来，她不知道等我出来以后，要怎么跟我交代。在巨大的压力之下，梦晴做了一个冲动的选择，她再次开始用毒品来麻醉自己，这一吸就是十几年。"

陆军抹了一把有些沧桑的脸颊："梦晴告诉我，她估计撑不了几年就要走了，她说这辈子最对不起的就是我。可我心里清楚，人这一生能有几个女人愿意为自己耗费二十年的青春？所以我根本不怪她，我爱她就要包容她的全部，不管她变成什么样子，她是我陆军的女人，我绝对不允许她死在我的前面，要死我们就一起死。那天以后，我做了一个决定。"

"决定？"

"我开始背着她吸食海洛因。"

陆军脸上没有任何表情："梦晴知道后，认为是她害了我。她当着我的面，一巴掌一巴掌扇自己耳光。看着她嘴角渗出的鲜血，我好心疼。我跪在地上求她，让她不要自责，虽然上天对我们如此不公平，但是我们还是要笑着去面对。

"我劝了她一整夜，她才放下心里的包袱。就这样，我们每天都当成最后一天去活，白天辛苦赚来的钱，晚上就换成毒品，在别人看来暗无天日的生活，却被我们过得有滋有味。

"弹指间，一年很快过去，一切来得太突然。"

陆军说到这儿，捡起审讯椅上那半截烟卷。

"小龙，给他点上。"

我拿起火机按出火苗，陆军把那截发黑的烟头伸了过来，空气中重新飘起了烟草的味道。

抽了几口之后，火星烧到了烟屁股，陆军把烟头按灭扔在地上，开了口："前年的3月10日晚上九点，我和梦晴做完生意把房门锁上，在屋里吸食毒品，就在这时有人砸我们的房门。"

"这个人是谁？"

"我们的房东，赵黑子。"

十五

听到这里，我终于捋出了头绪。

陆军接着说："赵黑子每个月的10号都会来收房租，可他早不来晚不来，偏偏这个节骨眼找上门。当时我和梦晴已经把针头插入了血管，如果我在这个时候打开门，赵黑子一定会发现我们吸毒的事情。可房间里亮着灯，就算我不开门，赵黑子也不会善罢甘休。就在我拔掉针头的那一刻，梦晴突然口吐白沫，躺在地上抽搐起来，赵黑子也恰巧在这个时候用钥匙打开了门。

"赵黑子也是混社会的人，看到眼前这一幕，他立马猜出我们在吸毒。哪知道赵黑子一点人情不顾，掏出手机就要报警。梦晴这种情况，如果不及时送医院这条命就没了。警察要是赶到，给我做个尿检，我肯定第一时间被抓，梦晴这个时候不能没有我。我被逼得没有办法，跪在赵黑子面前，给他连磕了几个响头，求他不要报警。可他竟然一脚把我踢开，问我要一万块钱封口费。

"我每个月连交房租都困难，哪里有一万块钱给他？既然没得商量，我情急之下就把他打倒在地，背起梦晴便往楼下跑，可赵黑子趴在地上拽着我的裤脚死活不让我走。

"我能感觉到梦晴的呼吸越来越微弱，我把梦晴抱在怀里，又给他跪了下来，可他就是死活不撒手，如果不是警察来得及时，我已经有了杀了他的冲动。民警在简单地问了情况后，二话没说，用警车把梦晴送到了医院，可经过一夜的抢救，梦晴还是走了。"

听到这里，我们已经可以猜出陆军的杀人动机，而这个赵黑子确实死有余辜。凡事都讲究一个因果报应，有些事不是不报，而是时候未到。

"因为我多次吸食海洛因，派出所要把我强制隔离戒毒两年，我对办案的警官说：'你们想怎么处理我都行，我只求能让我送我爱人最后一程。在这个世上，除了我，她已经没有一个亲人。'派出所的所长在得知我的情况之后，请示领导，特事特办。就这样，我在两名警官的陪同下，把梦晴的骨灰埋在了殡仪馆的公墓内。

"临行前，我摸着墓碑上梦晴的黑白照片，在心中暗暗发誓，我一定要让赵黑子血债血偿！"

陆军露出一丝解脱的笑容，接着说道："在戒毒所服刑的两年间，我天天都在琢磨杀掉赵黑子的方法，想来想去只有在他家中伏击最为稳妥。可他们家住在29层，要提前进到屋内，确实不是一件容易的事。巧就巧在我服刑的第二年，在里面认识了一个锁匠，从他那里学到了从猫眼开锁的方法。进门的方式解决了，那剩下的事情就好办多了。从戒毒所出来的这几个月里，我一边制作工具，一边摸清楚赵黑子的行踪，等一切准备妥当之后，我开始了我的杀人计划。"

"把你当天晚上的衣着情况说一下。"

"因为害怕血溅在身上擦不掉，我当天晚上穿了一件黑色的皮夹克。"

"你穿的是什么鞋子？"

"是我以前在监狱服刑时发的老式解放鞋。"

"你接着说。"

"摸清楚赵黑子的行踪以后，我带着工具来到赵黑子家。按照锁匠教给我的办法，我用自制的工具打开了房门。为了不让赵黑子发现我在猫眼上动了手脚，我把他家门上的年画给挪了个位置。"

"之后又发生了什么？"

"我进屋后按照我事先的计划，关掉了屋内的总电源，从厨房的墙上拿了一把菜刀握在手中，接着我便坐在客厅的沙发上等着赵黑子回家。一个多小时后，我听到了开锁的声音。

"房门打开了，进来的果真是赵黑子。就在他准备朝屋里走时，我一刀砍向了他的脖子。当带着温度的液体喷溅在我手上时，我闻到了久违的血腥味。

"看着赵黑子慢慢地在我面前倒下，我又朝他的脖子补了几刀，我能感觉到他的血在飞快地往外流。他断气以后，我打开了屋里的电源开关。

"因为身上喷上了不少的血，我去卫生间简单冲洗了一下。接着我又把客厅和阳台的窗户打开散散血腥味。最后我把开锁工具扔进小区的池塘中，离开了那里。"

尸 案 调 查 科

第三案

血泪肾脏

无间行者

一

深夜，罗岗村西头的民房内，一个身体壮硕的青年男子躺在床上，辗转反侧难以入睡。他侧身望着睡在身边的女人，一股欲望涌上心头。

男人一把将女人抱在怀里。

"哎呀，你干啥？"女人有些疲倦，将他一把推开。

"孩子都睡了，你说能干啥？"

"明天还有五亩地要翻，你哪儿来的劲头？"女人微微睁开一只眼睛。

"不就五亩地吗？我明天保证翻好！"男人说着又扑了上去。

"昨天才来过，今天还来，现在计划生育抓那么紧，你难不成还想要小三子？"女人被男人这么一搅和，困意已经消了七七八八，说话的声音也比刚才大了不少。

"咋？生小三子咋了？生小四子我也养得起！"

女人刚想反驳，屋外忽然咕咚一声响。

"啥情况？"男人从木床上蹦下，一个大步跨到窗户边朝外望去。

"咋了？"

"是粪坑！"

"粪坑咋的了？难不成还有偷粪的？"女人以为是多大的事，一听到是这个结果，把被子重新往身上一盖，倒头就要睡过去。

"不行，得去看看！"男人一屁股坐在床边，把那双散发着酸臭味的千层底布鞋套在了脚上。

"看啥看，一坑粪还当成个宝？"女人直接翻过身去不再理会。

"老娘们懂个×，我刚才好像看见有个人朝咱粪坑里扔了东西。"

"扔就扔呗，有什么能比一坑屎还脏？"

"别叽叽歪歪的了，睡你的觉！"男人把床头那件洗得有些发白的衬衫往肩膀上一搭，抄起柜子上的大号手电筒推门走了出去。

用藤条编制的篱笆院门吱呀一声被推开了。

"吧唧，吧唧！"篱笆院墙外的狗窝内传来一阵舔食的声响。

"我说怎么不叫唤呢，吃，吃，吃，吃死你个畜生！"男人把刚才的怨气全部撒在了面前的这条黑狗身上。

"汪汪汪！"黑狗仿似通了人性般，对男人狂吠起来。

"呦嗬，说你两句，你还来劲了！我他妈看你还叫唤！"男人把手电筒调成强光，对准黑狗的双眼便照了过去。

这一招果然管用，黑狗被照得嗷嗷直叫，老老实实地退回了自己的窝中。

"你他娘的吃的是啥？"男人好奇地把光线对准了地上那血糊糊的一片。

"乖乖，有口福啊，你从哪里叼来的猪腰子？不过猪腰子好像没有这么小啊？难不成是小乳猪的腰子？不对啊，小乳猪也没有这么大啊。"男人找来一根树枝，蹲在地上来回翻挑，玩得不亦乐乎。

"呜……"黑狗露出獠牙，像在警告男人。

"放心，老子再穷也不会沦落到跟你抢食的地步。"男人研究来研究去也没有研究出是个啥，索性用树枝把那个还沾有血块的腰子挑到了黑狗的嘴边。

"汪！"说时迟那时快，黑狗赶忙一口咬住，啪，这个腰子就像是被捏炸的葡萄，鲜红色的液体喷溅得到处都是。

"操你奶奶的，趁着晚上出去偷吃，明天别想我再喂你！"男人甩掉树枝，拍了拍手中的尘土，骂骂咧咧地走到自家的粪池旁。

"他妈的，粪都漫出来了，这个龟孙，往池子里扔的啥？"

男人说着把灯光打在了池内，一个露出池面的蓝色尖角引起了他的注意。

"这是啥？感觉还不小呢。"男人蹲在粪池边苦苦地思索。

"管他三七二十一，戳上来看看。"男人下定决心，起身回到篱笆院子内拿起了粪叉。粪便如果想快速发酵，翻粪是必需的步骤，而翻粪的工具在我们这里就叫作粪叉。这种叉子和猪八戒的九齿钉耙的区别就是，二师兄的是九个齿，而这种是四个齿，而且是直的。

男人把粪叉往肩膀上一扛，再次折返回来，可能是因为池中的粪便太过稠密，东西并没有快速下沉，而是半浮着。

确定好位置以后，只见他青筋暴起，双手一用力，做了一个冲锋刺杀的动作，整个叉子硬生生戳进了这个不明物体内。干惯农活的人力气自然不一般，在他嗨的一声喊后，东西被他硬生生挑了起来。

啪！沾满粪便的包裹被扔在了粪池边。

男人这才注意到，刚才被叉子戳破的一排小洞正汩汩地往外流着暗红色的液体："这是什么？"

"怎么会有血？"

"难不成是死狗？"

俗话说，好奇害死猫，男人虽然有些忐忑，但还是把手伸向了包裹上的那个金属拉锁环。

当拉链被拉开一半时，伴着啊的一声惨叫，男人一个趔趄掉进了自家的粪池之中。

二

"再来四串大腰子！"叶茜喝完一杯啤酒之后，伸手对着远处的烧烤摊老板大声吼了一句。

在我的印象中，很多跟我们差不多大的女生都喜欢什么阳光、沙滩、海浪、仙人掌，可叶茜这个"奇葩"却喜欢半夜出来撸串。撸就撸呗，还每次都喊我一起。我老爹老娘还以为我们两个在拍拖，所以只要叶茜一打电话，我老娘几乎是连拖带拽地把我轰出门外，不得不说，真是我亲妈。

"你怎么不吃啊？"叶茜说着又抓起了一串五花肉。

白天忙了一整天，我现在困得睁不开眼，哪里有一点食欲？

叶茜看我有些为难情绪，一巴掌拍在桌子上："吃不吃？万一晚上来事了，你就饿着吧！"

"滚犊子，你这个乌鸦嘴！"

嗡……话刚说完，我口袋中的手机便疯狂地振动起来。

"哎！咱说好的，谁先接电话，谁埋单！"叶茜用她那吃了一半的五花肉的竹签指着我警告道。

在这个人人争做"低头党"的时代，可以说百分之九十的年轻人都患有手机焦虑症，手机不能离身，否则就会变得焦躁万分。这也是叶茜定下的霸王条款，只要我俩在一起吃饭，谁先接电话谁埋单。

我掏出手机，看了一眼手机屏幕上的来电显示，瞬间眉头拧在一起："你果然是坑爹的队友！"说着我把手机举在了叶茜的面前。

"冷主任的电话，真的发案件了？"

"你说呢？"

"我又不是故意的！"叶茜把头一转，不敢正视我。

"你要是预测彩票能这么准，我也能跟在后面沾沾光！"

"哎呀，好了，别絮絮叨叨的了，赶紧接电话吧！"

我翻眼看了一眼叶茜，按动了接听键。

"四串大腰子打包啊！"

我还没开始说话，叶茜起身又朝烧烤摊老板挥了挥手。

"就知道吃！"我嘀咕了一句。

"什么就知道吃？"

"明哥，我不是说你，我和叶茜在吃烧烤呢！"

"喝酒了没？"

"喝了一点啤酒！"

"在什么地方？"

"蓝山啤酒广场！"

"在那儿等着，我们随后就到！"

"发案件了？"

"罗岗村，命案！"

明哥说完就挂了电话。

"真的发命案了？"叶茜看我的脸色有些难看，态度来了个一百八十度大转变，用手拉了拉我的衣袖，"喂，跟你说话呢，发什么愣啊？"

我一把将叶茜手里打包好的大腰子抢了过来："这回我真要赶紧吃点。"

刚吃个半饱，胖磊的车便停在了啤酒广场。

"你们两个，撸串也不喊我！"胖磊坐在驾驶室里，把头探出窗外对我抱怨道。

"给你，你最喜欢的羊腰子！"说着，我把一次性饭盒递进了驾驶室。

"正点！"胖磊一听到吃，立马原形毕露，他这一身肥膘，绝对都是自己一口一口努力吃出来的。

"明哥，什么情况？"我把车门带上，张口问道。

"罗岗村的一名村民在自家的粪池中捞出了一个包裹，里面装了一具男尸，具体情况刑警队正在走访，还不是很清楚。"

"粪池？"我显然对这个名词比较敏感。

"对！"

我看着边开车边把大腰子往嘴里塞的胖磊，脑补了一下现场凶残的场面，开口说道："磊哥，你这还吃得下去？"

胖磊不以为意："那有啥，你磊哥我什么大风大浪没见过，对着巨人观吃盒饭，我都不带眨眼的。"

"行，你赢了！"我借着车上的后视镜，对他竖起了大拇指。

最近两天，云汐市迎来了短暂的梅雨季，而案发现场罗岗村则是我们这里几个没有通水泥路的村落之一。在泥土路面上，笨重的勘查车根本没有办法行驶，所以我们只能背着勘查设备向两公里以外的中心现场徒步前进。

一路上胖磊的喘气声此起彼伏，在他"不行了，不行了"的喊叫声中，我们集体停下脚步。

时间刚过夜里一点，午夜的村落显得格外宁静，一阵夹杂着湿凉泥土气息的微风吹过，诡异的氛围更加浓重起来。远处模模糊糊的地方，泛着点点白色灯光，那里聚集了不少的人。

"前面就是了，你克服一下！"明哥拍了拍胖磊的肩膀。

"没事，继续走！"胖磊艰难地回了一句。

我把胖磊的照相器材往肩膀上一扛，嘴里咕哝了一句："还好晚上给你弄了俩大腰子，要不然估计得我背你走！"

胖磊听我这么说，干脆把他身上最后一个相机包也挂在了我的脖子上。

我们朝着光亮处步行十分钟，嘈杂的交谈声由远及近。警戒带内，辖区派出所的民警已经在粪坑的四个角用竹竿支起了四个拳头大小的节能灯。

虽然我穿着密不透风的勘查服，但臭气熏天的味道还是难以掩盖，这种发酵出来的臭味比起尸臭更容易让人干呕。围观的村民估计早已习惯，一脸轻松，可负责撑竹竿的四个民警脸都快要绿了。

"冷主任！"徐大队挤出人群。

"目前是什么情况？"

"报案的是罗岗村的村民罗瑞，晚上听见有人往他们家的粪池里扔了一个东西，他出于好奇就用粪叉给挑了出来，打开一看，是一具男尸。我们也找人辨认过，死者不是村里的村民，根据罗瑞的回忆，嫌疑人好像是骑着摩托车进行抛尸的，别的情况我们也是一无所知。"

"报案人罗瑞呢？"

"他刚才掉进粪池了，在家里洗澡呢！"

明哥指了指包裹上染满血水的一排圆形洞口："尸体被他用粪叉戳过，所以我们在打开包裹时，需要他在场排除一些干扰。"

"没问题，我现在就把他给喊过来。"

"好，那麻烦徐大队让兄弟们把围观的人清理一下，我们去看看尸体再说！"

三

这是一个长六米、宽四米、深一米五的立方体水泥粪池，粪池东侧五米的位置是一条南北走向的泥巴路，小路宽约一米。

粪池周围已经被多人踩踏过，失去了勘查的价值。在探明情况之后，我们五个人直接站在了尸体旁，而报案人罗瑞也被徐大队带了过来。

在打开装尸的包裹之前，老贤把袋子的一角捏在手里使劲搓了搓，这样做的目的就是确定包裹的材质。多次用力之后，老贤的手指间传来刺耳的声响，然后声响戛然而止，他转头对我们说道："氯纶，以聚氯乙烯为基本原料的纤维，化学稳定性高，不燃、绝缘、耐磨、防水，常用于纺织防火布、劳动布、帆布、帐篷布等物品。"

接着老贤又沿着包裹走了一圈，他很肯定地说道："嫌疑人装尸的东西应该是非常廉价的防水睡袋。"

包裹上沾满了蛆虫和粪便，如果不是老贤亲口告诉我，我还真想不出这个东西竟然是一个睡袋。

"我在揉搓的过程中，发现声音清脆，摩擦有力，这应该是新购买的睡袋。"老贤又补充了一句。

"也就是说，嫌疑人为了杀人特意准备了工具？"

"对！"

可能很多人不明白我问这句话的意思，但实际上，这对案件的定性有至关重要的作用。为杀人准备工具，说明嫌疑人在作案时曾有过计划，而非临时起意。这就从侧面证明，嫌疑人的作案动机就是害命。不管是仇杀，还是情杀，凶手和死者之间都会有一个矛盾点，而这个点，便是破案的关键。

睡袋被拉开了。

由于睡袋的防水性能极佳，所以尸体上并没有沾上粪便，看到这一幕，我们的心里总算有了一丝安慰。

老贤在睡袋的旁边早早地铺上了一大块塑料薄膜，接着我和明哥小心翼翼地把尸体从睡袋中慢慢地取出。

当尸体被抬起时，只听哗的一声，死者的内脏顺着腹部两侧的伤口流了出来。由于粪叉戳进了死者大肠，流出的内脏上沾满了像南瓜粥似的粪便。

明哥先把尸体摆放在塑料薄膜之上，接着用手将睡袋中的内脏捧了出来。

我们还没说话，只听嗷的一声，报案人罗瑞站在一旁吐了起来。

明哥不以为意，只见他把软标尺贴在了尸体那两条血淋淋的伤口之上："腹部两侧均有十五厘米的锐器伤口。"

"大腰子！"胖磊干呕着说了一句。

这时我们才注意到，这一堆内脏中，并没有肾脏。

保险起见，明哥把手从伤口处伸了进去，他来回摸了两次之后，又换另外一个伤口："死者的两个肾脏被摘除，从取肾的刀口来看，嫌疑人刀工虽然不怎样，但对人体解剖有一定的了解，否则不可能两刀都割得这么准。"

"难不成是医生干的？"叶茜猜测道。

"这太武断了，大学里开设解剖课程的专业多了，也不一定是医生。"

"小龙说得对，我们现在最重要的就是要找到嫌疑人的杀人现场，另外还要找到死者两个肾的下落。"正当明哥开始研究下一步的勘查计划时，报案人罗瑞开了口："警……警……警官。"

"嗯？"我们五个人都转头看向他，等待下文。

"死……死……死者的肾我知道在哪里。"罗瑞慢慢举起右手，仿似回答老师问题的学生。

"在哪儿？"

"可……可……可能被我家的狗黑贝给吃掉了。"

"什么？被狗给吃掉了？"

"嗯，啊！"罗瑞想想就要反胃。

在他第二次狂吐之后，罗瑞把整个发现的经过又重新给我们叙述了一遍。

明哥听完，有些歉意地说道："罗老弟，是这样的，你们家的黑贝我们要带走，我们这一带走，可能它就回不来了。"

这起案件中，死者的肾脏可能被狗食入腹中，为了证实这一点，必须要解剖狗的胃部，把死者的肾脏取出来，这样才能形成一个完整的链条。当然，这也只是特事特办，如果人体组织已经被消化，就不必经过这一步。有些人觉得这样做可能有些残忍，但比起一条活生生的人命来，我们只能舍轻为重，这也是没有办法的办法。

"不要了，不要了，这吃了人的狗，谁还敢喂？"罗瑞赶忙摆手说道。

"那个，我们使用注射，不会让狗走得太痛苦！"老贤双手合十，抱歉道。

"没事，没事，你们赶紧拉走！"

"小龙，这边已经没有什么工作可做。根据报案人的描述，嫌疑人是骑着摩托车前来抛尸，你看看能不能把他的来去路线给摸清楚？"围观的人越来越多，天也接近蒙蒙亮，等所有人都起床，会给分析工作带来极大的难度，所以明哥才焦急地催促。

"明白！"说着我拿起强光勘查灯，带着叶茜走出了人群。

好在昨天下了一阵小雨，虽然经过一天的晾晒，但泥巴路的路面还是有些潮湿。摩托车在这种路面上行驶，会留下十分清晰的轮胎痕迹，这就给整个分析工作带来了极大的便利。

很快，我在这条南北向的路面上找到了目标痕迹。

"向南走！"我低头看了一眼很像枝丫图形的轮胎印记，指了一下南边。

叶茜跟在我后面快速地移动脚步，约十分钟后，我们走到了一个四岔路口。这段路的两边没有树木遮挡，水分蒸发较快，路面比刚才的要坚硬许多，这就导致轮胎印记并不是很清晰，在这样的路面上判断摩托车行驶的方向，难度增加得不是一点两点。

我把强光灯对准十字路口的中心位置，在排除干扰之后，我的心里有了一个明确的答案："往右手边走。"

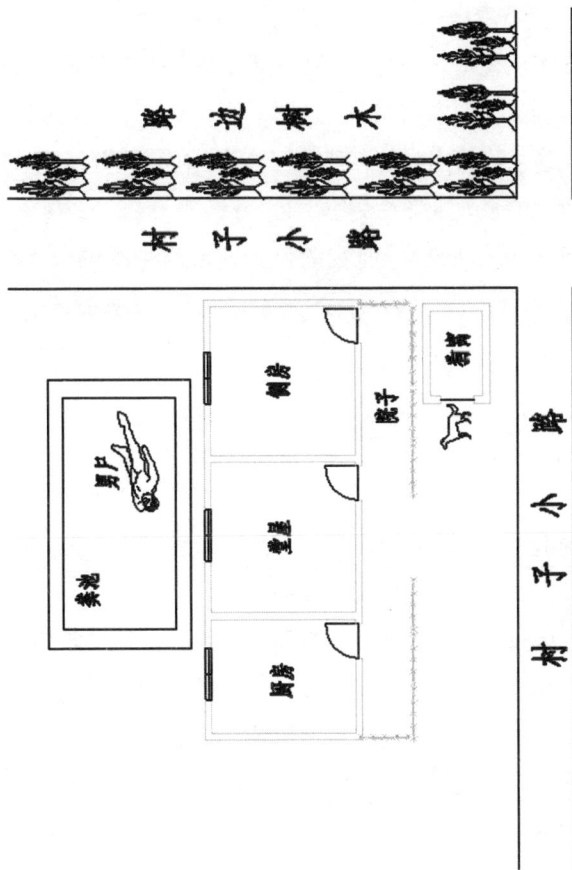

云汐市罗岗村故意杀人抛尸案现场示意图

制图单位　云汐市公安局刑事科学技术室
制图人　司元龙

又是一路急行，我们七拐八拐地穿过稀泥地后，最后站在了一个丁字路口旁，叶茜有些迷茫地看了一眼脚下的矸石路：

"这下怎么办？往左，还是往右？"

在泥土路面上分析车辆的行驶方向述难不倒我，但是这矸石路简直是要了我的命，因为这上面全是一些小石了，根本留不下任何痕迹。

"奶奶的！"不知所措的我，爆了一句粗口。

"别着急，我看看电子地图！"说着叶茜打开手机，点开了地图软件，"我们现在所在的位置是光华村，右手边是主村，人口密集，有百十户人家；左手边是光华村的附村，根据地图上的显示，一共有十三户人家，而且附村靠山。假如嫌疑人是从附村出来的，那就好办了，咱们只要把这十几户人家给摸排一遍，就知道他的杀人现场在哪里了！"

叶茜拿着手机侃侃而谈，而我的目光却被路中间的一大泡牛粪吸引了过去。

四

这泡牛粪的造型，就像是被一刀切开的草绿色奶油蛋糕。紧接着我趴在地上仔细观察牛粪中间这一道长方形的痕迹。

"你不会是饿疯了吧！"叶茜看着我屁股撅得老高，笑着说道。

"别打岔！"

说完，我又仔细瞅了瞅旁边零星散落的几块小一点的牛粪团："嫌疑人就是骑着摩托车从光华村的附村出来的。"

"什么？你确定？"

"确定！"我对我的判断没有丝毫的怀疑。

"你是怎么判断的？"我们俩异口同声说出了这句话。

"找打是不是？"叶茜见我学她说话的腔调，把拳头举在半空中。

"就知道你会问！"

"怎么？陪你跑了这么半天，问一下还不给问？白请你吃那么多串大腰子！"

"打住，能不能别提腰子？"

"德行！快说！"叶茜一巴掌拍在了我的肩膀上。

"那我就从头跟你说！"我找了一棵相对比较粗壮的树倚了下来，"咱们这一路一共走了几种地面，你能说说吗？"

"这有什么难？"叶茜掰着手指，"中心现场的粪池是泥土路，四岔路口也是泥土路，接着还是泥土路，然后就是这里。"

"打住！"我做了一个暂停的手势，"得了，你这个外行，我就不难为你了。"

"难道我说错了？"

"你没说错，是你理解错了。我们知道，嫌疑人是驾驶摩托车抛尸，但是如何判断他的行驶路线，就要从轮胎印记上下功夫。

"首先，我们从粪池那儿出来的那条路，地面比较潮湿，路面的泥土可以很容易被卷起，这样我就可以按照卷泥特征分析嫌疑人的行驶方向。"

"卷泥特征？"

"对。路面的泥土具有黏附力，车轮胎与地面接触的部位离开地面向上运动时，会把黏附的泥土给带起，泥土在离开轮胎重新落在地面上时，被轮胎压扁的泥片会卷在一起，造型就好像吃火锅涮的肥牛卷，这样的现象就叫作卷泥现象，而卷泥的方向就是车辆行驶的方向。"

"就知道吃！"叶茜撇撇嘴。

"你还听不听？"

"听啊！你接着说！"

"从卷泥现象我分析出，嫌疑人在这条路上是由南向北行驶，所以我就沿着路一直跑，跑到了一个四岔路口。"

"嗯，没错。"

"这段路上的泥土比较硬，轮胎印不清晰，如果光凭肉眼，很难分辨出嫌疑人朝哪个方向走，这里就必须利用'泥翘现象'来判断。"

"你们痕迹学上的名称怎么都这么怪异？"

我给了叶茜一记白眼之后，接着说："车轮碾压过稍微硬一点的泥土地时，因为泥土缺水，黏附力不够，所以不会被车轮带起，只能在地面上形成泥片。车轮行进时，轮胎对地面有一个向后下方的作用力，作用力按压泥片，就会使泥片一端向上翘起，这种现象叫作泥翘现象，而泥翘的方向就可以指明车辆行驶的方向。"

"算你狠！"叶茜竖起了大拇指。

我微微一笑："再接着是一段灰石路，这条路可能因为平时走的人并不是很多，所以聚集了大量细小的沙石和灰土，这样就极容易形成扒土痕迹。"

"又一个新鲜名词出炉。"叶茜在一旁调侃了一声。

"灰石路面上都是一些细小的灰尘颗粒，而轮胎花纹又有很大的缝隙，摩托车轮胎在快速旋转的过程中，会将嵌入轮胎花纹中的灰土带起向车轮的后方甩去。颗粒细小的土受到的空气阻力比较大，后抛距离较近；颗粒较大的土在后抛的过程中受到的空气阻力小，后抛距离较远。这就好比小狗刨坑，坑刨开了却在自己面前留了一堆土。我就是在转弯处发现了扒土痕迹，才确定了嫌疑人行驶的具体路线。"

"难道最后一条路线你就是通过这一大泡牛粪确定的？"听我说了这么多，叶茜好像明白了过来。

"没错，这就是我要说的最后一个名词：甩泥特征。当然这里不能说是泥了，应该是甩粪特征！"

"甩粪特征！你还真会取名字！"

我指着丁字路口正中间的这一泡牛粪说道："嫌疑人抛尸是在夜里，天色黑暗，他可能也没有注意到丁字路口中间的这泡牛粪。由于它的位置很特殊，我们也没有办法分辨出嫌疑人是从哪个方向碾压过去的，如果这个判断不出来，我们可能要做很多无用功。"

"没错！"叶茜听到这里，表情也变得严肃了很多。

"咱们来看看这牛粪旁边的几块被抛甩出来的小牛粪。"

叶茜顺着我的指尖方向望了过去，我说道："因为牛粪的硬度比一般的潮泥土要大，比稍干的泥土要小，所以它既不能形成卷泥痕迹，也不能形成泥翘痕迹，我们只能按照它被抛甩的特征去判断。车辆在高速行驶时碾压牛粪，被车轮甩起的牛粪由于惯性的作用会直接抛甩出去，再次落在地面上的小块牛粪上端会因为力的作用，朝车辆行驶的方向倾斜，而倾斜的方向就是车辆行驶的方向。"

说着我把灯光打在了小块牛粪上："你看，这顶端倾斜的方向正好是光华村主村落的方向，也就是说，嫌疑人抛尸时驾驶的摩托车是从反方向行驶出来的，而这个地方，就是光华村的附村，所以，嫌疑人杀人的现场很有可能就在那十几户人家中的一家。"

"太好了！这样调查起来难度就小太多了！"叶茜打了一个响指。

明哥在得知这一消息之后，第一时间把情况通报给徐大队，由他派人对光华附村暗中调查，我们其他人则按照明哥的吩咐开展相应的工作。

五

云汐市一条破旧不堪的巷子内，用小彩灯拼凑的"酒吧"二字在巷子的中间位置忽明忽暗地闪烁，除了被风卷起的白色塑料袋，这里几乎看不到半点生活气息，萧条、冷清把这里的景象形容得恰如其分。

吱呀！酒吧的木门被推开了，一个身穿大衣的男子小心观察了一下酒吧内的情况后，径直朝一个拉着布帘的卡座走去。

"来了？喝两口！"卡座内另外一名男子早已在此等候，男子用他那文着"鬼"字文身的右手往大衣男面前的酒杯中倒了一杯高度的伏特加。

大衣男没有推辞，端起酒杯一饮而尽。

"痛快！"文身男的眼中流露出一丝赞许。

"你找我来不光是喝酒这么简单吧？"大衣男放下手中的玻璃酒杯。

"尸案调查科勘查现场那天下午，你为什么阻止我开枪？"文身男猛地灌了一口。

"没有为什么！"

"就差一点，我就能全杀了他们。"

"没有老板的命令你不会这么做。"

"你们为什么每次都那么自信？"

大衣男端起酒杯的手忽然停在了半空中，接着他笑眯眯地看着眼前的文身男很自豪地说了一句："因为你是老板选的人！"咕咚，一杯烈酒被他一口咽下。

"好一个老板选的人，那你跟我说，他们这一群人我到底是杀还是不杀？"

大衣男眼睛露出寒光，从牙缝中挤出了几个字："一个不留！"

"我要的就是这个结果！"文身男又给自己斟满一杯。

"我不能再喝了，晚上还有行动！"大衣男举起右手把快要倾斜下来的酒瓶给推了回去。

"能让你亲自出马的行动一定是大行动，也不知道哪个人又要倒霉了！"文身男没有再劝，而是自斟自酌起来。

"时候不早了，你要注意隐蔽自己的行踪，非特殊情况不要喊我出来，什么时候动手，我会与你联系！"

"行，我答应你。"文身男话刚说完，从腰间掏出了一把反着光的黑色手枪拍在了桌子上。

"鬼头乐，你这是什么意思？"大衣男面不改色。

"目标人物我可以暂时不杀，但是一些发叉的枝丫我总能修剪修剪吧？"文身男的语气不容回绝。

"行，先干掉一些，也有利于咱们后期清理目标！"大衣男做了最后的妥协。

"好，有你这句话就够了！"

大衣男没有再逗留下去，起身掀开布帘，酒吧木门吱呀吱呀来回转动的声音证明他已经离去。

文身男把最后一杯伏特加举在自己的面前细心地把玩，当酒杯在他的手中慢慢旋转一圈后，一股杀气从他的身上肆意地散发出来。

六

　　这起案件现阶段分为两步走，一步是我们科室初期的检验分析工作，另一步是刑警队暗自摸排嫌疑人的杀人现场。由于嫌疑人装尸睡袋防水性极佳，所以在整个抛尸的过程中几乎没有任何血的滴落，寻找杀人现场的任务也并不是听起来那么简单。

　　会议室内烟雾缭绕，目前的情况，四缺一。

　　嘀嘀嘀！

　　"贤哥的电子门铃声！"我第一个反应过来。

　　"有情况了？"明哥快速把刚点燃的一支烟卷使劲地戳在烟灰缸里。

　　"有了，死者以前被处理过，目前核实了他的身份。"老贤把一张打印有信息的A4纸放了我们的面前。

　　"胡保利，男，三十二岁，绰号狐狸，曾因组织他人贩卖人体器官罪，被判处有期徒刑三年。"

　　"卖的什么器官？"

　　"肾脏！"

　　"行，大家都坐下吧。"明哥翻开了笔记本。

　　"小龙、焦磊，你们两个有没有什么要说的？"

　　"暂时没有！"我们两个一起表态。

　　"叶茜呢？"

　　"刑警队那边还没有给我反馈任何信息！"

　　"国贤？"

　　"我只有一点，黑狗肚子中的人体组织为死者所有，别的暂时还没有什么发现。"

　　"好，你们都说完了，那我来说说：死者的身份咱们现在已经查清楚了，我来介绍一下尸体解剖的情况。死者的胃内容物充盈，再结合尸斑分析，他确切的死亡时间应该是昨天晚上八点钟左右。

"嫌疑人先是用锐器刺穿其心脏，接着再用刀将死者的两个肾脏取出。从黑狗的胃中取出的组织重量为三百一十五克，约为成年人两个肾脏的重量，也就是说，嫌疑人在杀完人后故意把死者的两个肾挖出喂了狗！这是明显的泄愤行为，从这一点我们不难看出嫌疑人和死者之间的矛盾点。所以我猜测，嫌疑人和死者之间可能有过买卖关系，而两人因此产生仇恨，这个仇恨变成嫌疑人的泄愤因素。"

"也就是说，嫌疑人有可能卖过肾给死者？"

"就目前来看，这种情况的可能性最大！"

"阳光下的泡沫……"歌还没有唱完，叶茜飞快地按了接听键。

"喂，好，你说！"叶茜一只手举着电话，一只手把钢笔抓得紧紧的准备记录。

唰唰唰，会议室内响起笔尖摩擦纸张的声响。

我伸头看了看叶茜在笔记本上写得龙飞凤舞的几个大字："光华附村82号！"

"冷主任，杀人现场可能找到了！"叶茜兴奋地把笔记本推到了明哥面前。

明哥扫了一眼，拍桌起身道："出发！"

光华附村82号是一个坐南朝北的院子，正对院门的是一排平房，东西两侧分别是厨房和厕所，从厨房烟囱顶端厚厚的浮灰看，这里已经很久没有开过火。

院子的铁门已是锈迹斑斑，没有丝毫提取痕迹的必要。推开大门，几串清晰的脚印出现在我的眼前。

"鞋印只有两种，这个是死者的，那这个就应该是嫌疑人的，还有摩托车轮胎痕迹，这里就应该是凶杀现场没错！"我站在院子中，做出了我第一步的判断。

咔嚓，咔嚓！胖磊按照我的指令把地面的鞋印固定完之后，我接着又把目光对准了院子中的压水井①。

"压水井附近的土地湿润，嫌疑人估计作案之后在这里洗过手！"说着，我抬脚朝那块潮湿的地方走去，老贤也在这个时候跟了上来。

"有血水！你说得没错！"

"压井把上能不能提取到指纹？"在叶茜的提示下，我歪头看了一眼使用得有些发亮的金属把手。

"网格状血痕，嫌疑人戴了手套！"我之前抱着一丝侥幸心理，但残酷的现实却让我万分沮丧。

"你们看，嫌疑人洗完手之后，是不是去了茅房？"叶茜指着地面上成趟的鞋印问道。

"按照行走路线他应该是去了茅房，贤哥，咱们要不要进去看看？"

"走！"

很快，我们全部围在了这个只能供一个人单独解手的茅房前。整个茅房用大块的山石垒在一起，由于切合度不高，石块与石块之间留有很大问隙，靠近门口的缝隙里塞着一沓白色的草纸。

茅房的坑位就是一口大缸上架着两块方木板，我们刚站到门口，一群绿头苍蝇就嗡嗡叫着朝外拼命地飞去，坑中滚成团的乳白色蛆虫在肆意地蠕动，可能因为常年无人打扫，坑中黏稠的粪便即将溢出缸外。

"嫌疑人在茅房上的是大号还是小号啊？"叶茜捏着鼻子问了一句。

她问这个问题的初衷很简单，如果是小号，那基本上就没有任何头绪，但如果是大号，我们便有可能提取到大便纸上的脱落细胞。

---

① 压水井是一种将地下水引到地面上的工具，一般由铸铁制造，底部是一个水泥式的垒块，井头是出水口，尾部是和井心连在一起的压手柄，有二三十厘米长，井心中装有引水皮，靠的就是这块引水皮和井心的作用力将地下水压引上来。压水井在城市中几乎已经看不到，但是在农村还是人们用来取水的主要工具。

七

　　我蹲在茅坑旁，仔细研究了一下坑位里那一团团和粪便黏在一起的草纸，然后说道："嫌疑人上的是大号，那几张应该是他用的！"说着我用手指了指坑位正中间的位置。

　　"你确定？"

　　"刚才我在院子中提取的鞋印，你们猜是什么牌子？"我答非所问。

　　"什么牌子？"

　　"耐克新款的气垫鞋！要八百多一双，这说明嫌疑人的经济条件还不错。你们看看粪坑里使用过的擦屁股纸，基本上全是草纸，但你们再看看这几张，明显是面巾纸，纸张上没有爬上蛆虫，说明相对新鲜，所以我猜测，这几张纸应该就是嫌疑人使用的。"

　　"也不能这么肯定，也说不定是死者用的，毕竟他也不缺钱。"明哥很严谨地帮我补充了一句。

　　"这也有可能！"

　　"国贤，你有没有把握提取这张纸上的脱落细胞？"

　　"应该没有什么问题！"

　　"好，那就等做出结果来再看，我们不要浪费时间，抓紧时间进屋。"

　　明哥一声令下，我转身走去推开了堂屋的那扇木门。

　　屋内的陈设很简单，正中的位置是一张沾满黏稠血块的手术床，靠墙的位置是几张木椅，木椅上甩满了斑点状的血滴，屋内白色的乳胶漆墙面被血液大片大片地染色，整个一个人间炼狱。

　　"看来这个民宅是专门给人取肾的地方！"胖磊边按动相机快门，边判断道。

　　"从地面凌乱的血鞋印看，嫌疑人与受害人之间曾发生过激烈的争执。贤哥，你有没有检验死者的十指指甲缝隙？"

　　"检验过了，没有皮肤组织。"

一条线索中断，我很快集中注意力，开始找寻下一条。很快，白色墙面上两只清晰的血手套印引起了我的注意："不应该啊，怎么会这样？"

"怎么了，小龙？"叶茜第一个走到我身边。

"这个手套印我有些看不懂了！"

"怎么了？"明哥在这个时候也走了过来。

我解释道："痕迹学上对手套印有详细分析。你们看，这个血手套印呈网格状，说明他戴的是市面上最常见的织物手套，一般汽车司机、油漆工、搬运工、外线电工、钳工、泥瓦工等工种都会使用这种手套。"

"嗯，这个很好理解。"

"我可以从这双手套印上分析出嫌疑人的职业特征。"

我的一句话，引起了他们的极大兴趣。我见所有人都围了过来，张口解释道："逐个分析你们就清楚了。

"第一，汽车司机。他们戴手套不停地转动方向盘，手套掌心部位的线头，会随着受力的方向发生扭转，时间一长，观察掌心就能发现，织线出现了弯曲。

"第二，油漆工。他们在干活时基本上是右手拿刷子，左手要么提着油漆桶，要么就是抓一块纱布，右手长时间捏握毛刷，会使拇指的内侧和手指的指尖部位发生磨损。

"第三，货物搬运工。他们主要从事的是比较繁重的体力劳动，手套的磨损程度，取决于他们搬运物体的大小与光滑程度。由于在搬运的过程中，两只手掌都会用力，尤其是指尖会长时间扣住货物，这会使掌心、虎口及指尖都出现明显的磨损。

"第四，室外电工。他们需要长时间在野外攀爬电线杆作业，双手长时间处于工作状态，与货物搬运工类似，他们所带的手套虎口和掌心磨损也很严重。

"第五，专业钳工。他们的主要工作内容，是使用钳子维修或装配，由于在工作中长时间使用钳类工具，会使得手指、掌心、虎口等处发生严重磨损，尤其是受钳类工具的左右，手套还会出现松垮、撕裂的情况。

"最后一个就是工地的泥瓦工。他们在砌墙时，习惯左手拿砖、右手持砌刀，所以左手掌心和指尖磨损严重，右手虎口磨损严重。"

"照你这么说，那这一双血手套印很像是泥瓦工的手套留下的！"叶茜看出了其中的端倪。

老贤此时拿了一个高倍放大镜，对准了血手套印的中间位置："难怪，原来是这样！"

"怎么了？贤哥，你有发现？"

老贤把放大镜重新装在口袋中说道："这里有少量的硅酸盐。"

"硅酸盐？"

"就是普通水泥的主要成分，小龙分析得应该没错，嫌疑人所戴的手套很有可能来自工地。"

"就是因为这样我才困惑。按理说，嫌疑人如果是泥瓦工，应该不会舍得买这么贵的运动鞋才是啊！"

"会不会是高仿的？"

"从鞋印来看，不像。"

"你分析嫌疑人的基本信息大致是怎样的？"胖磊张口问道。

"身高应该在一米八五左右，落足有力，他的身体素质很不错。年龄在二十五岁上下，也就分析出这么多。"

"我一猜就是小年轻，现在泥瓦工的工资都涨到一天三百块了，一个月下来就小一万了，嫌疑人买双八百块的鞋子也不足为奇。小年轻都好个面子，很正常。"胖磊一句话打消了我的疑虑。

"好像也说得过去。"

"对了叶茜，狐狸应该不会亲自动手给别人割肾吧？"我忽然想到了这一茬。

"狐狸以前有一个专门帮他取肾的医生，叫胡强，是他的堂弟。这半年里他们两个之间联系频繁，所以我们有理由怀疑这两个人又干起了卖肾的老本行。胡强现在手机关机，我们已经联系了行动技术支队的兄弟，由他们负责抓捕。"

"这个人找到，我要亲自审问。"

"好的，冷主任！"

八

作为引领公安高新科技发展的行动技术支队，他们出马找一个二流的医生自然不在话下。就在第二天中午，死者的堂弟胡强便被铐在了审讯室内。

面黄肌瘦、骨瘦如柴这些词语用在胡强身上都不为过。他被抓时可能正在上班，身上那件印有"阳光年华医院"的白大褂还没来得及换下。

阳光年华医院在我们这里也算是"声名远播"的私立医院，曾多次因医疗事故而被停业整顿，用坊间的话来说，就没有他们不敢治的病。正规医科大毕业的学生很少会选择在这种医院工作，在这里上班的医生大多是一些野路子出身。

"胡强，你堂哥的事情你知道了吗？"明哥张口问道。

"我堂哥怎么了？"胡强反问了一句，从他的表情看，好像不是在装疯卖傻。

"我问你，你最近有没有干违法犯罪的事情？"明哥并没有正面回答他的问题。

胡强听明哥这么一说，眼珠在眼眶中一转，吞吞吐吐地说道："没……没……没干什么啊。"

"要不要你堂哥狐狸来跟你当面对质啊？"对于这种负隅顽抗的小喽啰，明哥从来都没有好脸色。

"对质就对质，没干就是没干。"胡强干脆脸一扭，一副蛮不讲理的样子。

"我说你干什么了吗？"

"我……"

"你要不想说，我也不逼你。"明哥从桌面上拿起一份报告，慢慢走到胡强面前，"这是你堂哥狐狸的尸体解剖报告。"

"什么？尸体解剖报告？"胡强瞪大了眼睛不敢相信。

"你虽然没有行医资格证，但我知道你能看懂。"明哥没有理会，一页一页地翻开。解剖报告都会附上尸体被解剖时的照片，报告还没有翻完，胡强额头上的冷汗已经开始成串地往下滴落。

"你看，这是他身上的胎记，我想你应该认识。"明哥指着一张照片很有耐心地解释道。

"狐……狐……狐……狐狸怎么死的？"胡强的心理防线已经接近崩溃。

"被人捅死后又被挖掉双肾，尸体扔进了粪坑，肾扔给狗吃了！"

"什……什……什……什么时候？"

"就是他喊你你没来得及去的那天，你再想想，你知道的。"

"知……知……知……知道？知道什么？"胡强果然不愧是老猴，根本不往坑里跳。

"行，咱们今天的问话就到这里吧，你可以回去了。小龙，把他从审讯椅上放开。"明哥对我使了一个眼色。

我不知道明哥玩的是哪一出，但他这么做一定有他的道理，我按照他的指示，三下五除二把胡强的手脚全部松开。

"你可以回去了！"明哥摆摆手。

"警……警……警官我……"此时胡强的屁股就像是粘了胶水一般，赖在审讯椅上一动不动。

"怎么？还不走？"

"欸！走！"

"对了，忘了告诉你，我们怀疑嫌疑人曾经向狐狸卖过肾，现在公安局也没有任何抓手，你出去的时候自己小心点！"

哐当！胡强听了明哥"善意"的提醒，刚抬起一半的屁股，又重重地落在审讯椅上。

"嗯？怎么了？现在是不是想通了？"明哥盯着胡强调侃了一句。

胡强喉结上下滚动，咽了一口唾沫。从他微微颤动的两腮不难看出，他的内心正在做激烈的思想斗争。

"别以为我们不知道你们在干什么勾当，我现在不是吓唬你，还好我们提前找到了你，否则你今天出了这个门，没有一个人敢打包票说，那个躲在暗处的凶手不会接着要了你的命！"明哥字字诛心。

"警官，我说，我什么都说！"胡强最后一丝侥幸也被明哥一刀斩断。

"要交代就给我交代得清楚点，进监狱关些日子兴许还能避避风头！"

"欸欸欸！"胡强的头点得像小鸡啄米似的。

"从头开始说吧！"明哥隔着栏杆扔给他一支烟卷。

胡强点上烟卷抽了一口压压惊，开口说道："我和狐狸以前因为卖肾被处理过，我判了三年，他判了五年。我出狱后托熟人在阳光医院找了一份工作，这日子过得还算不错。无奈好景不长，老母亲病重，几乎花完了家里的所有积蓄，接着又赶上小孩上学，一大家子，指望我那点工资都不够糊口。狐狸出狱后找到我，说要重操旧业，我只负责取肾，剩下的他来联系。这次他向我打包票，绝对不会出问题，后来我没经住劝就答应了他。"

"你们到目前为止为多少人割了肾？"

"十来个吧。"

"都是在哪里取的肾？"

"在光华附村狐狸租的院子里。"

"一直都在？"

"以前是在我们联系的小诊所里，后来诊所被查把我们给扯了出来。我们这次学聪明了，租了一间前不着村后不着店的民房，就算是被查，我们也可以从窗户直接逃到后山。"

"有多长时间了？"

"一年左右吧。"

"平时你和狐狸是怎么联系的？"

"需要干活的时候他会联系我，每次我们都会通三个电话，第一个电话告诉我晚上要干活，提前准备东西；第二个电话告诉我几点去出租屋；第三个电话是叫门电话。"

"叫门电话？"

"狐狸没有给我出租房的钥匙，我到门口之后，要给他打电话，由他给我开门。这三个电话一个都不能少，如果其中一个没有接通，当晚的交易就会取消。"

"说说你最后一次按狐狸电话是什么情况。"

"那天晚上他只给我打了第一个电话，接着就没有声了，我回过去时电话关机，所以具体是什么情况我也不清楚。"

"你这一年里取的所有肾都有没有记录？"

"我们干的是非法的事，我们也怕出事。在取肾之前，狐狸都会带着供体去做一个体检，我看到体检报告单才会做手术，所以我有印象。"

"这十几个人的情况你都能记住？"

"唉！"胡强长叹一口气，"警官，我们干的都是亏心事，这心里天天都有负罪感，每取一个肾我都念叨好几遍，所以记得很清楚。"

"好，那我问你，你取肾的这些供体当中，有没有干泥瓦工的？"

胡强想都没想，直接说道："有！"

"你没记错？"

"绝对没有记错，我当时觉得他怪可怜的，就跟他多聊了几句。"

"在哪个工地，叫什么名字？"

"南山工地，叫吴建州，四十五岁。"

"年龄怎么差这么大？"我心里泛起了疑惑。

"除了他还有没有别的泥瓦工？"很显然，明哥也产生了疑虑，因为按照鞋印的分析，这个嫌疑人应该只有二十多岁。

"没了，就他一个。"

"这个吴建州的身体怎么样？"我又慌忙问了一句。

"很健壮，肾源也很好！"胡强三句不离老本行。

"那他卖肾的原因是什么？"

"我也问过他这个问题，但是他没有说。"

"问话就到这里，接下来的审查就交给刑警队去完成，我们去一趟南山工地！"明哥转移了工作重心。

九

南山工地在建动漫园是我们云汐市的重点工程，对外宣称是湾南省最大的项目，占地三千二百多亩，预计工期五年，工地的工人最少有上千号，这个叫吴建州的工人能不能找到，我们心里都打起了鼓。稳妥起见，我们决定还是先找辖区派出所的片警了解情况。

我们刚到派出所，提前联系好的邵警官就已站在门口热情地打着招呼："冷主任！"

"小邵，你好！"明哥几步走到邵警官跟前，与他握了握手。

"走，进屋说。"邵警官把我们几人引进了办公室。

"邵哥，这个人你知不知道？据说在南山工地上干泥瓦工。"我把一份户籍信息递了过去。

邵哥眯起眼睛嘀咕道："吴建州，吴建州……"忽然，他睁大双眼："哦……我想起来了，他在四个月之前出了工伤，去世了。"

"什么？去世了？邵哥你能不能确定？"

"当然能确定。他从架子上掉下来磕到了后脑，当时他家里人和工地负责人协商赔偿问题，还是我出面调解的，调解的卷宗还在我这儿，我翻翻就知道。"邵哥说着就开始翻箱倒柜。

我们面面相觑，很快邵哥拿着一本厚厚的治安调解卷宗摆在了我们的面前。

哗啦啦，卷宗被翻到了调解书那一面。

"看，身份证号码都能对得上！"邵哥用手指着那一页白纸黑字说道。

"死了？"我还是不相信我的耳朵。

"当时工地赔偿他十五万，这上面都写着呢，不会错。"邵哥又补充了一句。

"工地是跟谁签的调解协议？"明哥问道。

"是跟死者的亲弟弟吴建广签的，他们两个在一个工地干活，都是泥瓦工。"

"吴建广？有多大？"

"不大，也就三十多岁。"

"那他现在在哪里？"

"好像还在工地干活，我记得上周巡逻还见到他。"

"能不能带我们去找找他？"

"咳，冷主任，你这是说的哪门子话，为你们服务，是我的荣幸啊！走！"邵哥也是个急性子，话音还没落，就拿起警帽往头上一戴，快步走出房门。

就这样，两辆警车一前一后驶出派出所的办公大院。因为南山工地太过庞大，我们兜了好半圈才到地方，而作为片警的邵哥，每天固定要来工地巡视一圈。

基层的公安机关警力极缺，一个片警管几万人口是再正常不过的事，而且对这些人口还要做到心中有数，哪些是外来人口，哪些是老杆子常住人口，必须要做到有一本清账。如果想摸清这些情况，必须靠自己的双脚一步一步走出来、靠自己的嘴巴一句一句问出来。除此之外，他们还有每四天一次的二十四小时值班，这里的辛苦可想而知，而这只是一个片警最简单的日常之一。

邵哥轻车熟路，几个大转弯之后，我们的车停在了工地的项目部。

"小邵，你来啦！"一个头戴安全帽的壮汉冲我们摆着手。

邵哥关上车门，几步走到男子面前介绍道："徐经理，这是我们市局刑事技术室的领导。这是工地的负责人，老徐！"

"幸会，幸会！"徐经理跟我们每一个人热情地握了握手。

"是这样的，老徐，我们想找一下工地的泥瓦工吴建广，你能不能把他喊到工地保安室，我们想问个情况。"

"行，没问题，他正好在工地干活呢，我给你喊过来！"徐经理把我们领进保安室，自己蹬着电瓶车一路飞沙走石而去。

"真看不出，他是工地的负责人啊！真低调！"胖磊吧嗒着嘴。

"东北人，豪爽！"看来这个人也很对邵哥的脾气。

当一支烟卷掐灭在烟灰缸内时，徐经理驮着一个皮肤晒成古铜色的男子朝保安室走来。

"来了，这就是你们要找的吴建广！"徐经理把电瓶车停好，向我们介绍道。

眼前的吴建广从长相看，绝对是忠厚老实的代表：上身一件廉价的条纹衬衫，下身是一条破旧的蓝色工装裤，脚上的解放鞋已经露出了脚趾。裸露在外的皮肤沾满了粉尘状的水泥灰。我怎么也不愿意把他跟杀人凶手联系在一起。

"我们是市公安局的，有几个问题想问问你！"明哥亮出了警官证。

吴建广有些惊恐地望着我们一群人。

"你最近一周时间是不是都在工地？"

"嗯！"

"有没有离开过？"

"没……没有！"

"市局领导，这一点我可以打包票。我们最近工程进度赶得比较紧，白天天气比较热，基本上都是晚上开工，只要开工，我都是陪他们一起，所以我能肯定他这一周都在工地没有离开过，不信你们也可以调工地的监控录像！"虽然这个徐经理打断明哥的问话有些不礼貌，但也是因为这句话，我更加钦佩他的为人，不是每一个工地经理都能像他这样为工人出头的。

"老徐，咱们就别在这里给领导们添乱了，我们出去转转！"邵哥这时出来打了圆场。

"欸，好！"徐经理何尝听不出这话里面的弦外之音，转身和邵哥离开了保安室。

徐经理或许不知道这里面的情况，而邵哥作为片警知道得很清楚。一般我们办理命案的过程中，除了办案单位，所有的笔录、问话全都要对外保密。俗话说得好，没有不透风的墙。所以为防泄密，对于案情，除必须告知的情况外，就算是同行我们也不会泄露一个字，这也算是公安局内办案部门的潜规则。所以就算我们不说，邵哥也会主动离开我们的谈话范围。

刚才徐经理短短的一句话，就已经把吴建广的作案嫌疑给彻底地排除了，这也是我们每一个人想见到的结果。

十

"坐吧！"明哥说话的语气也变得亲和了许多。

"哎！"吴建广使劲搓着那双因长满老茧而皲裂的手，显得十分紧张。

"你哥吴建州的事你知不知道？"

"他人已经走了！"吴建广好像很不愿意提起这事。

"对不起，我能理解你的心情。不过，我们有一起案件着急核实，还请你配合我们的工作。"明哥客气地说道。

"你们想知道啥？"吴建广把手伸进上衣口袋，从里面掏出了已经被汗水浸湿变形的红梅烟盒。

"抽这个。"我从口袋中掏出一包"金黄山"递了过去。吴建广犹豫了一下，还是接了一根。

"你哥是不是卖了一个肾？"明哥直截了当地问道。

吴建广刚要举起打火机点燃烟卷，听明哥这么一说，突然停下了手中的动作。我能看见他的眼睛在一点一点地泛红，许久之后，他一把将手中的烟卷捏碎，使劲摔在了地上。

"难道你不知道这事？"

"怎么可能不知道？我哥要不是卖了一个肾，能从高架上摔下来？"吴建广伤心欲绝地回了句。

"根据我们的了解，你们工地的工资还可以，他为什么要卖肾？"

"还不是为了我那不争气的侄子！"

"侄子？"明哥又主动递了一支烟卷过去。

吴建广抬头看着一脸诚恳的明哥，犹豫了几秒之后，把烟卷接了过去。紧接着，我吧嗒一声按出了火苗。吴建广习惯性地在桌面上敲了敲烟屁股，把烟嘴靠近了火焰。

一支烟卷很快燃烧殆尽。没等我反应过来，他又续了一支红梅，我们五个人就这样静静地看着他，没有说话。

价格低廉的红梅烟比起"金黄山"味道要辛辣许多，这次他抽烟的速度没有刚才那么迅猛。烟卷抽到一半时，他不住地咳嗽起来。当咳嗽声停止时，他用手抹了一把脸颊，打开了话匣子："我和我哥都是外地人，从小在农村长大，那时候家里吃不上饭，我爹娘生了我们兄弟姊妹五个，有两个没有养活。我们上面有一个姐姐，在姐姐出嫁之后没多久，爹娘就走了，我从小是我哥一手带大的。

　　"在农村，嫁出去的闺女就是泼出去的水，大姐虽然过得还不错，但是我们两兄弟她是一点顾不上。因为我俩没爹没妈，所以在村子里经常受人欺负。就在我哥十六岁那年，他带着五岁的我四处打工挣钱。我们讨过饭，捡过破烂，等我长大一些，这日子才渐渐好转一些。

　　"那年，我哥二十一岁，他在厂里打工时认识了我嫂子，两人结婚没到一年就生下了我侄子吴明远。就因为我们穷，这孩子一出生，嫂子就跟人跑了。为了把这个孩子养活带大，我哥从那时起就没有过上一天好日子。

　　"说来我这个侄子从小也很争气，自己努力考上了大学，还在大学里认识了一个女娃。我本以为大哥就要苦尽甘来了，可没想到，这个畜生硬是把我大哥给活活逼死了！"

　　吴建广额头的青筋暴起，牙齿咬得咯吱咯吱直响，也不知道这个吴明远做了什么大逆不道的事，让自己的亲叔叔如此憎恶。

　　"认识这个女娃之前什么都好，可自打认识这个女娃，我那侄儿就像是变了一个人，说我大哥脏，没本事，就是一个拎泥兜的，一辈子没有出息，累了一辈子不能给他买房，不能给他买车。

　　"我大哥在工地上累死累活干一整天也就挣个两百多块钱，我侄子上大学的学费、平时的吃喝穿戴，全是我哥一块砖一块砖砌出来的。这个畜生哪里知道，我哥天天吃馒头咸菜，连工地上不要钱的肥肉都不敢大口咬。"

　　"可怜天下父母心，这个吴明远简直畜生不如。"我在心中暗骂了一句。

　　"我那侄子平时来工地就没别的事，一张嘴就是要钱，给得少就骂。我哥有几次没窝住火跟他吵了几句，他二话没说拿砖头就往我哥头上拍，拍得一头是血。当时要不是我拦着，指定出大事。"

"这个孽畜!"胖磊气得撸起袖子骂道。

这句话也引起了我们在场所有人的共鸣。

吴建广可能没有想到我们这些穿制服的也是性情中人,瞪着眼睛错愕地打量着我们。

"米兄弟,抽支好烟消消火!"胖磊话音刚落便甩了一根大中华过去,这烟可是他的"私货",平时他自己都不舍得抽一根。

吴建广看胖磊这么对胃口,麻溜地把烟卷对着,吸了两口,心也放宽了很多:

"这事出了以后,我哥再也不敢大声言语,要多少给多少。就在半年前,明远过来说他要和那女娃结婚,可那女娃的父母让明远在市里买一套房,张口就要十万块钱。我大哥当时就没招了,这些年为了供明远上学,他是一点积蓄没有留下,就算把我的算上,也还差六万块。我哥那几天都快被明远给逼疯了,后来他就跟工地老板请假,说回老家想想办法。我实在想不到他能想到什么办法,起先我还以为他要去找我大姐,后来才知道他根本没有去。等他回到工地时,我发现他的肚子上划了这么长一个口子。"

吴建广用手比画了一拃长:

"我逼问了我哥好几天他才告诉我,他在汽车站的木门上看到了卖肾的电话号码,他就跟别人商议好,以五万块的价格把肾给卖了,对方还说他的肾跟什么匹配上了,如果不卖一毛钱不值,过了这个村就没这个店。我哥一咬牙,就同意了!可肾被拿出来的时候,我哥才知道自己上了当,他到现在一毛钱也没拿到!"吴建广气急之下一巴掌拍在了桌面上,这一巴掌包含了太多细品极苦的含义。

几次叹息之后,他又开了口:"后来我哥在高空砌外墙时,因为身子没有恢复好,一脚踩空从架子上摔了下来,后脑勺磕在了石板上,脑浆都磕了出来。本来按规矩只能赔十万块钱,徐老板感觉心里过意不去,自己多掏了五万,我花了一万块给我哥办了丧事,剩下的十四万全部被明远拿走了。"

"他拿走干什么了?"

"给那女娃买了套房,房产证上写着女娃的名字。那可是他爹用命换来的钱，他就这样糟蹋，你说他不是畜生是什么？

"吴明远现在在哪里？"

"在省城的一家公司上班。"

"具体是什么公司？"

"什么公司我不知道，但我有他的地址。"吴建广说着从兜里掏出一张皱巴巴的牛皮纸递给了我们，纸上用圆珠笔歪歪扭扭地记着一行小字。

"这是我哥写的，我也就去过一次，你们按照这个地址应该可以找到他！"

"行，那谢谢你了！"叶茜掏出手机对着牛皮纸拍了一张照片。

结束了问话，和邵哥、徐经理简单地道别之后，我们折回了科室。

十一

"吴明远这条线我们要不要查下去？"叶茜在办公室内来回踱步。

"吴建州为了他儿子去卖肾，而吴明远却拿着他父亲用命换来的钱给自己的女朋友买了套房子，房产证上还写的是女方的名字，如果真的是这样，那吴明远应该没有足够的动机去作案。不过按明哥一贯的作风，他肯定会把这条线查到底。"我跷着二郎腿推测道。

"现在地址也有，我们为什么还不赶快去？"叶茜有些不解。

"大姐啊，这干什么都要讲究个证据，我们现在手里没有一个证据能证实这件事跟吴明远有关，我们去有什么用？难不成直接问：'喂，你是不是凶手？'你觉得有意义吗？"

"难道就一点办法没有了？"

"唉，我看啊，这个案件铁定要一遍又一遍地复勘现场了。最近一个月，咱们都要做好充分的心理准备，百分之百要加班！没想到撸串能撸出个这么棘手的案件，也多亏了你的乌鸦嘴！"我开启了嘲讽模式。

"嫌疑人到底是谁啊？"叶茜像个疯婆子似的使劲地蹂躏着自己的长发。

"你们两个别闹了，赶紧回家休息，明天一早动身去省城。"胖磊敲了敲我办公室敞开的房门，提醒了一句。

"去省城？是不是去找吴明远？"

"对！"

"明哥找到证据能证实吴明远跟这起案件有关了？"

"去省城不是明哥的意思。"

"什么？不是明哥的意思？"

"刚才我开车带老贤又去了一次案发现场，他把茅房粪坑里的所有草纸都提取了回来。老贤准备用排除法，如果吴明远没去过现场，那他提取的混合DNA样本里应该没有他的DNA信息；如果他去过，那他就脱不了干系！"

"我×，亏老贤想得出来！"我瞬间顿悟。

省城六合市距离我们这里只有一个多小时的车程，按照地址上的信息，我们很轻松地找到了吴明远所在的公司。这就是一家普通的贸易公司，公司经营的种类也很单一，清一色的运动器材。公司规模也不是很大，在写字楼里最多租用了百十平方米的面积。十几台电脑，一二十个员工，标准的小型企业的配备。

在和公司领导简单道明来意之后，我们终于见到了这个传说中的"畜生"吴明远。因为之前对他的劣行已经有了全面的了解，所以我带着鄙夷的眼神上下打量着这个年轻人。

如果不是从他叔那里听说了他的种种劣行，我还真就被他文质彬彬的外表给欺骗了。一米八的个头，白白净净的长相，中等偏胖的身材，一双三角眼上还架着一副黑框眼镜。

"我们是云汐市公安局的民警，正在办理一起案件，希望你能配合。"说着我们出示了警官证。

吴明远没有说一句话，只是直勾勾地看着我们。

电视里的反面角色一遇到抉择的场景，几乎都是这个表情，他的这个举动更增加了我对他的厌恶。

因为此行目的就是抽取吴明远的血样，并没有给他做笔录的打算，所以就算他一句话不说，也不耽误我们这次的工作。

"贤哥，别理他，取血！"胖磊示意道。

老贤这个闷葫芦，嘴上话不多，其实心里阴得很。当我看见他从工具箱中拿出一枚大号针头时，我就已经知道老贤对这个家伙也是厌恶至极，因为针头越粗，疼痛感就越强烈。

老贤没有给吴明远说话的机会，一针头下去，他的手指很快冒出了血珠。

我们实在不想再看到这家伙丑恶的嘴脸，事情办完之后，便抓紧时间驱车赶回科室。我们不知道的是，我们刚刚离开没多久，吴明远也乘坐一辆的士离开了写字楼。

十二

正午的景山家园，宁静得有些诡异，在强烈的日光照射下，一张张面带微笑的黑白照片就这么直勾勾地看着从它们身边经过的每一个人。

吴明远手捧鲜花，踩着只有半拃宽的石阶步履蹒跚地一级一级向上攀爬。也不知走了多少步，他转身看了一眼身后蜿蜒曲折的小路，强烈的光线刺得他睁不开眼睛。"唉！"他长叹一口气，有些不舍地把目光从路边一朵绽放的小野花上移开。

吧嗒，吧嗒！吴明远的皮鞋敲打着长满青苔的石阶，他继续往前。

那块刻着"吴建州之墓"的灰石墓碑在视线内逐渐清晰。

扑通，吴明远突然重重地跪在地上："爹，孩儿不孝！"一声发自内心的嘶喊打破了正午的宁静。

阳光照射下的泪水泛着光，一滴一滴串成了线从他的脸颊滑落。

"爹，孩儿不孝啊！"咚，吴明远跪在地上狠狠地将自己的头颅撞向地面。

"爹，孩儿不孝！"

"爹，孩儿不孝！"

仅仅三次，他的额头就渗出了鲜血。撕心裂肺的痛哭声萦绕在整个山头。

浓稠的鲜血已经在他的额头上凝结成块，他磕头的动作还在继续，仿佛要把这辈子所有的歉意全部说完。

也不知过了多久，吴明远从口袋中掏出三支烟卷点燃，眼神有些迷离地看着袅袅青烟在风中摇曳。

"爹，儿子这辈子对不起您！"他倚着墓碑，用手不舍地抚摸着那张熟悉的黑白照片。

"儿子该做的都做了，马上就能去下面找您了。您老别生气，儿子这辈子欠您的，下辈子一定还，我下辈子还要做您的儿子！"吴明远紧紧地把墓碑拥入怀中，他多么希望时间可以停止在这一刻，就这样静静地和他的父亲再多待一会儿，哪怕只有一小会儿也好。

十三

老贤实验室的检验设备正在高速运转，由于案发现场的粪坑长时间没有人清理，并且有多人曾在里面方便过，脱落细胞交叉感染的情况相当严重，这无疑给检验增加了很大的难度。

假如吴明远是嫌疑人，我们这样直接过去采集他的血样，很显然已经惊动了他，所以我们必须争分夺秒，因为他极有可能在最短的时间内逃脱。那有的人要问了，既然他有嫌疑为何不先把他控制起来？提出这样的问题，可能是受到一些影视剧的影响。在现实的案件侦破中，如果没有证据能证实他与案件有关，我们没有权力去控制任何人的人身自由。这是一场与时间赛跑的战役，所以我们所有人都拥进了老贤的实验室帮忙。

取样、分离、比对、核查，我们一遍又一遍地重复这个过程。功夫不负有心人，一条条数据很快出现在仪器的电脑屏幕上。

嘀嘀！电脑里传来既熟悉又悦耳的比中声音。

"是不是有情况了？"明哥张口问道。

"有了，这张面巾纸上的脱落细胞比中了吴明远的DNA，他去过现场。"老贤很肯定地说道。

"叶茜，通知刑警队抓人，速度要快！"

抓捕工作比我们想象的顺利太多，从去到带回只用了不到三个小时，按照这个时间计算，几乎是去了之后吴明远就被抓了回来。知道了吴明远被抓获的消息，我们都长舒一口气，明哥根据我们掌握的物证情况做了细致的讯问提纲。

吱呀，刑警队审讯室的铁门开了，吴明远被两名侦查员带入了审讯室。

"他怎么……"我抬头看了一眼披麻戴孝的吴明远有些诧异。

"我们去的时候，他已经穿好孝服在家里等着了，因为案件紧急，所以我们就直接把他带了回来，没来得及让他换！"侦查员解释道。

"吴明远，你现在这样做是不是太做作了一些？"在我看来，这只不过是他的表演，所以我很鄙视地说道。

面对我的嘲讽，他没有说话。

"知道我们找你过来是因为什么吧？"明哥开始了讯问。

依旧无声。

"我们在案发现场提取到了你的DNA，你抛尸骑的摩托车我们也找到了，上面检出了你和死者的DNA，你还有什么想说的？"明哥不紧不慢地端起面前的水杯喝了一口。

证据摆在面前，吴明远的呼吸声越来越重。

"我也不跟你扯这么多，你杀人的动机是不是为了你爹？如果是，我敬你是条汉子！"

吴明远听言，忽然抬头看向明哥，他的目光仿佛在告诉我们，他没有我们想的那么大逆不道。

"你的眼睛里有故事，说说吧！"明哥帮他起了个头。

"人是我杀的，但是他该死，他该死，我爹就是因为他死的，我要杀了他！"吴明远双手使劲地晃动着手铐，愤怒地咆哮道。

"他的杀人动机果然是这个！"我钦佩地看了一眼明哥。这个动机他曾私下里分析过，而且分析得有理有据。我在科室上班的两年多里，每一起案件的侦破，明哥都不曾有过一点偏差，这不能不让人佩服。

"说说吧。"明哥压低声音，尽量用平静的语气冲淡他的怒火。

吴明远受过高等教育，他哪里听不出来明哥是在给他台阶下？他稍微调整了一下自己的情绪，然后开口说道："我从小跟着父亲长大，他常常把一句话挂在嘴边：'再穷不能穷教育。'他一直认为只有读书才有出路，如果我能考上大学，就不会像他那样天天靠出苦力过日子。小时候我能体会到父亲的辛苦，所以我学习很努力，虽然成绩在班里并不是名列前茅，但是后来我还是考上了省重点大学。当我拿到录取通知书的那天，我第一次看见父亲流出了眼泪，那一天我永生难忘。"

从故事的开头来看，这俨然是一个大孝子的节奏。这两年我跟太多的嫌疑人打过交道，也看过太多的鳄鱼眼泪，所以我对他依旧持怀疑态度。

吴明远停顿了一会儿，接着说道："大一的时候，我在一次公共课上认识了一个女孩，是她主动追的我。我在她的眼里就是一个老实本分的农村傻小子，这让她很有安全感。没过多久，我们两个就在一起了。她是我的初恋，我把我这辈子所有的情感都寄托在了她的身上，跟她在一起的时光很甜蜜，也很难忘。

"在交往了一段时间后，她便开始频繁介绍她的同学和闺密给我认识。她家的条件很好，经常带我去一些高档餐厅，有时一顿饭就要花掉四五百块。她知道我手里没钱，饭后都是她主动付账，几次之后，就开始有人说我是吃软饭的。

"为了不让别人在背地里说我闲话，后来每次吃饭之前，她都会事先把钱塞在我的口袋中，让我去埋单。你们或许体会不到，我真的感觉自己很卑微。古人有云，不为五斗米折腰，可我呢，我却靠我女朋友的钱出去撑场面，这样的日子我真的不想再过下去。

"长期的压抑，让我在一次聚会之前爆发了出来，我当时告诉她，以后聚会除非是花我的钱，否则我不会参加。我知道这是我小小的自尊心在作祟，可我还是当着她的面发了毒誓，就这样，局面被我弄得不可挽回。她可能也意识到自己的行为戳伤了我的内心，主动跟我道歉，说她以后不会再参加任何饭局。

　　"我知道她很爱我，我同样也离不开她，所以我不能让她因为我而改变原本的生活方式。那天吵完架之后，我开始玩命地找工作，可当我一脚踏入社会时才顿悟，像我这样高不成低不就的体育专业大学生，只能做工地的苦力。我只干了三天，就发现我根本吃不下这个苦。

　　"可说出去的话就如泼出去的水，我还在她面前发了誓，如果我挣不到钱，哪里有面子回学校见她？

　　"我虽然是个农村娃，可从小到大我父亲从来没让我受过罪，我的童年就跟城里小孩一样，衣来伸手饭来张口。用电视剧里的话来形容，我就是标准的'丫鬟出身公主命'，自己一点本事没有，却总喜欢打肿脸充胖子。

　　"我在工地干了几天虽然没挣多少钱，但是我知道了一个秘密：工地上的泥瓦工一天可以挣好几百。这样算下来，一个月有好几千的工资，这些钱比城里公务员的工资都高。就是在得知这个消息以后，我开始对我的父亲有了偏见，他干了一辈子泥瓦工，身上不可能没有钱。我觉得他是故意把钱藏起来不给我，我在学校过得如此狼狈，在女朋友面前出丑，都是因为他抠门。所以我一气之下就跑到工地跟我父亲吵了起来。

　　"父亲被我劈头盖脸骂了一顿之后，在我临走时给了我一千块钱，这就更加证实了我的想法，我竟然浑蛋地以为我父亲真的在背地里藏了钱。所以打那以后，我只要没钱就去工地找他要，而且我花钱开始变得大手大脚，因为我总天真地以为我父亲一个月能挣小一万，他就我这一个儿子，不给我花给谁花？想清楚这一切，我要钱也变得理直气壮，只要我父亲说个'不'，我就能跟他吵上一通。"

十四

　　"日子浑浑噩噩过了将近两年，在大学还没毕业时，我发现我女朋友怀孕了。因为我们没有经济来源，所以我就跟她商量，这个孩子暂时不要。她含着泪跟我说：'这是我们的孩子，这是我们的孩子，为什么不要？我们为什么不要？'听她这么说，我心痛得无以复加，我对不起她，我这辈子对不起她。我不应该在我没有任何能力的时候，让她做出这么残忍的抉择。

"手术做完后，我发现她有了一些变化，她变得不再爱笑，不再爱说话。起先我没有太在意，可之后的半年里，她的情况越来越严重，经过医生的诊断，我女朋友患上了选择性抑郁症。按照医生的描述，她可能是某个方面受到了刺激，除非解开这个心结，否则这个病不太好治，主要还是需要自我调节。

"我知道，她是因为我才得了这种病，所以我就想着能早早地跟她成家，这样就能光明正大地照顾她一辈子。我女朋友的母亲在得知情况后并没有难为我，只要我能对她女儿好一点，给她一个家就行。

"有家的前提是必须有一套房，可我的工资哪里能负担起一套房？就算是在最偏远的郊区，一套六十平方米的房子也要卖二十几万。无奈我手中也就几万块的存款，我拿什么去买房？

"没钱的我很自然地想到了父亲，我也没有问他要太多，只希望他能给我出十万块钱，我凑合把首付给付掉就行了，可他直接告诉我，他手里没有钱。我几近哀求地告诉他，这是最后一次，让他帮帮我，可父亲依然坚称他身上没有钱。后来我一怒之下用砖头砸在了他的头上，当时要不是我叔拦着我，我估计……"

吴明远没有再继续说下去，而是一口一口地抽着烟卷，浓白色的烟雾被他的嘴巴紧缩成一团团蘑菇云。从他悲伤的表情不难看出，他的内心充满了悔恨。

最后一口烟雾从嘴巴里吐出，他继续述说这个故事："那一次，我和父亲虽然闹得不可开交，但是我依然没有拿到钱。我很恨我的父亲，我更恨老天为什么不让我投胎到一个有钱人的家庭。我第一次感到那么束手无策，我一次次地问自己该怎么办。

"虽然当时的我很颓丧，但是我告诉自己，以后的路还需要我自己去走，我吴明远以后不需要任何人的帮助，我就靠我自己！

"就在一个月后，我叔直接找到我公司，一口一个畜生骂我。我才震惊地知道我父亲从高架上摔了下来，没抢救过来，已经走了。他告诉我父亲死的真正原因：父亲为了给我筹钱竟然去卖肾，由于他身体没有恢复才一脚踩滑从高架上摔了下来。原来我父亲身上真的没有钱！以前的泥瓦匠根本没有那么高的收入，他用血汗换来的钱全都花在了我这个逆子身上。回想着从小父亲对我点点滴滴的宠爱，我叔骂我是畜生都太轻了！

"我叔还告诉我，父亲的肾被割了，对方却一毛钱都没有给他。他一辈子不舍得吃，不舍得穿，到头来落得这个下场，我心里怎么可能放得下？！

"送走我叔后，我开始四处寻找那个拿走父亲一个肾的骗子，我一定要让他血债血偿。他必须死！

"父亲被火化之后，我叔把父亲的骨灰连同最后的遗物都转交给了我，我把父亲安葬好后，在他的手机里找到了那个绰号叫狐狸的人的电话号码。他就是我要找的那个骗子。我本想打电话约他出来，可这个人十分狡猾，我以卖肾为由和他联系了将近一个月，他都没有跟我见过一次面。"

"你要报仇这事，你有没有跟你叔说起过？"明哥插了一句。

"没有，他一个字都不知道，我叔就是一个地地道道的农民，你们可别难为他！"

"行，我答应你，你接着说吧！"

"后来工地给了十五万的赔偿款，我叔给父亲办丧事花了一万，剩下的十四万都给了我。我把手里的所有积蓄全部拿出来，给我女朋友在市郊买了一套单身公寓，算是我对她的补偿。因为在我心里，这辈子最对不起两个人，一个是我的父亲，另一个就是她。一切安排好后，我只剩下一个念头——报仇！如果不杀了狐狸，我的良心这辈子、下辈子、下下辈子都会受到谴责。

"频繁的联络，使得我渐渐取得了狐狸的信任。条件谈好后，狐狸带我去医院做了体检，并答应我做肾源匹配。焦急地等待了半个月，他终于给了我回话，并约定了取肾的时间和地点。

"当天晚上，我把从杂货店里买的刀磨了一遍又一遍，接着我戴着父亲以前做工时用的手套，骑着朋友的摩托车赶到了约定地点。我一推门，发现只有狐狸一个人，我二话没说，一刀捅进了他的心口窝，他根本还没有反应过来，就直接被我捅死了。

"把狐狸杀掉之后，我便在屋里等待取肾医生，可是左等右等一直没有来。狐狸是个很精明的人，他与医生之间肯定有暗号，所以医生才迟迟没有露面，既然这样我就没有再等下去的必要。

"我的计划是干掉他们两个人，可现在只杀掉一个，我很不甘心。看着狐狸的尸体，我又联想到了我的父亲，既然他拿走了我父亲的肾，那我也不能给他留全尸，愤怒之下，我拿起刀将狐狸的两个肾给挖了出来。"

"你以前是不是学过解剖？"明哥开始针对细节提问。

"我在大学里学过运动解剖学。"

"你接下来又做了什么事？"

"因为还有漏网之鱼，所以狐狸的尸体不能这么快被人发现，我想着先把尸体处理掉，然后再抽出手来去找那个医生，于是我就把尸体装在了我事先准备好的睡袋里。"

"你为什么会选择睡袋当装尸工具？"

"我又不是殡仪馆的工作人员，我担心去买正规的装尸袋会给你们留下线索，而且我曾在电视上看过，在野外露营的人发生意外，队友都是用睡袋当装尸袋来用的，而且睡袋还防水，这样血就不会走一路洒一路。"

"你把尸体装好之后呢？"

"尸体装好之后，我本打算给埋掉，可挖坑需要太多的体力，于是我就想到我在来的路上看见一个很大的粪坑，如果把尸体扔进粪坑里，就算臭了也不会有人发现，后来我就把尸体扔到了那里。"

"死者的肾脏你是怎么处理的？"

"喂狗了！"

"问你一句题外话。"明哥示意叶茜不要记录，"你最初的想法是不是鱼死网破，跟他们同归于尽？"

"对！我就是要告诉所有人，不要把老实人逼上绝路，当我们什么都玩不起时，我们会玩命！"

尸案调查科

第四案

仙姑往生

无间行者

X

一

　　时针和分针把钟面完美地切割成了两个半圆，麦芽糖色泽的阳光均匀地洒遍了它所能触及的任何地方。这原本是一个安静祥和的傍晚，古沟村的一户人家却没有任何心情去享受这一切。

　　"哇……哇……"屋内传来刺耳的婴儿啼哭声。

　　"老头子，这该怎么办啊？"老妇急得如热锅上的蚂蚁，围着一个红色的木质婴儿床来回跺脚。

　　站在老妇身边的老汉，心疼地看了一眼眼泪快要哭干的娃娃，心里不是个滋味。

　　"儿子媳妇不在家，这可怎么办啊？"老妇欲哭无泪。

　　老汉用他那粗糙的拇指，轻轻地抹了一把婴儿眼角悬而未滴的泪水，接着他问老妇："你去村头的卫生所，医生咋说的？"

　　"说娃小，不敢给用重药，给打了个小针就让带回来了。"老妇心疼地把裹着包被的娃抱起，捧在半空中来回轻轻地晃动，口中喃喃道："孙子不哭，孙子不哭。"

"哇……哇……"

老妇的安抚并没有起到任何作用，小孙子依旧哭闹不停。

"这可咋办啊？"老妇彻底没了主意。

"要不去镇里的大医院吧！"老汉咬了咬牙，仿佛下了很大的决心。

"家里连三百块钱都拿不出来，咋去？"老妇嘴里"哦……哦……哦……"地哄着小孙子，抽空回答道。

"儿子媳妇在外地，现在一时半会儿也回不来，这要是隔了夜，哭出毛病咋整？"老汉说完，径直走到屋内唯一一个落满浮灰的红色大衣柜前面。

"你干啥？"

"干啥，干啥，孙子的命要紧还是钱要紧？我拿钱去雇一辆三轮车，去镇上的医院看看。"老汉一把将衣柜的柜门打开，从几床棉花被中间掏出了一个叠得整整齐齐的红色手帕。

"家里的钱是不是都在这儿？"老汉一层一层地将手帕打开。

"可不都在这儿？我兜里还有五块，就这么多了。"老妇哄着孙子，眼睛眨都不眨一下地盯着老汉手里那一沓毛票。

"呸！"老汉往手指上吐了一口唾沫，开始小心翼翼地清点数目。

"一十，十五，二十，二十五，三十……"每一张钱币老汉都会使劲揉搓好几遍，生怕有夹张。

他以左手的拇指为"楚河汉界"，一沓钱很快从"河"的一端转移到另外一端。

"二百八十五块，加上你口袋里的五块，正好凑个整数。"

"这些能够吗？"

"我一会儿去村主任家再借点，应该问题不大。"

"可都这会儿了，马上就天黑了……"老妇依旧犹豫不决。

"没事，天黑得晚，七八点钟天还大亮着呢，赶快点能来得及。"老汉把钱贴身塞在了衣服的里侧，"再说，镇里的医院可不像咱们乡下，人家半夜都不关门。"

老汉朝装钱的胸口又使劲地拍了拍，确定钱装好后，转身朝门外走去。

“哇……哇……”

老妇抱着小孙子也紧跟着走出大门。

“哎呀，你跟着干啥，你在家待着，我找好车来家里接你！”老汉使劲摆了摆手便快步走出门去。

老妇家的院子正对着一片树林，这里是村里唯一的娱乐活动场所，傍晚正值农闲，这片不大的树林里聚满了男女老少。

“哇……哇……”

小孙子的啼哭声使得原本嘈杂的人群瞬间安静下来，所有人都向他们望去。

“姐，这是咋的了？”

老妇循声抬头，看见一个和她年纪相仿的女人推着一辆精致的婴儿车走了过来。

“哎呀，我说谁呢，原来是大庆妹子。”

老妇口中的大庆妹子在十里八乡也算是个名人，虽已年过花甲，但一头乌黑的烫染鬈发使她绝对走在村里的时尚前沿，而她名声在外却不是因为她时尚的外表，而是凭借一条三寸不烂之舌加上见风使舵的眼力见，使得她在村子里的“公关”界很是吃得开，男婚女嫁、红白喜事、乔迁盖房，只要找到她，就没有办不成的事。

“咋的了？”被唤作大庆妹子的女人推着小车很快走到了跟前，很显然她也是个热心肠。

“你瞅瞅！这都哭半天了，也不知道咋整！”

“哇……哇……”

“乖孙子，不哭哈！”

“这娃怎么哭成这样？”

“谁知道啊，下午四点多就开始哭，一直到现在都没停过。”老妇怜爱地把嘴凑到小孙子脸蛋边，“孙儿不怕，孙儿不怕。”老妇边说边亲。她的举动仿佛给小孙子传递了一种力量，啼哭声变得小了不少。

“下午四点多到现在都没停过？不应该啊，去村头卫生所看了吗？”

"咋没看，医生说不感冒也不发烧，打了一针小针就让我抱回来了。可这针打了一点用都不管，你说咋整？"

"我来看看。"

"哎！"老妇小心翼翼地把裹着包被的小孙子递了过去。

"哦……哦……哦……俺娃不哭……"女人抱着小孙子上下颠了几下，待娃娃稍微平息，她低头仔细地看了看。

老妇在一旁屏气凝神，不敢发出一丝声响。

女人左瞅瞅，右看看，约莫有十分钟，她怀中的婴儿依旧哭闹不止。

"不感冒，也不发烧，这不对啊！"女人眉头紧锁，自言自语。

"大庆妹子，你是见过世面的人，俺孙儿到底咋的了？你跟我透个实底！"老妇有些慌了神。

"姐，咱姊妹俩这关系我能瞒着你？我们家小孙子长这么大，也没出现过这种情况。"

"那你刚才那表情是啥意思？"

"来来来。"女人摆了摆手，把老妇引到了一个背静地点，接着她附耳说道，"我怀疑……"

"啥？你说啥？"老妇听了一半，就已经吓得魂飞魄散。

"我看很有可能是！"女人确定地点了点头。

"大庆妹子，你可看清楚了？"老妇一把将自己的小孙子搂在怀中，生怕被人夺走的样子。

"我说姐，你妹妹我活了大半辈子，什么场面没见过？我怀疑，八成是！"女人胸口拍得啪啪响，信誓旦旦地回答。

"那……那……那……那可咋办？"女人比起她那可是见过大世面的人，老妇有些不知所措。

"姐，你还能不相信你妹妹？这件事包给我，我知道一个人，可以看你孙子的病。"

"真的？"老妇一听有了转机，眼前一亮。

"当然是真的，我把我孙子送回家，就陪你去。你带上三百块钱，一会儿村口见，娃的病耽误不得！"

"欸，欸，欸！谢谢大庆妹子！"老妇感恩戴德地作揖道。

"咱都是同村的，别说那客套话，我去去就来！"女人摆摆手，推着小车快步朝家的方向走去。

半袋旱烟之后，老汉和老妇坐在一辆蓝色的手扶拖拉机上来到了村口。老妇已经说服老汉改变路线，去一趟女人口中的地方。

"大庆妹子！"还没等老妇张口，老汉已经从拖拉机上跳下，冲着远处使劲地挥了挥手。

"这个骚老头！"老妇看着自家老头殷勤的模样撇了撇嘴。

"快上车！"老汉利索地掀开车斗，把女人拉了上去。

"开车！"

拖拉机司机听老汉这么一喊，从"敞篷"的驾驶舱里掏出"Z"形摇把，只见他把摇把对准车头的圆孔，摇把和孔洞卡死之后，他鼓起腮帮子，嘿的一声喊叫，摇把在他的手中越摇越快，拖拉机车头竖起的排气管中很有节奏地冒出一团一团的黑烟。

嗵……嗵……嗵……拖拉机排气管的声响越来越有乐感。

司机见状，一把抽掉摇把跳进了驾驶舱，摇把被他胡乱地塞进了一个棕色的牛仔布袋里。喔嘟，喔嘟，拖拉机在他熟练的操作下，沿着高低起伏的泥土路一路西去。

将近半个小时的路程，把所有人都颠得痛苦不堪。车停稳了，几个人便坐在拖拉机上喘着大气。

老汉从手提袋里掏出一瓶矿泉水递了过去。

"大庆妹子，是不是这里？"老汉抬头看了一眼不远处的平房问道。

"对，就是这里。大哥，大姐，你两个先在车上坐一会儿，我先去传个话。"女人接过矿泉水，灌了一口说道。

"那就麻烦妹子了！"老汉乐呵呵地道。

女人把剩下的半瓶水拿在手里翻身跳下了车，老汉目送着她离去。

"眼珠子都掉下来了！"老妇阴阳怪气地说了一句。

"你呀，都这么大年纪了，你说的是啥话！"

"哼！我不跟你争，给孙子治病要紧！"老妇头一转，不再理会。

就在两个人生闷气的时候，远处的平房里突然传来一声惨叫。

三

川北川菜馆，两人包间里，我和胖磊对面而坐，方形的桌面上摆上了他们店最经典的四道菜：酸菜鱼、毛血旺、辣子鸡、回锅肉。

"来，小龙，陪哥走一个。"胖磊打开矿泉水瓶，在我面前的玻璃杯里倒了一杯。

你们别以为他酒量不行，胖子一般都能喝两盅，而胖磊又号称"千杯不醉"，但我们这里有规定，周一至周五禁止饮酒，再加上我这很不怎么样的酒量，胖磊迁就我，每次我们俩单独吃饭，他从来不让我沾一滴酒。

俗话说："酒是粮食精，越喝越年轻。"可我们干技术的心里都明白，人的肝脏每天解酒的量是六毫升纯酒精，也就是相当于一瓶啤酒的量，超过这个量就等于慢性自杀。用胖磊的话来说，"只要心里有，喝什么都是酒。"所以就算是喝水，我俩也照样能喝出酒味来。

"磊哥，你今天到底是怎么了？"我把水杯端起，跟他碰了一下，并没有着急喝。

"吃菜，吃菜！"胖磊没有回答我，而是往我的碗中夹了一块酸菜鱼。

看着胖磊紧绷的脸，我已经知道了个大概。他的脾气我最了解，在外是个大炮筒，在家却是个"妻管严"。我嫂子人送外号"扒皮姐"，自然也是个急脾气，两人的性格如此相似，那必须要有一个服软，否则这日子准是三天一大吵两天一小吵。俗话说一物降一物，胖磊的脾气就算再不好，遇到我嫂子也只能乖乖认尿。

俗话又说："打是亲，骂是爱，不打不骂不恩爱。"两人在一起过日子，就算相处得再融洽，也难免磕磕绊绊，他们两口子也不例外。胖磊经常对嫂子说的一句话是："狗急了还跳墙呢，老婆，你别欺人太甚。"嫂子也经常会反驳一句："老娘就欺负你了，怎的？有本事你跳一个，只要你跳得动。"往往在这个时候，胖磊就会吃瘪，然后给我打电话拉我出来。估计今天这顿饭的情况也是这样。

"磊哥，你是不是跟嫂子吵架了？"对于这样的饭局，我每次的开场白几乎都一样。

"唉！"胖磊端起水杯，满喝了一大口，他的动作已经回答了我的问题。

"这次又是因为啥啊？"我很自然地加了一个"又"字。

"因为豆豆（胖磊家的独子）。"

"啥？你把豆豆怎么了？"

"你翻什么眼？我知道你疼豆豆，可豆豆是我儿子，我能把他怎么着？"

"那你到底把他怎么着了？"我不依不饶。

"这小子现在学会说谎了，我逮着把他给胖揍了一顿，你嫂子不愿意了。"

"小孩子撒谎不很正常吗？我说磊哥，你至于吗？"

胖磊不以为然地眼一横："怎么不至于？棍棒底下出孝子，下次他要敢再撒谎，你看我不把他屁股打成四瓣。"

"得了得了，你也就能在我面前吹吹，你要敢把豆豆的屁股打成四瓣，估计你的屁股也保不住。"我笑了笑。

"滚犊子，天天拿你哥开涮，吃菜，我现在心里烦得很。"胖磊吃了一大口辣子鸡。

"哎哟喂，我看你就是矫情，最近也没什么案件，你哪儿来那么大的脾气？"

"脾气？我从来没听过豆豆撒谎，这小子第一次就撒得有些离谱，你不说我还不气，你这个叔叔天天能不能教点好的？"胖磊这话锋转变得飞快，我还没闹明白，战火就烧到了我头上。

"这跟我有啥关系？"我一脸无辜。

"啥关系？行，我把事情经过给你说说，你就知道跟你有没有关系了。"

"好，那我就洗耳恭听。"我把筷子往餐盘上一横。

"今天中午放学，你嫂子去接豆豆，本来每天他都会在学校门口等着，可今天这浑小子却自己跑掉了，让你嫂子好一顿找，一个小时都没有一点音讯。你嫂子就打电话给我，我当时那叫一个急，一脚把学校的视频监控室给踹开，调了豆豆离开时的监控录像。"

"录像上怎么说？"

"啥怎么说？这熊孩子站的地方正好是监控死角，啥也看不到。我又花了将近一个小时，把周围店铺的监控都看了一遍，怎么都找不到这浑小子。就在我准备联系当地派出所的时候，人家竟然手里拿着一根冰棍慢悠悠地走回了学校门口。"

"啥？豆豆那么小，一个人跑了两个多小时？"

"对啊，我当时也有点纳闷，就问他到哪里去了。你猜他怎么说？"

"怎么说？"

胖磊撸起袖子，愤愤地说道："这个浑小子，竟然说自己放学的时候有人拿枪抵着他，让他不要说话，接着把他带到了一间屋子里，给他蒙上头套送上了汽车，跑了很远之后，那个开车的司机又把他送了回来，还给他买了一根冰棍。"

"你是说豆豆被人绑架了？"

干我们这行，最不缺的就是仇人，被嫌疑人报复陷害的不在少数，轻的往手机上打骚扰电话，在家门口放鞭炮，重的绑架和伤害亲人也时常会有。豆豆这孩子是我看着长大的，别看才上小学二年级，可他的智商和情商绝对要远远超过同龄人。想想一个六岁半的娃，已经可以熟记几百首唐诗，基本掌握单反相机的初级操作，一年级上了半年直接跳到二年级，现在吵着闹着还要跳级，连明哥都说豆豆这孩子以后能成气候。现在听了胖磊的转述，我第一反应就是豆豆被绑架了。

"绑架个屁，哪有绑架了给送回来，还给买了一根冰棍的？"胖磊气得一拍桌子喊道。

"好像……也对……"做人最怕脑子一热，这仔细一想还真是，根本不符合逻辑。

"所以听他这么说，我就气不打一处来，我怀疑这小子是中午溜号跑哪里玩了，回来怕挨揍才编了这个理由。"

"豆豆以后肯定是丁警察的料，这理由编得跟电视剧似的。"我笑呵呵地说道。

"笑屁笑，你说你，好的不教，天天给豆豆讲什么侦探故事，这件事绝对跟你脱不了干系。"胖磊埋怨地看了我一眼。

"得得得，我自罚一杯！"我端起水杯一饮而尽。

"这回火有点大，回头你打电话劝劝你嫂子，我怕她把身体气坏了。"刚才还气势汹汹的胖磊，忽然一脸柔情地跟我说道。

"放心吧，我一会儿就给嫂子打电话，说磊哥现在后悔得要死要活，正在痛哭悔过呢。"我冲他摇了摇手机。

"就你花花肠子多，吃菜，吃菜。"胖磊的心情瞬间好了许多，笑眯眯地说道。可我们哪里知道，这件事的真实情况比我们想象的要可怕得多。

就在"酒"过三巡、菜过五味之时，明哥一个电话把我俩刚酝酿的好心情一锤捣散。

"平安巷，命案！"

三

平安巷位于云汐市东边的城乡接合部，是重型卡车出市的必经之路。我们市是一个以矿产资源为主体经济的城市，最不缺的就是载重量超大的运输车。平安巷是卡车司机在我们市的第一个休息区，司机师傅们图个出入平安的好彩头，才给这里取了这么一个有寓意的名字。

如今的平安巷已然成了一个相当成气候的卡车集散场所，修车店、小宾馆、小酒馆在这里随处可见。由于人员流动量大，这里也是犯罪的天堂，盗窃、抢劫发案率居高不下，并且呈逐年攀升的趋势，使得途经这里的司机怨声载道。

就在去年，云汐市公安局对这里进行了重点整治：一是加强了流动人口的管理，并设立专门的流动人口管理部门；二是派驻特警支队二十四小时不间断武装巡逻；三是在交通枢纽增装城市监控设备，形成高效的视频监控网。通过这一系列的治理，平安巷今年的案发率降至历史最低点，整顿效果可见一斑。

平安巷距离市中心并不是很远，沿着环城高速一路直行最多也就二十分钟的车程。由于这里车辆密集，道路四通八达，所以徐大队专门派了一辆警车在我们的必经路口相迎。

侦查车与勘查车一前一后从马路的分岔路口拐下，沿着一条修建得很有排场的乡村水泥路一路直行，路尽头的一座独立平房便是这起案件的中心现场。

"冷主任。"车刚停稳，徐大队走了过来，一脸轻松。

"难道不是案件？"刑警队是侦查命案的主力军，如果真是命案，徐大队绝对不是这个表情。

"是不是案件的性质有了转变？"明哥也看出了端倪。

"是这样的冷主任，死者名叫侯琴，女，五十八岁，本地人。今天傍晚七点钟左右，死者的朋友王文庆过来找她，发现死者躺在床上满床是血，接着她慌忙联系了死者的女儿并拨打了110报警。死者的女儿胡媛赶到现场时，发现她的母亲左手腕被割开，所以我们怀疑死者是自杀。"

"侯琴有没有自杀的倾向？或者有没有什么严重的疾病？"

"这个我们也问了，严重的疾病好像没有，自杀倾向也说不好，我担心判断有误才通知冷主任到现场帮着排查一下。"

"好，等我们勘查结束再碰头。"明哥说完，我们所有人的勘查服已经穿戴完毕。

案发现场是一座孤零零的平房，砖混式结构，坐南朝北，位于"L"形公路的拐角处，面积有七八十平方米。从房屋上烟熏火燎的痕迹来划分，这里一共被分割成了两块，西边较大的一块是堂屋，而东边不足十平方米的是厨房。

现场紧挨主干道，已经被多人踩踏，基本上提取不到任何鞋印。房门是一扇老式的原木木门，木门的工艺很简单，几根差不多粗的木头经过切割、刨木用木钉钉在一起，连最基本的油漆都没有喷涂。这种木门一般是一些木匠学徒练手时做出来的，价格相当低廉，在我们这里一些经济欠发达地区使用率相当高。

门本身使用并没有什么大碍，但对我们痕检员来说，它有一个致命的缺点——木材的选料。由于价格低廉，这种木门使用的木料基本上都是一些残次品。树木和人一样，也会生病，被虫子啃食过的树木，会在树干上留下大块不规则的虫眼，带有虫眼的木头制作成木门以后，会给手印提取工作带来极大的困难。中心现场的这扇木门就属于这种情况。

木材属于渗透性客体，指纹上的汗液会渗到木头里，对于案发现场的木门，必须使用特殊的试剂进行提取。试剂的喷涂也是一项技术活，喷洒不均匀就极有可能造成指纹模糊一片。

我拿准了手劲，轻轻地挤压了两下。

"唉！"还没等显现的效果，我就已经放弃。

"奶奶的，这门上虫眼可真多，现在天还这么黑，实在不行直接进去吧！"胖磊眯着眼睛看了一眼，在我耳旁说道。

"我看也只能这样了。"我失望地收起工具，推开了房门。

由于用力过大，木门重重地撞在了侧面的墙上。

室内伸手不见五指，这突如其来的撞击声把我吓了一大跳，我手中的勘查灯这时朝正南方射了过去。屋内正中间位置直挺挺地躺着一具尸体，尸体在强光的照射下让我产生了它即将站起的错觉。

吧嗒，胖磊按动了屋内日光灯管的开关，圆柱灯管在努力地频闪几次之后，发出了均匀的灯光，我这才看清楚屋里的陈设。

现场并没有我想象的那样凶残，地面干净得看不到一丁点血迹，房门的正南方是一张长两米、宽一米五的老式木床。女尸此时正头南脚北地躺在床上，身上的棉被被血浸染。

房间的西边摆放了几个衣柜和一堆杂物，东边是一张八仙桌和几条长凳，再配上一台老式的电视机，这便是室内的所有摆设。

屋内布局了然于胸后，灯被我再次关闭，因为要想清楚地找到鞋印，还是在暗室中观察效果最佳。

四

"从鞋印的新鲜程度上看，有四个人曾经进过这个屋子，一男三女。"说着，我抬手用勘查灯照了照死者的鞋底，"其中一个是死者的鞋印，可以排除，那么剩下的就只有一男两女。刚才徐大队说过，死者的女儿和朋友曾进入过室内，这两种女士鞋印基本上也可以排除。如果剩下的男士鞋印也能排除，那死者基本上就可以确定为自杀。"我开始了我第一步的分析。

"说实话，我觉得这起案件没那么简单。我刚才开灯的时候观察到，死者睡的这张床，好像被移动过，你说，她如果是自杀为什么要移床？还把床摆在房间的正中央？"

"这确实是个疑点。"

"而且你有没有发现，死者睡的床是老式的木床，这种床我姥姥家里也有，实木做的，沉得很，两个小伙子都不一定能搬动，何况是一个老年人？所以我觉得这个现场有些古怪。"

我和胖磊的意见相同，这也是我那么仔细勘查地面的原因。

忽然，一个细节引起了我的注意："磊哥你看，这里有一处星芒状瓷砖裂纹。"

"痕迹很新鲜，很像是重物坠落时砸的。"胖磊瞅了一眼，回答道。

我从勘查箱里抽出卷尺："痕迹中心点长将近一厘米，磊哥，你说得没错，应该就是钝器坠落形成的。"

"我先拍下来，看看明哥怎么说。"胖磊对准我放置卷尺的位置，按动了

云汐市平安巷故意杀人案现场示意图

平安巷主干道

庄 稼 地

乡村小路

乡村小路

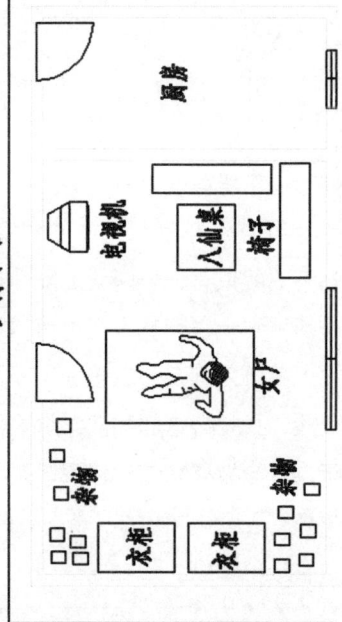

厨房

电视机

八仙桌

椅子

女尸

杂物

杂物

衣柜

衣柜

杂物

杂物

制图单位 云汐市公安局刑事技术科技术室

制图人 司元太

快门。

室内勘查用了将近一个小时，痕迹被固定之后，明哥便进入室内开始检查尸表。他第一步掰开了死者的双眼："双侧眼球结膜苍白，尸斑较浅，左手手腕单条锐器伤，死者的死亡原因应该是失血性休克。"

"真的是自杀？"叶茜并不知道痕迹物证的掌握情况，所以她一听到失血性休克，便很无脑地说了一句。

"不能这么武断，检验才刚开始。"我用胳膊肘戳了她一下，提醒道。

"哦！"叶茜点了点头，闪到我的身后。

死者的双眼重新闭合之后，明哥又开始用双手按压死者的头部，来确定其头部是否受过创伤，这也是尸表检验的必经步骤。就在明哥的双手伸到死者后脑的位置时，他的表情突然变得严肃了很多。

"命案！"这是我在零点零一秒后，听到的最让人接受不了的两个字。

"什么？命案？"叶茜的反应总比别人慢半拍。

"对！"明哥把双手从死者的后脑位置慢慢地抽出，原本乳白色的手套，此时沾满了浓稠的血块。

"死者的后脑是不是被钝器击打过？"我赶忙问出了口。

"羊角锤。"明哥直接说出了作案工具。

受害人自己不太可能击打自己的后脑，要想形成这种钝器伤，案发现场必定有第二个人出现，所以这起案件是他杀无疑。

"小龙，刚才我们看到的碎裂的地板……"胖磊转身指着地面上的裂纹对我说道。

"没错！那应该是嫌疑人使用的羊角锤掉落在地上形成的痕迹。碎裂痕迹左侧十厘米处便是男性的鞋印，所以我怀疑他就是嫌疑人。"

"小龙、国贤。"明哥冲我们两个喊道。

"在。"

"死者后脑的钝器伤不足以致命，我怀疑嫌疑人是用锤子击昏死者，接着把她抱到床上，再用锐器割开她的手腕，使其在昏迷中失血过多死亡，所以这张木床要仔细地勘查，这个工作就交给你们两个了。"

"没问题！"我和老贤异口同声。

在死者身上的盖被被完全掀开的一瞬间，我有了一个重大的发现。

"卵圆痕迹！"我手指着白色床单，脱口而出。

"什么？卵用痕迹？"叶茜把头凑了过来。

"还然并卵呢，是卵圆痕迹，不是卵用痕迹。"我在一旁纠正道。

"对了叶茜，死者的女儿有没有上过这张床？"我又慌忙问了一句。

"根据刑警队的调查走访，应该没有。"

"好。"我点了点头。

"卵圆痕迹到底能说明什么啊？你倒是说啊！"叶茜催促道。

我没有急着解答，而是把一根软尺放在了那几圈黑乎乎的痕迹旁，当几个数据被我测量准确之后，我张口回答："卵圆痕迹是穿袜足迹的一种俗语称呼，人穿着袜子在地板上行走，会在地板上形成比较明显的穿袜足迹，这种足迹和鞋印不一样，它往往会有一个半圆形的缺口，而这个缺口会随着年龄的变化而变化。

"发生变化的主要原因是：足部肌肉、韧带机能逐年减弱，弹性下降，当各软组织渐渐板结时，足弓也就随之下降。这就导致了足压痕迹逐渐由跟骨节向周围扩散，达到一定程度后，便加快向足弓处延伸，直至与跖部外侧压痕相连。

"这些变化会使得穿袜足迹压痕由小圆向大圆、椭圆、卵圆、长卵圆逐年过渡。而这些痕迹，可以帮助我们判断嫌疑人的年龄段。"

"除此之外还有什么发现？"

我心里有什么小九九，明哥每次都能一眼看穿，于是我接着说道："从白色床单上的几块重叠的印记来看，嫌疑人曾穿着袜子踩在床单上。"

"嗯，这点很明显。"

"但是你们有没有发现，这两个残缺的穿袜足迹上，有明显的断线痕迹？"为了方便观察，我把两个软标尺移动到了两个痕迹旁。

"断线痕迹？"随着大量的新鲜词汇涌入，叶茜的大脑也即将进入死机状态。

"断线痕迹，简单来说，就是嫌疑人所穿的袜子上有一条很规整的缝补痕迹，这是其一。

"其二，这双袜子的掌心和后跟区重叠褶皱的痕迹相当明显，这是目前市面上流通的袜子不会出现的特征。通过以上两点来看，嫌疑人脚上穿的不是一般的袜子。"

"不是一般的袜子？那是什么袜子？"

"足袋！"

"足袋？"

"对，就是袜子的老祖先，我们在古装电视剧中经常可以看见。说得简单一点，这种袜子就是用布缝制的装脚的小口袋，由于不贴合、不跟脚，长时间穿会形成大量的褶皱。

"嫌疑人的穿袜足迹上有大量的黑色附着物，说明这双袜子他穿了不短的时间。嫌疑人在行走的过程中，会使得足袋的缝合部位慢慢移位，因此在穿袜足迹上留下断线和褶皱两种痕迹。有了这两种明显的痕迹特征，我可以肯定我的推断。"

"足袋在市面上有没有售卖？一般哪些人会买？"明哥张口问道。

"足袋一般都是手工制作，批量生产的很少，除非有特殊用途，否则一般人很少会购买。"

"难道嫌疑人是电视剧演员？"叶茜推断道。

"从嫌疑人的鞋印分析，他穿的鞋很像手工鞋，再加上手工缝制的足袋，这种搭配电视剧里倒是可以见到，所以我也不敢确定。"我老实回答。

"不能这么盲目地猜测，目前来看，这只能作为一个比较关键的点，足袋这个东西流通渠道少，在后续的案件调查中会有很强的排他性。"

"明白，冷主任！"叶茜肃然起敬。

"小龙，你那里还有没有其他发现？"

"没了！"

"行，剩下的就交给国贤，我们其他人都去殡仪馆，解剖结束以后我们抓紧时间碰个头。"

五

尸体解剖在这起案件中就是一个必经的程序，它并没有给案件带来太多线索。当我们一行人着急忙慌地赶回科室时，老贤已经早早地在院子内等候。院墙上的大灯把整个院子照得如同白昼，老贤不知从哪里找来了一张长条桌，桌面上杂乱地堆放着一大堆零散的物品。

"老贤，你这是干啥呢？"胖磊抚了抚大肚子，晃晃悠悠地走了过去。

老贤二话没说，从桌子上抽出一张白纸，一巴掌拍在上面，纸上竟然出现了一个血手印。

这一幕让我们所有人都傻了眼。

"我×！"胖磊本能地往后退了一步。

说时迟那时快，老贤手指突然一晃，他的食指竟然燃起了火焰。

"我×，什么鬼？"我爆了一句粗口。

老贤一脸轻松，左手握拳，把手指的火焰按灭，又快速地从桌面上抽出一小沓黄纸，用火机点燃，接着他一把将燃烧的黄纸抛向天空，带着火光的黄纸慢慢地下落，就在黄纸即将落地之时，火焰恰到好处地熄灭，紧接着五个镂空大字出现在我们的面前：尸案调查科。

"哇，国贤老师好棒。"叶茜拍手称赞。

"国贤，你这些东西是从哪里来的？"俗话说，外行看热闹，内行看门道，从明哥的反应来看，老贤绝不是在搞什么"文艺会演"。

"这些都是从死者家中提取的。"老贤从口袋中掏出纸巾擦了擦手说道。

"叶茜，你让徐大队把死者的女儿找来，她有事瞒着我们。"明哥说完便径直朝办公室走去。

"哦……哦……哦。"叶茜很显然还没弄明白明哥的意思，胡乱点了点头。

"老贤，你刚才在搞什么玩意儿？"在我们科室，好奇心最重的要属叶茜，而排在第二的当属胖磊无疑。

"这都是一些江湖骗术。"老贤把我们领到桌子跟前，从桌面上拿了一张白纸，重复了他刚才的动作，接着他指着刚拍出来的血手印说道，"这招在江湖骗术中叫'白纸血印'。

"原本是一张雪白的纸，'江湖大师'用力一拍，纸上便会出现一个血手印，这个时候'江湖大师'往往就会告诉你，你家里的妖魔鬼怪已经被他降服了。只要你给了钱，'江湖大师'把出现血手印的纸往水盆里面一放，血手印便会慢慢消失，这时'江湖大师'就会说，鬼怪被驱走了。"

"这是什么原理？"叶茜问道。

"这主要是化学试剂酚酞在起作用，酚酞遇碱会变成红色，遇酸就自然会褪色，其实'江湖大师'就是利用了这个简单的化学反应。先把酚酞喷到一张白纸上晾干，使它看起来就是一张好端端的白纸，然后'作法'的时候，手上再蘸点碱水，往上一拍就会出现红手印，接着在水里兑点稀盐酸或者白醋，血手印自然就没了。"

"这么神奇？"

听着叶茜的惊呼，作为理科男的我，额头瞬间浮出三道黑线。

"贤哥，你刚才第二招手指自燃，是不是白磷的缘故？"我已经完全明白了里面的道道，开始抢答。

"对。"

"白磷？"叶茜闪着星星眼看着我。

我无奈地摇了摇头科普道："正常情况下手指怎么能够着火呢？实际上很简单……"说到这儿，我瞥了一眼桌面上的三种粉末问道："贤哥，这三种粉末是不是樟脑、白磷和硫黄？"

"对。"

"那这就好解释了。樟脑易挥发，硫和磷容易燃烧，只要手指稍微揉搓，热度一合适，很快就会燃烧。贤哥刚才为什么烧不着自己呢？因为他事先在手上涂了一层面粉。贤哥，我说得对不对？"

"完全正确。"老贤冲我竖起大拇指。

我微笑着继续说道："那最后一招就更简单了。黄纸燃烧之后能出现字，实际上这些字是用一种化学药品写出来的，最常使用的是硝酸钾。硝酸钾是制造火药的一种成分，在化学研究中，它是一种强氧化剂，也是一种助燃剂，较容易溶于水。贤哥就是用硝酸钾溶液在纸上写出字，接着把它晾干，晾干后，硝酸钾颗粒就附着在纸上了，这样的纸一旦遇火，附着硝酸钾的那一部分就特别容易燃烧，这样字就会显现出来。"

啪啪啪！老贤用掌声代替了一切。

"你懂得不少啊！"叶茜双手掐腰，斜着眼睛上下打量着我。她这个文科生今天晚上被我虐了千百遍，心里怎么可能舒服？

"不光是这些，我还听说过很多骗术，比如'油炸厉鬼'。一锅热气腾腾的油，烧得滚开。'大师'可以将手伸进翻滚的油锅内取物。原理其实就是在油锅中加入了碳酸钙、硼砂之类的化学物质，这类物质发生化学反应时会产生气体，气泡鼓到油面上，看上去像油开了，其实这个时候的油温很低。

"还有什么'火烧棉线'。用一根普通的棉线悬吊一枚铜钱，'大师'将棉线点燃，可奇怪的是，棉线明明已经烧着了，却怎么也不断。这时'大师'通常会声称，这是因为鬼怪的法术太高明，所以才让棉线怎么烧也不断。要想破解，必须要掏钱。其实'大师'使用的棉线用盐卤水泡过，盐卤水里面含有氯化钾、氯化镁等物质，用这样的线系住那枚铜钱，看起来是点着了，其实烧着的仅仅是线的表面部分，线的内部由于受到氯化钾和氯化镁的保护，并没有接触空气，所以并没有燃烧。

"还有什么'清水爆炸'，实际上就是往水中扔了一块金属钠，等等。这都是一些最基本的化学原理而已。"

说到最后一句，我在"基本"两个字上狠狠地加重，叶茜边听边翻着白眼瞅着我。老贤和胖磊笑而不语，在一旁看着我们两个耍宝。

不过言归正传，从我们收集的这些物证来看，死者侯琴没有我们想得这么简单，她极有可能就是我口中所说的"大师"。作为死者的女儿，胡媛不可能不清楚自己的母亲在外面干些什么，她却对此事只字未提。所以明哥在看了老贤的"表演"之后，当即就下令把死者的女儿喊过来问问清楚。只有把事情的前因后果搞透彻以后，下面的案件研究才好进一步开展。

六

按照市局的要求，我们科室也要负责案件的问话工作，所以在年初，由市局出资在我们科室的院子里又加盖了一间询问室。现在，老贤和胖磊在实验室内忙活，明哥带着我和叶茜在询问室等着死者的女儿胡媛的到来。

没过多久，警笛声由远及近，叶茜第一个冲了出去。很快，死者的女儿便被领进了询问室。

胡媛四十出头，体态丰腴，扎着过肩的马尾辫，穿着中规中矩没有多少花哨装饰的衣服，从面相上来看，不像是尖酸狡猾之人。此时的她正眉头紧锁、忧心忡忡。

"对于你母亲的死，你是怎么想的？"明哥一张口问了这样一句话。

这看似普通的一问，其实里面包含了两层含义。我们从死者家中搜查出了多种用于江湖行骗的道具，胡媛却向我们隐瞒了这件事，这一点表明，她可能知道一些我们没掌握的东西（比如，死者有没有和谁结怨，或者一些其他的矛盾点）；另外就是要看胡媛的反应，如果对于自己母亲的死，她的反应并不是很强烈，那就更能说明她知道里面的隐情。

胡媛不敢直视明哥的眼睛，而是低头吞吞吐吐地回答："没……没……没怎么想。"

"果然有事。"这是我的第一反应。

"你母亲平时做什么，你是否了解？"明哥不想她揣着明白装糊涂，直截了当地问道。

"不……不……不是很了解。"胡媛紧张得十指紧扣。

"我们现在已经判定，你的母亲是被人故意杀害的，你如果不赶紧把事情说清楚，那你就是嫌疑人的帮凶。"

"帮凶？"胡媛忽然抬起头，有些惊愕，她可能没有想到明哥会用这么一个词去形容她。

"当然你也可以保持沉默，但是我们现在还搞不清楚嫌疑人的作案动机和目标，如果你一再拖延时间，我担心你和你的家人都会有危险。"明哥绝对不是危言耸听，嫌疑人已经杀死一个人，他会不会接连报复死者的家人，这谁都不敢打包票。

听了明哥的话，胡媛的双手使劲揉搓，她好像在做激烈的心理斗争。

我实在闹不明白她在隐瞒什么。通过现场综合分析，她已经被排除在嫌疑人之外，如果硬要把她和嫌疑人扯上关系的话，那她最多就是扮演一个杀人之后进屋的角色。

我们以前也曾接触过"帮凶"，他们进入现场要么破坏物证，要么清理痕迹。可根据我们的调查，胡媛进入现场几乎什么都没做，就这一点来看，说她是帮凶很牵强。

就在我前后推敲这里面的缘由时，胡媛手上的一个特征引起了我的注意。

"你手指脱皮？"

"嗯，每年一到这个时候，就会这样。"胡媛老实回答道。

我二话没说，一步跨上前去，举起了她的右手。

"食指和中指皮肤完全脱落。明哥，等一下，我去看看磊哥拍的照片。"

"行。"

几分钟后，我抱着胖磊的单反相机重新折回，在仔细地比对以后，我很确定地说道："胡媛，你在案发之后进入屋内做了什么事？"我的声音异常大，如果胡媛解释不清楚我发现的这一个细节，那她很有可能真的是嫌疑人的帮凶。

"没……没……没做什么。"胡媛矢口否认。

"还没做什么？！"我气得一巴掌拍在了桌面上，"你手指脱皮严重，虽然在案发现场没有遗留指纹，但也正是因为这个特征，我发现了你故意隐瞒的这个秘密，这就是最好的证据！"

说着，我把相机中的一张照片调出，摆在了众人的面前。这是一张四指并联照片，照片上的小指和环指指纹缺损严重，食指和中指纹线几乎一点看不见，这种指印虽然没有任何认定价值，但对于死者的女儿胡媛来说，这个看似要被摒弃的指印却成了指向性的物证。

"我在室内所有柜门上全都提取到了这种指印，我起先以为是嫌疑人所留，但万万没想到，这是你留下的痕迹。你的母亲当时就躺在屋中，在如此紧急的时刻，你没有去关心你母亲的死活，甚至连120都没有打，却开始翻箱倒柜，你还说你不是帮凶？"

七

我的话就像是引线，直接把胡媛最后的防线给引爆了，她颤抖着身体冲我大声喊道："别说了，别说了，我说，我说，我什么都说。"

"你要说就痛快点，但是我警告你，你所说的每一句话我们都会去核实，你别想用假话来蒙骗我们，我们可不是好糊弄的。"对于这种态度的人，我从来就不会给一点好脸色。

"说吧。"明哥的态度要比我平和得多，这是标准的"一个唱红脸、一个唱白脸"的问话模式。

当然，这种审讯技巧需要两个人把握得恰到好处才行，否则激怒了嫌疑人，就算红脸唱得再好，也有可能把整个审讯计划给毁掉。这一点，我和明哥做得还是相当到位的，况且还无法确定胡媛就是嫌疑人，更没有必要花太多的心思。

"这事情还要从二十年前说起。"明哥的红脸起了效果，从胡媛说话的表情看，她已经彻底放下了思想包袱。

明哥起身把一杯温水放在她的手中。

"我们家里姐弟三个，我是大姐，下面还有一个妹妹和一个弟弟。我和妹妹已经出嫁，弟弟还在上大学。"

"你的父亲呢？"

"我们家是离异家庭，父亲和母亲在年轻的时候就离了婚，我们三个孩子全部由母亲养大。那时候我们都还小，母亲又没有工作，为了保证我们不饿死，她一个人白天黑夜地赚钱，可紧赚不够慢花，到后来我们四口人连糊口都保证不了。日子就这样紧巴巴地过，直到有一天，突然有了转机。"

胡媛说到这里，嘴角挂着一丝笑意："我永远都忘不了那一天，母亲回到家时手里抱着两个牛皮纸袋，纸袋下面挂满了油滴，屋里到处都是肉的香味。母亲把两个牛皮纸袋撕开，里面装的是两只烤鸭，我们从小到大从来没有见过这么大的烤鸭，口水止不住地往下流。那时的我已经懂事，母亲是含着泪水把鸭腿塞在我们三个的手里的，我不知道母亲从哪里弄的钱，但那天晚上我们比过年都开心，那么多年我是第一次吃肉能吃到饱。"

胡媛端起水杯喝了一口，接着说道："后来的一段时间，我们家的日子突然变得好了起来，几乎顿顿都能吃上肉，我们终于不用再为吃饭发愁。吃饭的问题解决了，母亲又开始张罗我们念书。我辍学时间太长，上学根本跟不上，就主动放弃了学业。母亲见拗不过我，就答应了我的要求。"

"后来弟弟和妹妹上学的事情安排妥当之后，母亲看我没事干，就让我跟她一起出去跑场子，也就在那时候，我终于知道了母亲这些年在外面都在干什么。"

说到这里，她突然叹了一口气，从她痛苦的表情来看，仿佛不想回忆起那段往事。

"在外面，人家都喊母亲仙姑，当年她带着我上山下乡，去给人驱鬼治病。刚开始的时候，我还特别好奇母亲竟然有这么神奇的本领，等接触时间长了我才渐渐知道，母亲这些神乎其神的功法都是骗人的把戏。

"当我知道母亲是一个骗子后，我曾和她大吵了一架，可火消了以后，我也渐渐地理解了母亲的苦衷。现在不流行一句话吗，人不为己天诛地灭。我去可怜别人，谁来可怜我们？如果母亲不去骗，那我们就只能饿死。想着想着，我也就渐渐地想通了。后来的几年，我就跟在母亲后面帮她打打下手，扮演童女的角色，这一干就是五六年。我出嫁以后，母亲怕我名声不好听，就再也没有带过我。"

"你母亲平时都去哪些地方？"

"她从来不骗本地人，基本上都是坐火车去外地。在全国各地做这一行的很多，而且还要拜师。"

"拜师？"

"对。"

"你母亲的师傅是谁？"

"我母亲的师傅住在河北，早就已经去世，我只见过两面。"

"那你母亲有没有同门师兄妹之类的人？"

"这个我不清楚，我只知道我母亲每次出门，好像都有人告诉她去哪里似的，她每次一下火车就会直奔某个地方。"

"那你的母亲最近几年有没有助手之类的人员？"

"这个我也不知道，自从我出嫁以后，我母亲就没带我出去过。"

"你母亲多久出去一趟？"

"这个也不确定，以前都是九十月份出门。"

"九十月份？"

"对，母亲的戏法只能骗一骗农村人，九十月份正好是秋收时节，农村人这时手里才会有两个余钱。"

"现在一直是这样？"

"这几年全国的'市场'都不好，所以她出去得相对频繁一些，时间不像以前那么固定，几乎是哪里有活就往哪里去。"

时间不固定、去向不固定、人员不固定。听到这三个模糊的词，我感觉我整个人都不好了。

"那你的母亲不去外地的时候，平时在家里都干什么？"明哥很有耐心地接着问。

"我和妹妹已经出嫁，还有一个弟弟正在上大学，虽然母亲已经快六十岁了，但依然每天都在坚持挣钱，她在家里没事的时候给小孩'叫叫魂'赚点小钱。"

八

　　胡媛口中的"叫魂"我一点都不陌生，不光是我们云汐市，"叫魂"在全国大多数地区都很流行。很多农村人认为，婴孩或者儿童的眼睛可以看到成年人看不到的东西，当孩童看到这些所谓"不干净的东西"时会受到惊吓，导致魂魄离开孩童的身体，这个过程就叫作"掉魂"或者"丢魂"。"掉魂"的孩童会伴有各种奇怪的疾病，或哭闹不停，或拒绝进食等，这时必须要找"仙姑"过来"叫魂"，"叫魂"就是使孩童的魂魄重新附在身体之上，以达到"治病救人"的目的。

　　在我们这里，"叫魂"必须由中老年女性主持，我们统称为"仙姑"。仙姑"叫魂"时会在地上画一个十字，"掉魂者"站在十字中间，"掉魂者"的家长站在一旁。仙姑口中先念一段词，然后一只手伸向天空做抓东西状，口中还要喊"魂儿回来了"，然后把手伸向"掉魂者"，接着由"掉魂者"的家长在一旁应道"上身了"。如此反复七遍。次日，"掉魂者"即可痊愈。

　　有的仙姑在"叫魂"之后还会给上一服"神药"，必须要按照她的剂量服用，才能保证药到病除。而这些所谓的"神药"，其实就是一些治疗儿童常见疾病的西药磨成的粉末，说白了，"叫魂"实际上就是对孩子家长的一种心理暗示，意思是说："孩子的魂我给你喊回来了，妖魔鬼怪不会上身了，你们可以安心地带孩子治病去了。"

　　以前的"仙姑"为了保持自己的神秘感，表述得都很含蓄；现在的"仙姑"都知道自己这骗人的伎俩，不敢大包大揽，在"叫魂"结束之后，她们会编造各种理由，什么"孩子魂魄离开身体太长时间，会有一些小毛病，可以捎带去诊所拿点药吃""魂魄刚上身，孩子有些不适应，接着再带孩子去医院检查一下"，反正最终的目的就是让你带孩子上医院。一般家长担心孩子的安危，基本上都会听取"仙姑"的建议，这样"仙姑"钱也赚了，还不担任何的风险。

"只是单纯地'叫魂'？"明哥在我走神的时候又问道。

"都是乡里乡亲的几个人，她哪里会干其他的？除了'叫魂'，她什么都不干，这点我可以保证。"

"案发之后，你进入屋内在找什么？"

"我在找以前我和母亲出门时我穿的黄袍。"

"黄袍？"

"嗯，我们做法事的时候穿的衣服。"

"你把你进门之后的情况仔细地跟我说一遍。"

胡媛点了点头："我母亲会'叫魂'，十里八乡很多人都知道，甚至省城的一些人都会来找母亲帮着'叫魂'。但'叫魂'的收入太少，为了能给我弟弟凑齐将来买房子的钱，母亲每年都会出去几趟。在她出去的这段时间里，如果有谁家的娃娃需要'叫魂'，就需要预约，一般这个时候母亲会让他们打我的电话，由我帮他们安排时间。后来渐渐地便成了规矩，只要找母亲'叫魂'，所有人都会直接打我的电话，我再联系母亲安排具体时间。

"我记得是昨天下午六点半，大庆姐联系我，说有一个孩子需要'叫魂'，情况比较紧急。我当时没有立刻答应，而是给母亲打了电话，可不知怎的母亲就是不接电话，我以为母亲没有把电话带在身边，上年纪的人都有这毛病，我也没当回事。大庆姐跟我很熟，她给母亲介绍过不少生意，我也不好推辞，就应了下来。母亲只要不去外地，基本上都是待在家里，而且当时天已经快黑了，她更不会往哪里去，我就让大庆姐直接去了母亲那里。

"可没过多久，大庆姐突然给我打电话，说母亲死在家里了，她害怕出事就报了警。我挂断电话后就打的赶了过去，我一推开门，就看见母亲直挺挺地躺在床上，左手上全是血，走到跟前一摸，她的身子都已经凉透了。

"她的伤在手腕，我第一个反应是母亲自杀了。"

"自杀？你为什么有这个反应？"

"这人一上了年纪，就会经常念叨一些东西，母亲虽然用'驱鬼捉妖'的伎俩骗了别人半辈子，但她心里却对这些东西深信不疑。她很害怕自己死后下十八层地狱，所以她总是跟我说，等她把我弟的钱给挣够了，她就会自己把自己结果了，这样到了地府也可以免除皮肉之苦。"

"你母亲之前是否有过自杀的举动？"

"没有，她只是嘴里说说。"

"嗯，你接着说。"

"我母亲的死已经是事实，至于是不是自杀，警察到了肯定会有·个结论。可万一我和母亲骗人的事情被警察发现，我铁定要坐牢，所以我才一进屋就开始翻箱倒柜。"

"找到东西没有？"

"找到了，我母亲把这些东西全部打成了一个包裹，放在了衣柜的里侧。"

"包裹里面都有什么东西？"

"黄袍、自己画的符文、桃木剑之类的东西，具体我也没有细看。"

"东西呢？"

"被我烧了。"

"烧了？在什么地方烧的？"

"就在屋后面的垃圾池里。"

"除此之外，你还触碰过哪些东西？"我又补充了一句。

"没了。"

我点了点头，没有继续追问下去。

"好，问话今天就到这里。小龙，你去喊国贤和焦磊，你们四个跟着她一起，把那包东西找到，看看能不能发现什么线索。"

"明白！"

九

按照胡媛的指引，我们果然在案发现场南侧十多米的垃圾池内发现了那个即将燃烧殆尽的包裹。在老贤仔细分类之后，我们用物证袋提取了一些燃烧残留物带回了科室。

所有工作做完，天已经蒙蒙亮，明哥给了我们四个小时的休息时间。早上八点，我们带着各自的分析结果坐在了会议室内，会议依旧由明哥主持。

虽然已经休息了四个小时，但我们依旧是困意绵绵，胖磊的哈欠声从他坐下就没停下过。科室唯一不抽烟的叶茜，也养成了喝浓茶的习惯。对于这种透支生命的工作方法，我们只能坚持，坚持，再坚持。

啪啪啪啪，四声火机点火声在空荡的会议室内显得格外清脆。

"小龙，你先说。"明哥深吸一口烟卷，提了提神。

我翻开笔记本："之前在现场我已经分析了一些，我在这里做一个总体的介绍。现场一共有四种鞋印，其中三种可以排除，剩下的一种鞋印应该就是嫌疑人的。这种鞋印没有任何鞋底花纹，一般只有手工布鞋才会有这种特征。根据鞋印的大小以及步幅特征，可以推断出嫌疑人为男性，身高在一米八左右；鞋印压痕清晰，落足有力，再加上死者床单上的卵圆痕迹，基本可以推断出，嫌疑人的年龄在二十五周岁上下，身体健硕。

"案发现场房门无任何撬别痕迹，在进门的一段距离内，嫌疑人和死者的鞋印有前后重叠的现象，由这个可以推断出，嫌疑人是尾随死者进入了房间内。死者进门时鞋印步幅特征很有规律，说明她进屋时整个人都处于放松的状态，也就是说，她对嫌疑人并没有任何的戒备，我怀疑嫌疑人和死者之间熟识。

"随后，我又在地面上提取到了大面积的浮灰擦划痕迹，且死者的上衣以及裤子上都有灰尘结块的情况，我推断死者摔倒在地后又被拖行了一段距离，这也印证了明哥之前的分析，嫌疑人是在尾随死者入室后用随身携带的羊角锤击打了死者的后脑，使其昏厥在地，接着又移至木床上杀人。"

"尸体解剖中，死者的后脑部没有重叠伤，嫌疑人只击打了一次，伤口不足以致命，但可以引发死者暂时性昏迷。"明哥补充了一句。

我点了点头继续说道："死者家中的木床发生了位移，具体路线是从西南墙边移动到了房间的正中，我在地板上提取到了多条划痕，可以证实嫌疑人有过这个动作。

"而死者被击昏的位置，正好在划痕的中间位置，挡住了移床的路线，嫌疑人要想顺利地移动木床，必须把击昏后的死者从地上扶起放在床上，杀人的行为全部在床上发生，这也是我们在地面上没有发现一点血迹的原因。"

"嗯，我同意你的说法。"明哥对我的推断很是赞同。

"嫌疑人把死者扶到床上以后，接着又脱鞋站在床上，把死者摆放好，最后又连人带床移动位置。正是分析出嫌疑人有这个举动，我才在床框上提取了多枚清晰的指纹，但是这些指纹我们并不掌握。"

"太好了，有指纹就有抓手了！"叶茜欢呼道。

"就这么多。"我合上了笔记本。

"焦磊，你那里有没有？"

"案发现场距离平安巷还有一段距离，我们不掌握嫌疑人的体貌特征，监控没有任何的抓手。"

"叶茜，刑警队调查得怎么样？"

"暂时还没有发现。"

"那好，那我来说说。"

明哥翻开了自己的笔记本："尸体解剖已经证实，死者的死亡原因是失血性休克，根据推断，死者的失血量超过四千毫升。死者胃内容物充盈，提取分析为豆浆和油条，再结合尸斑分析，可以确定死亡时间在当天早上十点钟左右。

"死者左手腕动脉血管锐器伤，四千毫升血如果按照正常的流速流出，至少需要一个小时的时间，也就是说，嫌疑人在早上九点钟甚至更早，就已经作案了。"

明哥合上笔记本，接着说道："确定了死亡时间和死亡原因，我们来分析一下作案动机。嫌疑人在室内现场没有任何的翻动，排除侵财杀人的可能；他能尾随死者进入室内，不排除两者熟识，所以这起案件的性质我偏向是仇杀。至于嫌疑人为什么要用这种作案手法，以及仇杀的矛盾点在什么地方，暂时不得而知。"

明哥说完，望向老贤："国贤，你来说说。"

十

老贤清了清嗓子，从桌面上拿起个物证袋："这是我在死者女儿胡媛的指认下，在垃圾池里提取的一些燃烧残留物。"

"这是……？"

"这不是老版火车票吗？"叶茜还没说出口，我便抢先答道。

"对。"

"这都烧成这样了，能分析出来什么？"我看着老贤物证袋里那一沓烧得只剩边角的红色火车票有些不解。

"好就好在火车票下方的一串代码没有被烧毁，我通过这串代码分析出了死者曾经去过哪些地方。"老贤不紧不慢地说了句。

"什么？这都行？"胖磊瞪大了眼。

老贤指着车票下方一串密密麻麻的数字代码说道："火车票大家经常使用，但是很多人可能并没有注意到这一大串代码所表示的含义，这一串数字其实是多种信息经过运算得到的数字串。其中第1~5位数字表示发售车票的车站代码；第6位数字代表售票点类型，0表示车站售票处，2表示代售点；第7~10位数字表示售票窗口的编号；第11~14位数字表示出售车票的日期；最后4位数字是车票上起点站到终点站之间的里程。好就好在，死者每次都选择在我们云汐市购票上车，通过这些数字信息，我基本上可以推断出死者每次出行的目的地。为了确保不出差错，我又专门联系了车站派出所的同行，经过他们的核对，死者经常出入于云北省、桂州省这两个地方，能查到的所有信息都显示她几乎年年都去。"

根据现在我们掌握的情况来看，这个案件的定性很有可能是仇杀。死者曾到处行骗，所以仇杀的矛盾点也很突出。可死者在我们云汐市只接"叫魂"的活，这种活一次的收费也就百十块钱，基本上构不成杀人的动机。这样一来，本地人作案的可能性就很小。所以案件的调查重心要转移到死者的外地关系上。可难就难在，没有一个人能说清楚死者曾去过哪些地方，和哪些人结了怨。老贤的分析结果虽然有些笼统，但怎么说也算是给我们指了一条明路。

老贤见我们都停下笔，接着开口道："下面是大量的纤维物证。"他翻开面前的几份报告介绍道："我一共提取到了三种纤维，使用氢氧化钠实验法证实三种纤维均为动物毛发。"

人的毛发基本上一眼就可以看出，这一点不需要排除。但随着人们生活水平的提高，在家里饲养各种小动物已经成了一种普遍现象。普通家庭养个狗啊猫啊什么的，经济条件好的家庭则会饲养一些更高端的宠物，比如现在十分流行的龙猫、小香猪等。

在案发现场，动物毛发也是屡见不鲜。有些动物的毛发不像头发用肉眼就能辨认，它们时常会跟一些纺织纤维混在一起，为了区分，就需要做一个检验，而使用氢氧化钠就是最为常用的一种方法。

众所周知，动物的毛发中都含有蛋白质成分，实验的主要原理就是利用氢氧化钠的强碱性和毛发中的毛角蛋白发生反应，如果纤维中含有蛋白质，就会很快被腐蚀、溶解，这也是市面上一些化学脱毛膏的工作原理。

老贤没有停顿："第一种纤维，从横切面看接近圆形，从纵切面观察，是由一种类似鳞片状的角质细胞组成的，根据纤维图谱对比，可以确定为羊毛。

"第二种纤维，从切面观察是格形方块，排列比较整齐，形状有些像金属表带，分析为兔毛。这两种纤维是我在床头的一根钉子上发现的，根据形态特征推断，应该是从嫌疑人的衣物上刮擦下来的，我的结论是，嫌疑人作案时穿了一件羊毛和兔毛混纺的衣物，且兔毛占有很大的比例。你们能不能根据这个分析出嫌疑人的衣着款式？"

老贤的意思很简单，如果能分析出嫌疑人的衣着特征，那在排查监控视频时就有了抓手。

明哥听后，摇了摇头："羊毛和兔毛如果没有经过上色，原始颜色应该是白色，我们无法判断纺织衣物的厚度，如果嫌疑人作案时穿着外套，就算我们分析出了毛衣款式，也无济于事。"

老贤点点头，没有纠结于此，他接着说道："第三种纤维，我没有分析出来是什么动物的毛发。"

"什么？没有分析出来？"叶茜第一个喊出了声。她有此反应，主要还是因为这是她在科室实习的一年多里第一次遇到这种情况，而对于我们来说，这已经不是什么稀奇的事。人无完人，老贤也不是神仙，不可能什么知识都掌握，案件中如果遇到他解决不了的问题，我们也会找一些领域内的专家。

"行，这条先放在这里，开完会我们再想办法。"明哥示意老贤继续说。

老贤扶了扶眼镜："这种毛发虽然我不知道是什么，但我可以肯定，它应该是从某种工具上掉落下来的，因为毛发在死者的左手腕正下方的地面上最为集中，且坠落的方式为自然脱落。"

在某些案件中，纤维的状态也能反映出一些案发情况，比如在案发现场中发现成撮的头发，可反映出室内曾经发生过厮打；再比如强奸案件中，如果在受害人的指甲中发现一些布料纤维，可证明受害者有过激烈的反抗；所以有些时候不仅要研究纤维的成分，还要研究它的状态。

老贤又翻开另外一份报告说道："这是死者血量称重实验的报告。"

"啥意思？称重实验？"我也是第一次听到这个名词。

"对，现场血迹检验是我工作的领域，我对它有更清楚的认识。明哥在解剖时已经判定死者至少流出了四千毫升的血液，可根据我在现场的观察，死者的衣物以及加盖的被褥上血液总量没有这么多，我怀疑嫌疑人从死者的身上取走了一定的血量。为了证实我的想法，我找来了和案发现场一模一样的被褥，以及死者身上同品牌、同款式的衣服进行称重。经过对比两者之间的重量差，证实了我的推断，案发现场满打满算只有三千毫升的血量，换句话说，嫌疑人从死者的身体上取走了一千毫升鲜血。"

如此劲爆的结论，却被老贤平铺直叙地说了出来，看着他一脸平静的模样，我也是醉了。

　　老贤接着说："如果我猜得没错，嫌疑人是蹲在死者的左手腕处取血的。刚才那个我没有分析出成分的动物毛发，全部集中在嫌疑人取血处，所以我怀疑他手里拿着一个用动物毛皮制作的皮囊，且皮囊的容量大于一千毫升。"

　　"太厉害了！"这是我的第　个反应。

　　"皮囊柔软容易变形，携带起来十分方便，如果嫌疑人揣在怀里，在监控中很难被发现。"胖磊撇撇嘴。

　　"最后一份报告是什么？"明哥问道。

　　"这是我在死者床上提取到的颗粒物，附着在嫌疑人的袜子上，量很大。颗粒物有两种，第一种呈球形，可见'赤道轮廓'，且有内外壁，内壁主要成分是果胶纤维素，外壁是孢粉素。从这一点判断，它应该是某种植物的花粉颗粒。

　　"第二种呈不规则晶体状，应该是某种地貌土质结构的细小颗粒，有点像砂砾，但是成分又不一样，我也无法辨别。我这边就这么多。"

　　老贤无法解决的难题包含了动物学、植物学、地质学三大学科，两年多没请外援，这一下就要请三个。这哪里是破案，简直是科学争霸赛。我在心里苦笑了一声。

　　"行，接下来我们分两步走。叶茜，你通知刑警队的兄弟们，重点调查死者在本地的关系网，把能排除的干扰因素做一个彻底的摸排。"

　　"明白。"

　　"国贤，你解决不了的三个难题，有没有能解决的地方？"

　　"省城科大研究院。"

　　"好，你现在就抓紧时间联系，只要谈妥，我们立马带着样本动身。"

　　"行！"

十一

刑警队出动了全部警力进行走访调查，得出的结果是，死者在云汐市的关系网没有矛盾点，本地人作案的可能性被排除。老贤也在第三天联系到了三位学科领域专家，并提前把所有样本快马加鞭送了过去，接下来的时间就是耐心地等待结果。

科大研究院不光是在省城，放眼全国也能排在顶尖的位置，用句开玩笑的话来说，这里面的人才挤都挤不动，老贤的几个难题在这里简直就是"起重机吊灯草——不值一提"，只要人家专家有时间，那是分分钟解决的事。

就在检材送去的第二天，地质学家那边给了答复。因为这种鉴定性的报告需要附在案件卷宗之中，所以虽然有手机这种便捷的通信工具，但我们还必须要亲自跑一趟。

老贤对这里是轻车熟路，在他的带领下，我们走进了一栋二层小楼之内。

"李博士，这是我们科室的冷主任，这是小龙、焦磊、叶茜。"老贤简单地介绍了起来，也正是在他的引见下，我才看清楚了眼前这位博士的长相。

标志性的两个特征都在：炫光顶、厚眼镜。俗话说："热闹的马路不长草，聪明的脑袋不长毛。"这绝对不是空穴来风，反正我见过的科技男除了老贤，这头顶上的头发都是根根站立。厚眼镜那就更不用说了，学习型人才用眼过度，视力都不会好到哪里去。

李博士有五十多岁，身着一件印有"科大研究院"字样的白大褂，简单地寒暄之后，他转身从桌面上拿起了一份三页纸的报告。明哥刚想用手去接，他却没有递出去，而是换了一个姿势揣在怀里。

正当我们都纳闷是何缘故时，李博士用他那浓重的四川口音跟我们介绍起来："你们送来的这份样本，经过我的鉴定基本可以确定，这些都是砂砾岩，源自白垩纪，距今有一点三五亿年。"

"啥？一点三五亿年？"我不敢相信我的耳朵，这数字也太惊悚了吧。

"哈哈，小伙子，你这种反应，说明你对地质学一点都不了解，不过不了解也没有关系，容我一点一点地给你介绍。"李博士说到这里，竟然给我们一人搬了一个板凳。

我看着他手里紧握的报告，也不好出言拒绝，只能硬着头皮听下去。

"大约在六十六亿年前，银河系内发生过一次大爆炸，其碎片和散漫物质经过长时间的凝集，在四十六亿年前形成了太阳系。作为太阳系一员的地球也在四十六亿年前形成了。"

"好嘛，这直接要从盘古开天地说起了。"我心里暗自叫苦，环视一圈，估计只有叶茜听得津津有味。

"经过了漫长的时间，大约在三十八亿年前，地球出现了原始地壳，这就是我们地质学研究的起源时间。从那以后，地球出现了多个地质时期，最早的就是太古宙。太古宙是一个地壳薄、地热梯度陡、火山岩浆活动强烈而频繁、岩层普遍遭受变形与变质、大气圈与水圈都缺少自由氧，形成一系列特殊沉积物的时期，也是一个硅铝质地壳形成并不断增长的时期，同时又是一个重要的成矿时期。"

刚听了开头，我已经无心再听下去，虽然我也是正襟危坐，可早就开始走神思考别的事情去了。也不知道过了多久，我听到了"侏罗纪"这个名词，因为我很喜欢电影《侏罗纪公园》，所以我又重新集中了注意力。

"侏罗纪是中生代的第二个纪，始于二点零三亿年前，结束于一点三五亿年前，共经历了六千八百万年。恐龙成为陆地的统治者，翼龙类和鸟类出现，哺乳动物开始发展，等等。这个时期的地质结构相对稳定。紧接着便是白垩纪。白垩纪是中生代的最后一个纪，始于一点三五亿年前，结束于六千五百万年前，其间经历了七千万年。它是一个重要的地质时代，在白垩纪，盘古大陆完全分裂成现在的各大陆，大陆之间被海洋隔开，地球变得温暖、干旱，剧烈的火山运动在全球各地形成了多种山脉。"

"李博士，你刚才说我们的样本砂砾岩始于白垩纪的沉积岩，是不是在说，这种砂砾岩在某种地方会出现？"明哥实在坐不住了，见缝插针地问了一句。

"是。"李博士点了点头，那喜悦的表情好像在说"我终于把你们说开窍了"。

"这种砂砾岩有没有指向性？我的意思是说，咱们能不能确定砂砾岩出自哪个具体的地方？"

"这哪里能确定。这种砂砾岩多了去了，在我们国家多山地带的原始森林里，基本都可以找到。"李博士刚表露出的一丝喜悦，又被明哥一个毫无科技含量的问题消灭得一干二净。

"那我们湾南省有没有？"明哥并没有在意这些细节，接着问。

"我们省倒是有白垩纪的砂砾岩，但是矿物质成分不同，我还是更倾向于西南方一带。"

"云北省有没有可能？"

"那当然有，而且我比较偏向于那边。我经常去那边考察，在我的印象中，好像有和样本矿物质成分相似的砂砾岩。"

"能不能具体到云北省的哪个区域？"

"这个我还真记不住了，不过档案馆应该会有这方面的记录，回头我找到直接联系你们。"

"那好，那我们今天就不打搅李博士了，等您的电话。"明哥赶忙起身，从李博士怀中"拽"走了那份报告。

从李博士那依依不舍的表情不难看出，他还没有说过瘾。

走出研究室的大楼，我抬头看一眼头顶的太阳："这从朝霞满天说到日上三竿，贤哥，你们科学领域的人是不是都这么能聊？"

"哎呀，赶紧的，我快饿虚脱了，要不是明哥闪得快，我恨不得把李博士桌子上的泥巴给啃了。"胖磊捂着肚子说道。

"我觉得还好啊，学了不少知识。"

我看着一脸满足的叶茜，翻了翻白眼。

明哥转身看了一眼若有所思的老贤，张口问道："下面的两位科学家是不是也这个样？"

"他俩还好一些，应该不会……"

"得，不管是不是，我下次是不会来了，我在车里等你们。"胖磊叫苦不迭地打断道。

"我们先找个地方吃饭，吃完饭国贤再联系一下另外两位专家，看看今天能不能把结论都给我们。"

"没问题。"

十三

剩下的两位学科领域的专家果真很给面子，我们道出苦衷以后，人家当即决定把所有的事情往后排，第一时间给我们出具报告。为了节省时间，这次我们学精了，大家一致建议明哥独自一人去拿报告，因为他是科室的主任，另外还有一个重要原因，就是他那张写满"不要和我说话"的脸。

两处研究所，前后二十分钟，两份报告便拿在手中。胖磊手中的方向盘都不带停的，加足油门冲出了校门，好像生怕有人追来似的。

"什么结论？"胖磊找了一个僻静阴凉的地方把车停了下来。

明哥从包里掏出了两份沉甸甸的报告。

"希望能有一个指向性的结果。"我的心里打起了鼓。

打开第一份报告，首先映入眼帘的是一幅幅标注得密密麻麻的植物图片，这应该是花粉的检验报告。明哥逐行逐字一直看到结论一栏，我们都凑了过去。

"经过对比鉴定，送检样本为滇润楠木花粉。滇润楠别名：滇楠、云北楠木、滇桢楠、香桂子、铁香樟。"

"嫌疑人脚上附着的花粉颗粒量很大，说明他生活的地区滇润楠木种植率很高，我怀疑他是云北省人。"老贤试探性地说道。

"不用怀疑，就是！"胖磊仿佛拍卖官落锤似的，一巴掌拍到了方向盘上。

"看看第二份报告上怎么写的。"我张口说道。

明哥点了点头，打开了另外一份报告。报告只有两页纸，没有什么配图，第一页上仅有几行数据，我们也看不出个所以然来，明哥干脆直接翻到了最后一页结论的部分。

"野生宝山野猪猪毛。宝山野猪，亚洲野猪的一个亚种，常见于云北省宝山市山脉之中，国家二级保护动物。"

"带劲！"面对如此"简单粗暴"的结论，我欢呼了一声。

就目前来看，一切似乎变得明朗起来。手工布鞋、手工足袋、野生宝山野猪皮制作的水囊，嫌疑人的这三个特征，说明他所生活的环境基本上是自给自足。宝山野猪作为国家二级保护动物，猎杀属违法行为，所以这种水囊只可能自己制作，不会在市面上买到，这就更加证明了我的推测。

嫌疑人能自给自足，一方面说明他所居住的环境经济条件欠发达，另一方面也证实那里很有可能交通不便，毕竟现在一双袜子也卖不了几个钱，可缝制一个足袋费的功夫就太大了。把准这两个方向，我们基本上可以把嫌疑人居住环境锁定在宝山市一些多山、交通不便的山寨之中。

正在我兴奋之余，老贤的电话突然响起："是地质研究所的电话。"

"快接啊！"胖磊催促道。

"喂，李博士，你好。嗯，好的，我知道，麻烦你了。"

"啥情况？"

"砂砾岩出自云北省宝山市西琳山。"

"终于有抓手了！"叶茜打了一个响指。

十三

对刑警来说，出差办案是再正常不过的事，但对我们科室来说，出差次数绝对是屈指可数。虽然我们也参与案件的侦破，但主要还是停留在浅层次上，我们的主业是刑事技术分析和鉴定，一般出差这种活，都是由刑警队的侦查员去完成，要不怎么说刑警是所有警种中最苦最累的。

拿这起案件来说，现在虽然有了一个大概的方向，但我们谁也不知道西琳山有多少山寨符合我们的调查条件，不知道有多少嫌疑对象需要我们去筛选，更不知道这次我们要翻几座山头，耽误多少时间，所以这趟差是绝对的苦差事。

按照惯例，徐大队本来是想派几个侦查员前往，但这个提议被明哥婉言拒绝，一方面，整个案件已经进入了关键阶段，稍微有一点闪失就会功亏一篑；另一方面，明哥想让刑警队的兄弟们多休息休息，毕竟他们跟在我们身后只能是跑腿，别的也帮不上什么忙，与其来回奔波，还不如养精蓄锐等待我们的好消息。

徐大队对明哥的提议从来没有反驳过，所以当天晚上我们就商定，由叶茜在科室看家，我们四个人乘坐第二天的飞机直奔目的地。

宝山市古称永昌，是云北省的地级市，位于云北省西南部。它是古人类发源地之一，有着悠久的历史文化。由于地处低纬高原，地形地貌复杂，这里还有着"一山分四季，十里不同天"的自然奇观。

从飞机转大巴接着转小巴，接连七个多小时的车程让我无心再欣赏窗外巍峨葱郁的大山，就在我即将把午饭吐出来时，我们一行人来到了此行的终点——西琳山派出所。接待我们的是一位面相憨厚、和明哥差不多年纪的警官，从他肩章上两杠一星的印花来推断，他最少也应该是一个副所长。

"您是不是黄所长？"明哥一下车就开始寒暄起来。

"你们是湾南省云汐市技术室的同行？"黄所长用不太标准的普通话跟我们打着招呼。

"正是，正是，让黄所长久等了！"

"哎呀，没事，没事，都是自家兄弟，不用那么拘束。你们一路舟车劳顿，我们先去吃晚饭，有什么事情我们晚饭后再谈。"黄所长热情地跟我们一一握手之后，把我们领进了派出所的大院。

破旧不堪，是我对这个派出所的第一印象。带着裂纹的木板上刻着派出所的名称，院内只停了一辆一看就是上了年纪的老爷警车，除此之外别无他物。我原本以为黄所长招待我们的会是山里的野味，不承想却是馒头和酸笋。

"我们这里条件差了点，不能和你们城里比。"黄所长看着厨房准备的饭菜，有些尴尬地说道。

"黄所长，您这是说的哪里话。入乡随俗，这酸笋可是好东西，在我们那里花多少钱也买不到啊。"胖磊到哪里都是自来熟，他一屁股坐在椅子上，拿起一个馒头便往嘴巴里塞，"这面可真筋道，我就不拿自己当外人了啊。"

也许是胖磊的热情感染了黄所长，他乐呵呵地招呼道："冷主任，咱吃点。"

"哎，辛苦黄所长了。"明哥客气地先把黄所长请上主位，接着自己坐在了副位上。

吱溜，吱溜。低矮的房中响起胖磊大口喝米粥的声音。黄所长那是看在眼里，乐在心里。

"黄所长，你们派出所有多少警力啊？"吃饭时，明哥打开了话匣子。

"三个！"黄所长做了一个OK的手势。

"啥，就三个？"我有些诧异。

"对啊，现在哪里都是警力极缺。"

"那辖区面积和人口呢？"明哥接着说。

"辖区人口不多，也就几千人，面积也不大，可难就难在人口太分散，山寨居多而且基本上都不通路。"

"那出警咋办？"我又插了一句。

"基本靠步行。"

"步行？"我瞪大了眼睛，这是我最不想听到的结果。因为我们此行的目的就是拿着我在现场提取到的指纹，挨个排查符合条件的人员。如果都是靠走的话，那这趟差事绝对可以要了我半条命。

"对，全部都是步行，有时候来回要走将近一天的时间才能出一次警。"黄所长的这番话，无异于雪上加霜。

我刚想接着往下说时，我的脚尖传来一阵疼痛感。我扭脸一看，胖磊正给我使眼色让我闭嘴，我这才注意到黄所长有些无奈的表情。

"那老哥，你们比我们辛苦太多了！"明哥打了个圆场。

"唉，没办法，谁让咱吃的是这碗饭呢。你说不吃吧，舍不得这穿了半辈子的警服；吃吧，有时候真的感觉自己快吃不动了，三天一个二十四小时的大值班，我坚持了二十五年。"

"那您真是从警察小伙熬成了警察叔叔啊！"

"哈哈哈……"

我的一句话，瞬间让气氛缓和了许多。

"对了冷主任，你们这次来需要我老黄干什么？"黄所长也是个直肠子，虽说是南方人，却有着北方人的豪爽。

明哥也没有任何隐瞒，把我们现在案件的所有情况跟黄所长做了一个详细的介绍。

"按照你们的分析，嫌疑人应该是住在我们西琳山一带，是吗？"

"如果我们的分析没错，应该是这样。"

"那这可就难办了，我们西琳山辖区里的山寨可有三十五个，一天跑一个，也需要一个多月的时间啊。"黄所长有些为难。

"对了，不知道咱们辖区有没有山寨的村民还穿这个。"我从挎包中掏出了一张足袋的照片递了过去。嫌疑人在现场留下了清晰的穿袜足迹，且足迹上有明显的线头缝合痕迹，有了这两种痕迹作为辅助，找一张和嫌疑人脚上所穿相似的足袋照片还是难不倒我的。

"这个……"看着黄所长拧在一起的眉头，我整个人瞬间感觉到了前所未有的紧张。因为在我看来，足袋是我另辟蹊径的关键物证，这个要是被否定的话，我们真的有可能要徒步把所有山寨都跑上一遍。

"难道我们这里没有？"我试探性地问了一句。

黄所长没有说话，而是若有所思地慢慢摇头。

十四

我的心顿时沉入了谷底。

"真的没有？"我绝望得喊出声来。

这一声大喊，着实把黄所长吓了一跳，正当我要道歉时，他开口说道："不是没有，而是我不敢确定。"

"不敢确定？这怎么说？"明哥接过了话茬。

"这个东西在我们这里叫拴脚布，我们小时候经常穿，现在几乎见不到了。按照冷主任刚才所说，嫌疑人年龄在二十五周岁上下，像这么大的年轻人穿这个的更少。这个东西做起来很麻烦，也很耗时间，所以山外的这些寨子我基本可以确定不会有，但是山内的寨子我还真不好给你们肯定的答复，因为那里我去得也少，这二十几年我去的次数一把手都能数过来。"

"山内？山外？"我问出了两个关键点。

"对。咱们云北省这几年大力发展旅游业，我们宝山市也是一样，旅游带动了整个市的经济复苏，经济的回暖给我们这里的年轻人创造了很多就业机会。在早些年，我们这里的山寨几乎都是自给自足，但随着经济的发展，很多山寨都通了电，装了电视，像我们的下一代，几乎都是选择走出大山。一些距离城市较近的山寨我们称为山外，这些寨子里基本上家家都有外出务工的青年，他们都有一定的经济来源，基本上不会有人再穿这个。

"除此之外，就是我说的山内，要想进山内的寨子，少说也要翻将近十座山头，就算体力充沛的壮年，也要步行两三天的时间。这些山寨的村民大多还保留着最为原始的生活方式，按理说，他们穿这个的可能性比较大。"

"山内的寨子有多少个？"

"不多，只有三个。"

"三个？这太好了！"我欢呼着拍了一下巴掌。可随后整整三天的跋山涉水，让我真正体会到了什么叫高兴得太早。

这几天的旅程让我们真的体验了一把"以天为被，以地为床，喝的是山泉水，吃的是中草药"。我几乎忘了肉的味道，说句不好听的话，放屁都是一股子酸笋味。

前几日还对酸笋赞不绝口的胖磊，经过这几天的折磨，连大气都不敢再喘一口，生怕黄所长在吃饭的时候考虑到他的身材再给他加点量。

好在每个寨了的人都不多，而且村民都十分淳朴，很愿意配合我们的工作。第一个寨子的所有比对工作仅用了半天的时间，在排除嫌疑之后，我们在寨子中做了简单的补给，接着朝下一个目标赶去。

"第二个寨子是我们西琳山辖区最为偏僻的一个寨子。"黄所长从背包中拿出一张地图，指了指我们现在的位置。在他的指引下，我才弄明白。原来山内的三个寨子连起来正好是一个由东指向西的三角形，第二个山寨正好是三角形的顶点位置。市区在东方，我们一路向西，按照地图的分布，说它是最为偏僻的山寨绝对毫不夸张。

"这个寨子我只来过两次！"黄所长比画起了剪刀手。

"看来这里的治安很好。"我半开玩笑地说道。

"这一来是因为交通不便，外地人基本不会来这种地方；这二来，寨子里如果发生什么事情，一般族长出面就能解决，也用不上我们。我记得上次来，还是因为采集户口。"黄所长掐着腰，望着对面的山头说道。

"寨子里的族长权力是不是很大？"我漫不经心地问了一句。

"每个寨子的情况不一样，长期与外界隔绝，他们都形成了自己解决问题的方式，有的族长在寨子里有着绝对的威望，有的则在寨子里只拥有长辈的身份，却没有任何权力。"

"我们接下来去的这个寨子是个什么情况？"

"这个寨子叫臧寨，据说这里的村民是以前臧族①的后裔，虽然与世隔绝，但是这里民风彪悍，尤其是他们寨子的族长，有着绝对的威望，咱们要见机行事。"黄所长提醒道。

---

① 虚构的民族。

十五

翻山越岭、长途跋涉之后，我们终于站在了臧寨的大门前。整个山寨并不是很大，由二十多栋木屋组成，一眼可以望见边际。黄所长身着公安制服，引来了不少村民围观。因为语言不通，我们只能指望黄所长的一路翻译。正当我们都怀着忐忑的心情琢磨着怎么跟这里的族长沟通时，围观的村民说出了一个新奇消息："族长正在给一位村民主持血祭。"

对于"血祭"这个名词，我只在影视剧或者小说里见过，从字面上很好理解，就是用血祭祀的意思，但令我没想到的是，在现实生活中还真有这种祭祀活动。

"咱们要不要去看看？"在好奇心的驱使下，我征求黄所长的意见。

"在这个寨子里，血祭一般是祭奠先人，都是私人的事情，我们这么多人去围观不是太好。"黄所长解释道。

"你小子，出来办案不要整这么多么蛾子，小心人家留你在这里当压寨小鲜肉。"胖磊说完，用力捏了捏我的脸蛋。

"轻点，轻点。"

正在我们边聊边等的时候，一位身穿民族服饰的老年男子带着一名和我们差不多打扮的青年从山寨的后边走了过来。青年约有一米八的个子，皮肤黝黑，身材健硕，上嘴唇明显的裂口显得相当扎眼，这是先天性兔唇的特征。

我正准备打量青年的下半身时，他右手紧握的棕色皮囊吸引了我全部的目光。我仿佛在黑夜中看到了一丝曙光，直觉告诉我这可能不是巧合。我在青年毫无防备的情况下，上前一把抓住了他的左手，接着我翻开了他的掌心，三枚已经印在我脑子里的指印出现在了我的眼前。

"明哥，就是他！"我激动得喊出声来。

说时迟那时快，黄所长从腰间掏出手铐，把青年铐了起来。

老贤戴起手套和口罩，从随身携带的检验包中掏出了一管鲁米诺试剂，小心翼翼地滴在皮囊入口的位置。

"有血液反应，这里面装的是人血。"

"把人带走！"

因为返回的路途太过遥远，再加上案情重大，我们向云北省公安厅申请了一架警用直升机将犯罪嫌疑人押解带回。

我们在山寨提取的血样，也在第一时间送往云北省宝山市公安局的理化生物实验室，经过比对，皮囊中所装的血液为死者侯琴所有。

因为语言不通，审讯工作必须要有通晓当地语言的人在场，而黄所长就成了不二人选。在我们两方领导沟通之后，决定对嫌疑人的第一次审讯工作在宝山市公安局的讯问室展开。

扎西多吉，男，二十四周岁。我盯着电脑屏幕上他的个人信息愣了愣神。我怎么都闹不明白，他和死者到底有多大的仇恨，能使得他跋山涉水跑到我们云汐市作案。当然，有这种疑问的不光是我一个人，在场的所有人心里都想解开这个谜团。

"扎西。"黄所长用当地的方言呼喊他的名字。

扎西闻言，挺了挺原本佝偻的身子，抬头正视我们，因为唇裂而露出的两颗黄褐色的门牙给我们一种"他很不耐烦"的暗示。

"扎西，你知不知道你犯了什么错？"明哥的话被黄所长逐字地翻译出来。

听了明哥开口问出的第一句话，我就对他佩服得五体投地。这次的审讯和以往不同，因为中间有一位当地的同行做语言翻译，明哥说的所有话都会通过黄所长的嘴巴转述出来。黄所长是地地道道的当地人，通过这一段时间的相处不难看出，他和当地的村民相处得都十分融洽。明哥的这句话从黄所长的嘴巴中说出来，就会给人一种长辈责备晚辈的错觉，这样更容易拉近二人之间的距离。只要扎西对黄所长没有敌意，那接下来的讯问工作就要容易得多。

果然，黄所长把这句话说出口，扎西戴着手铐的双手便在审讯椅的挡板下不停地揉搓，仿佛一个正在接受老师训斥的孩子。

"你知不知道这次犯的错误很大？"明哥依旧采用这种温情的问话风格。

"我知道。"因为先天性残疾，扎西吐字不清地说了一句。

他这一开口，我这悬着的心算是放了下来。只要能开口说话，后面的事就好办多了。

"你犯了什么错？"

"我……我……我杀了人。"

"他承认了！"我听到这句话的感觉，就仿佛齐天大圣从五指山下蹦出来一般畅快。

"你为什么要杀人？"明哥的脸上看不出一点多余的表情，为了保证整个问话的氛围，他的语速一直都很平静。

扎西突然咆哮了起来："她是我的仇人，我要用她的血祭祀我死去的阿乙（奶奶）。"

十六

黄所长见状，起身走到他的身边，用手轻轻地按压他的额头，嘴中喃喃自语，他发出的声音听起来像是一段经文。奇怪的是，扎西在听完这段很短的呢喃之后，竟然很快地恢复了平静。扎西冲黄所长微微低下了头颅，眼睛里透着感激的目光。

黄所长转身朝我们点了点头，示意可以继续问话。

明哥抓紧时间问道："你们是因为什么结下的仇恨，能说说吗？"

黄所长翻译之后，扎西点了点头："我是一个天生有缺陷的孩子，我出生后不久，我的父母选择把我丢弃在深山之中。是我的阿乙救了我，因为她的年纪很大，所以她让我喊她阿乙。我的阿尼（爷爷）在我很小的时候就已经去世，是阿乙把我养大，她是我生命中最重要的人，也是我最爱的人。"

停顿了一会儿，他接着说："我十岁那年，我们的山寨来了两个妇女，从她们的穿着打扮看就知道是外来人。因为山里平常也会来很多打猎的外来人，他们有时候晚上会借宿在我们山寨，所以我们对外来人并不抵触，而且这两位妇女还会说我们的语言，这就更让寨子里的人失去了最后的警惕心。

"她们直接找到了我们的族长，说她们不是普通人，而是在山中修行的仙姑，因为在修行之中观察到我们山寨有不祥之物，所以特意前来降妖。她们这么一说，很快引来了围观，当时包括我在内，大家都被吓住了。就在我们将信将疑时，她们在山寨里开坛做了法事。我们亲眼看见，她们的双手插入烧热的油锅之中安然无恙，而且她们的双手还能瞬间燃起火焰，看到这一幕，我们也彻底相信了她们的说辞。

"她们说，我们山寨所有人家里都住着妖怪，但是她们的法力不够，要想除妖，就必须拿出家中值钱的东西买通神灵，请求神的帮助。听她们这么说，我们每家几乎都把所有的钱拿了出来。"

"你们哪里来的钱？"明哥还没来得及说话，黄所长便问出了口。这个问题我们也疑惑，对于这个自给自足的山寨，钱绝对是个稀罕物。

"都是一些外来人在我们这里过夜后给的，每家每户多少都有一些。"扎西老实说道。

"早年偷越国境走私、偷猎都比较猖獗，我估计是他们留下的。"黄所长转头对明哥做了进一步的解释。

明哥恍然大悟地点了点头。

扎西接着说："阿尼去世得早，我们的木屋里只有我和阿乙两个人相依为命。因为房间比较空荡，我们家平时接待的外来人就比较多，有的人甚至在我们家一住就是一两个月，他们不仅给我们带来了钱、食物、书籍，还教会了我认识外面的世界，我自己抱着新华字典，学会了外面的文字。我经常把书上的一些故事说给我的阿乙听，渐渐地，她对山寨外面的世界也充满了向往。

"记得有一天，阿乙告诉我，她想多攒一点钱，把我送出去，因为她害怕她离开这个世界以后，我一个人会被寨子里的其他人欺负。我一向都很听她的话，就答应了。

"从那以后，阿乙开始拼命地攒钱，有时候还会做一些拴脚袋卖给那些住宿的外来人，到那两个仙姑来之前，我们已经攒了两千多元，可阿乙担心家里的妖怪会要了我的性命，就把所有的钱拿给了她们，祈求平安。

"在她们走之后没多久，我们的木屋又来了一些外来人。在吃晚饭闲聊时，阿乙就说到了仙姑降妖的事情，没想到阿乙的话引来了他们的哄堂大笑。他们说我们整个寨子都受骗了，而且他们还给我们展示了那两个仙姑施展的法术，他们告诉我这是化学反应，不是什么法术。

"阿乙辛苦积攒了五年多的钱，就这样被这两个可恶的人给骗走了，她哭了整整一夜。这些钱对她来说就是希望，一个把我送出大山的希望。我那时候还小，不知道怎么去安慰人，只能看着阿乙一个人伤心落泪。我记得第二天天还没亮，阿乙就背着干粮出了山寨，她想找到这两个人，要回属于我们的钱，可她这一走就再也没有回来。"扎西眼眶湿润着讲完了上面的一段话。

黄所长起身，用手指帮他擦去了眼角的泪水。

扎西哽咽着接着说道："阿乙失踪整整三天后，族长在山崖下找到了阿乙的尸体。都是因为她们我的阿乙才会坠崖身亡，她们是我扎西永远的仇人！"

扎西的情绪波动越来越大，他几乎是怒吼着说出"仇人"两个字的。

十七

黄所长天生的一副慈眉善目相，每一次都能把扎西的情绪安抚得恰到好处。

扎西低头喘息了几声，接着说道："虽然那时候我的年纪很小，但是我能清楚地记住骗我阿乙钱的人的长相，忘都忘不掉。从我阿乙下葬那天起，我就发誓要用她的血来祭奠阿乙的灵魂。"

"那个人就是你杀的这个人？"

"对。"

"事隔那么长时间，你是怎么找到她的？"

"这个问题一直困扰了我十几年，我曾多次走出大山，可是茫茫人海，我虽然知道她的长相，但是我该去哪里找到她？也许是我的诚心感动了上天，前段日子我在帮助族长干农活的时候，在他家里捡到了一张卡片，卡片上印有一张照片，虽然这张照片很模糊，但是我一眼就认出了这个人，她就是那个骗我阿乙的'仙姑'，是我发誓一定要杀掉的人。公安局给我们山寨里的人都办了身份证，所以我对这张卡片并不陌生，这就是那个'仙姑'不小心落在我们寨子里的一张一代身份证。

"我拿着这张身份证，简直乐开了花，当时我就带上我这些年的积蓄，背着我准备了多年的工具离开了山寨。

"按照身份证上的地址，我很快找到了那个地方，在询问了很多人以后，第二天我就见到了我的仇人。她听我是外地口音，对我有些戒备，我就编造了一个理由，我告诉她，因为受到她的法术帮助，我们山寨这些年顺风顺水，我是代表整个山寨来感谢她的，我的说辞让她彻底没有了戒心，她还主动把我领进了她的小屋。

"我看屋里就她一个人，就从口袋里掏出了一把刚买的锤子把她砸晕，接着我把她抱上床，并把床移动到了房间的正中央，最后我用刀子划开了她的手腕，等她的鲜血装满了皮囊之后，我便离开了那里。"

扎西说到这儿，就再也没有多说一个字。我们按照他的表述，在他的木屋中找到了本案的作案工具——羊角锤和自制的尖刀。

在所有物证全部固定完毕之后，临行时，明哥问出了这样一个问题："黄所长，这起案件一直有个问题困扰着我，扎西为什么在作案的过程中要把死者的床移动到房间的正中位置？还有，他为什么要取走死者的血？"

"这个你还真问对人了！"因为案件告破，黄所长的心情也相当舒畅。

"这里面真的有说道？"

"这是他们寨子的一个民俗，因为我本人对这些民俗的东西很感兴趣，所以就多留意了一些。"黄所长给明哥点了一支烟，介绍道，"人的出生和死亡不管对哪一个民族来说都是头等大事。古书记载，幽冥之门开于北方。

扎西他们的祖先就认为，人死后，尸首的头一定要朝向北方，这样死者的灵魂才能顺利地到达阴曹地府。幽冥之门为每位死者开启一日，如果死者的灵魂在一日之内没有顺利地离开，就无法正常地轮回。扎西把被害人的头摆在正南方，就是要让她的灵魂不能脱离躯体，他这样做的目的是在诅咒死者永世不得超生。"

"那血祭是怎么回事？"

"扎西的阿乙死于山野间，发现时已经过去三天，按照他们的风俗，除非用鲜血去祭祀，否则她的灵魂永远无法轮回，会变成孤魂野鬼。一般血祭使用的是动物鲜血，用活人鲜血祭祀被称为'大血祭'，这种祭祀方法也只有在乡野中可以听到，相传这祭祀方法可以让死去的人永世长存。像扎西这样的年轻人应该不会这么迷信，按照我的猜测，他选择'大血祭'的动机或许还是仇恨。唉！"黄所长感叹道。

他的这一声叹息让我感悟良多，一个隐于山中的世外桃源，那里的人们单纯快乐地过着自给自足的生活，究竟是什么改变了这一切？

是人性的贪婪。

尸案调查科

第五案

仇苦似蜜

无间行者

一

　　路灯照射出金字塔状的暖黄色光斑，把这条连接新旧城区的柏油马路照得灯火通明。夜幕刚刚降临，理应为高峰期的这条六车道上却鲜有车辆，虽然这里也是高楼林立、绿草如茵，但是寂静、冷清是每一个新建城区都会经历的一段时期。

　　"扔棍子都打不到人。"这是所有人对这里的第一印象。但在每天的一个特定时段，这种冷清会被彻底打破。

　　晚饭之后的月光广场热闹非凡，借用宋丹丹老师的一句话："锣鼓喧天，鞭炮齐鸣，红旗招展，人山人海。"月光广场是新城区体育馆的外围，呈月牙形走向，从空中鸟瞰，椭圆形的体育馆和广场交相呼应，颇有日月同辉的美感。

　　"苍茫的天涯是我的爱……""我立马千山外，听风唱着天籁……""你是我的小呀小苹果……""好想唱情歌，看最美的烟火……"墨色之下的广场，一首首颇有动感的广场舞标配歌曲在同一时间"争奇斗艳"。一群群穿着各式服装的男男女女随着音乐舞动身体，一天的劳顿此刻在广场彩色光柱的映射下得以释放。

正当大多数人都在挥汗如雨时，位于广场一角的一群中年妇女却愁云满面。

"唉，我说这个周姐，这都几点了，还不来？"一位身穿绿色广告衫的妇女抬手看了看手表。

"就是啊，说好的七点半，现在都七点四十了。"站在周围的其他人应和道。

"她昨天还跟我说，她刚练会一套新动作，今天我还指望她教呢，这倒好，现在连个人影都没见到。"

"廖姐，你不是有她的手机号码吗？打电话问问什么情况。"

"打了好几遍了，手机没人接听。"廖姐急得直跺脚。

"难不成家里有事？"有人猜测。

"咱们这舞队就我们两个领舞，有事她会提前跟我说啊，没有理由连电话都不接。"廖姐有些闹不明白。

"难不成今天晚上大伙离了她就不跳了？从早到晚带小孙子，就这个点能跳跳舞放松放松，如果有些人天天这么搞，我看咱们这舞队也撑不了多久。"人群中开始出现了不和谐的声音。

廖姐斜视了一眼声音的源头，一个浓妆艳抹的妇女正噘着嘴巴一脸的不快。

"要不咱们边跳边等？"有些人建议道。

"对，边跳边等。"

"不行就跳老曲目呗。"

"以锻炼为主，怎么跳都行！"

这个提议得到了大多数人的认可。廖姐又低头看了一眼时间，她望着表盘上快要接近整点的分针，有些心烦意乱："行，不等了，咱们今天就跳老曲子。"说完，她转身走到音响旁边，随着高音喇叭"砰"的一声响起，音响的电源接通了。

这仿佛是一个信号，所有人在极短的时间内很自觉地散开，一个标准的矩形队列填补了广场上最后一片空地。

"给我一片蓝天，一轮初升的太阳，给我一片绿草，绵延向远方，给我一只雄鹰，一个威武的汉子，给我一个套马杆，攥在他手上。"在嘈杂的电子合成乐响起之后，所有人都高举双手在半空中，整齐划一地做着类似广播体操的舞蹈动作。

廖姐调试完音响的音量，皱着眉头慢慢地站在了人群的最前端。

"廖姐，你想什么呢？怎么老慢半拍啊！"站在她身后的妇女提醒了一句。

"哦，哦！"廖姐转身看了看大家的进度，加快了手中的动作。

"啊呀，你又快啦，你是不是有啥心事啊？"

廖姐被吵得心乱如麻，干脆停下了手中的动作："你们先跳着，我再去打个电话。"

说完她快步走到自己的黑布包前，拿出了手机。

她飞快地在液晶触屏上输入了一串号码，趁着电话正在接通的空当，步行到一个稍微安静的角落。

"喂，廖阿姨。"电话那头传来一个青年男子的声音。

"小志，你今天晚上是不是跟你母亲在一起？"

"没啊，我在外面呢，怎么了？她没跟您在一起跳广场舞？"

"她晚上没来啊，我打电话也打不通，她是不是有什么事啊？"

"有事？能有什么事？她一不打麻将，二不看电视，除了跟您一起跳广场舞，我就没发现她有其他的爱好。"

"不就说嘛。"

"对了，我下午出门的时候我妈还跟我说，她新练了一段舞蹈，说今天晚上跳呢，按理说她不可能不去啊。"

"那就奇怪了。"廖姐的眉毛拧在了一起。

"阿姨，会不会我妈她临时有事，手机落在了家里？"青年不以为意。

"嗯，你这么一说倒是很有可能。"

"没事，我现在开车正好快到广场附近了，要不我往家拐一下，看看情况。"

眼看广场上的舞蹈已经快接近尾声，廖姐对着电话那头说道："这样吧，我跟你一起去，这万一有个什么事情，我也能给你搭把手。"

"要不怎么说，我妈跟您关系最铁！阿姨您在哪里？我去接您。"

"就在我们天天跳舞的地方，我在路边等着你。"廖姐挂断电话走出了人群。

几分钟后，一束汽车远光灯照得她睁不开眼睛，当视线再次清晰时，一辆白色本田轿车停在了她的面前。吱——轮胎摩擦地面，副驾驶的电动车窗打开了，一个打扮时髦的青年冲窗外喊道："阿姨，上车。"

"小志，是不是你妈给你买的？这车可真好看，得一二十万吧。"廖姐拉开车门赞不绝口地说道。

"我妈说给我买，还没买呢，这是朋友的车。"

"你妈就你一个男孩，买车还不是分分钟的事？"廖姐靠在真皮座椅上笑嘻嘻地说道。

"那必须的，我妈最疼我了！"小志翘起嘴角，一脸幸福的模样。

"对象谈了没？"

"谈了几个，没合适的。"

"对，年纪小呢，慢慢挑。"

两人你一言我一语，很快来到一栋单元楼下。

"咦，阳台灯是灭的？"小志有些诧异。

"怎么了？"

"我妈这个人胆子小，只要天一黑，她就会把阳台的灯给打开。难道我妈真的出门了？她去哪儿了呢？"小志有些纳闷。

"对啊，有什么急事能比跳舞更重要？"

"阿姨，您在车里休息一会儿，我上去看看情况。"

"哎，好，这孩子可真懂事。"

一楼、二楼、三楼、四楼……随着小志铿锵有力的脚步声，楼道里的声控灯很有节奏地一一亮起，廖姐坐在车里一直看着他到了六楼。

啪嗒，啪嗒。楼梯间响起钥匙开锁的声响。

吱呀，房门被慢慢打开，房间内客厅的灯亮了。

"妈，你在不在家？

"妈……

"妈，你怎么了妈？妈！妈！"

小志突然冲到阳台，对楼下拼命地嘶喊："阿姨，阿姨，快叫救护车，快叫救护车……"

二

虽然我们科室的宗旨是"以科学为依据，以法律为准绳"，但是有时候真的不得不信邪。最近一段时间，我们夜晚的出警频率高得出奇，而且基本上都是在晚上十点前后，借用胖磊的一句话："这十点是一道坎，过去了就没事了，这要是没过去……"

今天晚上是典型的"没过去……"。

晚上九点五十五分，我刚洗漱完毕，明哥的电话就打了过来，等我打着哈欠走到楼下时，正好十点，一分钟都不差。

"什么情况？"我拉开车门带着困意说了第一句话。

"第一人民医院的医生报的警。"

医生报警对我们来说不是稀奇的事情，通常伤者送至医院，负责出诊的医生会先做一个分析，主要是判断死者或者伤者身上的伤口是否符合自伤的特点，如果伤口明显是他人所致且事情严重到需要公安机关介入，医院的保卫科会选择在第一时间报警。医生介入的案件最少证明了一点，不管是路人发现报警还是知情人主动为之，这样的案件最起码不至于一点抓手都没有。

"什么性质的案件？"我心情舒缓地接着问。

"案件发生在泉水湖小区的一套住宅之内，死者为女性，我暂时就知道这么多，剩下的我们到现场后由徐大队介绍。"明哥说完，坐在副驾驶座上开始闭目养神。作为整个科室的带头人，他必须要时刻保持头脑清醒，尤其是在夜晚勘查现场时，否则一旦漏掉任何一个细节，案件就可能钻入死胡同。所以听他这么说，我也就没接着往下问。

胖磊驾车沿路直行，勘查车穿过一条狭长的隧道之后，便来到了此行的目的地——泉水湖小区。小区的名字完全是因为这里背山方向的一潭泉水，住宅楼把泉水环抱其中，颇有点融为一体的感觉。

车刚在小区单元楼门前停稳，徐大队便走了过来。

"案件情况是否清晰？"

徐大队摇了摇头说道："死者名叫周碧莲，女，五十岁。她平时有跳广场舞的习惯，但是今天晚上没有去。她的舞伴廖娟打电话无人接听，感觉这件事有些蹊跷，就拨打了死者的儿子苏志明的电话。苏志明回到家里看到自己的母亲躺在卧室的床上，急救医生赶到现场时，人早就已经死亡。"徐大队说到这里，环视四周，确定没有人围观后，他压低声音接着道："医生说，死者颈部有明显的淤痕，他们怀疑是他杀，所以就打了110。"

"死者家中一共有多少个人居住？"明哥问这话的弦外之音就是判断是不是家庭暴力导致的他杀。

"我们查了死者的户口底册，三口之家，死者的丈夫是建筑局的工程师，常年在外。家里就只有死者和她的儿子居住。"

"也就是说，案发时，死者的丈夫和儿子都不在家？"

"对！"

"嗯，大致情况我知道了，现场勘查完我们再碰。"

"行！"徐大队说完，合上了笔记本。

案发现场大楼是一栋砖混式结构、坐南朝北的六层楼房，每一层楼房分东西两户，我们要勘查的中心现场位于六层的西户。该户的房门朝北，门是铺货量最人的棕红色铁皮防盗门。因为赵黑子的那起案件，对于这种室内现场，我已经养成了第一步先观察房门猫眼的习惯。在排除猫眼开锁的情况之后，我开始了我的第二步房内的处理工作。

拉开房门，这是一套很普通的两室一厅结构套房，进门为客厅，客厅西侧是并排的两间卧室，客厅的北侧是一个小型的餐厅，餐厅的西侧为厨房、卫生间，房屋中间是一条东西走向的过道。我们云汐市几乎百分之六十的小区都是这种户型。

干净、整洁是我站在门口玄关处的第一印象，如果不是地面上多种凌乱的鞋印证实这里曾经有人进出过，我真的很难把"凶杀现场"这个词套用在这里。

"难道现场已经被打扫过？"胖磊在我身边小声地问道。

我并没有直接回答这个问题，而是将门口鞋架上所有鞋子的鞋底花纹一一观察了一遍。

"磊哥你看。"说着我把高强度足迹勘查灯平放在地面上，在匀光灯覆盖下，客厅的大部分鞋印都清晰地显现在我们的眼中。

"屋子里铺的是强化木地板，这种地面的反光度很高，鞋印看得也十分清楚，而且地面上没有水渍，也没有拖拽痕迹，这一点就证明案发现场的地面并没有人打扫过。"

"嗯，是这么个情况。"

"那问题就来了。已知的进入室内的所有人的鞋印我刚才都看了一遍，这些鞋印排除以后，整个现场就剩下一种鞋印。"

"什么鞋印？"

"死者家中的拖鞋鞋印。"

"什么？你是说嫌疑人进入室内换了拖鞋？"

"刚才我在楼下已经观察了整个外围现场，死者居住的是低层楼房，嫌疑人有从窗户攀爬入室的可能性。但小区的承建商在建房的时候可能考虑到了这一点，小区楼外的排雨管都没有裸露在外，嫌疑人没有攀爬的条件。小区的保安告诉我，通往楼顶的入口也是锁死的，钥匙只有他们有，嫌疑人坠落入室的情况也不存在。那剩下的只有从门进入。我刚才在门外已经排除了猫眼开锁的可能性，而且房门的门锁没有任何的撬别痕迹，那剩下的就只有'软叫门'。"

"也就是说，嫌疑人或者有钥匙，或者是让死者给他开的门，或者尾随死者进入？"

"对，只有这几种情况。"

"也就是说，嫌疑人和死者熟识，而且关系还不一般？"

"正解。"我冲胖磊竖起了大拇指。

"有抓手就好办！"胖磊说。

客厅勘查结束，我和胖磊来到了脚印最为凌乱的一个房间——死者的卧室。卧室的白色木门朝东，呈开启状，屋内并没有太多的摆设，进门靠北墙是一个棕色的大衣柜，靠西墙东西向放着一张长两米，宽一米五的木床，南墙上有一扇窗户，东墙面则挂着一台四十英寸的液晶电视。

死者周碧莲此时头朝西、脚朝东地躺在床上，身上盖着一床崭新的粉色被褥，她青紫色的脸上看不出一丝痛苦，仿佛死的时候很安详。如果不是她脖子上那两条很扎眼的暗红色淤痕，我们真的很难想象她是死于他杀。

我这边一结束，明哥便带着老贤和叶茜走了进来。

明哥习惯性地拉了拉乳胶手套，接着掰开了死者紧闭的双眼。

"眼球、舌尖突出，眼结膜出血点数量多，相互融合成斑片状，结膜见水肿。死亡原因是机械性窒息死亡。颈部压痕明显。焦磊，先拍照固定，完了我们把尸体翻过来看看尸斑。"

"明白。"几次咔嚓咔嚓的声响过后，死者被整个翻了过来。

"尸斑沉积于背部，这是死后长时间平躺形成的，所以死者应该是被嫌疑人活活掐死的，这是命案无疑。"明哥做了最终的判断。

虽然早有预料，但是听到这个结论，我们在场的每一个人心里多少还是有些沉重。

三

事情忙得差不多时，天已经蒙蒙亮，我们所有人都在会议室一边打盹儿，一边等着老贤的化验结果。

云汐市泉水湖小区故意杀人案现场示意图

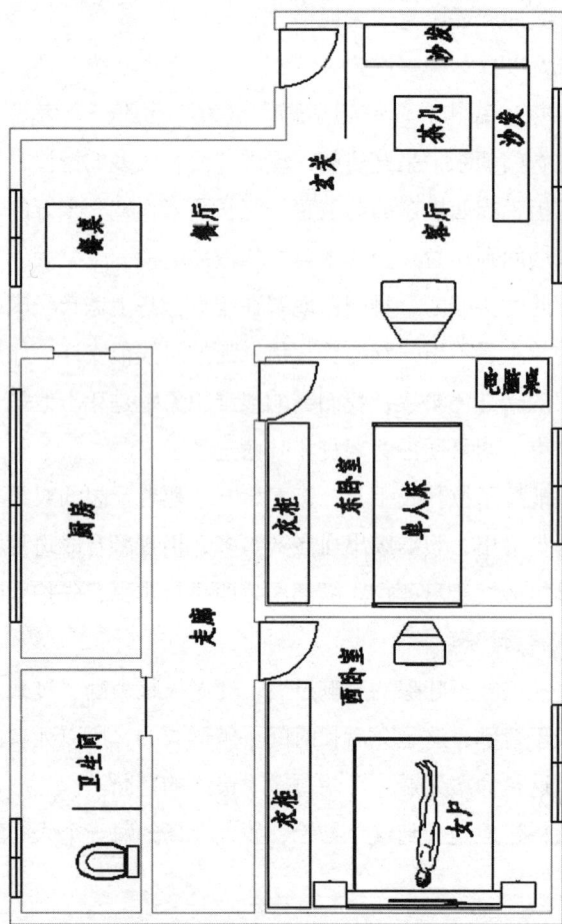

N

沙发

茶几

沙发

客厅

玄关

电脑桌

餐桌

餐厅

衣柜

东卧室

单人床

厨房

西卧室

走廊

卫生间

衣柜

女尸

制图单位　云汐市公安局湘丰科学技术室

制图人　司元龙

嘀嘀嘀，电子门输入密码的声音把我们惊醒，老贤没有丝毫倦意地推门走进了会议室。

"我们开始吧。"明哥睁开布满血丝的双眼，点燃了一支烟卷。

"尸体解剖证实了嫌疑人的作案手法，跟我在现场分析的一致，死亡时间可以确定在当天晚上的七点半左右，剩下没有什么发现。焦磊你那儿有没有？"明哥简明扼要地说出了自己领域的结论，然后把问题抛给了胖磊。

"小区所有的监控我都备份了，现在没有指向性的结论。晚上视线也不清晰，我暂时没有什么头绪。"监控视频的处理都是后期嫌疑人逐渐清晰之后才会展开的重点工作，前期没有情况实属正常。

"小龙，接下来你说。"

"好。"我把手中即将熄灭的烟头摁在了烟灰缸内，开口说道，"现场房门锁芯没有任何撬别痕迹，根据现在掌握的证据，完全排除了从窗户进入室内的可能，那么嫌疑人只能从门进入现场。从门进入有三种方式：喊门，尾随进入，用钥匙开门。

"勘查一共提取到了两种痕迹：鞋印和指印。我先说第一种：鞋印。现场没有被清理或者打扫的痕迹，在排除了已知鞋印之后，现场只剩下一种鞋印，就是死者家中的拖鞋印。也就是说，嫌疑人进入室内换了双拖鞋。门口鞋架上的拖鞋分为男女式两款，遗留在现场的鞋印为女士鞋印。"

"嫌疑人是个女人？"叶茜问出了声。

"不一定，因为室内女士拖鞋的大小有三十九码，嫌疑人进门之后没有注意，随便穿了一双也有可能，所以单从这一点我们还没办法分析出嫌疑人的性别。"

叶茜见我话里有话，有些不好意思地冲我吐着舌头说道："那你继续，我就随口一问。"

我接着道："有了确定的嫌疑目标，我在现场提取了大量的成趟鞋印，经过数据分析，这几串鞋印的步幅较短、步宽较宽、步角偏小，这是典型的女性鞋印的特点，再加上一些测量的数据，我基本上可以判定嫌疑人是一名女性。"

"真的是女的？"叶茜惊讶地说道。

"按照我的分析，应该没错。室内拖鞋的鞋底花纹无变形，说明嫌疑人穿鞋时鞋底受力均匀，由此可以分析出，她的脚码在三十九码左右。鞋印前脚掌的压力面花纹清晰，落脚有力，分析她应该是一名青年女性，身高可以确定在一米七上下，身体素质很好。"

我喝了一口水，润了润喉咙："说到这儿，我需要解决第一个问题，就是嫌疑人的进门方式。刚才我说过，嫌疑人从门进入室内，可能利用喊门、尾随或者用钥匙开门三种方式。喊门和尾随两种方式是死者自行开门，嫌疑人直接进入，如果是这样，那两人进门之后，地面上会出现两种女士鞋印交叉重叠的现象，但现场并没有这一特征，前两种情况基本可以排除，我更倾向于最后一种，用钥匙开门。"

"鞋印方面我的结论是，嫌疑人用钥匙开门进入室内，走到死者卧室把正在熟睡的周碧莲给活活掐死。"说完我望向明哥，征求他的意见。

"结合尸体解剖，小龙的推断目前看来基本上说得通。"明哥没有否认我的结论。

我清了清嗓子接着道："第二种痕迹是指印。"

"什么？嫌疑人作案没有戴手套？"叶茜有些惊喜。

"没有戴。"

"太好了。"

"但是你高兴得太早了。"叶茜刚一欢呼，我便一盆冷水泼了过去。

"没戴手套你都没有提取到指纹纹线？"叶茜有些诧异，毕竟提取指纹对任何一名痕迹检验员来说都是最基础的工作。

"恭喜你，都会抢答了。"我无奈地摇了摇头。

"小龙，是个什么情况？"胖磊问出了声。

"我在现场提取的指纹很奇怪，从印痕的图形来看，分明是女性的十指指纹，但是指肚的纹线特征一点都没有，嫌疑人应该是在手指上使用了某种'伪装物'遮挡了指纹的纹线。"

"这个问题我来回答你。"老贤此时开了口。

"嗯？贤哥你有发现？"

"对。"老贤点了点头，"我在室内的家具上发现了一些不规则的结晶体残留物，包含丙酮、乙酸乙酯、邻苯二甲酸酯、甲醛等成分，通过化学品成分图谱的对照，可以得出结论：这种结晶体应该是普通的指甲油硬化后的产物。"

"也就是说，嫌疑人在手指肚上涂抹的是指甲油？"叶茜张口问道。

"按照现场遗留指纹的情况分析，应该是。"

之前我并没有想到这一块，有了老贤的化验结果我才恍然大悟。这种用指甲油伪装的手段经常出现在一些推理小说或者影视剧当中，而且很多人对此津津乐道，说这是一种完美的掩盖指纹的方法。殊不知"触物留痕"，只要接触就会留下痕迹。破案从来都不是一个人的事，而是多种学科领域共同努力的结果，你遮盖住了指纹，那你就会留下理化物证，这时候顺藤摸瓜，绝对会让嫌疑人无处遁形。

四

"贤哥，能不能从指甲油的化学成分上推断出品牌？"我接着问了一句。

"指甲油中色素含量低，且邻苯二甲酸酯、甲醛含量超标严重，所以这种指甲油应该是小作坊生产的，估计也就是夜市摆摊卖五块钱一瓶的那种，无法确定品牌特征。"老贤推了推眼镜说道。

"看来嫌疑人的生活水平并不是很高。"我有些失望地回了一声，接着翻开了现场勘查记录本，"指印没有纹线，除了能确定性别以外，基本上失去了比对的价值。但通过指印和鞋印的分布，我分析出嫌疑人对死者家中的情况相当了解，而且通过鞋印可以判断出她作案的先后顺序，她应该是杀人之后，直接翻动了卧室内中间的衣柜，接着又去厨房打开了冰箱。

"翻动冰箱有可能是找吃的，但翻动衣柜的目的很明确，她打开的这个衣柜内藏有一个绿色的铁皮保险箱。也就是说，她的作案动机会不会是侵财？"

“她只触碰了中间衣柜，别的没有动？”胖磊问道。

“对，她的目标很明确，直奔中间的衣柜去的。”

“嫌疑人有死者家中的钥匙，又知道她家中财物摆放的位置，看来她跟死者之间的关系很不一般啊！”胖磊话外有音——熟人作案确定无疑。

“我这边暂时就这么多，贤可你接着说吧。”我合上了勘查记录本。

老贤接过了话：“我在现场提取到的物证只有两种，一种是指甲油，刚才我已经说过了；另外一种是我在厨房的闭合式垃圾桶中提取到的，量很大，伴有玻璃碎片。

“这是一种有机物，物理形态是淡黄色黏稠液体，呈酸性，pH值为3.9~4.1；部分溶于水，其余与水会形成悬浊液；在酒精中部分溶解，部分沉淀；在浓盐酸或氢氧化钠中全部溶解。有机成分主要含有蛋白质、脂肪、糖类、维生素A、维生素B_1、维生素B_2以及丰富的叶酸、泛酸和肌醇。通过这些数据我分析出，这种淡黄色黏稠液体应该是蜂王浆。”

“蜂王浆？”

“对。”老贤接着说，“垃圾桶内的玻璃碎片上有水珠悬浮，液化现象很明显。”

当老贤说出“液化”两个字时，我已经大致明白了他要表达的意思。“液化”大家并不陌生，这是高中物理的常识。老贤口中所说的玻璃碎片上出现了“液化”的现象实际上就证明，这一大罐蜂王浆是从冰箱中取出摔在了垃圾桶内。从冰箱中取出的玻璃瓶，瓶体的温度较低，空气中的水蒸气遇冷会变成液态水凝结在瓶子的外侧，这只是一种简单的物理现象。

老贤接着分析道：“因为现场不好提取，所以我把垃圾桶内的东西全部带回了实验室。玻璃瓶已经被我复原，通过计算，整个玻璃瓶的总容量为五百毫升，而蜂王浆的总量也接近五百毫升，也就是说，这个被摔碎在垃圾桶内的玻璃瓶之前是满的。通过成分分析，这瓶蜂王浆很新鲜，而且是原生态产品，按照市面上的价格来算，这一瓶可以卖到将近五百元。”

就目前来看，这瓶价格不菲的蜂王浆可能是嫌疑人摔在垃圾桶内的，泄愤现象很明显，这从另外一方面说明，嫌疑人和死者之间可能存在某种仇恨，这种仇恨极有可能是引起杀人的动机之一。

"别的还有没有发现？"明哥记录完之后，接着问道。

老贤合上报告摇了摇头。

"叶茜。"

"冷主任，你说。"

"让刑警队把死者的儿子带过来，我亲自问问。"

"明白。"

我们目前得到的结论是，嫌疑人和死者之间熟识，很清楚死者家中财物的摆放位置，而且有可能两者之间有仇恨。要想解开所有问题的答案，问死者的儿子是再直接不过的方式。

五

苏志明二十多岁，长相帅气，身高目测有一米八五左右，上身穿一件藏青色的小西装，下身是一条配套颜色的九分裤，脚蹬一双英伦风格的圆头西装鞋，再加上一头波浪形的大背头，简直是韩流时尚的代表。

"是不是我妈的案子有结果了？"

"暂时还没有，我们有几个问题想问你。"

"我希望你们能快一点，我现在是有家不能回，只能寄宿在朋友那里。"苏志明虽然年纪不大，但通过他说话的语气来判断，绝对是一个得理不饶人的主。

"你母亲有没有跟谁有过过节？"看来明哥也想早早地结束这场问话，所以在没有丝毫铺垫的情况下直接问出了问题的关键所在。

"过节？"

"尤其是女性，想好了再回答我。"

"我……"被明哥这么一说，苏志明顿时语塞。

"怎么？是不是整天不回家，不知道自己母亲的情况啊？"明哥一句话把他说得脸上红一阵白一阵的。

在询问之前，明哥已经了解了一些情况，苏志明没有正式工作，整天跟一些社会上所谓的哥们儿厮混在一起，他怎么可能对自己的母亲有多深的了解呢？找他来问话时明哥已经做好了充分的思想准备，能问出来情况更好，问不出来就当是走个程序。

"不说话了？"因为之前他那种桀骜不驯的态度，明哥的语气有些冰冷。

"我只知道我妈经常晚上去跳广场舞，跟她关系最好的就是廖阿姨，别的情况我不是很清楚。"自己的母亲被杀在家中，他连一点有价值的信息都不能提供，不得不说这是一种悲哀，也正因如此，苏志明的态度变得诚恳了许多。

"你母亲平时有没有跟你说过她的一些事情？"

"没有。我每天基本上深夜才回家，白天几乎都在睡觉，和我妈交流得很少。"

"你家里的保险箱中放了多少钱，有谁知道这个保险箱放置的位置？"

"我不知道有多少钱，保险箱放置的位置我知道，我妈知道，别的还有谁知道，我也不清楚。"

得，这基本上是一问三不知的主。我在心里苦笑了一声。

明哥边问边用笔画掉记录纸上提前写好的问题，一般他做这个动作时，表明询问计划被打乱，他在重新整理询问思路。就在这时，明哥的笔尖忽然停在了三个字的前端，他抬头问道："你母亲有喝蜂王浆的习惯？"

"她没有，我有。"苏志明想都没想，随口回了一句。

"你有？"

"对，蜂王浆有美容的功效，我一直都有喝它的习惯，都喝了六七年了。"

"你母亲一点都不喝？"

"她不习惯那个味，她不喝。"

"你们家冰箱里的那一瓶……"

"那一瓶是我刚从朋友那里买的，他们家亲戚自己养蜂，放在冰箱里还没来得及喝呢。"

听到这个答案，我惊得说不出话，并不是苏志明的这个习惯让我感到诧异，而是这个不起眼的问题，可能带来整个案件的转机。

从现场勘查可以看出，嫌疑人有明显的泄愤行为，说明她跟死者之间有仇恨，也就是我们常说的熟人作案。而且嫌疑人知道死者家中保险箱的位置，那就不是一般的熟人，既然关系不一般，那她不会不知道这个蜂王浆平时是谁在饮用。嫌疑人在杀害死者之后，又把愤怒发泄在了这瓶原本属于苏志明的蜂王浆上，很显然，她有可能跟死者以及死者的儿子都有仇恨。现在死者的关系网暂时不清楚，从苏志明这里或许可以另辟蹊径。

"你有没有跟谁有过过节，尤其是女性？"

"过节？没有啊。"

"你现在是不是单身？"明哥的思路异常清晰。

"没对象。"

"前女友有没有？"

"有。"

"几个？"

"这是我的隐私……"

"几个？"明哥阴着脸又问了一遍。

苏志明不敢正视我们，低头小声说了一个数字："五个。"

"这五个人中有几个人有你们家的钥匙？"明哥开始抽丝剥茧。

"我们家的钥匙？"苏志明好像对这个问题很敏感，忽然抬头问道。

"按照我们现在调查的结果，嫌疑人极有可能是用钥匙开门进入室内，将你母亲掐死在床上的。"关键时刻，明哥说出了案件的一些细节。

"什么？难道是晓晓？"苏志明眼睛骨碌一转，说出了一个人的名字。

"晓晓是谁？"

"我最后一个女朋友，她叫陈晓晓，我们在一起两年多，本来是要结婚的……可是……"苏志明欲言又止。

"她多高？"

"不穿鞋有一米七二。"

"她做什么工作？"

"酒吧助演。"

"说说你们之间的事情！"

六

"我们两个很早就认识，我以前经常跟朋友去酒吧玩，这一来二去就熟悉了。跟她在一起的剧情真的有些狗血。我记得是两年半前，我和我第四个女友分手，晚上在酒吧里买醉。她跳完舞后酒吧里没有几个人了，见我一个人坐在卡座上，便主动走了过来。

"在酒吧里，玩的就是暧昧，我和晓晓就属于这种情况。我们晚上喝到尽兴时就去宾馆开了房。

"第二天一早她给我留了一张字条，上面写着：'你要愿意负责就来找我，我等你。你要不愿负责，那就全当这件事没发生过。'看到这张字条，我发现晓晓其实对我有好感，而我那时候正赶上内心空虚，所以我们就很自然地在一起了。

"和她在一起的日子很爽，我们两个人每天都玩得很嗨。没过多久，她告诉我她怀孕了，要嫁给我。我以为她是在说笑，就没当回事，可后来她背着我去找了我妈，我妈从家里给她拿了一万块钱，只跟她说了一句话：'拿着钱，把孩子做掉，离开我儿子。'"

"这是你母亲亲口告诉你的？"

"对，我妈还对我说，除非她死了，否则晓晓就别想进我们家的门。"

"接着发生了什么事？"

"我妈总以为晓晓在酒吧里干的是不正当职业，就逼着我跟她分手。我起先坚决不从，可她狠心断掉了我的经济来源，我被她弄得实在没办法，只好带晓晓去打了胎，然后跟她分了手。"

"这个陈晓晓有你们家的钥匙？"

"她有。我母亲每年夏天会去我父亲那里住两个月，趁她不在家的时候，我带晓晓回家里同居了一段时间，我给她配的钥匙，分手后她也没有还给我。"

"你这件事做得可真不地道。"胖磊的这句话说到了我们所有人的心坎里。

"确实，这件事我做得很对不起她，不过她也不能因为这件事杀我妈啊。"苏志明有些委屈。

"在事情搞清楚之前，她不过是嫌疑人，你这杀人犯的帽子戴得有些早。"胖磊反驳道。

"我……"

"行，你先回去吧，暂时不要跟陈晓晓联系，有情况我会再通知你！"明哥下了逐客令。

待苏志明离开科室大院，明哥张口喊道："叶茜……"

"明白，我现在就通知刑警队，让他们去摸陈晓晓的情况。"

"行，都会抢答了。"也许是因为案件有了转机，明哥的心情也好了不少。

从苏志明的问话笔录上看，这个陈晓晓有充分的作案动机和条件，体貌特征也和嫌疑人出奇地一致，她顺理成章地被我们列在了第一嫌疑人的位置。刑警队得到消息后，开展了秘密的调查。前后也就几个小时，陈晓晓的落脚点很快被查实，她的一张近照也被发到了叶茜的微信里。

"下面我们分两步走。"明哥开始分工。

"焦磊，你结合陈晓晓的长相以及小区内的监控录像，看看她有没有在案发时间出现在中心现场。"

"明白。"

"叶茜和小龙跟我一起，我们三个去会会这个陈晓晓。"

"没问题。"

目前没有任何证据能直接证实案件跟陈晓晓有关，我们不能对她采取任何的强制措施，最多也就是作为疑似嫌疑人问个话。

明哥之所以没有把陈晓晓传唤到单位，主要还是想设身处地地观察一下她的处境，这样有利于案件后面的侦办。举个例子，如果陈晓晓之前的生活很窘迫，在案发之后，她的穿着打扮以及生活习惯突然有了巨大的改变，这就能从侧面说明问题。这些情况如果不亲自观察，是很难察觉出来的。

夜晚的皇后酒吧灯红酒绿，纸醉金迷，它在我们云汐市可以说是酒吧界的龙头老大，每天晚上只要开场，几乎都是人满为患。公共场所人越多，事越杂，酒吧里打架斗殴几乎是家常便饭，辖区派出所的同行们经常一个头两个大。警察在这个地方出现大家都见怪不怪，所以我们三个的到来并没有引起太多人的注意。

刚进大门，一个胸前挂着"经理"字样的中年男子点头哈腰地走到我们面前。

"几位警官，请问你们有什么事？"

"我们想借一步说话！"明哥把警官证递了过去。

经理接过证件："你们是市公安局的？这边请。"说着他把我们引进了酒吧的接待室内。

"我们这次来单纯是找个人，没别的意思。"

"找人啊！"经理听明哥这么说，长舒一口气。

"这个人是不是在你们酒吧工作？"明哥把陈晓晓的照片递了过去。

"这不是晓晓吗？她出了什么事？"

"你很紧张她？"

"这……"

"难道你们是……"

"警官你误会了，我这一把年纪了，没有的事，主要是她正跟我手底下的一个小老弟谈朋友，这个小老弟是我一手带出来的，在酒吧里当调酒师，所以……"

"能理解。我们找她也不是什么大事，麻烦你把她带过来一下，我们简单问几个问题就走。"明哥抽出一支烟卷递了过去。

"没大事就好，没大事就好。"经理慌忙掏出打火机，给我们一一点着。

"对了，陈晓晓跟你小老弟在一起多长时间了？"

经理回忆了一下说道："少说也有半年了。"

"行，那麻烦你把陈晓晓给喊过来，我们穿着制服，不方便出去。"

"好，几位警官稍等，我马上就把她给喊来。"

七

一支烟还没抽完，房门外便传来两个男性的声音。

"你怎么属驴的，给我回去。"虽然声音不大，但从音质上判断这句话出自经理之口。

"他们找晓晓干吗？不行，我要问问清楚。"

"干吗也不是你能管的，你给我回去！"

"不行，晓晓是我的女人，就算是被抓，我也要管。"

这句话引起了我和叶茜的好奇，我们两个蹑手蹑脚地走到玻璃窗前，向外望去。

"大飞，你干什么？"两个男人正在推搡的时候，一个身材妖娆、化着浓妆的女子走了过来。

"晓晓，有警察来找你，你如果真有什么事情，赶紧走！"被唤作大飞的男子紧张地说道。

"苏志明给我发微信了，我大致知道警察找我是什么事。"说话间，陈晓晓已经走到了大飞的面前。

"那个王八蛋还找你？他想干什么？想把你从我身边抢走？"大飞有些慌张地连问三句。

陈晓晓微微一笑，站在他面前帮他整了整有些凌乱的衣领，柔情似水地说道："我陈晓晓是你大飞的女人，今天是，明天是，以后也是。"

陈晓晓说完，对着大飞的嘴巴深情一吻。

"真浪漫！"叶茜感叹之余还不忘在我的大腿上拧一把。

"我×，什么毛病，人家浪漫，你掐我干啥？"我使劲地揉着被掐的部位，缓解这钻心的疼痛。

"你下手可真够狠的！"我边揉边抱怨道。

叶茜没有说话，白了我一眼。就在此时，接待室的门被推开了。

"三位警官，你们是为苏志明的事情来的吧？"陈晓晓点了一支女士烟卷，坐在了我们的对面，从她的眼睛里我看不出丝毫的畏惧和逃避。

"苏志明跟你说的？"明哥的脸色变得难看起来，他最讨厌的就是言而无信的人。这个苏志明几个小时前还信誓旦旦地说要对案件保密，没想到这么快就把事情给泄露了出去，嘴巴还真不是一般的大。

"他这个人，从来就管不住自己，嘴巴跟棉裤腰似的，松得很，要不是靠他妈养着，他就是一个废物！"

"看来你对他还有感情，要不然哪儿来的恨？"叶茜张口说道。

"这位女警官，你是不是心灵鸡汤看多了？"陈晓晓略带鄙夷地瞥了叶茜一眼。

"你……"叶茜刚要发作，被我一把拉住。

"我恨他，是因为他把我当婊子玩了两年，我他妈当初脑子就是被门挤着了，他说什么我就信什么。我们两个在一起花的全是我的钱，你们说说我图他什么？怪不得我的姐妹们都说，这小白脸就没有一个靠谱的。"陈晓晓往地上使劲地吐了一口唾沫。

"行，既然你已经知道我们找你什么事情，那你就说说吧。"

"有什么好说的？难不成你们怀疑是我杀了他妈？"

明哥没有反驳。

"警官，你们别搞笑了，就他母子两人我算是看得透透的。当年苏志明把我搞怀孕之后，我什么也不图，就图他能给我一个名分，可他呢？他竟然让我自己去找他妈，说他妈要同意，他就同意；如果他妈不同意，他也没有办法。我还傻傻地就信了，天真地以为只要说服他妈，我们就能在一起过幸福的小日子。我怀着他们苏家的种哭着喊着去找他妈，希望他妈能成全，可他妈张口闭口说我是'小姐'，说我肚子里的孩子是我跟别人的野种。现在想想，我就是一身的贱骨头。"

"苏志明他母亲是不是给你拿了一万块钱？"

"警官，我想你们是被他骗了，这家伙天天在外面说我拿了他妈的钱，可实际上，这一万块钱是他苏志明出去花天酒地，没钱了，从我这里借的。我本来是不想要的，就当我交学费了，可我手里实在拿不出那么多现钱做人流，所以我就逼着他把我的钱还给我。现在的版本竟然成了我要他们家的钱，这种男人简直连畜生都不如！"陈晓晓牙齿咬得咯咯响。

"你身上还有没有苏志明家的钥匙？"

"早他妈被我扔掉了，不光是钥匙，他送给我的所有东西，我都烧了。"

"你最近一段时间都在酒吧里上班，没有离开过？"

"下午六点到凌晨四点都在，不信你们可以去调监控。"

明哥冲我使了个眼色，起身离开了接待室。在一起时间长了，有时候只要一个眼神，我就能大致了解他是什么意思。首先，他让我们看住陈晓晓，不要让她有什么过激的行为或者逃脱。其次，他肯定是去酒吧的监控室查看案发当天的视频，看看陈晓晓案发时有没有在酒吧工作。

也不知过了多久，叶茜这个吃货嘴巴没停地把一整盘招待水果吃了个底朝天，按照她吃东西的速度推断，明哥从出门到现在最少过去了半个小时。

当房门再次被推开的时候，我的烟盒已经空了。

"你可以回去了！"明哥客气地对陈晓晓说道。

陈晓晓二话没说，熄灭手中的女士香烟，起身离开。

"她没有作案时间，可以排除。你们今天晚上回去好好休息，明天一早，复勘现场。"

八

刑警队的调查访问工作没有任何实质性的进展，案件从发生到现在能够查实的线索基本全部断了。要想将出新的破案方向，只能从原始案发现场去寻找，这便是复勘现场的工作重心。

复勘是对案发现场细节进行分析的过程，这种细枝末节的寻找，绝对是对勘验者最为严格的考验。

我再次站在案发现场门外，深吸一口气，拿出了胖磊给我打印的一沓照片，这是我独创的复勘现场的方法。每次案发，胖磊都会拍摄最为原始的现场照片，通过这些照片，我能清晰地回忆起现场在案发时哪些痕迹处理了，哪些痕迹有疏漏，这样可以有效地补缺补差，不至于遗漏任何一个细节。

"房门没有问题。"再三确定没有线索遗漏之后，我走进了玄关。

我紧接着掏出了第二张照片仔细核对。

"怎么了？有情况？"胖磊费劲地弯腰对我说道。

"没什么情况，这双老北京布鞋应该是死者的鞋子，第一遍勘查时我没有留意。"我习惯性地把鞋子翻过来，观察鞋底花纹。突然，泡沫鞋底上一条长长的印记让我愣在那里。

"这是什么？"开口的是叶茜。

我把死者的两只鞋子全部翻过来，放在地上。

"为什么死者两只鞋子上都有划痕？"明哥把头伸了过来。

我没有回答任何人的问题，而是紧闭双眼开始回忆现场的每一个细节，他们几个人看着我，连大气都不敢喘一下。忽然，我猛地睁开双眼，开始翻阅胖磊给我打印的照片。哗哗哗，十几张现场原始照片被我摊开放在地面上。

"明哥，这里不是第一现场。"

"你说什么？"

"我想起一个细节，这里是死者生活起居的地方，最不缺的应该就是死者的新鲜鞋印。"

"嗯，这是当然。"叶茜说道。

"我在现场发现了大量的死者拖鞋印，可唯独在卧室发现得最少，在死者的床头更是一枚新鲜的鞋印都没有发现。"我把手指向一组照片，"这是磊哥拍摄的死者卧室照片。"说完，我又把玄关的照片放在了这张照片的旁边：

"你们看床头的位置，有没有什么发现？"

"死者卧室内没拖鞋，拖鞋全在玄关鞋架上！"叶茜惊呼。

"没错，如果死者是活着走进屋内，就算不换拖鞋也会有穿袜足迹，可是现场并没有一点痕迹，也就是说，死者从门口进入卧室时双脚离开了地面。"

"你是说，嫌疑人是在外面将死者杀害，然后移尸到室内？"

"单靠这一点，还没有说服力，咱们接着往下看。"我又抽出一张照片，"这是死者卧室的原始照片。我们来看死者双脚的位置。"

所有人都顺着我的指尖望去："明哥已经分析出死者是被掐死的，那么问题就来了，如果死者是在室内床上被掐死的，那她肯定会有本能的反抗，窒息最直接的抵抗方式就是双脚不停地做骑行运动，但是你们看，死者双脚位置的床单上竟然没有一点褶皱痕迹。"

"床单是全棉制品，棉纤维是一种高分子碳水化合物，由C、H、O三种元素组成，它有天然的扭曲特性。检验死者的胃内容物，排除了生前吞食致幻剂或者毒物的可能，说明她死前意识清晰，她被掐住时按理说不可能没有本能的反抗，所以床单如此平整很不合常理。"老贤做了最科学的补充。

接着我拿出了尸体被运走后床铺的照片："我们的勘查工作结束后尸体才被送至殡仪馆。这个细节我们都没有注意到，你们再看尸体躺卧后的床单。"

"这里怎么这么脏？"叶茜眯着眼睛问道。

"这是灰尘拖拽痕迹，这说明一点，死者身上曾沾上了大量的灰尘，而嫌疑人为了掩盖这个事情，故意把死者的衣服脱去制造了她睡觉的假象。殊不知她在脱衣服的时候，衣服上的灰尘在力的作用下，在床单上形成了这一道痕迹。"

"这就能说明死者是在室外被杀害的？"

"如果刚才只是猜测的话，那接下来就是铁证！"我把死者的两只鞋子举了起来。

"你是说鞋底上的两道划痕？"

"没错。"我清了清嗓子，接着说，"这种鞋底的材质为高压泡沫塑料，鞋底很软，但很不耐磨，鞋底的磨损相当严重。你们仔细看，死者的左鞋底前脚掌部是不是有一处半圆形擦划状痕迹？"

叶茜把脖子抻得老长，仔细地看了看，点头说道："没错，是有。"

"因为死者的鞋底极易留下痕迹，所以我结合痕迹的痕起缘到痕至缘的方向来分析，要想形成这种痕迹，死者应该在站立时以左脚为支点，躯体急速左转。"

"躯体急速左转？"胖磊捏着下巴开始脑补。

"你是说，死者曾经遭遇过交通事故？"明哥已经知道了答案。

我口中说的这种痕迹其实很常见，就像明哥说的一样，它多数存在于交通事故当中。举个简单的例子，一辆车从你的身边经过，突然刮到了你的衣服，在惯性的作用下，你的身体就会急速地旋转。车从你左边驶过，那身体会朝右边旋转；车从你右边驶过，那身体会朝左边旋转。这样就会在支点鞋底上留下这种半圆形扭转痕迹。

"那这两条十分明显的线条状擦划痕迹是怎么形成的？"明哥接着问道。

"这个最好理解。我怀疑嫌疑人曾驾驶某种交通工具撞击过死者，但由于速度不快，并没有将死者撞死，而在此过程中，死者身体发生了旋转，接着车辆可能拖住死者发生了位移，最后导致鞋底摩擦地面，才形成了这样的长条状划痕。"

"如果真如你所说，那尸体上为什么没有撞击伤？"叶茜有些纳闷。

"夜晚气温较低，死者穿着的衣物较厚，在冲击力不强的情况下，没有撞击伤也说得通。"明哥解释道。

"对了，贤哥，你有没有在室内发现死者的衣物？"明哥一说衣物，我突然张口问道。

"没有！"

"如果真如小龙推断的那样，这些衣服嫌疑人不会留在现场。叶茜，你现在让刑警队联系小区物业，看看这两天有没有人在垃圾桶里发现过类似的衣服。"

"明白。"

九

　　现场复勘持续了四个多小时，在小区物业工作人员的配合下，我在小区外的垃圾车里找到了一包已经破烂不堪的运动衣，结合胖磊的视频监控判断，这套衣服正是死者当晚所穿。这就完全证实了我的分析，杀人的第一现场是在户外，也就是说，死者很有可能是在去跳广场舞的路上被杀害的。

　　小区周围通往月光广场的路一共有三条，为了确定第一现场的位置，接下来的工作只能由胖磊去完成。最直接的方法就是按照死者的衣着特征调取全部的录像，看看她案发当天的活动轨迹。在胖磊的结果出来之前，我们暂时没有任何抓手，所以在现场复勘之后，我们没有耽搁，直接打道回府。

　　几十分钟后，勘查车缓缓地驶入院内，在胖磊刹车之后，我们纷纷走下车去，伸伸懒腰，活动活动筋骨。

　　"今天的太阳好好啊，如果没有案件，在院子里晒太阳该多过瘾。"我抬头看了一眼湛蓝的天空，感叹了一句。

　　"你应该戴个面具，在额头上晒个月亮出来。"叶茜调侃道。

　　"好在现在终于找到了一点线索，接下来就等磊哥的结果了！"心情大好的我，破天荒没有跟叶茜掐架。

　　"小龙，你把你的勘验设备拿到我办公室！"正当我和叶茜你一句我一句在院子中闲聊时，明哥有些紧张地从二楼走廊窗户上探出头来。

　　"什么情况？"

　　"有事！"明哥的表情相当严肃。他这一声喊，把胖磊和老贤也招了过去。

　　"怎么了明哥？"我不敢耽搁，三步并作两步跑到了他跟前。

　　"就在我们复勘现场期间，我的办公室有人进去过，他在我的办公桌上留下了这个。"

　　说着，明哥把一个银白色的铁质东西从口袋中掏了出来。

　　"骷髅头？"叶茜喊出了声。

"表面被处理过，上面没有指纹。"

"会不会是恶作剧？"我们尽量把事情往好的一方面想。

"我办公室的房门钥匙只有一把，我走的时候锁芯是锁死的，他是怎么进去的？他把这个铁骷髅头放在我办公桌最醒目的位置，很明显就是要让我看到，他的动机是什么？威胁？警告？"明哥抛出了一连串的问题。

干我们这行，被人报复是常有的事情，最常见的手段就是半路围追堵截，这种威胁到单位的情况我们还是第一次见，毕竟我们这里可是公安局，他竟然如入无人之境，这也太嚣张了一点。

"焦磊，你现在就去查一下单位的监控录像。"

"明白！"

"小龙，把办公室仔细勘查一遍，看看有没有外人！"

我是想破脑袋也不会想到，竟然有一天会勘查自己的科室。但想归想，这个幕后黑手肯定要揪出来，否则我在明，敌在暗，这万一被人趁机报复，我们也得知道这个人是谁不是？

我调整了一下心情，打开仪器对准了房门上的B级锁芯，在电源接通的瞬间几条反光度极高的线条状痕迹出现在仪器外接的电子屏幕上。

"明哥，锁芯是用铁丝捅开的，锁芯内擦划痕迹少且精准，说明这个人有一定的开锁能力。"

"有备而来？"

啪，我打开强光勘查灯对准了房门的位置，一条条网格形状的纹线出现在勘查灯下："这个人戴着手套。"

确定了这一点，我很快把重心转移到了地面，瓷砖地板上没有任何带花纹的鞋印，这让我的心凉了半截："脚上穿着鞋套！"

"手套、鞋套、开锁工具，这准备得还不是一般的充分。"

"明哥，我只能分析出一个大致的情况。"我放下手中的足迹尺。

"哦？说说看。"

"男性，身体素质很好。因为他在步幅特征上有很明显的伪装，所以别的信息暂时得不出来。"

"明哥，明哥！"就在我这边勘查刚刚结束，胖磊晃动身体，一路跑一路喊地来到我们面前。

"监控上看见人了？"明哥着急地问道。

"没有。"胖磊咽了一口唾沫摇摇头说道。

"没有？这怎么可能？难不成他会飞？"我觉得有些不可思议。

"我不是这个意思，而是我们科室的视频监控缺了一个小时没录像！"

"什么？"我们所有人都惊愕万分。

在我们云汐市公安局内，所有业务部门的办公场所都安装有监控设备，监控录像终端全部由市局指挥中心统一联网调配。对民警办公场所的全面监控是一种保护，更是一种监督。这些视频就像一把双刃剑，悬在所有业务部门的头顶之上。也正是因为联网监控的重要性，我们市公安局有规定，任何单位只能调阅，无权删减。除非是维修更换，其他情况不允许有一分钟的间断。胖磊的这句话，真是让我惊出了一身冷汗。

"磊哥，你有没有搞错，监控被人掐断了？"我又问了一遍。

"我专门打电话去市局监控中心问的，全市所有的线路，只有我们科室的线路被关闭了一个小时，而且我们科室的监控设备没有任何的故障，他们现在也搞不清楚到底问题出在哪里。"

"这个人竟然可以神不知鬼不觉地关掉全市联网的监控，这怎么可能？难不成是内部人干的？"

"不管是谁，等案件结束，我一定要去市局亲自查查这件事。"明哥说完，把那个铁骷髅头死死地攥在了手中。

十

监控事件暂时查不出源头，命案侦破又到了关键时期，所以这场"办公室风波"只能先放一放。我们所有的工作重心在极短的时间内又转到了案件上。

经过核实，死者案发当晚穿着"安踏"运动装，背后有一道反光条，很好辨认，胖磊很快便锁定了死者案发当晚的步行路线。

"她是从小区西门离开的。"胖磊指着监控视频上死者消失的方向说道。

我掏出手机，点开了电子地图："整个小区呈环形分布，一共有西、南、东三个大门，月光广场位于小区的东南侧，按照路线的远近，从南门和东门步行最近，但死者所居住的地方正好在西口，所以我怀疑西门口这条路她应该经常走。"

"嗯，有可能。"

"这条路到月光广场全长也不到一公里，目标长度并不是很大，找到第一案发现场应该不是什么大问题。"

"行，就按小龙说的办，午饭之后，我们就动身前往。"

两个小时后，胖磊把勘查车停在了小区西门的出口位置，这是一条并没有完全修好的水泥路，它的造型就好像一个立方体水泥块平铺在路面上，虽然道路主体施工已经基本完成，但道路两边依旧是垃圾遍地、杂草丛生。水泥路呈南北走向，两端各连接南山新区的一条主干道，以小区西门为界，我们把路分为南北两段。

主城区位于南山新区的北方，很多住户下班都就近选择从北路段进入小区，而南路段几乎无人问津。勘查的便捷之处就在于，死者出小区恰好选择的就是南路段。这个点正是上班高峰期，竟然没有一辆车从南路段经过，可想而知死者走的这段路平时有多冷清。越是人迹稀少，案发现场就越有可能保存原始概貌，这无疑是一件好事。

一条路按照行驶方向，从中间隔开，分为东西两边，死者是步行，她不可能像机动车一样按规矩来，为了省事，死者出了小区逆行也行，或者走到另外一边，顺行也可。也就是说，任何一边都有可能是她行走的路线。一切准备就绪以后，我们按照路段分为两组，开始一路向南展开地毯式的搜索。

还没走多远，胖磊站在路的对面挖着鼻孔转头看向我。

"磊哥，你啥意思？"

"你看这是不是刹车痕迹？"胖磊潇洒地把手中的鼻屎团成一团弹在了地

上，鼻屎团正好落在了两条黑色印记的中间位置。

听到他的召唤，我提起勘查箱几步走到他跟前，老贤也紧随而来，拿出了放大镜。

"看样子是橡胶。"老贤拿出铲子从地上取了一些样本装入了物证袋。

"是单边刹车痕迹没错。"我观察之后得出了结论。

"案发已经这么多天了，你怎么能确定这条痕迹是嫌疑人留下的？"叶茜张嘴问道。

"单看痕迹是不能判断，"说着我起身走到马路牙旁，指着一堆已经被压得凹陷下去的草，"但是有这些痕迹佐证就完全不一样了。"

"这个是……？"所有人都围了过来。

"这条路平时无人问津，走的人也不多，但是你们看，这边的杂草有很明显的折断痕迹，从痕迹的凌乱程度看，这里曾发生过激烈的争斗。"

"小龙说得没错，从杂草断裂处的氧化程度看，基本上和案发时间段吻合。"老贤蹲在地上用放大镜观察之后说道。

"你看，这是不是鞋印？"叶茜指着一处半圆形的凹陷对我说道。

我闻声走了过去："前脚掌压力面痕迹如此明显！"

"什么意思？"

"虽然只有半边，但是我可以肯定这是女士鞋印，而且她穿的还是坡跟鞋。这种鞋会把人的脚后跟抬起，行走时作用力全部集中在脚尖位置，所以前脚掌的压力面痕迹会非常明显。这里土质松软，如果她穿的是细跟高跟鞋，肯定会留下圆点状后跟鞋印，但是我并没有发现，所以我推测她穿的应该是坡跟鞋。"

"你是说，这里就是杀人的第一现场？"叶茜接着问道。

"按照我们目前的分析，应该是。"

"小龙，能不能分析出嫌疑人驾驶的是什么车辆？"明哥看了一眼地面上呈"——"图案的两条单边痕迹又问道。

现场勘查进行到这一步，我们基本上可以判断出，嫌疑人在此杀人之后移尸至死者家中。虽然是在夜晚，她也不可能胆大到自己扛着尸体步行回去，所以就牵涉到一个移尸工具。现场的刹车痕迹证明其驾驶的是机动车，如果我们能判断出嫌疑人驾驶的是何种车辆，便可以以车找人。

"这条刹车痕迹反应并不明显，电瓶车、摩托车、汽车都可以形成这样的刹车痕迹，所以并不是很好判断。"我老实回答道。

"这个就交给我吧。"老贤胸有成竹。

"这也能检验出来？"胖磊有些诧异。

"对，前段时间我闲着没事，专门研究过这一方面的课题。"老贤眼镜片一闪，仿似已经洞知一切的柯南。

"这是怎么个说法？"胖磊有点打破砂锅问到底的味道。

"我以前总认为所有车轮胎的化学成分都差不多，可实际上每种车的功能不同，这成分也相去甚远。按照种类划分，车轮胎可以分为七种。"

"七种？"胖磊瞪大眼睛说。

"对，分别是：PC——轿车轮胎；LT——轻型载货汽车轮胎；TB——载货汽车及大轮胎；AG——农用车轮胎；OTR——工程车轮胎；ID——工业用车轮胎；MC——摩托车轮胎。按照笼统的统计，轮胎大致的成分是百分之五十的橡胶、百分之二十五的炭黑、百分之十五的钢丝以及百分之十的硫氧化锌和硫助剂等。但是这些只是粗略的估计，轮胎根据其载重量以及轮胎花纹的磨损程度，成分会有相应的变化。

"拿最常见的汽车轮胎举例，它所使用的橡胶可以分为四种，分别是天然橡胶、异戊橡胶、丁苯橡胶、顺丁橡胶。为了使橡胶具有制造轮胎所要求的性能，必须要在橡胶中掺入各种不同的化学材料，即化学添加剂。我可以通过化学添加剂的成分得出刹车痕迹的车辆种类。"

"这简直就是一条捷径！"我冲老贤竖起了大拇指。

十一

前后用了一个多小时，案发第一现场基本固定完毕，刚回到科室，老贤便一头钻进了实验室分析橡胶成分，最终结论——刹车痕迹属于紧凑型四轮汽车。

第一现场和第二现场的勘查基本上已经结束，我们得出的结论却只有：嫌疑人是女性，驾车作案，移尸小区内。可小区里每天进出那么多车辆，我们如何判断哪一辆车上装着尸体？

我此刻的感觉就像是走迷宫，好不容易走出了一个弯道，可下一个路段却有N个岔路口等着我去选。就在我们都觉得无从下手时，胖磊却在办公室内对着电脑屏幕上的监控录像研究得津津有味。

老贤因为这几天劳累过度，早早地躺在床上睡了过去，叶茜跟着明哥去市局调查"骷髅头"的事情。整整一下午，我都躺在胖磊办公室的沙发上，脑袋空空地盯着天花板上的裂纹发呆。办公室内唯一可以听见的只有吧嗒吧嗒点击鼠标的声响。

我看着胖磊严肃认真的表情，大气都不敢喘一下，随着意识慢慢模糊，我竟然歪头睡了过去。也不知过了多久，我感觉有人在轻轻地晃动我的手臂："小龙，小龙。"

我在半睡半醒之中，看见一张挂满络腮胡的脸正渐渐地朝我靠近。

"我×，什么鬼？"我被惊得一屁股坐了起来。

"什么毛病？"胖磊本能地往后一撤。

"磊哥，你能不能不要这么惊悚？"我揉了揉惺忪的睡眼，抬头看了一眼天空中即将垂下的夜幕，"我睡了多久？"

"你睡了多久我不知道，我只知道你的呼噜声，都快把我吵崩溃了。"

"打呼噜？有吗？我怎么没听见？"这是每个睡觉打呼噜者必备的狡辩词。

"算了，不和你扯这些，我这边有情况了。"

"当真？"

"对。"胖磊伸手递给我一张刚打印出来的照片，"如果我没分析错的话，嫌疑人驾驶的应该是这辆没有牌照的白色本田车。"

"磊哥，你是怎么判断出来的？"

"其实分析起来并不是很难，进入案发小区时是我开的车，所以只有我注意到了这个细节。"

"细节？"

"对，案发现场是刚建成的一个新小区，小区的三个大门都安装有蓝牙卡装置，本小区的住户开车进入小区，门口的蓝牙卡灯都会闪烁。如果不是小区的车辆，必须和门口保安打声招呼，使用他们通用的卡才能进入。这是其一。

"嫌疑人作案时会有畏罪心理，既然她车上装着一具尸体，那她就不可能像正常人一样大摇大摆地进入小区，多少都会有一些伪装，所以我就把重点放在了那些没有挂车牌，或者故意遮挡车牌的车辆上。这是其二。

"其三，我们在第一现场已经分析出，嫌疑人驾驶的车辆是由北向南，从死者的身后撞过去的，死者被撞翻在地后，嫌疑人又在草地上将其活活掐死。从这一点，我们就可以推演一下嫌疑人移尸的行车路线。

"小区有三个门，也就是说她其实有三种选择。第一种，从水泥路折返回去，由南向北行驶，从西门进入，这样她在进入小区时打的是右转弯灯。第二种，沿着水泥路弧形一直开，从南门进入，这样她进入小区的时候打的是左转弯灯。第三种，绕一大圈从小区的东门进入，这样也需要打左转弯灯。车行驶的路线不同，所打的转向灯的方向也不同，这跟正常上下班的车辆有明显的区别，因为所有的办公单位都在小区的北面，下班的车辆都是由北向南驶入小区，这些车辆从西门进入时，打的是左转弯灯，从东门进入时打的是右转弯灯，而由于小区南门地理位置的原因，正常上下班的车辆很少会选择从南门进入。

"结合'蓝牙卡''车辆伪装''转向灯'这三点，我就基本锁定了这辆车。车辆筛选出来以后，我又调出了小区内的监控，视频上显示，这辆车的行车路线，不管是从案发时间段还是停车区域看，都和我们掌握的情况百分之百吻合，所以我可以打包票，这辆车就是我们要找的嫌疑车。"

"牛！"我拍了一下桌面，冲胖磊竖起了大拇指。

胖磊摆摆手："通过监控视频我还回播了一次嫌疑人的作案过程，她最先是从小区西门的北路段驶入，车停在了小区西门口，等着死者出现，接着便驾车实施作案，作案结束以后直奔死者家中。从视频时间上看，基本上没耽搁一分钟。"

"嫌疑人知道死者家的具体位置，小区内的路交叉弯头很多，她肯定不止一次去过死者家中。我觉得咱们下一步应该召集死者所有的关系人，对这辆车进行辨认，人的长相不好认，但车就不一样了。"

"没错，是这个思路。"

十二

死者的儿子再一次被传唤到我们科室。

"苏志明，这辆车你认不认识？"胖磊把照片往桌子上一拍。

胖磊一向疾恶如仇，对于这个现代版的陈世美，他没有一点好脸色。

苏志明双手拿起照片，仔细地回忆起来。

"这、这、这……"忽然，他的舌头像打了结一般，错愕地看着照片。

"这什么这，你的表情已经出卖了你，快说，这是谁的车？"

"这是我姐单位的车，我开过。"

"你姐？"

"对。"

"表姐还是堂姐？"

"亲……亲……亲姐。"苏志明吞吞吐吐地回答。

"怎么可能，你的户口上不是写着你是独生子女吗？你哪里来的亲姐？"对于这个答案我很诧异。

"我是偷生的。"

"偷生的？"

"对，家里想要男孩，所以……"

"把你姐的情况给我仔细说一遍。"我懒得在这个问题上再纠结下去，开口问道。

"她叫苏祈男，比我大一岁，在健身中心给人当教练，平时不跟我们住在一起。"

我按照姓名打了一张户籍照片递到他的面前："是不是这个人？"

"对！"

知道了明确的信息，刑警队很快将人和车全部找到，一切都变得简单了起来。经过四个多小时的技术检验，老贤在这辆本田轿车的后备厢里提取到了死者的唾液斑，并在车前标的位置找到了死者的衣服纤维，单靠这两点，就已经证实这辆车就是撞倒死者的车辆。

虽然现场的指纹都没有纹线，但我还是通过指节印确定了室内所有伪装指印为苏祈男所留。

苏祈男驾驶这辆外来车辆在案发当晚进入小区时，跟小区门口的保安有过交谈，因为她的嘴唇上方有一个黑痣，所以小区的保安也辨认出了她的长相。再加上胖磊用监控录像拼接的车辆行驶轨迹，所有的证据形成了一条密不可破的链条，将苏祈男牢牢地套在其中。

审讯提纲一列好，我们便随着明哥的脚步走进了刑警队的第一审讯室。

伴着"吱呀"一声响，苏祈男抬头望向我们。

她的长相并不是很标致，但黝黑的皮肤散发着健康的讯息，高挑的身材加上一条垂肩的马尾辫，又给她增添了一些干练的色彩。按照正常人的审美标准来衡量，她的综合评分绝对在八十分以上。

"苏祈男，你知道你犯了什么罪吗？"证据已经很清楚，明哥并没有绕弯子。

"我知道，我杀了我的大娘。"苏祈男回答得倒是很爽快。

"大娘？她不是你的母亲吗？"

"我没有母亲！我没有！"苏祈男咆哮道。

明哥静静地看着她，没有说话。

审讯室内很快安静下来，苏祈男从刚才的咆哮变成了哽咽。

"为什么？为什么会这样？你们不爱我为什么要生我，是你们把我变成了刽子手！"苏祈男低头坐在审讯椅上号啕大哭，串成线的泪水不停地敲打着审讯椅上的铁板，发出滴答滴答的声响。

明哥从审讯桌上抽了几张面巾纸递给旁边的叶茜，叶茜心领神会地走到苏祈男身边，将她脸上的泪水擦干。

"谢谢！"她抬头感激地看了叶茜一眼。

"事情既然发生了，哭也起不到多少作用，你还是抓紧时间调整一下自己，把这件事的前因后果说一下吧。如果确有隐情，我们会帮助你。"可能是与叶茜年龄相仿的原因，这仿佛闺密私谈的一句话，给了苏祈男极大的鼓舞，她抑制住自己眼中的泪水使劲地点了点头。

叶茜帮她解开了一只手，又倒了一杯热水放在她的面前，才转身回到电脑前。

苏祈男沉默了一会儿，开始回忆起当年的事："我1990年出生在一个思想极度封建的家庭，我的爷爷奶奶、姥姥姥爷都希望我母亲能生个男孩，可不幸的是，第一胎的我却是个丫头鬼子①。我出生那年，正是计划生育最敏感的时期，我父母又有正式工作，根本没有办法要二胎。

"父亲的三个兄弟生活条件都不行，也只有他混得还不错，奶奶就希望我们家能出个男孩，光宗耀祖，所以我刚出生没多久，爷爷和奶奶就拍板把我送给了小叔。

"当年，我的亲生父母为了图个好兆头，给我起了苏祈男的名字。后来母亲果真不负众望，第二年就怀上了我弟弟苏志明。

"弟弟五岁时，父亲因工作去了外地，家里住的地方有了空余，在小叔的强烈要求下，母亲迫于无奈把我从农村接到市里上学。从出生到我七岁，我才有资格回到原本属于我自己的家。

"我天真地以为，我会像别的孩子一样有一个幸福美满的家庭，不用再被别人骂成野孩子，可令我没想到的是，从进门的那一天起，我的噩梦才真正地开始。"

苏祈男叹了一口气："回家的第一天，我张口喊了一声妈妈。我以为她会

---

① 本地土话，对女孩的恶称。

很高兴，可我刚喊完，她便甩手给我一耳光，让我从今以后不要喊她妈，要喊
她大娘。那天的耳光，我一辈子都忘不掉。"

十三

"而这只是刚刚开始，从那以后我便成了她的出气筒，只要看我不顺眼，
她抬手就打、张嘴就骂。我记得上初中那会儿，我和弟弟同样住校，她隔三岔
五给弟弟送吃送喝，而我却只有每天两块钱的生活费。这一切都源自我妈妈的
一句话：'嫁出去的女儿，泼出去的水。女儿养得再好，以后也是人家的，还
不如不养。'就这样，我一直忍到了大学毕业，走出校门的那一刻，我已经打
算跟这个家彻底地划清界限。

"我是学体育出身，毕业后很快在我们云汐市最大的健身会所找到了一份
健身教练的工作，工资虽然不高，但自给自足绝对绰绰有余。一年后，弟弟也
紧接着毕业，由于他'志向远大'，高不成低不就，毕业后便失业在家，只能
靠母亲养着过活，从那以后，吃喝玩乐成了他的正事，家里的钱也基本都花在
了他一个人身上。不过，从小到大我也没有指望母亲能在我身上多花一分钱，
所以不管他怎么折腾都跟我没有一毛钱的关系。

"在健身会所上班的第二年，同事阿华便开始追求我，他的风趣和幽默吸
引了我，我俩很自然地走到了一起。我们都深爱着对方，在相处一年之后，我
们打算牵着彼此的手，走进婚姻的殿堂。

"虽然母亲对我并不是很好，但是结婚这种头等大事，我怎么也不可能瞒
着她。在见过阿华家里人之后，我把他带到了母亲面前。好在她并没有反对我
们的婚事，只提出订婚时阿华要拿出十万块的现金彩礼，并承诺彩礼在订婚时
只是走个过场，之后还会原封不动地还给我们，主要就是让亲朋好友看看，图
个面子。我和阿华都没有想到母亲在这件事情上能如此爽快，所以阿华想都没
想便答应了。谈妥之后，订婚宴如期举行。

"订婚之后没几天，我便上门去要那十万块钱，可令我万万没想到的

是，她竟然反悔了，说把我养这么大，花的怎么也不止十万块，这钱就当是给她的补偿。

"看着她对我说话时那丑恶的嘴脸，我的心就像是掉进了冰窟窿。我真搞不明白，作为自己的亲生父母，他们既然生了我，却为何不给我一点活路。我跟她纠缠了整整一下午，她死活不肯把钱再退给我。

"回家时，我一路走，一路哭，我感觉眼泪都快要哭干了。阿华回到家里，看见我眼睛无神地坐在沙发上发呆，就问我怎么了。我把这件事原原本本说了一遍。没想到阿华只对我说了一句话：'婚，我们照结；钱，我们不要了。'

"阿华的父母都是农民，他还有一个正在上学的弟弟，这十万块钱对他来说已经是极限，我觉得真的很对不起他，就提出不办酒席，去民政局领个证，这辈子就跟着他了。可阿华却说：'不管我受多少苦，一定要风风光光地把你娶回家。'他说话的口气不允许我拒绝，为了不打击他作为男人的自尊，我只能勉强答应了他。

"日子还像往常一样过，可打那以后，阿华一天比一天回来得晚，我问他干什么去了，他总是不说。一直到三个月后的一天，警察找到我，我才知道了这件事的真相。"

苏祈男哽咽着接着说："警察找到我时，阿华已经被抓了起来，罪名是涉嫌贩卖毒品，我知道在健身中心有些公子哥有'溜冰'（吸食冰毒）的习惯，可我真的不敢相信这种事情能和阿华挂上钩。在我再三追问下，警察告诉我，阿华为了能在短时间内赚到我们结婚的钱，心甘情愿给毒贩做了下线，在健身中心偷偷地兜售毒品长达三个月，有证据证实的就有几十次。

"后来我去律师所，想帮阿华打官司，可律师告诉我，像这种证据充分的案子，打赢官司的可能性不是很大。律师还告诉我，阿华有可能会被判处无期徒刑。

"阿华进去了，我的整个天就塌了，我曾想过一死了之，可是我咽不下这口气，阿华是因为我才走到这一步，而我呢？我又是因为谁？如果她不拿走那十万块钱，我们怎么可能走到今天这个地步？这一切都要怪她，是她让我变成了这个样子。从那天晚上开始，一个念头埋在我心里怎么都挥之不去。既然是她让我生不如死，那她也绝对不能活在这个世界上，我要杀了她。

"多年的怨恨让我失去了理智。虽然我平时不在她那里住，但作为她的女儿，我时不时还是会去她那里一趟，所以她的生活习惯我很清楚，她每天晚上七点钟左右会从家里出门，去月光广场跳广场舞。

"我曾想过很多种杀死她的方法，可想来想去还是开车撞死她最省事，小区西门那条路没有监控，撞死她警察也不一定能找到我。计划好以后，我晚上把健身中心的车早早开到小区西门附近等着。晚上七点多，她准时从西门走了出来，我看四下没人，便开车跟了上去，当我加足油门撞上去时，她竟然身子一扭，只是衣服挂在了车头，人一点事都没有。我本想倒回去再撞一次，没想到她从车窗外认出了我。我一脚踩住刹车，把她甩在了路边的泥土地上。她趴在地上张嘴就骂我是畜生。

"我本来心里就有恨，她骂我是畜生我怎么可能饶了她？所以我二话没说，下车便把她按在地上，掐住她的脖子，直到把她给掐死。杀人之后，我本想一走了之，可冷静之后我还是有些不忍，毕竟血浓于水，就这样把她的尸体扔在路边，我还是做不到，我寻思家就在这附近，还是把她送回家吧。紧接着我就把尸体抱上车，送回了小区的房间里。"

"在房间里，你做了哪些事情？"

"我先是用她身上的钥匙开了房门，接着把尸体放在了卧室的床上，她身上的衣服已经肮脏不堪，我又顺势把她的外衣给脱掉。"

"你漏掉一个细节，你在进门之前做了伪装。"明哥提醒道。

苏祈男没有否认："杀人之前我曾想过和她同归于尽，可杀人之后，我又想苟且偷生，所以在上楼之前，我用我包里的指甲油把十个手指都涂满了。我在电视剧上看过，说这样可以遮挡住指纹，我就照着做了。"

"接下来呢？"

"我把她的衣服换下来之后，本想再找一件给她穿上，我随手打开了衣柜门，就在我翻找衣服的时候，发现衣柜角落里放了一个绿色的保险箱。一想到那十万块钱可能会在里面，我便急匆匆地用钥匙打开了保险箱。可令我没想到的是，里面除了一张购车的首付单据，一毛钱也没有，单据上署名是苏志明。这一刻我才明白，我和阿华的血汗钱，竟然被她私自用来给弟弟买了车。

"拿着这个单据，我简直是怒火中烧，如果她还活着，我真想亲口问问，她为什么要在我七岁的时候把我带回这个家？为什么要对我这么不公平？是不是就因为我是女孩，弟弟是男孩？"

"你后来为什么又去了厨房？"明哥开始根据现场勘查情况进行提问。

"我扛着尸体上六楼，体力消耗很大，所以就想去厨房冰箱里找点吃的。"

"之后你做了什么事？"

"打开冰箱门，我看见一满瓶蜂王浆摆在冷藏室，我曾经听弟弟说过，这个有美白的功效，一瓶要卖几百块钱。看着这瓶蜂王浆，我心里真不是个滋味，不瞒你们说，从小到大，家里只要有好吃的，都是给弟弟，我就连剩的都吃不到。我越想心里越恼火，就把这瓶蜂王浆甩到了垃圾桶里，之后我便带着那包换下来的衣服离开了那里。事情的经过就是这样。"

尸案调查科

第六案

焚心以火

无间行者

天刚蒙蒙亮，河湾村的村屋中就响起锅碗瓢盆丁零当啷的声音。袅袅炊烟，阵阵牛哞，在农耕最黄金的时间里，村民们都在紧张忙碌地准备着一天之中极为重要的一餐，这顿饭将要支撑他们完成一上午繁重的体力劳作。

趁着村里人都关门闭户的间隙，一个青年男子站在村子的主干道上四处张望。在确定四下无人之后，他快步走到了一扇红色的木门之前。

吱呀，木门被他推开一条一指宽的缝隙。

"凤儿！"他对着门缝小声喊了一声。院子里黑灯瞎火，没有任何反应。

男子心急火燎地搓搓手，眼睛时不时地瞟向小路的两端。在确定一切安全之后，男子稍微加大了声音："凤儿！"

男子话音刚落，堂屋亮起了暖黄色的灯光。糊窗的报纸在灯光的映衬下，现出一个长发过肩女人的身影。一场"美人穿衣的皮影戏"让男人兴奋不已。

男子双眼微眯，咽了一口口水。

嘎吱，窗户被推开了，女人揉了揉惺忪的睡眼朝外望去。

"闯子？是不是你？"女人试探性地问道。

"是，你小点声，不要被别人听见。"闯子把嘴唇挤在门缝里说道。

"欸！"凤儿说完就要关上窗户。

"别慌。"

在闯子的制止声中，她停下了手中的动作："咋？"

"南湾桥的水干了，我在桥头等你。你快点，这马上就到干活的点了。"

"瞧你那熊样，我知道了。"凤儿笑骂了一声，冲闯子挥挥手。

闯子扛起门边的锄头，一路唱着小曲朝村南头走去。

凤儿起床打开院子大门，往门外左右望了望，确定闯子走后，她端着一个带补丁的簸箕掀开了墙角的两个麻袋。

唰，一瓢小米。

唰，一瓢玉米仁。

两小堆黄灿灿的谷物被她快速地掺在一起。

"咯咯咯咯。"她边叫边走近鸡笼，囫囵半片地把簸箕里的谷物全部撒了进去。

远处的太阳即将露出一点亮光，忙碌完的凤儿左手挽起一个手工花布包，右肩扛起锄头朝院外走去。

前几天云汐市刚刚下过一场雨，使得村里的土路有些泥泞，凤儿穿着绣花布鞋，小心地挑选着可以承重的泥土地。室外的光线越来越亮，这使得她心急如焚，三步并作两步走。没过多久，她拐入了最后一截小路，路的南头是一座圆拱形的水泥桥。

她刚走到半路，一个强壮的身影从路边的玉米地里蹿了出来，紧紧地把她抱在怀里。

"你干啥？"凤儿半推半就地扭了扭身子，想要挣脱。

"你咋搞这半天，我都快想死了。"闯子一口亲在了凤儿的脸上。

"你也不怕有人过来。"凤儿娇羞地说。

"这儿离村子十万八千里，谁会来？你就放一万个心吧！"闯子把手臂又紧了紧。

"松开，快松开。"凤儿使劲地挣了挣。

"又咋了？"闯子不情愿地松开了手。

凤儿把手伸进花布包中，拿出了一个用白色塑料袋包裹的东西："烙饼卷鸡蛋，赶紧吃点。"

闯子闻了闻烙饼诱人的香味，咕咚一声咽下口水："等我吃完，看我怎么收拾你！"闯子右手接过烙饼，左手还不忘在凤儿的屁股上使劲掐了一把。

"死鬼，给我掐这么疼！"

"别喊我死鬼，你的死鬼在外地给你拼命挣钱呢。"闯子满足地笑了笑。

"他哪能跟你比？没有用的孬种，除了挣钱啥也不会。我跟他过了十几年，他姥姥的就没换过花样，最多也就十分钟的快枪手。"凤儿欲求不满地抱怨道。

"怪不得人家都说，好吃不如饺子，好玩不如嫂子，还真是这个理。"闯子满脸淫笑地用胳膊肘戳了戳站在身边的凤儿。

"哪儿来这么多的废话，再跟我赛脸①，过年你哥回来，看他怎么收拾你，他可疼我了我跟你说。"凤儿在闯子面前晃了晃拳头假装警告道。

"我可比我哥更疼你！"闯子一时兴起，把手中啃了一半的烙饼包好，往花布包里一扔，"不吃了，快跟我来。"闯子将凤儿正要递到嘴边的烙饼夺下，胡乱往包里一塞，拉着凤儿就往桥头跑。

"你这是要去哪里？"凤儿被拽得有点跟不上趟，喘着大气问道。

"去桥洞。"

"去桥洞？你疯啦？"

"你别说话，到了你就知道了。"闯子冲凤儿神秘一笑。

很快，两人一前一后走到了石墩桥的侧边。

---

① 赛脸，东北和安徽方言，通常用来指小孩子出于顽皮而纠缠着别人闹着玩又不听制止的行为，或用来批评不知趣的大人。

闯子朝桥下瞟了一眼，沟底一人多高的杂草让他欢喜万分："你看吧，湾里的水都干了，这桥洞外面都是草，正好能把桥洞挡住，咱俩下到桥洞里面，你说谁发现得了？"

"你咋发现的这个好地方？"凤儿忸怩地朝闯子怀里拱了拱。

"前几天上城我从这里路过的时候，就发现这里的水快干了，我看了天气预报，这半个月都没有雨，以后咱俩就别拱玉米地了，每次干完都弄得我一身刺挠。这里多爽，那么大一个桥洞，咱俩想咋弄咋弄。"

闯子美滋滋地叼起一根干草，捏了捏凤儿的下巴："来，给爷笑一个。"

凤儿一把将闯子的手打掉："太阳都晒屁股了，早上你还干不干活了？赶紧的。"

"乖乖，难怪人家都说女人三十如狼，四十如虎，我今天就把你这头母狼给收拾了。"闯子说完，一把将凤儿抱起，钻进了石桥下的涵洞。

太阳还没有露头，再加上杂草的遮挡，涵洞里依旧伸手不见五指。

"这都是啥味啊！"女人带着回音的抱怨声响起。

"估计是臊泥巴味，通通风就没事了。"闯子边说边把凤儿的外衣脱去。

喘息声越来越放肆，这股特殊的气味却让两个人都有些难以忍受。

"奶奶的，怎么这么臭！"闯子停下了手中的动作。

"这到底是啥味啊，弄得我都喘不过来气了。"凤儿捏着鼻子站在涵洞口换气。

"没事，我把涵洞两边的杂草薅掉一些，散散气，一会儿就好。"闯子很不情愿地提了提灯笼裤，咬牙切齿地把涵洞西边的杂草一把一把薅掉。

随着杂草被清除，一丝光亮照进了涵洞之中。

"闯子，你看那是啥？"凤儿用手指了指涵洞最东边。

"编织袋？"闯子揉了揉眼睛。

"对，两大包呢。"

"难不成有人把谷子藏在这里了？"闯子略带疑问地朝涵洞的另一头走去。

"×他姥姥，怎么这么臭？"

"你个大老爷们，搞得跟老娘们似的，瞧你那德行。"凤儿倚在涵洞边，边整理衣服边撇嘴。

"你穿衣服干啥？"

"还能干啥？干活去呗。这里太臭，今天你嫂子我没心情了，等明儿再说吧。"凤儿说完，拍了拍身上的灰土，踩着河沿走上了岸。

闯子看着凤儿离去的背影，气得直跺脚，他把所有的怨气全部撒在了这两包臭气熏天的编织袋上。"妈的，坏老子的好事。"闯子抓起锄头，一口气走到跟前，"我×你妈的，我×你妈的！"接连两锄头下去，其中一个编织袋被划开了一个大口子。

此时桥洞外已经大亮，闯子终于借着晨曦看清楚了眼前的一切。时间仿佛静止，他钉子般站在那里，如果不是他额头渗出的黄豆粒大小的汗珠，真的很难看出他还有一丝生的气息。

咣当，他手中的锄头掉在地上，打破了死一般的寂静。闯子也仿佛被这个声音唤醒："救……救……救……救……救命啊……"凄惨的叫声从桥洞中传了出来。

二

市公安局视频指挥中心内人满为患，所有人的脸上都写着一行字："百思不得其解。"

"老冷，这是视频指挥中心的所有民警，咱们家丑不外扬，我先做个自我批评。"肩扛两杠三星的指挥中心一哥吴主任带头表了态。

"老吴，我不是那个意思……"

"咱兄弟俩于公于私都不要说那客套话。我作为全市公安机关视频指挥中心的一把手，竟然有人在我眼皮子底下对监控中心的视频做手脚，这简直就是在打我的脸。"吴主任用手使劲拍打着自己的脸颊，愤怒之情表露无遗。

"老吴，你干什么？"明哥一把将吴主任的手拽开，视频中心的所有民警脸都快绿了，就连我们随行的人也有些如坐针毡，以前只是听说，没想到这个吴主任果真是传说中的性情中人。

"老冷啊，咱以前一个大院出来的，虽然你平时对人冷冰冰，但对我老吴绝对够意思，于公于私这件事我都必须要彻查，这里面的严重性不用我说你也明白。"

"我担心的也是这个，这个人能在这么严密的监控系统中动手脚，说明他的本事不一般啊，这万一……"明哥的话没有再说下去，但在场的人都能意识到这件事的危险性。

全市公安局的视频监控联网在一起，每天有专人统一调度，监控视频的删减权限全部掌握在一把手吴主任手里。从前段时间我们科室监控录像被掐掉这件事看，对视频监控动手脚的人要么是吴主任本人，要么就是破解了整个云汐市公安局监控网络密码的人。

来调查这件事之前，明哥已经跟我们通了气。吴主任是他多年的老友，以前在抓捕犯罪分子的过程中明哥还救过他一命，这种过命的交情，他是不可能胳膊肘往外拐来坑害我们的，而且他的为人也绝对可以保证他不会做这种事情。

既然前者已经否定，那就只剩下后者。试想，如果一个人能在背后控制整个云汐市公安局的监控网，那将会是一件多么可怕的事情。也就是说，他可以足不出户看到公安局任何部门的一举一动。除非有天大的阴谋，否则谁会有这么大的手笔？关键是，我们现在还不知道这背后的人想干什么。但从明哥办公桌上的"骷髅头"来看，他绝对不会是善茬儿。

我们只知敌人足够强大，却不知道他下一步的动作，这种感觉就仿佛孤身一人驾一叶扁舟在大海上远航，时刻提心吊胆，很不好受。

"老冷，当天值班的民警全都在，他们上班期间都在自己的工作台正常巡查，并没有人接触过我的主机电脑，我最担心的是有人……"

"夜来香，我为你思量……"明哥的电话响起。

"老吴，不好意思，我接个电话。"明哥面带歉意地打断道。

"喂，徐大队，什么？哪里？好，好，好，我马上到。"明哥表情严肃地挂断电话，转头对吴主任说道，"老吴，我得走了，监控的事就辛苦你了。"

"得，看你这表情肯定是有案件了。那你先去忙吧。"吴主任冲我们挥了挥手。

明哥起身扫视了我们一圈："走，抓紧时间回单位拿设备。"

听他这么说，根本不用猜，指定是发命案了。

"明哥，什么情况？"

"河湾村，碎尸案。"

"几个抛尸现场？"我比较关心这个问题。

"目前就一个，在桥洞里。"明哥的回答，让我宽心不少。

河湾村位于我们市西北方，北临泗水河，因河水支流从村中流过，才得了这个比较应景的名字。早在十几年前，村子中蜿蜒曲折的河湾，是许多美术学生取景的最佳场所，可最近几年，由于采沙过于严重，泗水河的水位下降，导致村里河湾几乎已经干涸，童年春游时那夕阳映满村的美景也只能是回忆。十几年之后故地重游，没承想，这个在我梦中多次相见的河湾村却发生了如此恶劣的案件。

村子的经济并不发达，除了村口的一条主干道以外，剩下的就只有一条条泥巴土路。云汐市前段时间一直阴雨绵绵，载重量大的勘查车根本没有办法在路面上行驶，我们只得背起勘查箱步行至中心现场。

徐大队安排了一名侦查员在村口引路，我们一行人走到了一座石拱桥跟前，拱桥的造型有点像缩小版的赵州桥，桥的周围已经拉上了一圈警戒带，试图过桥的村民被迫绕道而行。

"冷主任，事情是这样的。"徐大队擦了一把额头上的汗水，翻开笔记本介绍道，"报警人是村子里的村民徐闯，他早上到这里解手，发现了桥洞下的尸块，接着就报了警。"

"有几个人进入了现场？"因为我们勘查现场需要证据排除，所以这个问题必须要搞清楚。

"这样，我把报警人喊过来。"徐大队转身大声道，"徐闯，你过来一下。"

"来了。"一个将近三十的男子一路小跑过来。"警官，什么事情？"徐闯小心地问道。

"你把报案的经过跟我们仔细说一遍。"第一个进入现场勘查的人是我，我必须要知道哪些是后来的附加痕迹，所以我开口问道。

"那个，警官，事情是这样的：早上我下地干活途经这里，正好想方便一下，就从桥的西头下到桥洞里，后来我就闻到这桥洞里有恶臭，接着就用锄头把桥洞东头的编织袋给扒开了，结果就发现编织袋里装的有人脚。"徐闯说完一阵干呕。

我点了点头，沿着他指的路线走了进去，磊哥紧随在我身后。

三

我们勘查的案发现场几乎都会有人进入，所以每个现场都或多或少存在一些干扰痕迹。在案发现场，除了用于破案的证据需要拍照固定以外，干扰痕迹也不能遗漏，这些痕迹看似无用，其实不然。

举个最简单的例子，我们在现场发现报案者的鞋印，通过鞋印的一些特征可以分析出发现者当时的心理活动。一般人见到死尸，第一反应都是紧张、害怕，表现在鞋印上就是步子杂乱无章，无规律可循。如果我们发现报案人的步子很从容，步幅很规整，这就反映出他的心态很平和，那他就有可能对案件知情。所以一般我们对待干扰痕迹的态度等同于现场物证。

"这个是徐闯的鞋印，这个分明是个女子的鞋印啊！"胖磊也算是半个专家，很快找到了关键所在。

"拱桥壁上有灰尘减层手掌印，为女性所留，女子的脚尖朝北，按照手印的高度，她应该是双手支撑，弯腰趴在这里。"我站在旁边，比画了一下动作，走到胖磊身边接着说道，"女子鞋印南侧十五厘米处为徐闯的鞋印，有波浪形的抖动，说明他曾站在这里做前后运动，你猜他在干啥？"

"这小子嘴里没一句实话，敢情大白天的在这里打野战呢。"胖磊没好气地冲桥上喊道，"徐闯，到底有几个人来过案发现场？你要不说，我们一会儿就把你的丑事抖出来。奶奶的，跟我们玩什么心眼，浪费我们的时间。"

徐闯脸上红一阵白一阵，冲胖磊不好意思地挥挥手。

"磊哥，你消消气，这事换成谁都不会光明正大地说，我上去问问。"我拍了拍胖磊的肩膀，走上了岸。徐闯抱歉地把我拉在一边，观望四下无人，他小声说道："警官，我实话跟您说吧，我那个女性朋友我真不能说是谁，我……"

我举起手阻止他说下去："你们之间的事情是隐私，你不用说，我也不想知道。我就想让你证实一点，今天有几个人到过这个案发现场。"

"就我们两个，而且我们是从桥西边进去的。"

"东边有没有去？"

"绝对没有！"徐闯举起右手发誓道。

"你们有没有在现场留下什么东西？"

"没有，啥都没留下。"

"行了，就这样吧。"我冲他挥挥手，示意他离开。

徐闯如释重负，感激地连忙向我作揖。

我回到胖磊身边，指着洞壁上的手印和地面上的鞋印说道："这些都能排除。"

"前几天有阴雨，虽然这两天天气好转，但沟里的土质还是比较疏松，这些痕迹排除以后，桥洞的西边根本没有什么痕迹，也就是说，嫌疑人抛尸并没有走这边。"胖磊总结道。

"对，我们接下来的工作要从桥洞的东边开始。"说话间，我们两个人已经挪到了那两个装着尸块的编织袋旁。

一股腐尸特有的臭味隔着防毒面具钻进了我的呼吸道，灰绿色的编织袋上看不见任何字迹，袋子的顶端由细麻绳捆绑，其中一个袋子被锄头扒开一个巨大的裂缝，一只人脚裸露在外，脚掌被锄头砍开半截，肌肉组织包裹着趾骨滑落在地。白色的蛆虫贴附在紫红色尸块表面慢慢地蠕动，这种场面绝对会让有密集恐惧症的人分分钟崩溃。

"尸体一会儿交给明哥，我们先去看看外围鞋印再说。"胖磊估计已经受不了这种味道，在后面推了推我示意赶紧出去。

很快，我和胖磊从桥洞的西头走到了东边的出口，刺眼的阳光把现场物证照得清晰可见。

我盯着地面上唯一的一种鞋印分析道："看鞋印的分布，基本上可以确定为嫌疑人所留。"

"就这一种鞋印，不是他还能是鬼！"

我测算了一串数据之后说道："嫌疑人为男性，四十五岁左右，身高不到一米七，身体素质很好，穿的是橡胶底布鞋，经济水平不是很高。"

"别的还能看出来什么？"胖磊看我话里有话又问了一句。

我并没有着急回答他的问题，而是独自一人跑上桥，观察了好一会儿，接着又气喘吁吁地回到原地："我怀疑嫌疑人就住在这附近的村子，他抛尸的方法有些特别。"

"哦？这怎么说？"

我找了一串最为清晰的鞋印说道："磊哥，你看看这串鞋印有没有什么不同？"

"不同？"胖磊有些疑惑地看着我手指的方向。

为了更清楚地表达我想表述的意思，我从旁边掐了一根草插进了那一串立体泥土鞋印①之中。

"左脚鞋印比右脚的深？"胖磊很快发现了问题。

我摇了摇头："不全是，磊哥你跟我来。"胖磊跟着我走上了岸。

四

前几天云汐市时有阴雨，农村的泥土路相对比较松软，嫌疑人在路面上留

---

① 人走在松软的客体上，足部会下沉，这样的鞋印除了会留下鞋底印迹以外，还会留下鞋帮痕迹，我们称之为立体鞋印。

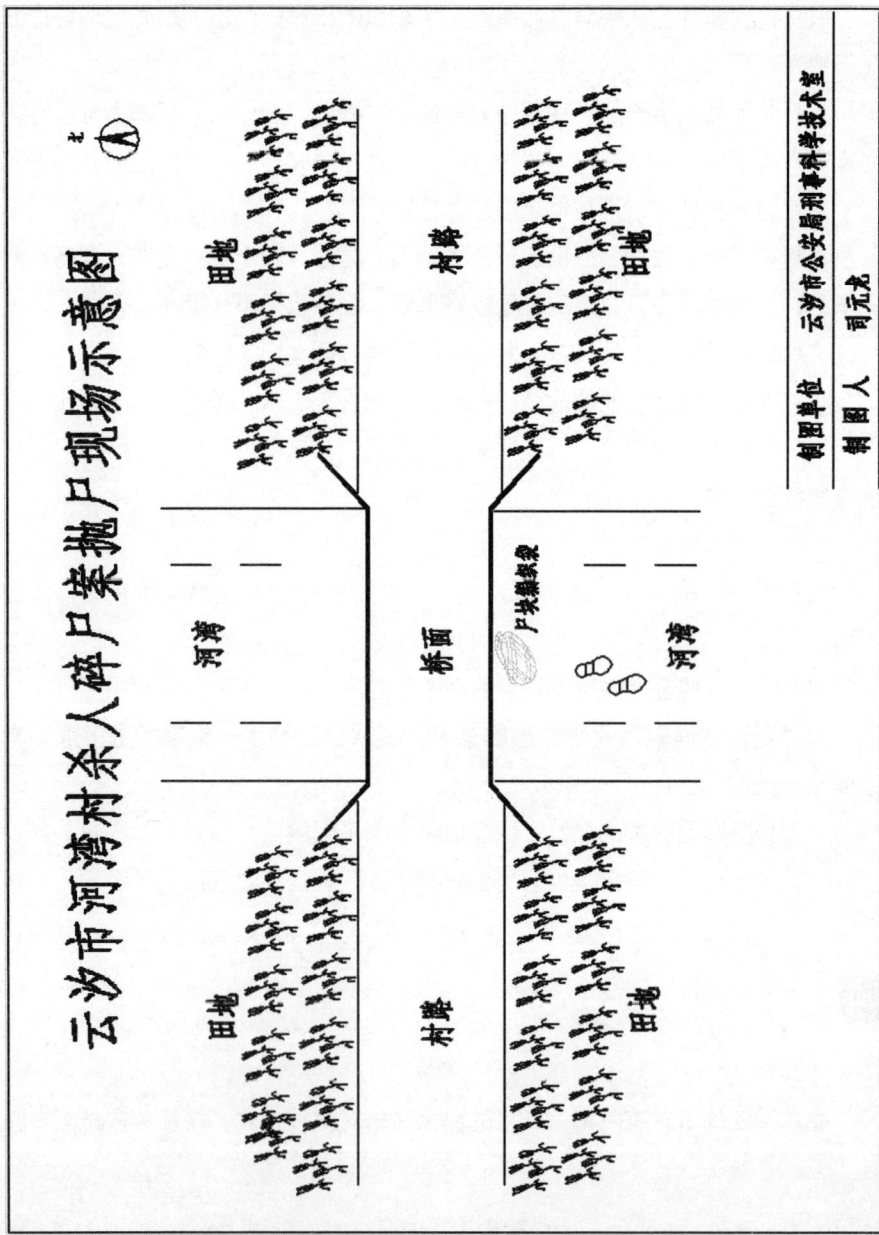

云汐市河湾村杀人碎尸案抛尸现场示意图 (A)

田地

村路

田地

河滩

桥面

尸块集聚区

河滩

田地

村路

田地

制图单位 云汐市公安局刑事科学技术室

制图人 司元志

下了大量清晰的立体痕迹。

我又找了一串鞋印说道："以石拱桥为界，嫌疑人的鞋印全部集中在桥南地面上，说明嫌疑人是从南边过来抛尸，尸块被藏匿在桥洞里之后他又原路折返了回去。我们目测这两大包尸块，应该是一个成年人被肢解后的重量，我猜，嫌疑人的抛尸地点就这一处。"

"嗯，很有道理，你接着说。"胖磊听得很认真。

"知道了抛尸地点，那我们就来分析一下嫌疑人的抛尸方式。我刚才往桥南方向走了很长的距离，虽然路面上有很多轮胎痕迹，但这些痕迹基本上可以排除。"

"你是根据立体足迹的深浅排除的？"胖磊已经猜到了我要表达的意思。

"对。我观察了很长一段距离，所有的鞋印都有这个特征，一会儿是左脚的立体鞋印较深，一会儿是右脚的立体鞋印较深。鞋印的深度反映了嫌疑人的负重程度，也就是说，他身体左右边交替负重。从立体鞋印深度的数值来看，他的负重量还不小。"

"你是说，嫌疑人徒步扛着编织袋进行抛尸？"

"你只说中了一半，案发现场有两大包尸块，扛是不好扛的，他应该是借助了某种工具。"

"工具？"

"磊哥，你把照片调出来，看看编织袋封口的位置。"胖磊按照我所说打开了相机。

"是不是这一张？"胖磊把相机递给我，一张放大后的照片出现在相机背面的液晶屏上。

"你看看编织袋的打结方式。"

"打结方式？"胖磊似懂非懂地望了望。

"关于'打结'，痕迹学上有专门的介绍，光我知道的打结方式就有十余种，其中最常用的有半结、八字结、平结、渔人结、普鲁士结、营钉结、缩绳结、接绳结、系木结等。嫌疑人使用的打结方式正是系木结。

"系木结最早由山民发明，他们去山里砍柴，先把砍下来的柴归拢成两堆，接着用绳索捆上一堆，然后再捆另外一堆，两垛柴火之间用木棍一穿，利用杠杆原理，以自己的肩膀为支点保持平衡把柴火挑下山。这种系绳结的方式最为牢固，解绑非常方便，后来逐渐普及开来。"

"你是说嫌疑人用扁担挑着两包尸块步行抛尸？"胖磊已经知道了结果。

"没错，如果是一包尸块，嫌疑人还有可能双手交替拎着。咱们在现场发现的是两包尸块，这就必须要借助工具，根据编织袋上的'系木结'，我可以肯定嫌疑人是徒步挑着扁担抛尸，并没有借助交通工具。"

"那这家伙的体力够好的！"胖磊抬头看了一眼望不到边的鞋印感叹道。

确定完这一点后，我们再次回到桥下，桥洞边的鞋印并没有人为地破坏，这有利于我下一步的分析工作。

"小龙，难道这串鞋印还能看出其他的信息来？"胖磊看着聚精会神的我，张口问道。

"能！"我拿出放大镜仔细观察之后开口道，"嫌疑人抛尸的具体时间应该在四天之内。"

"四天？你确定？"胖磊实在想不出我的结论从哪里来的。

我拍了拍手掌上的灰尘解释道："从抛尸到报案，除了嫌疑人以外并没有一个人来过这里，这样我就可以放心大胆地分析。室外的鞋印，尤其是这种泥土鞋印，裸露时间长了，每天都会有细微的差别，比如，因为风力导致足迹凸起花纹边棱渐渐塌陷；再比如，因为水分的蒸发导致土色发生变化，这些都可以帮助我分析足迹的新鲜程度。"

胖磊听得相当入神，并没有打断我。

"室外立体泥土鞋印的变化会遵循一些规律。无人破坏的鞋印保持时间较长，倘若在半天以内，鞋印边缘整齐，看起来与刚踩过无异；经过一天一夜，边缘会受外力的影响而脱落；再过两日，鞋印边缘会完全脱落，由于蒸腾作用，土壤开始松散，立体鞋印特征不再明显；到了第四天，鞋印底部会因水分的蒸发，出现皲裂。再加上室外潮湿空气的影响，足迹表面的泥土会在水珠的张力作用下，发生黏合。综合案发现场的气温、湿度，我基本上可以判断出这串鞋印的遗留时间。"

"你赢了！"胖磊冲我竖起了大拇指。

"痕迹固定完了，我去喊明哥他们进来。"为了节省时间，我一路小跑上岸，冲明哥挥挥手。得到讯号的叶茜，提着明哥的勘查箱一溜烟地往我面前跑来。

"你别那么激动，尸块已经腐臭，戴着防毒面罩都遮不住，你还是站远一点。"我直接把正要向前冲的叶茜挡了回去。

"没事！"叶茜不以为意地跟在明哥身后径直朝两包尸块走去。

五

"防水编织袋，难怪一路上没有发现血滴。"老贤嘀咕了一句，但并没有逃过我的耳朵。

"防水编织袋？难道有特定的用途？"我对这个问题相当感兴趣，如果这种编织袋有什么特殊用途，那下一步的排查就会有针对性。

"不难弄，大街上到处都有卖。"老贤一盆冷水慢悠悠地泼到了我的头上。

"原来是大通货。"

"也不算是，你们看。"明哥指着裂开的位置接着说道，"这种编织袋比普通的编织袋多了一层塑料薄膜内胆，价格上也贵了很多。"明哥说着用手使劲搓了搓编织袋内部带有磨砂质感的透明薄膜："很厚实，市场上一个要卖到五六块钱。这种编织袋可以防水、防潮，一般用来装干货的情况比较多，比如街上卖干木耳、小干鱼的商贩，基本上都是使用这种编织袋。"

"明哥，我刚才分析出，嫌疑人可能是使用扁担挑尸，而且他的体力很好，经济水平并不是很高。"我一句话把我刚才的结论做了一个简单的说明。

明哥点了点头接着说道："现在电瓶车基本上都普及了，扁担这种东西很少有人用，虽然用扁担挑东西很省力，但没挑习惯的人根本不会选择这种方式抛尸。也就是说，嫌疑人可能长期使用扁担挑重物。"

"有没有特殊的人群长期使用扁担？"

"早些年我们云汐市的农村没有通自来水，很多人习惯用扁担挑井水吃，那个年代扁担的使用率很高。但是近些年，我们这里即使最偏远的农村也家家都有压井，所以扁担的使用率越来越低，除了偶尔走街串巷的货郎，我还真没见谁用过。但光以这个去推断嫌疑人的身份，还有点牵强，我们还是把现场勘查完毕再说。"

明哥话音刚落，老贤已经为他清理出了一个场地，并铺好装尸袋，为下一步的拼接尸体做准备。

很快，编织袋被解开，明哥捡起那个掉落在地上的脚掌开始拼接。当一块块不规则的尸块被取出时，滚成小团的白色蛆虫也随之散落。

强烈的不适让叶茜的眉毛拧在了一起。

"没事吧？"我走到她跟前，用胳膊肘碰了碰她。

叶茜没有说话，轻轻地摇了摇头。

明哥的手套以及勘查服上已经爬满了蛆虫，可他视而不见，不紧不慢地从编织袋中将尸块一一取出。

"小龙，看一看切面，能不能推断出嫌疑人分尸使用的工具？"桥洞里响起明哥的回声。

我把叶茜稍微往后拉了拉，蹲下身子仔细观察尸块上的刀口："是用的菜刀。"

"哦？说说理由。"他停下了手中的动作。

"菜刀的切口通常是直线型，当用它砍切尸体时，被砍出的骨骼裂缝与菜刀的刀刃处在一个水平线上，由于菜刀砍切能力有限，则会在伤口的底部出现卷刃的特征。不管如何改变砍切方向，由于其受力点呈直线型，切口的骨裂线方向始终保持不变。甚至有时还会在切口处，发现少量刀口碎片。我就是根据这个特征分析而来。"

"嗯，很好！"说话间明哥从编织袋中捧出一颗沾满凝血块的人头，头顶顶上有一处凹陷状钝器伤口。

他用力剥开黏附在面部的长发，露出一张苍白的女性人脸。"嫌疑人分尸未毁容，说明他和死者之间的关系并不密切，不怕我们通过面相找到他。"明哥说着把那颗人头在手中转了半圈，"死者头部多次受到钝器打击，作案工具应该是圆铁锤，而且这是第一致命伤。也就是说，嫌疑人使用钝器将受害人击打致死之后，接着用菜刀肢解尸体抛尸桥洞。"明哥说完放下人头，把编织袋中的尸块全部取出，缠绕在一起的大肠等内脏则原封不动地留在袋子中。

不久，一具干瘪的尸首被拼接起来，明哥用毛刷将表面的蛆虫稍做清理，开口说道："最近的气温满足苍蝇卵孵化的要求，结合蛆虫的大小，嫌疑人抛尸距今有三四天的时间。"这个结果也印证了我的结论。

他接着说："从盆骨以及容貌特征来看，死者的年龄在四十五岁左右，有文眉化浓妆的习惯；手茧较薄，说明她不经常从事体力劳动；体态臃肿，皮肤缺乏保养、黑而粗糙，说明她的经济条件并不是很好。"

"死者的下体有很严重的性交史。"老贤补充了一句。

明哥低头看了一眼："回头提取一下死者的阴道擦拭物。"

"好的。"

明哥接着把尸块上的所有创口观察了一遍之后，说道："伤口砍切方向以及力度符合一个人作案的特征，可以排除多人作案的可能。嫌疑人分尸必须要有一个独立的空间，从这一点来看他有可能是独居。

"嫌疑人能挑着扁担走这么远的路，说明他的体力异于常人，再加上熟练的打结方式，可以判断出他应该是一个独居一室的体力劳动者。"

"通过鞋印分析，嫌疑人的年龄也在四十五岁上下。"我补充了一句。

"这个年龄应该已经结婚，考虑离异或者老婆长期不在身边的男性，把这一类划拨成调查的重点。"明哥把目光集中在了叶茜身上。

"明白，冷主任。"叶茜会意。

"行，中心现场基本这样，我们开始勘查外围，有情况以后，咱们再碰头。"

六

勘查工作从朝霞映脸一直忙到余晖满天，当我们全部围在会议桌前时，还能隐约闻到一股尸臭味。

"我这边基本上没有什么指向性的结论，死者的所有人体组织都在，抛尸现场就这一个。焦磊，你那里有没有什么情况？"明哥开了个头。

"暂时没有，等贤哥说的时候，我会补充一点。"

"小龙，你说说。"明哥扔过来一支烟卷，我双手接过放在一边："嫌疑人能徒步进行抛尸，我起先认为他应该住得距离抛尸现场不远，可后来我和叶茜沿着鞋印一路寻找才发现，他竟然挑着尸块步行了将近四公里，鞋印最终消失在村子最南端的大路上。"

"四公里？"胖磊惊呼道。

"四公里只是最小值。"

"这体力真是太厉害了。"

明哥开口说道："经测量，尸块总重量在七十四千克左右，他能挑行这么远，不光是体力好就可以的，挑扁担也是技术活，靠蛮力挑不了多久。按照我的猜测，嫌疑人极有可能是长年累月挑扁担讨生活的人。"

我有些为难地道："现场鞋印涉及范围这么广，就算是知道嫌疑人是干啥的又能怎样？根本没有任何抓手。"

叶茜听我这么说，也点头回道："嫌疑人走过的路线涉及近十个自然村，村子人口密度太大，根本就是大海捞针。"

明哥有些疲惫地揉了揉太阳穴："国贤说说。"

老贤翻开报告回道："我在尸体伤口处提取到了大量氯化钠，也就是食盐，说明嫌疑人分尸用的菜刀可能是他经常使用的。"

"也就是说，嫌疑人身边除了自己平时做饭用的菜刀，并没有更合适的分尸工具，单从这一点可以分析出嫌疑人的作案动机。"明哥开始逐条分析，"死者的致命伤是后脑部的钝器伤，嫌疑人站在死者身后用圆铁锤多次敲击，才会形成这种伤口。他在知道自己杀了人之后，可能是为了移尸方便才想到分尸。国贤的检验结果判明，他并没有事先为分尸准备工具，只是顺手拿起了自己平时使用的菜刀，从这一点分析，嫌疑人很有可能是激愤杀人后分尸。"

我们几人动作一致地点了点头。

"案发时嫌疑人和死者必定共处一室，能在一起说明两个人相互认识，但嫌疑人在分尸之后没有对死者的面部进行破坏，表明两者之间的关系很隐蔽，不为人知，嫌疑人并不担心我们能因此找到他。凡是符合这种情况的，都是我们下一步要考虑的重点。

"国贤，你接着往下介绍。"

老贤起身打开了投影仪，一块长满毛点的东西出现在投影布上："我们在现场只注意到了尸块，没有人注意到在尸块的旁边还有一块这个。"

"这个是……？"我看着这块比萨形状的东西问出了声。

"馕。"对于号称"吃神"的胖磊来说，这根本难不倒他。

"确切地说，这是一块长满霉菌的馕。"老贤翻开报告接着说，"这块馕装在一个塑料袋内压在尸块内侧，由于时间和气温的原因，这块馕已经长满了霉菌，在显微镜下观察，馕上面长的是曲霉。"

"曲霉？"我们所有人对这个名词都很陌生。

老贤放下报告，科普道："我们生活中常见的霉菌有两种：青霉和曲霉。青霉常分布在霉腐变质的水果、蔬菜、粮食和皮革等物体上，菌体直立菌丝的顶端长有扫帚状的结构，结构的每一个分支生有成串的孢子，成熟的孢子呈青绿色，进行孢子生殖。曲霉广泛分布在谷物、空气和土壤中，曲霉直立菌丝的顶端膨大成球状，球状结构的表面放射状地生有成串的孢子，孢子随曲霉种类的不同而呈黄色、橙色或黑色。"

"这些和案件有关系？"

老贤接着解释道："我刚才提到了一个名词：孢子。它是霉菌的主要繁殖器官，分为有性孢子和无性孢子两大类，前者通过两个细胞融合和基因组交换形成，后者无此阶段而经菌丝分裂等形成。孢子在适宜条件下发芽，形成菌丝而进行分裂繁殖；当外界环境不适宜时可以呈休眠状态。菌丝的生长与水分、温度以及生长基质有很大的关系。我结合最近一段时间案发现场的气候条件分析出，这一块馕放在这里最少已经三四天的时间。"

"和抛尸时间吻合？"

"对，这块馕应该是嫌疑人连同尸块一起扔在这里的。"老贤给了最终的结论。

我边听边盯着大屏幕："贤哥，这块馕并没有牙齿咬痕，也就是说嫌疑人并没有食用过，难道这上面留下了嫌疑人的DNA？"

老贤摇了摇头："馕上面没有嫌疑人的DNA。"

"那这对案件有什么帮助？"

"这个我来解释。"胖磊接了话茬，"其实这应该属于你们痕迹学上的知识。"胖磊冲我挑了挑眉毛说道："馕是新疆少数民族的传统美食，说白了就是一种用馕坑烤制的面饼，和我们平常吃的烧饼有些类似，但馕也有它自己的特点。"

"是不是又圆又大，盖上菜馅就是比萨？"我想起了胖磊第一次带我去买馕时说的一句顺口溜。

叶茜扑哧一声笑了出来。

"你小子，就不学好，我在说正事。"

"小龙。"明哥冲我敲了敲桌子。

我吐了下舌头，没有说话。

胖磊正襟危坐："我说到哪儿了？"

"馕的特点。"

"对，特点。"胖磊滑稽地一拍脑袋，"这馕在制作的过程中为了美观，往往会在面饼中央拓上类似同心圆的'馕花'。"

听到"馕花"两个字，我的表情忽然认真起来。

胖磊接着说："拓印'馕花'有专门的工具，这种工具在新疆当地很常见，类似牙签罐周围插上一圈铁钉，这种特制的工具扎出来的'馕花'整齐、好看，在烤制的过程中不会变形。现在我们来看看嫌疑人遗留在现场的这块馕。"胖磊把屏幕上的照片逐渐放大，馕花的形状也逐渐清晰。

"为什么这上面的馕花孔这么不规律？"我问出了声。

"这个问题我以前在吃馕的时候就研究过。"胖磊见我问到了关键所在，松开了点击图片的鼠标，"这种不规则的馕花说明卖馕的老板使用的是传统工艺，拓印馕花的工具是他自己做的。"

"自己做的？"

"对，馕在新疆已经食用多年，在制式拓花工具出现之前，人们通常都是自己制作。手工的拓花工具用鸡毛根手工捆扎成圈，因为鸡毛有粗有细、有直有歪，在捆扎时会出现鸡毛根之间的间距差异和个别鸡毛根偏离花纹轨迹的现象。鸡毛根的选择是随机的，这样每一个'馕花'都有各自的特征。"

"这就意味着，传统工艺制作出来的馕花就像指纹一样具有可识别性，咱们只要拿着馕花的照片一家一家地找，就可以找到嫌疑人购买这块馕的地方！"我已经彻底明白过来。

"对头！"

"咱们云汐市正儿八经卖馕的地方很少，排查起来几乎无压力。"叶茜自信地说道。

"还有没有？"明哥记录完毕之后问道。

老贤拿出了最后两份报告："死者牙齿的烟焦油含量很大，说明她有长期的抽烟史。另外，我在死者的下体检测出了混合型DNA，被害前她曾和三名男性发生过性关系。"

"什么？三名男性？"这个结果让明哥有些诧异。

"对。"

"根据死者的打扮，以及生活习惯，再加上贤哥的检验结果，她的身份会不会是……"

"失足妇女？"胖磊抢答道。

"不排除这个可能。"明哥话音刚落，老贤递过来一张写着个人信息的A4纸。

"这个是……？"

"案发前和死者发生性关系的其中一人的身份信息，他之前因为聚众斗殴被处理过，在公安局建的档，估计找他能问出死者的一些情况。"

"刘传龙，男，四十一岁，无业。住址：云汐市园南小街225号。"叶茜接过A4纸，唰唰地开始记录。

"接下来，两个线索都需要刑警队去查实，一个是嫌疑人买馕的地方，另一个就是找到这个叫刘传龙的人，有消息立刻通知我。"

"好的，冷主任。"

七

在命案侦破期间，所有的工作都必须火速完成，两条线索很快见底，卖馕的地方就位于案发现场不远的集镇上，而刘传龙也在当天晚上被传唤到了刑警队讯问室。

瘦骨嶙峋，弱不禁风，是对他身材最好的诠释，再加上鞋码与嫌疑人鞋印极度不符，他基本被排除在嫌疑之外。

"警官，我错了，我错了。"刘传龙刚被带进讯问室就开始认错，这让我们有些丈二和尚摸不着头脑。

"小龙，你确定嫌疑人不是他？"胖磊站在我身后嘀咕了一句。

"百分之百不是他，我可以肯定。"

"你错在哪里了？"明哥点了一支烟卷，坐在了他对面。

"你们抓我是不是因为我卖黄碟的事？"刘传龙试探性地问道。

明哥没有出声，而刘传龙却理解成了默认。

"警官，我也没办法，只是为了糊口。以前年轻不懂事，学别人去混什么黑社会，出去打架被砍了一身的伤，没有办法干重活，只能指望这个混口饭吃，还请警官网开一面。"刘传龙声泪俱下地向我们作揖道。

"你平时卖这个是不是很赚钱？"明哥扔给他一支烟卷。

刘传龙受宠若惊地接过烟卷夹在耳朵上："现在都上网看的多，碟片只能卖给那些上年纪的人，也赚不了多少，一天也就四五十块钱。"

"卖黄碟这事咱们以后再说，我问你，你四天前有没有见过什么人？"

"四天前？这我哪里能记得？"

"你绝对能记得，这是照片。"明哥直奔主题，把死者的面部照片递给了他。

"这……这……这……这……"刘传龙没有去接照片，舌头像打了结一般。

"怎么，是不是很面熟？"

"面……面……面……面熟。"

"很好，她叫什么？"明哥收回照片。

"我不知道她大名叫什么，只知道她叫花姐。"

"她是做什么的？"

"站……站……站街的。"刘传龙有些不好意思地回答道。

"好，说说你们是怎么认识的，最后一次接触的具体细节。"明哥往座位上一靠等待答案。

"我们是在北湖公园里认识的，白天有很多上年纪的人在里面消遣，我在那里摆摊卖碟，花姐也经常在公园里拉客。我是光汉条一根，平时总有一些需求，只要我想干那事，就会去找花姐，这一来二去就熟悉了起来。"

"最后一次见面是在哪里？"

"北湖公园的小树林里。"

"小树林里？"

"对，花姐每次和客人谈好价钱后，就直接在公园的树林里接客。北湖公园的站街女都是这样干活，她们各自有各自固定的地点，公园里的一些嫖客基本上都心照不宣，没人会偷看。"

"嗯，你接着说。"

"那天我收完摊路过小树林，看见花姐从里面出来，我俩打了照面之后就聊了几句。我问她生意怎么样，她告诉我她站了一天就接了两个客，我当时就半开玩笑地说：'要不然，我来照顾一次你的生意？'我本意是开玩笑，没想到花姐当真了，硬是把我往树林里拽，说二十块便宜让我弄一次，我没经得起诱惑，就答应了。搞完以后，我给了钱，接着就和她分开了，这几天都没有见过她，没想到……"

"你离开时是几点钟？"

"下午五点钟左右。"

"前两个和她发生关系的人，你知不知道情况？"

"不知道，不过应该都是经常在公园溜达的人。"

"你知不知道花姐的住处在什么地方？"

"我有一次喝醉酒想去她家包夜来着，可是花姐就是不同意。我听说她住在东苑城中村里面，具体位置在哪儿我也不清楚。"

"花姐每次做生意时，用不用安全套？"

"经常光顾的都是熟面孔，没有什么大问题，公园里所有站街女都不用安全套。"

"花姐平时什么时候离开公园？"

"北湖公园年久失修，里面连个路灯都没有，基本上太阳一下山，里面就没人了。按照现在的月份来算，六点钟前后。"

"好，我们今天的问话就到这里吧。"

送走刘传龙，胖磊第一个开了口："北湖公园我知道，里面乱得很，偌大一个公园，连一个像样的监控设备都没有。剩下的两个人我们怎么核实？"

"不用，嫌疑人不会是嫖客，监控没有任何用处。"

"啥？不是嫖客？"听了明哥的话，我有些惊讶。

"我们在死者体内检测出了三种男性的DNA，按照刘传龙的描述，他应该是最后一个和死者发生性关系的人，另外两个人离开时，花姐还活着。我们之前已经分析过，嫌疑人的杀人动机是激愤杀人，也就是怒气值瞬间爆满引发的血案。公园里的嫖客给了钱和死者发生性关系后就没了交集，不存在激愤的可能，所以嫖客基本上可以排除。"

"焦磊，馕的情况有没有跟进？"一条线索中断，明哥很快把注意力转移到另外一条线索。

"卖馕的地点找到了，在卢集镇农贸市场的西南角，这家店生意做得非常好，每天有很多人从那里购买馕饼，虽然摊位的正上方就是一个城市监控摄像头，但是这三天内，符合特征的人太多了，菜市场内根本不缺拎着扁担的买卖人。如果没有更为详细的刻画，要找出嫌疑人简直是大海捞针。"胖磊解释道。

"那好吧，今天晚上我们所有人先休息一下，明天一早再想想有没有什么疏漏。"

八

线索已经中断，既然不能另辟蹊径，那还不如休整一下来日再战的好，所以明哥把我们全部放回家休息，他一个人留在科室思考下一阶段计划。这几乎都成惯例了。

虽然在明哥的一再要求下，我们都离开了单位，可像这样的夜晚，我们有谁能踏踏实实地睡去？穷凶极恶的刽子手仍然逍遥法外，我们却一点抓手都没有，这种感觉真的很不好受。

足足煎熬了一晚，我在半睡半醒之中迎来了第二天的朝霞。刚走进科室大院，我便看见叶茜领着一个四十多岁的妇女朝明哥的办公室走去。

"她是谁？"我几步走到叶茜面前。

叶茜把我拉到一边小声说道："早上六点多，110指挥中心接到了一个失踪人口的报警电话，报警人称她的姐姐花娟娟失踪了。

"咱们这起案件，刑警队和市局110指挥中心通过气，如果有这样的电话就直接转到刑警队的值班室。在问明情况后，刑警队判断她的姐姐花娟娟应该就是死者，我把消息告诉了冷主任，他让我把人给带过来。"

"希望她能提供一些破案的线索。"我饱含希望地看了一眼她的背影。

"走，去听听怎么说。"叶茜挽着我的胳膊走进了询问室。

"是不是我姐有消息了？"我们刚一进门，就看见女子正紧紧地抓着明哥的右手。

"马兰，花娟娟是你什么姐？"明哥很自然地把女子扶到了座位上。

"我认的姐。"

"这样，你情绪稳定一些，我问你几个问题。"

站在旁边的胖磊目不转睛地上下打量着眼前这个浓妆艳抹的马兰。

"磊哥，看什么呢？"我用胳膊肘拐了他一下。

"对了，你是不是也在北湖公园站街？"胖磊突然瞪大眼睛指着马兰说道。

"我……"她的脸瞬间爬满红晕，刚才焦急的情绪，也在瞬间被羞愧所代替。

"焦磊。"胖磊用词有些不妥，明哥大声喊他的名字提醒了一下。

"真的，我在公园附近的监控上见过她，应该不会错。"胖磊又火上浇油了一把。

"磊哥，还说。"我已经被他的智商给打败了。胖磊这才明白过来，有些歉意地举起右手对着众人点头说道："不好意思，你们继续。"

"说说你们认识的经过吧。"明哥递过去一杯热水缓和了气氛。

马兰用手指擦了一下鬓角的头发，露出扎满耳洞的左耳，她低头不语，心中开始酝酿情绪。

明哥很有耐心地坐在询问桌前等待她的回答。

马兰水杯中的热水已经失去了温度，也不知过了多久，啪，一滴水滴声传入我们的耳朵，水杯中泛起一圈圈波纹。

"你怎么说哭就哭啊，你这……"胖磊以为这一切是他的言行造成的，顿时慌了神。

胖磊这么一说，马兰哭得更大声了。

"这是什么情况？"胖磊一脸无辜。

"警官，这不关你的事，是我自己心里难受。"马兰边哭边解释道。

"对嘛，我就说。来，大姐，擦擦眼泪。"胖磊如释重负地递过去一张面巾纸。

"谢谢。"马兰双手接过，擦了擦眼角，劣质的睫毛膏和泪水一并抹在了面巾纸上，停止哭泣的马兰把纸握成一团攥在手心里，哽咽着说道，"我和花姐都是苦命人，我们虽然来自两个地方，却是同一个孩子的母亲。"

"同一个孩子的母亲？难不成她们两个还共享一个丈夫？"我被她这句话给整蒙了。

"这怎么说？"明哥也有同样的疑问。

"唉！"马兰长叹了口气，眼神迷茫地盯着地板回忆道，"谁也不是天生就想出来坐台，要不是走投无路，我们也不想指望这个养活自己。做我们这行的，基本上都是全国各地到处流浪，我和花姐虽然不是云汐市人，但我们都把这里当成了家。

"五年前，我和花姐在同一个浴场给人按摩，三四十岁的我们已经是人老珠黄，受到很多年轻丫头的排挤，也正是因为这样，我和花姐走得很近。人都是感情动物，走得近了心就贴得近了，以至于后来我们两个以姐妹相称，成为彼此的亲人。

"在浴场忍气吞声干了四年，到第五年时，浴场老板把我们给轰了出来，没有出路的我们只能去公园里卖身子。"

马兰说到这里，我顿时怒意横生："你们有手有脚，干吗要去干这个？就不能找份正经工作？"

马兰听出了我话语间的鄙视，情绪有了很大的波动，她提高嗓门说道："你以为我们不想？可我们实在没有办法，我们需要钱救命。"

"小龙，你别说话。"明哥大声训斥了我，很显然，这是给马兰一个台阶，好让她的情绪在短时间内有所平复。

"我给你加点热水，你接着说。"叶茜出面帮我打了圆场。

也许是漂亮的女孩到哪里都讨人喜欢，马兰刚想爆发便被叶茜给巧妙地压了回去。

九

风尘女子其实最擅长的就是察言观色，她没有驳叶茜的面子，把水杯放在一旁，开了口："如果就我和花姐两个人，我们完全可以不再干这行，毕竟干了一辈子，谁都觉得恶心。但我们不得不选择继续下去。"

马兰轻叹一声，很快陷入了回忆："那是四年前的一个晚上，夜里两点多钟，我和花姐下班途经一个小巷子，就在我们要拐回出租房时，听见巷口有婴儿的啼哭声，巷子里有不少人经过，但是没有一个人停脚看看是怎么回事。我本来也不想多管闲事，可花姐就是不听劝，我实在拗不过她，就跟着她循声走了过去。哭声把我们引到了巷口的垃圾车旁，那里躺着一个裹着包被的女婴，也就几个月大，婴儿的身边还摆着奶瓶，很明显是个弃婴。

"我和花姐在浴场里给人按摩，早出晚归，根本没有时间照顾小孩。我当时注意到花姐看小孩的眼神有些不对，就劝她千万不要有收养的念头。可是她嘴上答应，却蹲在那里说什么也不肯走。我看劝不动她，就把她一个人留在了那里，自己回了出租屋。

"我前脚刚到家，花姐后脚抱着女婴就跟了进来。虽然我猜到会是这个结果，可当婴儿出现在我面前时，我还是有些接受不了，就跟花姐吵了一架。

"花姐心里知道我在担心什么，跟我解释说：'都已经半夜了，巷子里来往的都是一些在浴场或者KTV上班的'小姐'，这些人基本上都是泥菩萨过江——自身难保，万一没有一个人同情这孩子，孩子可能就没命了。既然事情让我们碰上了，说明孩子跟咱们有缘，我不忍心看着不管，就先带回来养一夜，回头我再给孩子找个合适的人家，这也算我们积德行善了。'我听花姐这么说，心里很快释然了，当晚就答应了她的请求。

"之后的一个月，花姐几乎把所有的心思都放在了孩子身上，她总是以找不到合适的收养人为借口继续把孩子留在身边，还以孩子的妈妈自居。时间长了，孩子越来越离不开花姐，而花姐也把这孩子当成了自己的亲闺女。她这辈子最大的梦想就是能生个孩子，可谁愿意娶我们这些肮脏不堪的'小姐'？所以当妈妈在我们这些年纪稍大的'小姐'心里，只能是个梦，之前我很不理解花姐的举动，可我渐渐接受这个孩子后才发现，原来当妈的感觉这么好。"马兰的脸上露出了些许幸福。

她只是稍稍停顿，脸色很快变得难看起来："我们给孩子取名叫糖糖，糖糖很懂事也很疼人，小嘴那叫一个甜。她管花姐叫大妈，管我叫二妈，我们两个打心眼里疼她，把糖糖养大成人已经成了我和花姐活下去的动力。可这样简单幸福的日子，就过了不到三年。

"我和花姐本来是上全班，可后来因为要照顾糖糖，就换成了对班，这样我们两个人能始终保证一个人在家里照看糖糖。

"那是前年的7月8日晚上，花姐还没有到下班的点，我的一个老顾客给我打电话要点我的钟。他经常照顾我的生意，我不好推托，就把糖糖一个人留在了出租屋里。我本想着花姐很快就会回来，不会出什么事情，可哪里想到……"

马兰说到这里，脸上挂满了悔恨和愧疚，她的眼睛再次湿润起来："哪里想到我前脚刚下楼，糖糖后脚便跟出了房间。我们住的房子是房东自己盖的，楼梯连个扶手都没有。我刚走到一楼，就听见糖糖的惨叫声。糖糖一脚踩空从楼上掉了下来，后脑磕在了台阶沿上，流了一地的血。我吓得一口气没上来，昏死了过去。等我睁开眼时已经躺在了医院的病床上，花姐失魂落魄地坐在我面前。

"医生告诉我们，糖糖脑部受到了重创，需要长时间住院治疗。因为她年龄还小，各项身体指标都还在发育，如果药物引导得好，还有恢复的可能；如果放弃治疗，最终的结果只能是植物人。

"虽然住院费一天要四五百元，但是只要有一丝的希望，我们都不想放弃，从那以后，我和花姐所有的积蓄全部花在了糖糖的身上。因为糖糖身边离不开人，我们两个上班的时间不能像以前一样固定，浴场老板嫌弃我们年纪大了，还带了一个拖油瓶，便直接把我和花姐扫地出门。

"离开浴场，就没了收入，我们根本没有能力负担一个月上万块的医药费。没有文化，没有门路，为了赚钱我们只能卖身子。我们租不起门面，找不到靠山，只能去公园站街。为了救糖糖的命，不管是什么人，不管对方提出多么肮脏不堪的要求，我们都咬牙坚持。五十，三十，二十，我们一次又一次贱卖自己的身体，为的就是希望糖糖有一天能健康地站起来。

"好就好在这一年多时间里我们没有放弃，就在几天前，医院给糖糖做了最后一次手术，糖糖脑部的淤血被清除，再有个把月时间便能恢复。糖糖从出手术室就一直喊着要见大妈，可我怎么都联系不上她。"

"你最后一次见花娟娟是什么时候？"明哥打断道。

马兰掏出手机看了一眼："一个星期之前。"

我在心中盘算了一下："正好是案发时间！"

"你把你们最后一次见面的经过仔细地说一遍。"明哥在笔记本上写了"重点"两个字，并随手画了一个圈。

"十天前，糖糖的主治医师告诉我们糖糖恢复得很不错，各项身体指标都达到了标准，之所以还不能像正常孩子一样下床，主要就是因为她颅脑内还残存一定的淤血，需要做彻底的清创手术。

"虽然医院已经给我们做了最大程度的减免，但我们还要承担将近三万元的手术费用。我和花姐这些年的积蓄早已经花完，我们在云汐市无亲无故，去哪里弄这三万块钱？我们本想把手术缓一缓，可医生告诉我们，错过了最佳的手术时间，很有可能会引起并发症，到时候糖糖能不能醒过来还不一定。就在我快要绝望的时候，花姐突然告诉我，她认识一个朋友，可能会帮我们。"

"朋友？什么朋友？"这应该是案件进展到目前为止，最为关键的矛盾点，明哥显得很谨慎。

"我不清楚，她没有跟我提起过。"就在我们满心期待的时候，马兰给了我们这样一个令人失望的答案。

明哥顺手点燃一支烟卷长吸一口，有些失落地说："你接着说吧。"

"花姐和她朋友约定在第二天的晚上见面，虽然我没见过她朋友长什么样，甚至连是男是女都不知道，但是她的这个朋友绝对仗义。花姐是七点多从医院走的，十点多就带着四万块钱来到了医院。有了钱，医生便开始给糖糖做术前检查准备手术。花姐在医院待了一天，之后就再也没有出现过，现在糖糖手术都做完两天了，我打电话她也不接，到公园也找不到，我担心她出了什么事，所以就报了警。"

明哥没有再继续问下去，在马兰离开时把真相写在一张字条上塞进了她的包中。

十

送走马兰，案情似乎又有了进展。花娟娟，一个在云汐市无亲无故的外地人，是如何突然拿到整整四万块钱的？她口中的朋友到底是谁？他是不是这起案件中的凶手？我们要怎么在茫茫人海中找到他？他跟这起案件到底有什么样的关联？这些问题困扰着我们每一个人。

当天晚上，整整七千元人民币摆在了我的面前。这些钱是糖糖手术之后剩余的，我今晚的目标是从这七十张百元大钞上提取具有比对价值的指纹样本，希望能从这些海量的指纹中找到一丝线索。为了提高效率，叶茜主动给我打起了下手。

检验室的时钟被切割了四分之三，我的手机铃声伴着夜晚九点的钟声一同响起。

"老头子的电话？"我盯着手机屏幕上"爸爸"两个字有些愣神，因为按照惯例，只要有命案他绝对不会给我打一个电话。

叶茜把头凑了过来："叔叔的电话，你怎么不接啊？"

"哦。"我回过神来，按动了接听键。

"马上回家，快！"我还没张口，就听见父亲在电话那头催促道。

嘟嘟嘟……电话已经挂断了，痕迹检验室的门在这个时候被推开："小龙，手头的活先放下，带上工具去你家里一趟。"明哥说完快步朝楼下跑去。

"带上工具？你家？"叶茜重复着明哥刚才的话。

"为什么要带上工具去我家？什么情况？"我有了一丝不好的预感。

"什么什么情况？赶紧的！"叶茜焦急地催促道。

一听到是去我家，胖磊和老贤简直是连滚带爬地跑上车，明哥他们三个作为我父亲最早的弟子，这感情自然不一般。

"到底是怎么回事？"我有些忐忑地坐在座位上问道。

"师傅能打电话就说明他没事，你赶紧打电话给师母，问问她在哪里。"

明哥涨红着脸对我大声说道。

"我妈？我……我……我，我妈怎么了？"我感到脊背发凉，莫名的恐惧笼罩在我的全身。

"你哪儿来那么多为什么，我来打！"胖磊掏出手机，按动了我母亲的电话。

嘟……嘟……嘟……我听着胖磊手机里传来一阵阵电话连线的声响，心都快拧在一起了，车里所有人连大气都不敢喘一声。

"阿姨快接电话啊，你倒是接啊。"叶茜双拳紧握焦急地对着电话催促道。

当连线声渐渐模糊时，电话那边突然响起了嘀的一声："喂，小磊啊，怎么这个时候给我打电话啊？"

呼，我长舒一口气，听着母亲电话那边的嘈杂读书声，我可以确定她这个点正在补习班帮人补习。

胖磊眼睛一转，赶忙回道："师母，这些天不是搞案件嘛，没见到您，这不是想您了吗？"

胖磊最得我母亲欢心，他在我母亲面前从来就没有正形。

"你小子，我看你是想吃我包的饺子了！"母亲乐呵呵地回了句。

"要不怎么说师母最疼我了，那我可就等着了啊！"

"得得得，瞧你那馋嘴样子。最近这补习班的孩子都忙着准备中考，我要抓紧点时间，要不然晚上又要搞到十一点，没什么事我就先挂了。"

"好嘞，师母您忙哈！"胖磊收起笑容，把电话往驾驶室的操作台上一扔，"师母好得很，明哥，师傅怎么和你说的？"

"说小区里出事了，让我们去一趟，具体什么事情他没有说，就叮嘱我一定要开警车，而且一定要拉警笛。"明哥面露疑惑。

"师傅让我们开警车拉警笛去公安小区？那里面住的可都是公安老前辈，这到底出了什么事？"

"你别看师傅这些年都卧病在床，他脑子清醒得很，他这么做绝对有他的道理，我们照做就是。"明哥作为我父亲最为得力的弟子，比我都了解我的父亲。

我们一路闪着警灯拉着长警笛来到了我家楼下。小区因为年久失修，除了主干道还有几盏昏黄的路灯外，其他地方到处是黑乎乎一片。

公安小区，最不缺的就是警车，我们的到来并没有引起多少人的注意。明哥迅速拉开车门，第一个冲进了单元楼里。

"快把门打开。"明哥对我说道。

"启明来了？"父亲在屋里大声喊道。

门锁被打开，明哥径直走到了父亲的卧室里。

"师傅，怎么了？"明哥上下打量着坐在床边的父亲。

"爸，你穿鞋干啥？难不成你要出门？"这几年明哥一直没有间断过给父亲做理疗，每半个月一次，几乎雷打不动。明哥的细心照料，使得父亲基本上可以依靠双拐慢慢地行走，虽然走不远，但是在小区里慢慢溜达已经不是什么大问题。

父亲抬手看了一眼手腕上跟了他半辈子的上海牌手表："晚上八点五十分，这栋单元楼下有人开枪！"

"什么？"我们所有人都惊出一身冷汗。

"师傅，您能不能确定？"明哥紧张地问道。

"可以。当时我听见楼道里有脚步声，从鞋子落地声可以听出是一名中年男性。他上楼的速度很慢，好像在观望什么，我可以肯定这个人不是我们小区的。"

十一

如果你留心，可从脚步声中听出很多东西来。比如开朗外向，办事不拖泥带水的人，他的脚步声就有节奏感；意志不坚定，做起事情来很难集中精力的人，脚步声很杂乱；以自我为中心，待人傲慢，对他人的感受和评价也总是不理不睬的人，脚步声很漫长；领导欲强烈，喜欢支配他人的人，脚步声通常都很响亮；有很高的警觉性、城府较深的人，脚步声一般都很轻微。

一个人的步幅特征也决定了他脚步声的差异性，这就导致很多人走路发出的声音具有一定的可识别性。听脚步声分辨人，其实是很多80后90后从小就具备的天赋技能。只不过，这种技能在痕迹学上有了更为细致的研究，所以对痕迹检验员来说，这是一项最基础的技能。父亲作为湾南省刑事技术领域泰斗级的人物，我绝对相信他的判断。

也许因为我的父母都安然无恙，我悬着的心总算放了下来，我一屁股坐在床边，听父亲说道："这个男人是直奔我们家这个楼层来的，就在他刚站到我们家的门口时，楼道里响起了枪声，枪上带着消音器，从撞针撞击子弹底火以及子弹射出的声音来分辨，是制式手枪，一共开了两枪，接着这名男子便离开了小区。我害怕有人员伤亡就慌忙给你们打电话。"

"师傅，你让我们拉警笛，是不是担心这个人还埋伏在小区里？"胖磊冲父亲竖起了大拇指。

"对。不过暂时不知道这个男子的动机，我寻思这半天都没有动静了，就想出去看看。"

"师傅，您在床上躺着，剩下的就交给我们。"明哥把父亲脚上的布鞋脱掉，把他扶上了床。

昏暗的楼道被勘查灯照得如同白昼，很快，我用镊子在家门口的墙壁上提取了一枚嵌入墙内的古铜色弹头。

"7.62毫米手枪弹？垂直打击？这……"

"小龙，怎么了？"叶茜看着眉毛拧在一起的我，有些担心地问道。

"从子弹入射角的方向来看，他射击的目标就是我家。"我感到一阵后怕，最近一段时间因为准备中考，我母亲才会加班到很晚，而在平常这个时候正好是我母亲回家的点，所以我一度怀疑这个人的目标是我的母亲。

明哥站在我面前没有说话，低头看了看门口的位置，在强光的照射下，一枚枚没有鞋底花纹的鞋印呈现出来。

"这……这……这……"看着这串鞋印，我已经惊得说不出话。

"这应该就是前段时间出现在我办公室里的鞋印。"明哥直接把我心里的答案说了出来。

"明哥，你是说今天晚上开枪的，就是那天断掉市局联网视频，在你办公室放了一个'骷髅头'的男人？"可能因为紧张，胖磊的额头已经渗出了汗珠。

"这是有人在报复我们！"明哥拍了拍手上的尘土。

"谁会用制式枪支来报复我们？而且他还能关闭我们市局的监控网？"老贤实在是忍不住了。

"今天晚上的事，谁也不能跟师傅说起。"明哥严肃地看着我们所有人，"还有，跟外单位的人也不能说。叶茜，对徐大队也不能说。"

"明白，冷主任。"叶茜认真地回答道。

"小龙，你也不要太过担心。"明哥拍了拍面色苍白的我，"我回头把师傅送到朋友的理疗会所里住一段时间，一方面，在那里可以做系统的康复训练；另外一方面，也能避避风头。师母也一并过去，家里暂时就不要再回来，等这件事查清楚以后，我们再做打算。"

"谢谢明哥。"我感激地点了点头。

明哥摸了摸我的后脑勺没有说话。

"难不成豆豆上次被绑架也是真的？"胖磊面如土色。

"豆豆被绑架？什么时候？"明哥的脸变得难看起来。

我看胖磊有些六神无主，就把整件事复述了一遍。

明哥脸色十分难看，他皱着眉头说道："虽然豆豆这孩子智商和情商比一般孩子要高很多，但是这样的谎话并不是他这个年龄段的孩子能编出来的，这件事绝对不合常理。"

"明哥，难不成豆豆那次真的被绑架了？"胖磊脸上的汗珠串成了线，声音颤抖着问道。

"看来这个人是针对我们科室里的每一个人。这件事不能再瞒下去，我现在就去找市局领导，申请保护。"

十二

我家门口的现场勘查完毕，我们所有人强颜欢笑着把父亲给骗到了明哥朋友那儿。坐在返程的车上，我的心口像堵了一块大石头，难受得快要窒息。命案还未侦破，科室又笼罩上了被报复的阴影，我从来没有感觉如此绝望过。

晚上十点，明哥接到讯息，科室所有成员的直系亲属都已经被人在暗中保护，这个消息让我们都松了一口气。我家虽然住公安小区，但由于是老小区，相关的配套设施很不完善，胖磊事后绕着小区找了几圈，都没有发现任何有价值的监控设备，也就是说，到底是谁在报复，因为什么报复，我们全都一无所知。

"你们还是以侦破命案为主，剩下的事情交给我来处理。"明哥作为我们的主心骨，很快稳定了军心。别的不说，单是看着明哥胸有成竹的模样，我们都感觉心里踏实很多。

惴惴不安地睡了一夜，第二天一早我又钻进了痕迹检验室，接着处理那一堆百元面值的钞票。明哥在办公室内对着那个"骷髅头"认真地思索着什么，胖磊依旧在查阅这起命案的所有监控视频，老贤也在自己的实验室内反复分析物证，一切都在有条不紊的进行之中。

省城柴油机厂监狱，城楼般的高墙上用深红色的油漆刷着"女子监狱"四个宋体大字。叶茜阴冷着脸站在监狱接待室内办理着会见手续。

一切办理妥当，叶茜在狱警的指引下穿过重重障碍，来到一个只有内部人才可以进入的会见室内。和一般的电话会见室不同，这里没有玻璃墙作为障碍，会见者可以和监犯面对面地交谈。

叶茜面无表情地坐在铁椅上等待，没过多久，会见室外传来了铁门被打开的声响。

"姐，你来啦？"是一个女子的声音。

叶茜循声转头。

"姐，你怎么了？脸色怎么这么难看？"

"雨墨，我今天有些事情要问你，你必须如实回答我。"叶茜的语气中有些警告的味道。

雨墨战战兢兢地坐在叶茜对面："姐，你今天好奇怪。"

"雨墨，如果我问的问题你不如实回答我，我们以后姐妹没的做。"叶茜没有半点开玩笑的意思。

"姐，你……"

"你别说话，听我说。"叶茜粗鲁地打断了她，"昨天晚上，小龙家里险遭枪击，嫌疑人使用的是制式枪支。"

"枪击？"听到这个名词，雨墨好像明白了什么。

"最近，焦磊老师家的小孩遭到绑架，冷主任的办公室被人撬开过，而且我们市局的监控网络还神不知鬼不觉地断开了一段时间。我翻看了科室之前办理过的所有案件的档案，没有一起案件的嫌疑人有如此大的本领。"

"所以你怀疑这些事有可能是我这起案件牵扯出来的报复行为？"雨墨已经彻底明白过来。

"除了你这起轰动全国的涉毒案件，我实在想不出谁能有这个胆量这么明目张胆地报复。"叶茜并不否认。

"你想从我这里知道什么？"

"这个你有没有见过？"叶茜点开手机相册，把那张铁质骷髅头的照片推到了雨墨面前。

"没见过！"雨墨扫了一眼便回道。

"你看仔细一点！"叶茜激动地说道。

雨墨早已收起了刚才的喜悦："姐，我知道他们对你很重要，尤其是那个司元龙，你每次探监的时候都把他挂在嘴边。你今天都能把'姐妹没的做'这句话说出来，说明在你的心里他们比我要重要得多。"

叶茜仿佛也感觉到自己说话有些欠考虑，十分抱歉地看着雨墨："对不起，雨墨，我不是那个意思，我只是……"

"姐，你不用解释这么多，有些事情我心里清楚。不管你怎么想，但在我心里，你永远摆在第一的位置，我早就把你看成了亲姐姐，所以姐你放心，我今天不是跟你赌气。

"我这起案件根本就没有漏网之鱼，最底层的带毒小马仔都被判了三年以上刑罚，集团的骨干成员全都是死刑立即执行，我实在想不出还有谁能去报复你们，你给我看的这个东西我也是第一次见。"

"雨墨，对不起，我不应该不信任你。"叶茜很快冷静下来。

"姐，你不要这么说，我知道你的脾气，我回去再好好想想，如果是我这一案的人干的，我会第一时间联系你。"雨墨看着叶茜有些憔悴的脸庞，态度也软了许多。

"嗯。"叶茜微闭双眼，点了点头。

十三

从钱币上提取的上百枚指纹被我　　扫描进了电脑中。根据死者妹妹马兰的说法，死者曾在案发前从某个人（A某）那里拿了四万元钱给养女糖糖做手术，要想侦破此案，必须要把A某找出来。

死者和A某都曾接触过这些钱币，理论上说，A某的指纹应该就隐藏在这上百枚样本指纹当中。我接下来的工作就是要把这些样本指纹进行细致的比对，看能否查实一些人的身份（补办二代身份证或者被公安机关处理过都会采集十指指纹）。只要能查实一些人的信息，就可以间接地搞清楚这些钞票曾经经过多少人的手，然后再按照指纹的新鲜程度，便可以判断出钱币流转的先后顺序，这样我就能推测出一个大概的钱币流通范围。在圈定的范围内再去调查，就相对简单得多。

思路是好的，操作起来却困难重重。由于很多钱币上油污较重，很多指纹的新鲜程度很难去判断，所以忙活了半天也就查出了几个人的身份信息而已。计划赶不上变化，看着一串串杂乱的指纹信息，我已经放弃了刚才的念头。

几个核查出的身份信息被我打印出来捏在手中，我刚一出门，就和着急往厕所狂奔的胖磊撞了个满怀。

纹丝不动的胖磊低头看着一屁股坐在地上的我，问道："你咋突然就出来了？"

"你还好意思说。"我起身揉了揉屁股埋怨道。

"库尔班·热合曼？"胖磊没有像往常一样跟我调侃，而是盯着我手中的人员信息表，读出了声。

"我×，磊哥，你这视力也太好了吧，字这么小都能看见。"我在确定他读的名字无误后，感叹道。

胖磊一把从我手中拿过资料，对着照片仔细地观察。

"他的户口迁入我们云汐时采集了指纹样本，难道这个大叔你认识？"我把头凑了过去。

"我不认识。"胖磊摇了摇头，然后又点了点头，"不对，我认识。"

"你到底是认识还是不认识？我怎么蒙了。"

"他就是那个卖馕的大叔，我这两天一直在筛选监控，绝对不会看错。"胖磊很肯定地说。

"死者接触的现金，这位卖馕的大叔也接触过，而经他手烤制的馕又被嫌疑人落在了案发现场，怎么会有这么巧的事？"我尽量将顺自己的思路。

"也就是说，嫌疑人、卖馕的大叔、死者，他们三者之间有金钱上的往来。"

"只有一种情况解释得通。"

"小龙你是说，死者最后见到的那个人（A某），其实就是凶手，而他从库尔班·热合曼手里买过馕饼。"

"目前这只是一种可能性的猜测，这里面还隐藏着其他的信息。"

"其他的信息？"胖磊有些不解。

我把胖磊领进痕迹检验室，打开了电脑。焦急地等待了几分钟后，我点开了桌面上标注有"库尔班·热合曼"字样的文件夹，三张百元大钞的扫描照片出现在电脑屏幕上："我在三张纸币上都提取到了他的指纹，磊哥，你看这里。"说着，我把鼠标对准了纸币左下角的编号：885，886，887。三张纸币连号。

"新钞？"

"这只是一方面。这三张纸币上都有两种新鲜程度相同的手印，一种是库尔班·热合曼的，另外一种手印未知。"

"未知指印会不会是银行人员留下的？"

"去银行取钱基本上使用的都是点钞机，银行人员的指纹只会在一沓钱的第一张和最后一张出现，ATM机取钱也是同样的道理，只有极少的钱币上会留下他们的指纹。就算有他们的指纹，我也可以通过指纹的分布规律把它排除掉，而在这三张纸币上不存在这种情况，我有理由怀疑那几枚未知手印是嫌疑人所留。"

"但是这能说明什么问题？就算有嫌疑人的手印，根本不知道这个人是谁，我们也无从下手啊！"

"我可以缩小很大的范围。"

"这怎么说？"

"磊哥，你告诉我，库尔班·热合曼出售馕的价格是多少？"

"他们家的馕比较大，一个要卖六块钱。"

"那问题就来了，百元纸币是我们国家发行的最大面额的钞票，如果嫌疑人只是正常购买馕，库尔班·热合曼的指纹怎么可能会留在嫌疑人所有的百元面值的人民币上面，而且一留还是三张？"

"对啊，如果嫌疑人拿着百元大钞去买馕，百元大钞会递出去，店老板的指纹不可能留在嫌疑人自己这一沓百元大钞上。"胖磊一拍脑门道。

"也就是说，这三百元钱不是嫌疑人递出去的，极有可能是他从库尔班·热合曼手中赚回来的。这样才说得通！"

"是这个理。"胖磊打了个响指。

"我们之前已经分析出，嫌疑人具有用扁担挑负重物长时间步行的能力，有可能是一个行脚商贩，店老板库尔班·热合曼会不会跟嫌疑人做过某种交易，而交易额是三百元？貌似只有这样才合理。"

"我完全赞同你的假设。"胖磊对我竖起大拇指。

"咱们要不要去一趟摸摸底？"

"当然要去！"

"问问明哥要不要一起？"

"去的人多了目标大，我回头跟他说一下，我们两个去就得了。"我家门口的枪击事件使得科室所有人做事都变得小心谨慎起来，尤其是出外勤。

"那好吧！"我点了点头。

"你去换衣服，我去明哥保险柜里取枪，顺便就把这事跟他说了。"

十四

在公安局的办案机关中，我们属于二线文职，和一线的刑警、治安警不同，我们出外勤不会配备枪支。可自从这接二连三的事情出来以后，明哥特意打报告申请了五支六四式手枪，并要求我们不管是谁，只要出去必须佩带。叶茜虽然是个实习生，但她已经具备了人民警察的身份，并且她早在去年就已经申领了持枪证，所以连她也不例外。从明哥下的这个死命令不难看出，他对这件事其实是高度紧张，并没有他说的那么轻松。

十几分钟后，我和胖磊开始在办公室内验枪，在确定枪支可以正常击发后，我们把弹夹推入枪中，并贴身藏于腰间。

"走！"胖磊冲我使了个眼色，我们两一前一后走出办公室，驾驶单位的民用车朝卢集镇农贸市场驶去。

我们赶到时，正好是下午农贸市场交易的高峰期，吆喝声、讨价声、招呼声此起彼伏，整个市场被前来买卖的人围得水泄不通。我们两个和市场里的行人多次碰肩以后，终于找到了这家挂着"特价烤馕"招牌的小店。

便宜、实惠应该是这家烤馕店最醒目的标签。此刻，偌大的馕坑前站满了排队等待的食客，洗脸盆大小的烤馕刚一出锅便很快被抢购一空。几个浓眉大眼的新疆小伙忙得不亦乐乎，而站在店内负责收钱的大叔正是我们这次要寻找的关键证人——库尔班·热合曼。

我和胖磊走上前，客气地出示了自己的警官证。

　　"你们好，警官。"库尔班大叔把右手放在自己的胸前，向我们微微欠身，友好地打着招呼。

　　"您好，打扰了。"我们也学着他的样子照做起来。

　　"里边请。"库尔班大叔用他那带有"新疆特色"的普通话热情地把我们引进屋内。

　　"您好大叔，是这样的，我们正在办理一个案件，需要向您打听几件事。"我趁他忙着倒水的空当，说明了这次的来意。

　　要不说嘴甜到哪里都受待见，这声"大叔"喊到了他的心窝里，他乐呵呵地把水递到我们面前："没事，你们尽管问，知道的我都说。"

　　"不知道您对这三张连号的纸币有没有印象？"我把打印出的照片递到了他的面前。

　　库尔班大叔低头看了一眼："有印象，这是我最近一次取的新钱。"

　　我眼睛一亮："什么时候取的？"

　　"应该有半个月了吧。"

　　"您一共取了多少？用它购买了哪些东西，您能回忆起来吗？"我小心地问道。

　　"取得不多，三千块钱，其中一部分买了芝麻、面粉这些常用的东西，另外一部分我买了一点材料。"

　　"材料？什么材料？"芝麻和面粉是市场的大通货，一般不会有人用扁担挑着售卖，所以我把希望全部寄托在了他口中的"材料"上。

　　库尔班大叔咧嘴朝向门外："我店里的这几个小伙子平时工作很辛苦，想吃切糕了，我就买了一些坚果、葡萄干之类的东西做了一点。"

　　"大叔，您能不能记起来单笔超过三百元的有哪些？"这个问题确实有些强人所难，事情都过去那么久了，谁还记得起这些琐碎的事情？我只是抱着试探的心理问道。

　　"记得！"库尔班大叔很给力地回答了两个字。

　　"您真的记得？"

　　"不是都说好记性不如烂笔头吗？我平时花钱都记账，我去给你翻翻账本子就知道了。"库尔班大叔说完转身朝里屋走去,我和胖磊兴奋得击了一掌。

"葡萄干240元,蜜饯450元,大枣166元,糯米185元,蔗糖410元,腰果310元,核桃330元……"库尔班大叔照着账单一一读了出来。

按照我们的分析,越是接近300元的货物越是可疑,所以经过层层筛选,腰果、核桃被我列为重点。

"这些东西您都是在哪里购买的?"

"这么大的农贸市场,什么没有卖的,我都是在市场里买的。"

"都是在店铺里?"因为嫌疑人很有可能是行脚商人,所以在店铺购买的东西都可以先行排除。

"除了核桃,其他都是。"

"什么?您确定?"我本以为还要继续问下去,没想到库尔班大叔直接给了我最终的结果。

"确定,当然确定。我本来想直接买核桃仁的,可店里的小伙子怕加工好的核桃仁不新鲜,要买干核桃自己加工。市场里经常有人挑着担子吆喝,那天我正好碰上,就买了一些。本来核桃的价格是339元,那个商贩很好说话,给我抹了零,我看他人蛮不错,就给他切了两个烤馕带上。"

听到这个结果,我和胖磊相视一眼,激动万分。

"您能不能形容一下这个人的体貌特征啊?"我强忍着兴奋,继续问道。

"身高嘛,和你差不多,四十多岁,身体蛮壮实。"

"穿着呢?穿的什么衣服?"

"黑色褂子,蓝色裤子,前几天下雨,他脚上穿的是短胶鞋。"

听到这个描述,胖磊已经心中有数,剩下的工作只是从烤馕店门口的城市监控中筛选出符合条件的嫌疑人。告别了库尔班大叔,胖磊一踩油门直奔单位,很快,嫌疑人清晰的照片被他从视频中截取出来。刑警队依据照片开始连夜摸排,最终在行动技术支队的配合下,嫌疑人许力在云沙市马巷村一民房内被抓获。老贤在许力的房间内提取到了死者的人体组织碎末,用于分尸的菜刀也一并起获。三张百元面值的钞票上,未知指纹正是许力所留。铁证面前,许力难逃法网。

十五

"许力，你还有什么好说的？"明哥坐在审讯桌前，望着铁栏杆后边的中年男了问道。

许力闻言，略带疑惑地望向我们，他似乎还没弄明白，我们怎么在这么短的时间内找到了他。

"人在做，天在看，别以为自己做得天衣无缝，是狐狸终究会露出尾巴。"明哥威严正色道。

"我他妈这是作的什么孽啊！"许力在毫无预兆的情况下喊出了声。

"知道自己作了孽，就不要在这里跟我们打嘴官司，把事情的经过仔细地说一遍。"我能明显感到，最近一段时间明哥的情绪很不稳定，从他问话的语气上不难看出，他很想早早结束这场审讯。

许力哭丧着脸："我本来不想杀她的，是她逼我这么做的。"

"说说情况。"明哥的语气稍稍平稳了一些。

许力露出一副绝望的表情，盯着自己双手上的手铐沉思了一会儿，接着张口说道："我是花山市眉山县人，因为土壤和气候的关系，我们那里只长核桃，村里人都指着大片的核桃林过活。

"村子在山里，交通不便，核桃销量并不是很好。为了一家老小的口粮，村民们不得不走出大山寻找出路。也不知道是谁提出，把核桃运到别的地市去卖，这样可以保证赚到更多的利润。这个提议得到了村里所有劳动力的一致认同。后来在村主任的组织下，我们纷纷挑着扁担走出大山，当起了货郎。一到核桃收获的季节，家乡的人就会将核桃晒干装入袋中给我们发来，我们接到货再走街串巷地吆喝。我这一干就是十几年，每年只有春节那几天才能和家人团聚。

"前些年吃核桃的人少，我们的日子过得紧巴巴的，这几年不一样了，人们都知道吃核桃可以补脑，所以销量还算不错，东西卖得好，我手里也就有了些余钱。有句话说得好，男人有钱就变坏，我一个大老爷们常年在外，也有正常的生理需求，有时候实在憋不住了，我会偷偷去找'小姐'，就是因为这个，我认识了花姐。"

许力紧闭双眼，仿佛不愿去回忆这件事，但心里的矛盾几次交锋之后，他还是开了口："说实话，一开始跟花姐接触的时候，我觉得她是挺善良、温柔的一个人，我对她没有任何的戒心，经常喊她来家里过夜。为了证明我没有看错人，有几次我还偷偷地试探过她，我把卖了一天的货款故意放在她能看见的位置，想看看她会不会顺手牵羊，几次试探之后，我对她彻底放了心。

"每次陪我过完夜，花姐都会起早给我做一碗鸡蛋面补补身子，其实要不是介意她的身份，我真想就在云汐市跟她过了。我们相处了大半年都没有发生过任何不愉快，可就在半个月前，她竟然偷走了我一年的积蓄，整整四万块。"

"你把这件事情的前因后果仔细地说一遍。"明哥说完，转头小声吩咐叶茜认真记录。

许力点了点头："我和花姐在一起也不是一天两天了，她平时来我这里过夜，我们都以老公老婆相称，所以她对我这里的情况了如指掌，包括我平时把钱藏在哪里她都一清二楚。

"我记得那天我贪了点生意，两袋核桃卖完已经是晚上九点多，我一到家就发现屋子的木门被撬开，屋子里没有任何翻动的痕迹，但我塞在核桃堆里的整整四万块钱没有了，我顿时觉得脑袋都要炸开。我藏钱的地方，除了花姐没有第二个人知道。而且我租的房子在农村，偏得很，平时开着门都不会有人进，根本不会有小偷来。

"当时我还对花姐极其信任，不相信这件事是她干的，于是我就给她打电话想问问，可她怎么都不接我的电话。平常我的电话她基本上都是瞬间接听，绝对不会发生故意不接电话的情况，除非她有事瞒着我。

"四万块钱对我来说不是小数目，我不可能就这样善罢甘休，可等我再接着打她的电话时，她的手机竟然关机，这就更证实了我的猜测，钱绝对是花姐拿的。

"之后的几天，我满世界去找她，她总是跟我打游击战，我当时实在气不过，就发短信告诉她，如果不还钱，我就报警，让警察抓她。我的手机有提示，短信刚一发出去，就提示被打开了。结果当天晚上，花姐来我家找我，亲口承认钱是她偷的。

"说实话，虽然她是个'小姐'，但是在我心里，我对她还是有那么一点感情在，否则我也不会让她知道我平时藏钱的地方。虽然我知道这件事十有八九是她干的，但是这话从她的嘴里说出来，我还是觉得有些伤心，毕竟在某些时候，我对她是动了真感情的。"

许力说到这儿，忽然变了一副模样，面目狰狞地说道："难怪人家都说，婊子无情，我还天真地以为花姐跟别的'小姐'不一样，哪里知道天下乌鸦一般黑，她这是把我当猪养，等养肥了一刀杀。她这招简直太狠了，一点情面都不留，我辛辛苦苦一整年，她个×养的一次性给老子偷完了，我肯定不愿意。我当时就掐着她的脖子让她把钱给我吐出来，她说钱已经花了，可以给我打个欠条慢慢还，要不就是掐死她，她也没有钱还。

"我上了一次当，怎么可能再上第二次？她这老树枯柴的模样，在公园里三十块钱一次都没人愿意搞，四万块？她卖三年也不可能还上。她明显是在敷衍我，我当时实在忍不住怒火，抓起核桃锤子，就往她头上砸了几下，可没想到，我下手过重，把她给活活砸死了。

"等缓过劲来，我害怕极了，可仔细一想，我平时和花姐都是暗地里联系，而且她也告诉过我，她在云汐市也没有亲戚朋友，所以我就抱着侥幸心理，认为只要把尸体给处理掉，就可以神不知鬼不觉了。"

"你是怎么想到要分尸的？"明哥张口问道。

"我一开始没想过要分尸，但是花姐实在是太胖，我根本扛不动，而且我明目张胆地扛着尸体出去怕被人看见，所以我就想把尸体剁成尸块，装在袋子里好运一些。"

"嗯，接着说。"

"我拿着平时切菜用的刀把花姐的尸体给剁成了小块，接着放进了我装干核桃的编织袋中。我之前下乡卖核桃时，曾经经过一座石拱桥，那里的河水已经干了，平时也没人去，我打算把尸体扔在那里。确定好地点后，我挑着两个编织袋出了门。"

"你出门的时候有没有带吃的？"明哥提醒了一句。

许力十分惊愕地看着明哥："你们连这个都知道？"

"有还是没有？"明哥敲了敲桌子，示意他拐入正题。

"有，有，有。"许力连连点头，"肢解尸体太费体力，出门的时候我觉得有些饿了，就把头天的馕带了几块在身上，接着就趁夜上路了，到石桥时还有一块没吃完，我本想带回来的，可是琢磨着有些不吉利，就扔进桥洞里了。"

根据许力的口供，所有的细节一一得到印证，这一场看似无解的抛尸案，总算是有了一个圆满的答案。

尸案调查科

第七案

公路杀手

无间行者

一

晚饭刚过，大圩村的一对中年夫妇坐在堂屋内愁云满面。

"咱们村的地是不是都收完了？"男人捏着烟卷问道。

"都收得差不多了。"女人边剥着花生仁边回答，有些心不在焉。

"今年有没有什么动静呢？"

"暂时还没有。"女人有气无力地摇了摇头。

两人这话匣子刚打开，一个戴着红袖章的老年男子推门弓着腰走了进来。

"都在家吗？"

"呦，主任来啦。"女人放下手中的活，八面玲珑地起身相迎，男人却不以为意，依旧坐在板凳上抽着闷烟。

村主任也不客气，径直走到了堂屋内，找了一张长条板凳坐下："我今天来就一件事，早上已经在村里的大喇叭里广播过了，按照上头的指示，我必须要把这个事情挨家挨户地传达到位，所以我特意再亲自跑一趟。"

"这一家家的要跑到啥时候？主任吃了没？要不然我去给你炒俩菜、温壶小酒，你和我们家建林喝两盅？"女人赔着笑说道。

村主任听言微微一笑，接着用余光瞥了瞥坐在自己对面的男人，他这才发现，男人从他进门到现在都没正眼瞧过他。作为站在村中权力巅峰的人，这让他很没有面子。他收起笑容，表情严肃地回道："桂荣，你就别忙活了，我看建林也没心思跟我喝酒。"

女人哪里看不出来村主任的变化，略带埋怨地走到男人身旁用胳膊捅了捅："主任问你话呢，你怎么跟个木头疙瘩似的？"

男人依旧有些不悦，在女人的劝说下这才转身正视村主任。

"怎么，对我有意见？"村主任见男人没有给他递烟的意思，自己从口袋中掏出了一根软趴趴的红梅香烟。

村主任刚想点火，女人慌忙从桌子上抽了一根递了过去："主任抽这个，建林从外地带回来的好烟，十几块一包呢。"

"乖乖，看来这建林在外地挣到钱了，抽这么好的？"

"他平时哪里舍得抽这个，这不农忙的时候带回来给村里人尝尝鲜。来来来，主任，我给你点上。"女人啪嗒一声按动了打火机。

村主任虽然对男人一肚子怨气，但是对女人的招待还是相当满意，他笑眯眯地把自己的烟卷收回烟盒，从女人手中接过那支印着"金盛"字样的烟卷叼在口中。女人见状，把火苗送到烟卷跟前，村主任稍一吸气把烟卷点燃了。

村主任惬意地深吸一口，跷起二郎腿："咱们言归正传，今年按照乡里的指示，禁止焚烧秸秆，保护环境，人人有责！"

男人头一横："我就一大老粗，保护环境关我屁事。"他这一张口，差点把村主任顶到南墙上。

"哎，我说陈建林，你是不是不识好歹？敬酒不吃吃罚酒是不是？有本事你烧个试试？村头的横幅都挂了，谁敢烧，拘留十五天，罚款三千！"村主任涨红着脸，指着男人气急败坏地喊道。

"主任，我们家建林刚从外地回来，不知道乡里的情况，您别上火。"女人赶忙上前劝说男人，"你怎么属炮仗的，一点就炸，快给主任赔个不是。"

男人丝毫不买女人的账，而是起身说道："主任，你也是庄稼人，这秸秆都烧了半辈子了，你说不让烧就不让烧？不让我烧，行，你找人把地里的秸秆给我拉走。"

"你想得倒美，谁家不是自己解决，就你家特殊？"村主任胡子都快气歪了。

女人看实在劝不动这两个二性头①，一屁股坐在门框上不再言语。

男人不依不饶："不是我们家搞特殊，是我们家本来就特殊，你又不是不知道。"

"我知道什么？"

"我常年在外打工，孩子在县城上学，家里就桂荣一个人，她不光要下地干活，还要照顾几个老的。我们厂老板给我打电话了，让我最迟后天一早回去，你说说，十几亩地，指望我和桂荣怎么弄？"男人一肚子苦水。

"谁家不是这个情况。怎么弄？慢慢弄！"

"主任，咱们说话可是要摸摸良心，村里像我这么大的，哪家不是姊妹弟兄一大家子？当初就因为我家里穷，老娘只养活了我一个。别人家活干不完，兄弟姊妹们还能帮衬帮衬，你说我们家指望谁？现在桂荣身体还不好，不能干重活，地里的秸秆要不清理掉，我来年还种不种地了？我这一大家子吃什么？"

男人越说越来劲，这番话让村主任也哑口无言，因为他说的确实是客观情况。

男人接着说道："家里两个孩子的学费全指望我在外打工赚两个钱，这农忙，我好不容易请了几天假，我再不回去，人老板就要把我给辞掉，你说我咋弄？"

"我管你咋弄，反正就是不能烧！"村主任憋了半天，甩下一句话，拂袖而去。

"他妈的！这是把人往死里逼！"男人对着村主任的背影吐了一口唾沫。

---

① 土话，倔脾气的意思。

"算了建林，这事也不是村主任能决定的，不行我慢慢干，你走你的就是。你是家里的顶梁柱，可不能气坏身体。"女人心疼地帮男人抚了抚胸口。

"我走了，这一家子全都靠你，这么多地，你要弄到什么时候？"男人温情地看了女人一眼。

"嫁鸡随鸡嫁狗随狗，谁让我摊上你了呢，再累我也干了！"女人娇羞地朝男人身上捶了一拳。这个小小的动作，忽然点燃了男人心中的欲火，他一把将女人扛在肩上，朝里屋的大床走去。

"你干啥？"女人微红着脸喘着粗气。

"我干啥你不知道？"男人笑眯眯地盯着躺在床上的女人。

"这一天都三回了，你可真有劲！"女人一副任人宰割的模样。

"后天回广州可就碰不上了，来吧！"男人如饿虎扑食般趴在了女人的身上。

大口大口的喘息声，木床嘎吱嘎吱的摇晃声，持续了将近一个小时。当屋内昏黄的灯光再次亮起时，已是晚上九点多钟。

女人的头埋在男人的胸膛上，一脸的满足和幸福。男人倚在床头，习惯性地点燃了烟卷，看着窗外发呆。

"想什么呢？"女人最先打开了话匣子。

"还是秸秆的事。"男人冲动之后归于平静，心头的疙瘩还是没有办法解开。

"这打工不好打，现在种地也不好种了。往年都没有规定那么严，还能偷偷地烧，今年可倒好，又是罚款又是拘留，咱这一季庄稼最多能赚多少钱？根本不值当。"女人也倒出了心里的苦水。

"去年不也是不让烧，村主任他小孩的舅不照烧不误？我看也没×事。"男人有些不服。

女人在男人身上轻轻地一掐："你呀！别跟村主任过去，他们家在村里的势力很大，咱得罪不起，你不在村里不知道，他们家横着呢。"

男人摇摇头："我咋会不知道，他们家那点破事谁不讲，在外面舌头根都被嚼烂了。你看他今天来，我有没有给他好脸子？我最瞧不起这种仗势欺人的种。"

"小声点，别让人听到。"

"就算是听见又能把我怎么样？"

"得得得，就你能，有本事你也当个村主任瞧瞧。快睡觉吧，别扯那没用的了，明天一早下地能干多少干多少。"女人一掀盖被，拱进了被窝。她本以为男人会紧随其后，可她在被窝里翻了好几个身，男人依旧靠在床头。女人感觉到了男人的变化："你到底睡不睡了？"

"等会儿再睡！"男人心事重重，一口一口地抽着闷烟，敷衍了一句。

"随你，你不睡，我睡了。"女人伸手拉灭了屋里的灯泡。

两支烟抽完，屋内响起了女人的鼾声，男人小心地侧头望了望，确定女人已经熟睡以后，他小心翼翼地穿衣下床，趁着夜色推门而去。

出了院门，男人鬼鬼祟祟地四处观察，确定四下无人以后，他撒开腿往村子东边跑去。借着月光，他闪进了一处弧形的山丘内，山丘仿似一道天然的屏障，把村子隔开。山丘的另外一侧是几亩庄稼地，以及一条平时鲜有人走的水泥路。

此时地里倒伏着大量的秸秆。男人丝毫没有犹豫，从地里抓起一把秸秆拧成火把的形状，接着从口袋中掏出火机点燃。他手中的秸秆越烧越旺，火焰朝着路的方向不停地摇摆。

"风朝北刮，这样我就不用担心烧到山上的树了，这简直是天助我也！"男人兴奋地蹲下身子，沿着田地一周，点燃了秸秆。低矮的火焰一路北上，空气中弥漫着呛人的烟熏味，燃烧的速度很快，不一会儿火焰已经吞噬了大半田地。

"照这速度，最多半个小时就烧完了，明天起早点把土一翻，谁知道？"男人自信地拍了拍手中的尘土，扬长而去。

"你干啥去了？"男人回到家中，吵醒了枕边的女人。

"我把山沟里的那几亩地给点了！能少干一点是一点。"男人答道。

"啥？你疯啦？你要是被拘留了可咋办？"女人瞬间被惊醒。

"你傻啊！山沟那边就咱们家的几亩地，还有山挡着，谁会知道？咱们赶紧睡觉，明天起早点把地一翻，不就神不知鬼不觉了吗？"

"这能行吗？"女人有些忐忑。

"指定行，如果真的查到了，就说是我烧的，反正我后天一早就走，他们还能去广州找我咋的？"

"说得也对！"女人最终还是被说服。

睡到凌晨四点钟，两人便麻溜地起身，偷摸出了门，走了半个小时后，两人站在了山沟的几亩田地旁。

"乖乖，还是这个快！"女人用手电筒照了照被烧得黢黑的几亩地。

"乖乖个啥乖乖，赶紧干活。"呸，呸，男人往手心里吐了两口唾沫，举起锄头便开始翻土。女人也不甘示弱，紧跟着也举起了锄头。

夫妻二人从伸手不见五指，一直干到天蒙蒙亮。

"你看这多快，要是村里的地也能烧，保准今天一天就干完了！"男人站在田埂上看着几个小时的劳动成果，感叹道。

"建林，那是啥？"女人指着男人身后喊了一句。

"啥？"男人转身望了过去。

此时太阳已经露出了头，周围的景物不再是黑乎乎一片。

"是汽车！"男人还没开口，女人就已经开始抢答。

"这里怎么会停一辆汽车？"男人看着已经被烧得面目全非的汽车有些愕然。

女人看清眼前这一幕，突然号啕大哭起来："叫你不要烧，你非要烧，这下倒好，你把人汽车给点了，这得赔多少钱？"

"你喊什么喊，是不是怕别人不知道。"男人心烦意乱地瞅了瞅脚下，忽然一个细节引起了他的注意，他蹲下身子，看着田地最北端没有燃烧完全的秸秆有些欣喜。

"这车肯定不是我烧的，你看，这地头的秸秆都没烧完，而且这儿还有半米宽的田埂挡着，这火怎么可能烧到大路上去？"

听男人这么说，女人的哭声戛然而止："那这是谁烧的？"

"不管是谁烧的，肯定跟咱没关系，去看看再说。"男人鼓起勇气走了过去，女人也战战兢兢地跟在他身后。

女人还没有看清楚情况，站在驾驶室附近的男人突然惊得一屁股坐在地上："烧……烧……烧……烧死人啦……"

三

从上一起命案到现在，已经过去了有两个月的时间，在这两个月的空当，明哥没有像平时一样给我们安排事务性工作，而是让叶茜带着我们练习警务技战术。射击、格斗、体能训练成了我们这两个月的主力活。他之所以这么安排，主要还是担心出现什么紧急情况。关于"报复者"的调查依旧没有任何进展，安全起见，连科室院子的大门都安装了指纹识别系统。俗话说，明枪易躲暗箭难防，这也是不得已而为之。

上班这么多年，我从来没有觉得自己这么憋屈过，出去买个东西身上还要藏把枪。叶茜倒是乐意得很，可对我这个射击菜鸟来说总是觉得很不自在。

早上刚一到单位，就看见叶茜把她随身带的那把六四手枪完全分解，接着又拿出棉布开始上枪油，这几乎成了她每天早上的必修课。

枪油刺鼻的气味让我有些抵触情绪："你整天摆弄这东西，也不嫌烦，要不然我把我的也给你！"

"得了吧，别回头'骷髅男'盯上你，你好歹有个保命的东西。"叶茜调侃道。

"唉，我就纳闷了，'骷髅男'这两个月蛮老实啊，一点动静都没有。"

"会不会他已经知道了冷主任在调查他，这段时间收敛了？"

"我有时候都觉得这家伙就通过院子里的监控视频，看着我们的一举一动。"我抬头瞄了一眼院子外三个监控摄像头回了一句。

"别说得这么瘆人好不好！焦磊老师不是说，科室的监控被单独剔了出来，除非'骷髅男'有省厅的权限，否则他不可能看到我们这里的监控画面。"

"嘿嘿，我就这么一说。"

话音刚落，胖磊推门走了进来："去大圩村出警。"

"命案？"我和叶茜异口同声。

"是不是命案暂时还不清楚，说是在路边发现一辆烧得只剩下框架的车，车的驾驶室内有人被烧死，你俩抓紧时间。"

"马上！"

大圩村位于云汐市舜耕山脉的最东边，往北直行三公里，便是经济技术开发区，要不是这里多山的地理环境，估计这一带的村庄都会被划在发展的范围之内。

虽然是农村，但路修得却很宽敞，我们的勘查车沿着一条不规则的盘山公路环行一周，接着直行一段距离，便来到了案发现场。

现场所处的位置让我心里一紧，这里是山脚下延伸出来的一段水泥路，路呈东西走向，路的西边有岔路，可以上山，也可以出山，路东十几米处是山体。路北是几座低矮的小山坡，路南面则是几亩空旷的田地。环境如此封闭，除非玩"车震"，否则很少会有人选择来这里。

汽车头部撞在路边的水泥电线杆上，被烧得发白的汽车框架如同模型一样摆在我们的面前。

"难道是交通事故导致的自燃？"我在心里猜测。

正在这时，徐大队走了过来。

"冷主任。"

"什么情况？"

"报警人是大圩村的村民陈建林，路南边的几亩地就是他们家的，早上他们夫妻两人过来翻地时，发现了路边的这辆车，并在汽车的驾驶室里看见了一具烧焦的尸体。"

"一具？"我张口问道。

"对，就一具。"徐大队合上了笔记本，点头回道。

"如果是一具，就不会是'车震'，那交通事故的可能性就大一些。"我自言自语道。

"小龙，去看看起火点。"

"好！"我提起勘查箱，应声朝车子走去。

车子燃烧得很彻底，连底漆都被烧得面目全非，这给我判断起火点带来了极大的便利。这起案件要想准确地判断起火位置，最重要的一点就是看汽车框架金属的氧化物情况，燃烧会加剧氧化反应，这样在起火点的位置会有大片的氧化物堆积，车辆燃烧得越是完全，氧化物堆积的情况越明显，就更加有利于我的判断。

我提着勘查灯绕了一圈，随着对车辆概貌的彻底查看，我的心也沉入了谷底。

"小龙，怎么了？"胖磊站在我身边问道。

"很有可能是命案。"

"什么？你怎么判断的？"

我指着驾驶室一根黑乎乎的金属物说道："从表面上看，这是一起交通事故，但是我仔细地观察了车头的位置，几乎看不到金属变形的情况，说明车辆的撞击力并不是很大，根本不足以引起汽车的自燃，这是其一。

"其二，车的前后位置都没有车牌，这是有意的伪装。

"其三，我刚才手指的位置，是汽车的手刹，手刹是处于拉起状态的，如果是突然的交通事故，驾驶员怎么可能在万分紧急的情况下拉手刹？话又说回来，他都能反应过来拉手刹，那为什么不知道往田地里开？四周啥也没有，就一根水泥电线杆子他还一头撞了上去，这一点根本解释不通。"

"嗯，说得没错。"

接着我又指了指驾驶室的头顶位置："这里就是起火点，火应该是从驾驶室最先烧起来的，这就更不符合常理了。"

"如果是从油箱处烧起来还好说。"胖磊补充了一句。

"对，所以我觉得，这可能是一起命案。"

得到了初步的勘查结论，我把情况跟明哥做了一个详细的通报，认定事情有蹊跷以后，他把装尸袋往地上一铺，准备先检查尸体做一个判断。

四

虽然尸体皮肤表面已经高度炭化，但通过未燃烧完全的内脏和骨骼还是可以发现一些问题。如果是钝器伤致死，那头骨肯定会有凹陷或者变形；如果是锐器伤致死，那么人体的主要器官上也会留下相应的刀口。要想给这起案件下一个百分之百的定论，从尸体上去寻找答案再合适不过。

我刚想用力抬起尸体，突然双手一轻，两块烧得外焦里嫩的肌肉组织被我硬生生从尸体上扒了下来。

"炭化得很严重，看来还是在车里检查吧。"明哥从我手里接过那两块已经被烧熟的肌肉组织，小心翼翼地摆在装尸袋上。

"焦磊，你从副驾驶位置拍照。"明哥帮他选了一个取景点。

"明白。"

待胖磊准备好以后，明哥从工具箱中拿起镊子和手术刀，开始对重点部位进行检查。

死者皮肤下嫩黄色的脂肪组织燃烧殆尽，剩下的只是一些紧贴内脏的肌肉组织，颜色就像是去皮的烤鸭肉，有些泛白。明哥用镊子掀起一片片被烧得焦黑的皮肤开始检验，随着镊子的抬起放下，车里飘来了阵阵烤肉的味道。

"焦磊，这里！"明哥突然提高嗓门，指着死者胸口的位置。

"三处刀口？"胖磊拉近了相机的焦距，透过镜头，尸体上细微之处被放大。

"杀人焚尸！"明哥给这起案件下了最终的定论。

听到这个结果我们都倒吸一口冷气，在所有的命案中，焚尸案可以说是最难办的一种，现场物证破坏严重，很多时候根本无从下手。回想起我上班这些年办理过的几起焚尸案，没有一起可以轻松破案，基本上都经历了九转十八弯。

"小龙，去找找车的车架号和发动机号。"案发现场在水泥路的路边，根本留不下脚印，就算车里会留下指纹，经过大火的焚烧，也基本被完全破坏。当我正在发愁从哪里开始勘查时，明哥已经给我找了一条捷径。

他口中的"车架号和发动机号"就像是人的身份证号码一样，是车的唯一识别代码，尤其是发动机号，它是在车辆出厂时便刻在汽车发动机上的，就算是大火焚烧，也不可能将其破坏。汽车虽然是动产，但必须要在车管所办理入户手续，之后才可以上路，也就是说，每一辆在路上正常行驶的车辆都会在车管所备案。我们只要找到车的发动机号，就可以轻松地查到车辆的所有人，嫌疑人能驾驶这辆车杀人焚尸，车辆所有人或许跟这起案件没有任何关联，但这条线完全可以作为整个案件最为有力的开端。

希望越大，失望也就越大。当我把发动机印有号码位置上的浮灰擦去时，一条整齐的金属摩擦痕迹出现在了我的面前。

"发动机号被打磨了？"胖磊不可思议地瞪大眼睛。

我指着泛着金属光泽的痕迹说道："新鲜痕迹，嫌疑人是在汽车燃烧之后打磨的，打磨痕迹十分规整，他使用的是专业的工具。如果我猜得没错的话，这应该是市面上常用的手持充电式打磨机留下的痕迹。"

"难道嫌疑人是有备而来的？"

"不管是不是有备而来，我至少可以证明一点。"

"证明什么？"

"汽车燃烧需要时间，嫌疑人能等到汽车燃烧之后进行打磨，说明他有可能在周围的某个位置暗中观察，路的南边是农田，东边是垂直的山体，只有路北边的矮山坡嫌疑最大，所以我们的勘查范围要扩大。"

"嗯，很有道理。"明哥用赞许的眼光看着我。

大家按照我的指引，往北推进了不到二十米，就找到了一处坑洼的地方，我在周围发现了大量的"黄山"烟头，这使得我们喜出望外。

"这里正好可以看到车子！"叶茜站在坑前用手一指。

云汐市舜耕山脉杀人焚尸案现场示意图

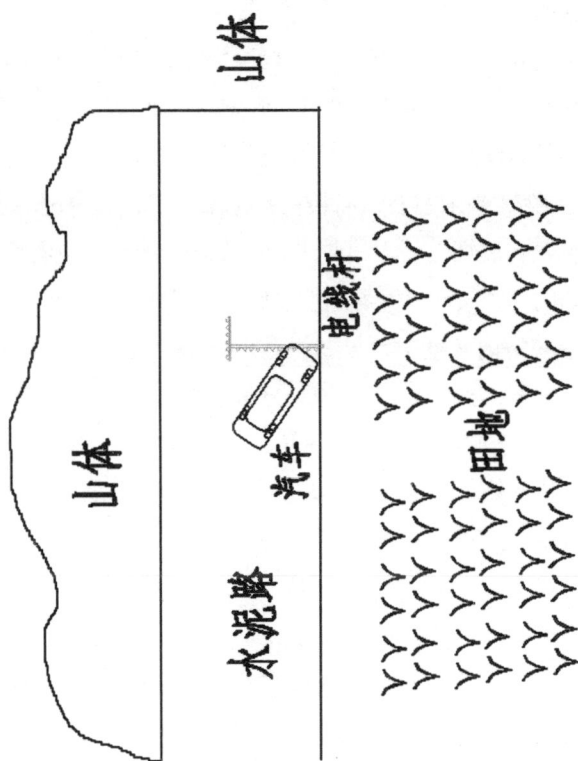

(N)

山体

山体

水泥路　汽车　电线杆

田地

制图单位　云汐市公安局刑事科学技术室

制图人　司无戈

"周围杂草丛生，根本不会有人到这里，烟头应该是嫌疑人留下的，不会错。"明哥环视四周情况后，很确定地说道。

"不对啊！"我蹲在烟头附近有了疑问。

"怎么了，小龙？"

"我怀疑在汽车燃烧的过程中，嫌疑人很有可能离开过。"

"哦？你这是怎么判断的？"明哥问道。

我指着坑里的四根烟头解释道："这种'黄山'烟是我们湾南省的特产，去年办理那起强奸杀害女学生的案件后，我曾对多种烟卷进行了分析。

"一支烟卷的重量约0.88克，烟蒂的重量约为0.13克；一支烟卷的长度约为84毫米，直径在7.2毫米左右，周长在24毫米上下，其中过滤嘴内海绵长度为22毫米，过滤嘴包裹烟丝处为11毫米，一支烟所能产生的烟雾量约为450毫升，这些是香烟的基本属性。了解属性以后，我又接着分析了它的其他特性。

"一支烟卷在室内环境中，自燃将近10分钟；在门窗打开或者有自然风流动的情况下，需要7至8分钟，几乎是1分钟燃烧1厘米。"

说着，我拿起一根烟卷蹲在坑中说道："这里的烟灰多呈圆柱形，且烟头位置被唾液浸湿量比较小，说明嫌疑人基本上没有抽几口，而正常人在不抽烟时，他的手应该是自然下垂，燃烧的烟卷就被放置在了凹陷处，再加上四周有杂草遮挡，这基本上形成了一个'室内'环境，按照类比推断，嫌疑人手中那支烟卷的燃烧速度接近1分钟1厘米。

"在这个坑中，完全燃烧的烟卷只有三支，另一支只是刚刚点燃就被掐灭，他掐灭烟卷是准备离开这里，这时候汽车的火可能已经熄灭。按照一支烟燃烧完全需要8分钟推断，嫌疑人在这个坑里最多只蹲了半个小时。"

"我不同意你的观点。"叶茜反驳道，"这万一他之前没有抽烟，一直憋到最后半个小时才抽的呢？或者他烟盒里就四支烟卷怎么办？"

"你说的这一点从犯罪心理上解释不通。"明哥此时开了口。

"冷主任，这怎么说？"叶茜问道。

明哥解释道："从嫌疑人没有抽完就掐灭烟卷来看，他烟盒里的烟卷应该很富余，肯定不止四根。人在犯罪之后会产生极度紧张的心理，尤其是刚作完案之后，这种焦躁的心理情绪最为严重。为了排泄这种情绪，他必须要有所发泄，抽烟是嫌疑人选择最多的方式。正常情况下，车辆被点燃的那一刻，嫌疑人口袋中如果有烟，那他就有可能在第一时间点燃，而且一根接着一根地抽。一辆汽车从点燃到燃烧殆尽最少需要几个小时的时间，小龙推算的嫌疑人抽烟的时间满打满算只有半个小时，很显然太短了，就算是嫌疑人中间有间断，这也不符合常理。唯一能解释的是，嫌疑人在点燃汽车时，选择离开了现场；在汽车燃烧殆尽时，他又折返回来在这里蹲着。"

"烧了就烧了，他为什么还要回来？"叶茜有些不解。

"我怀疑他是去取专业的工具打磨发动机号。"我提出了一种假设。

"完全有这个可能，不过这个观点还需要其他的证据作为支撑。"明哥保持中立的态度。

"现在尸源和车都查不清楚，该从哪里开始下手？"叶茜说出了现在的窘境。

"查车应该不难。"老贤慢悠悠地开了口。

"不难？车被烧成这样子，车牌照、车架号、发动机号都没有，该怎么查？"胖磊实在想不出老贤能有什么妙招。

老贤不紧不慢地把坑洼处的烟头分装在物证袋中，接着他扶了扶眼镜，瞟了一眼那辆被烧毁的轿车开口道："我刚才看了，车牌照和车架号的铭牌都在明处，估计车子被点燃之前就给去掉了。"

"这还用你说，我们早就发现了。"胖磊呛了一句。

"所以我只能从发动机号上入手。"

"怎么入手？难不成你还能把磨掉的发动机号给复原？"胖磊调

侃道。

"嗯，差不多就是这个意思。"老贤认真地点了点头。

"我×！"

"×！"

"不会吧？"

除了明哥，我们都惊声尖叫起来。

"这有什么好大惊小怪的？"老贤把烟头物证整齐地摆放在物证箱里，不以为意地回了一句。

"贤哥，你是不是说真的？"我又确认了一遍。

"其实这个跟你的学科领域也有交集。"老贤对我解释道，"汽车的发动机号，其实就是冲字工具在机械外力的作用下，在金属客体上冲撞挤压出凹陷型的立体痕迹，这些痕迹由字母与数字组成，排列出发动机的唯一识别代码，就像人的身份证一样。"

"我×，贤哥，你解释得可真专业！"我冲他竖起了大拇指。

老贤面对我的夸赞，表情没有丝毫的变化，他接着说："而发动机在冲字的过程中，金属体的机构收到外力破坏，而发生了变化。嫌疑人用工具打磨，只是将原本可见的号码毁去，以达到肉眼不能辨识的目的，然而金属体在冲字的过程中，内部的属性已与之前不同，这个变化用肉眼是看不见的。我可以使用化学试剂进行干预。由于金属体的密度差异，会导致未被破坏的表面与破坏后的表面和化学试剂的反应速率发生变化。另外，金属体的疏密结构不同，对反射光的吸收也会存在差异，我只要稍加调制，将反应过程用影像的方式记录下来，接着降低播放速率，就完全可以把磨掉的发动机号给再次显现出来。"

"你牛×！"我佩服地说。

"处理发动机号就交给国贤，我们接下来还有一件事需要处理。"

"什么事情？"

"尸表检验。死者是心脏锐器伤，我们在现场并没有发现任何血迹，这里应该只是移尸现场，杀人第一现场不在这里。"

我们纷纷表示赞同。

明哥接着说："你们有没有注意到死者被焚尸时的姿势？"

在明哥的提示下，胖磊翻开相机，把原始照片放到最大："脚部撇向南方？"

"对，车是东西停靠，车头向东，车尾向西，如果死者是在驾驶室被害，那他的脚尖应该朝向东方才符合常理，但是你们看这个现场，死者的双脚脚尖全都指向南方，也就是副驾驶的位置。"

"明哥你是说，尸体本来是在副驾驶室，嫌疑人焚尸前，从副驾驶室移尸时才造成了这种情况？"我已经完全领会了明哥讲话的精髓。

"小龙说得没错，从这一点也能证明，死者在来到这里之前已经被害，不过保险起见，国贤一会儿再提取一点死者的心血检验一下，看看有没有碳氧血红蛋白的成分。"

"好的，明哥。"

"这个可以先放一放，先抓紧时间把发动机号给处理出来，查出车源最重要。"

"行！"

"叶茜！"

"冷主任，您说。"

"通知刑警队，时刻关注最近几日失踪人口的报案，一有情况及时反馈！"

"明白。"

两个小时后，焚尸现场基本固定完毕。痕迹检验没有收获，尸体解剖只确定了死因，路口的视频监控因为没有相关的参照，暂时还起不到任何作用，刑警队那边的调查也没有任何结果。现在案件调查能不能进展下去，只能看老贤的了。因为现场提取的检验样本量比较大，我和叶茜主动去老贤的实验室内打起了下手。

人们都说，认真工作的男人最迷人，这话说得一点也不假。别看老贤平时有些书呆子气，他在检验时那种锐利的眼神，无时无刻不散发出一种知性男人的魅力。

高度紧张地工作了几个小时，一件件检材在老贤手中如同变魔术一般，被分别放入了不同的检验仪器内。一张张写满数据的报告，也在第一时间打印了出来。

"小龙，喊明哥他们，我这边结束了。"老贤有些疲惫地说道。

"行，我这就去。"

一听到老贤这边有结果，所有人都赶忙放下手中的活，急匆匆集中到会议室。

"国贤，你直接说吧。"明哥忽略了我们其他人。

"我在死者的心血内并没有发现碳氧蛋白的成分，从这一点可以判定，死者被焚尸时已经死亡，我们勘查的只是焚尸现场，而非杀人第一现场。"

老贤说完，接着翻开第二份报告："发动机号被我处理了出来，根据查询，被焚烧的车是一辆车牌照为湾DT1568的桑塔纳出租轿车。"

"什么？出租车？"胖磊喊出了声。

"叶茜，这条信息核对了没有？"明哥张口问道。

"根据国贤老师提供的情况，我联系了出租车公司，这辆出租车固定有两个驾驶员，一个白班，一个夜班，白班驾驶员的电话可以联系上，夜班驾驶员的电话现在无法接通。"

"有没有联系夜班驾驶员的家人过来做DNA比对？"

"已经联系了，他们在路上。"

叶茜在科室实习也有一年多的时间了，基础性的业务有时候根本不用明哥吩咐，雷厉风行是对她最好的诠释。

"国贤，你那边还有没有什么要说的？"

"烟头上我检出了男性的DNA，这个人在我们公安局无记录。嫌疑人点火使用的助燃剂是汽油。"

"汽油会不会是从油箱里放出来的？"我猜测。

"不排除这种可能。如果是私家车不好说，但是在出租车上找一根取油管并不是什么稀奇事。"胖磊接了一句。

老贤翻开最后一份报告："我在现场提取的所有烟卷的烟蒂处，提取到了大量的机油成分。"

"汽车机油？"

"对。"

"会不会是嫌疑人放油时，沾在手上的？毕竟在出租车上沾上点机油并不是不可能。"

"嗯，或许是。"老贤并不否认。

明哥看老贤的报告已经读完，接着吩咐道："焦磊，接下来的事情就交给你，争取在最短的时间内找到第一现场。"

知道了车牌号码，又知道了车型，最简单的办法就是通过城市监控去找寻车辆的行驶轨迹。一提到出租车，我们第一个反应就是抢劫出租车杀人，因为百分之九十九的出租车命案都与之相关。但这也只是我们的一个猜测，到底是不是，还需要大量的证据去证明。

很快，夜班驾驶员的家属赶到科室，老贤在第一时间给他们做了DNA鉴定。鉴定的结果并没有出乎我们的意料，死者果真就是夜班驾驶员沈光明。沈光明已有五十多岁，四口之家，育有一儿一女，在外人看来，也算是幸福美满。

老贤将结论送进了明哥的办公室，此时沈光明的妻子和儿女全部在会议室内焦急地等待。

明哥看了一眼结论对我说道："你去把沈光明的老婆刘彩云喊过来。"

"好的，明哥。"

我刚走到会议室门口，刘彩云就紧张地问道："警官，我丈夫到底怎么了？"

"你先跟我来再说。"我并没有正面回答她的问题。

可能我的表情让她看出了端倪，她有气无力地跟在我身后，朝明哥的办公室走去。

刘彩云刚一坐下，明哥便起身将房门关紧。

"死者就是你的丈夫。"明哥在毫无征兆的情况下，说出了这个令人难以接受的结果。

"活该！"我本以为刘彩云听到这个结果会号啕大哭，令我没想到的是，她的第一个反应竟然是咬牙切齿地咒骂。

"你这是什么意思？"明哥也被整蒙了。

刘彩云回过神来，瘫软在椅子上抽泣着说道："我让他平时做人做事低调一点，他非不听，整天打肿脸充胖子。呜呜呜……"

"你丈夫平时有没有得罪过什么人？"明哥开始往正题上引导。

"一个穷出租车驾驶员，他能得罪谁？"刘彩云擦了擦眼角。

"那他平时跟哪些人有接触？"

"他每天下午六点钟出车，早上六点钟才回家，回到家里倒头就睡，一直睡到中午吃饭，吃完午饭紧接着就出去打牌，一年三百六十五天，天天如此。我整天带着两个孩子上学，他平时跟什么人接触我也不清楚。"

"你说你丈夫打肿脸充胖子，是怎么回事？"

"他这个人特别好面子，很喜欢吹牛，走到哪里吹到哪里。我们家里都穷得叮当响了，他还到处吹自己有多少多少钱。前段时间看别人买了大金链子，他让儿子在网上给他买了个假的挂在脖子上，到处跟人炫耀说这条链子值十几万。就是因为他这张破嘴，搞得亲戚朋友时不时就来借钱，我跟他们解释说家里没钱，可没一个人相信，都说我们小气，不跟我们来往。"

刘彩云边说边用手指着地板，仿佛沈光明就在她眼前一样："光明啊光明，你还吹不吹？我问你还吹不吹？我说过你早晚死在这张嘴上，你还不信，这下你信不信？你说话啊，你怎么不说话了？哑巴了？"

明哥见她已经有些精神恍惚，便停止了询问，在我们两个人的搀扶下，刘彩云，还有她的两个孩子，被胖磊用勘查车送回了家。

七

本以为死者老婆的口供会为案件带来一丝转机，可哪里知道越来越复杂。死者这种到处炫耀的毛病最容易得罪人，从目前看来，这起案件的定性最少有两种可能：仇杀或者抢劫出租车杀人。

抢劫出租车杀人是临时起意案件，受害人和嫌疑人之间相互并不熟悉，基本上不会有什么矛盾点在里面，这种案件也是最难侦破的一类。仇杀则不一样，嫌疑人和死者之间具有充足的仇恨时，就会导致凶杀案的发生。对于仇杀案，我们只需要摸清楚死者的关系网，案件便可以迎刃而解。之前我们对死者身份信息并不掌握，现在尸源已经查清楚，我们可以先从这两个方向着手调查。明哥在第一时间把情况通报给了刑警队，由他们负责整个的线索摸排工作。

就在案发后的第二天，胖磊那边传来捷报，他在梳理整个云汐市所有的交警监控之后，找出了出租车行驶轨迹。根据监控视频，死者的出租车最后一次悬挂牌照行驶，是在去往高新区的一段公路上，之后车的车牌照便被摘除，并直接驶向了焚尸现场。很显然，嫌疑人的杀人现场，很有可能就在这段公路的某个角落。

确定好范围之后，我们直奔目的地——芳泉路。

芳泉路是一条双向四车道的柏油马路，位于开发区的东侧，呈南北走向，它北连环城高速，南通高新区，这两个行政区域以工厂和汽车4S店为主，常住人口十分稀疏，所以这条路平时鲜有车辆行驶。

人口稀少其实只是其中一方面的原因，还有一个重要的原因是由我们云汐市的方言造成的。我们方言中"h"和"f"分不清楚，外地的承建商在给这条路取名时，根本没有考虑这一块，看似比较文雅的"芳泉路"在我们云汐市民口中就变成了"黄泉路"。这不吉利的谐音，也是很多当地人不愿意从这条路上行驶的重要原因。市区里像这种城内互通的公路很多，驾驶员在有更多选择的情况下，基本上不会考虑这里。

果不其然，长达五公里的芳泉路上，只有我们一辆勘查车在路面行驶，这给我们的现场勘查工作带来了极大的便利，最起码这种情况下可以保证原始现场的完整性。

勘查车在胖磊的操控下，缓慢地向前行驶，其他人全部探出头去，观察路边的异常。

车行没多久，胖磊忽然一脚踩住刹车，指着路东侧的人行道："你们看那里，血泊。"

"走，下去看看。"明哥第一个推开车门走了下去。

血液作为凶杀案件中最为常见的物证，在刑事技术的多个领域都有很深入的研究，尤其是法医和痕迹检验两个学科。领域内专家把案发现场的血迹大致分为以下几大类进行研究：滴落状血迹、流淌状血迹、甩出状血迹、擦拭状血迹、浸入式血迹、干燥血迹、喷溅血迹、血泊等等。从如此细致的划分不难看出，血液对现场分析的重要性。

那么从现场血液中我们能获得哪些信息呢？除了DNA以外，最为直接的就是可以分析案发大致时间以及致伤情况。

根据研究，一滴血的平均含血量约为0.09毫升[①]，从不同方位滴落出的血滴含血量会在0.01~0.18毫升这个范围内变化。经实验，0.09毫升的一滴血，它自由落体的最终速度大约为每秒761.3厘米。我们若在现场发现大致含量的血滴，就可以通过计算公式，估算出血滴是从多高的地方滴落下来的，这样有利于判断伤口位置。假如血滴是从作案工具上滴落的，我们还可以判断嫌疑人使用的是何种凶器。

当然，这只是一个大致的判断，其实最为直接的还是对案发时间进行推断。血液从人体流出以后，在很短的时间内便开始凝结，凝结后的血液颜色会依次加深，直至变成黑褐色。倘若现场存在大面积的血泊，那分析起来会更加简单。

当血液从人体内大面积流出后，会缓慢汇聚成血泊，由于血泊中含有大量

①　为了保密，所有数值为替代数值，而非实验数值。

水分，在蒸腾作用下，血液逐渐开始干燥，这个过程一般要持续三个半小时左右，等到了第四个小时，血泊边缘基本已完全干燥，水分蒸发会朝中心方向发展。大概一个白昼的时间，血泊便会基本干燥，这时中心部位会出现少量黏稠状血迹。再过三个小时，黏稠状血迹也会变得完全干燥。到了第三天，地面会形成干燥血，根据室外气温的不同，还会出现少量裂纹。血泊的这种物理特性，对判断受害人死亡时间有着极大的辅助作用。当然，这只是很浅显的一些东西，有的刑侦专家甚至可以通过血迹来还原整个案发现场。

八

"焦磊，你通过视频能不能分析出嫌疑人杀人的大致时间？"明哥看了一眼地面上接近干涸的血泊问道。

胖磊回忆了一下："出租车是晚上十一点半左右驶入这段公路的，十二点零三分驶出，嫌疑人的作案时间应该在两者之间。"

"那就对了，血泊的物理变化正好符合这个时间段，那这里就是第一现场。"明哥很确定地说道。

"小龙，你看这里是不是血鞋印？"叶茜蹲在地上，指着两块半圆形的血斑对我说道。

我顺着她手指的方向看了过去："嗯，这应该是鞋尖的位置。"

"这里也有！"叶茜又挪动了步子。

"为什么都是鞋尖的位置？"我有些纳闷。

"会不会是嫌疑人作案之后，害怕鞋底沾上大量血迹，才踮起脚走路？"胖磊猜测道。

"你说得不对。"我摇了摇头，"磊哥，死者驾驶的出租车是不是由北向南驶入这段公路的？"

"对啊！"

"正常情况下，车辆是靠西边的车道行驶才对，如果嫌疑人在出租车里杀人，那路西边应该有血迹才对，但整条路却只有我们站的位置（路东边）有血迹，这究竟是为什么？"

"这还不简单，嫌疑人在这儿杀的人呗。"

"对，磊哥说得没错，但是嫌疑人是用什么方法将死者引到这里的？"

"方法？"

"我们之前已经假设了两种案件性质，一种是仇杀，另外一种是抢劫出租车杀人。如果是仇杀，那嫌疑人和死者之间可能在车中有过口角或者争执，嫌疑人下车，死者追赶，接着发生血案。抢劫出租车杀人也是一样，死者不下车追赶，杀人现场不可能出现在路东边的人行道上。"

"路中间有绿化带，车辆要开很远才可以掉头，只有下车追才能说得通！"胖磊没有否认。

"死者敢下车追赶，说明两者之间有力量的悬殊。假如嫌疑人有一米八，死者只有一米六，除非他脑子有毛病，否则不可能在夜里对嫌疑人穷追猛打。但现实情况是，死者尸长有一米八五，身体肥胖，三刀致命伤全部在心脏的位置，我有理由怀疑，死者和嫌疑人之间可能存在身高的悬殊，凶手在作案时只有踮起脚，才能把死者杀害。"

"原来是这样！"叶茜恍然大悟。

"这些脚尖血鞋印有没有分析的价值？"明哥比较关心这个问题。

"这种残缺的鞋印，我暂时还驾驭不了。"我实话实说。

"行，那我回头联系省厅的专家帮着看看。"

杀人现场的勘查结果依旧不容乐观，除了证明现场的血迹属于死者外，没有任何进展。我们现在连嫌疑人是男是女都不清楚，更别说什么指向性的破案线索。

好就好在几天后，现场提取的脚尖血鞋印有反馈。根据省厅专家组的联合分析判断，嫌疑人的体貌特征被划定在身高约一米六五的男性。数据一下来，我第一时间告诉了胖磊，希望他能通过监控找到符合条件的视频影像。

刑警队对死者关系网的摸排已经到达了一个节点，调查的结果基本上排除了仇杀的可能性，专案组的所有成员都偏向于抢劫出租车杀人。抢劫出租车杀人属于临时起意案件，案件发生毫无征兆，死者和嫌疑人之间没有任何关联，可想而知这种案件破获的难度有多大，这也是最为考验办案能力的一类案件。

明哥仔细查阅了刑警队的所有调查笔录，最终还是决定亲自找一个人问一问情况，他就是经常跟死者接触的白班驾驶员王辉。这起命案因为关系到出租车驾驶员的安危，所以备受关注。王辉也相当配合我们的调查，就在电话挂断后的20分钟内，王辉便火急火燎地赶到了科室大院。

王辉看起来要比死者小上很多，三十出头，身材瘦削矮小，体貌特征极其符合省厅专家对嫌疑人的刻画。他也曾是我们的重点怀疑对象，可随着调查的深入，我们发现这个王辉根本没有作案时间。

"警官，沈叔的案件怎么样了？"王辉屁股还没坐定便张口问道。

"暂时还没有什么好的进展。"明哥直截了当地告诉了他。

"怎么还没进展？"

"我们怀疑是抢劫出租车杀人，所以还想从你这里问一点问题。"抢劫出租车杀人侵害的对象是所有出租车驾驶员，这就把王辉也推到了被害者的层面上，明哥告诉他案件性质，就是想王辉不要对他有什么隐瞒。

"您放心，别说这事情发生在沈叔身上，就是发生在别的出租车司机身上，我也保证有什么说什么，绝对不会有所保留。"王辉已经听出了弦外之音。

"你觉得沈光明为人怎么样？"明哥很刁钻地问了这样一个问题。

明哥的话音刚落，王辉的眉头便微微皱起，他的表情已经告诉了我们答案。沉默了几十秒后，王辉开了口："沈叔这个人吧，平时大大咧咧，嘴有点把不住风，但为人还挺豪爽，尤其对我，十分不错。"

"听说死者家里很有钱？"明哥明知故问。

"他有啥钱啊，平时去撸串都是我付钱，他口袋里的零花钱从来不会过百。买个大金链子告诉我们值十几万，我用手一搓都掉色，他主要是好个面子，我们不揭穿他而已。"

"我们？"

"哦，我是说我们市区里的出租车驾驶员。因为经常在一起趴台子等活，所以大多数都认识。我们基本上对他这个人的性格都了解，只是看破不点破而已，毕竟他都这么大年纪了，揭穿他干啥。您说是不是？"王辉说得有理有据。

"那他平时有没有跟谁红过脸？"

"这个倒没有，我们的哥的姐之间相处得都很不错。"

王辉的回答，基本上跟刑警队的调查结果相仿，而且所有人的口供都证实，死者生前曾戴着一条仿制的大金链子。可我们在尸体的脖颈处，并没有发现这根所谓的金项链，甚至连熔珠都没有发现，这也是我们给这起案件定性为抢劫出租车杀人的重要依据。

"你和沈光明平时都怎么交接班？"我本以为明哥的问话到此结束，没想到他依旧不紧不慢地继续提问，而他接下来的提问内容，连我都搞不明白他葫芦里到底卖的什么药。

"我们上对班，我是早上六点到下午六点，剩下的时间都是沈叔的，我们半年一轮换。"

"你们两个分班开，这工资怎么算？"

"我俩都是给出租车老板打工，每月交给老板五千块钱，剩下挣的才是自己的。上交的五千块钱我和沈叔均摊，赚多赚少全看我们自己。"

"那出租车平时的油钱和保养呢？"

"我每天出车结束，会把油箱加满，沈叔也是一样；保养钱我们也是均摊。"

明哥把这些刑警队没有调查到的细节详细地记录在笔记本上之后，便结束了此次的问话。

案件调查到这里，基本是钻入死胡同，除了胖磊的视频监控还有点工作可做以外，我们其他人一点进展都没有。明哥已经拟订了复勘计划，一旦胖磊这边线索中断，我们便启动复勘。

九

好就好在，胖磊并没有让我们失望。在视频分析的第二天一早，他把我们所有人喊进了会议室，为了方便我们观察节选出来的视频片段，他还特意将会议室内的投影仪给事先放了下来。

"磊哥，有结果了？"我一脸兴奋。

"你先别高兴得那么早，等我分析完再说。"胖磊一脸严肃。

会议室内顿时安静下来，投影仪的大屏幕上显示的是胖磊笔记本电脑的桌面。

吧嗒，吧嗒，胖磊点开了标注有"沈光明焚尸案"的黄色文件夹。接着一段AVI格式的视频被双击打开。视频中，死者驾驶的出租车右转拐入了一个路口，很快又拐了出来。胖磊解释道："这是沈光明最后一次驾驶出租车载客的视频监控，车辆往右拐是视频的盲区，他从拐入到掉头出来，时间间隔只有不到五分钟，这时候，他很有可能在路边拉到了客人。在客人上车之后，直奔芳泉路方向，也就是说，他拉的这个人可以确定为犯罪嫌疑人。"

说到这里，胖磊切换了一张电子地图，并把鼠标放在了一个标注有红点的位置："沈光明拐入的这个地方咱们都不陌生，姚西北路的酒吧一条街，出租车出现的这个时间段，正是人流量的高峰期，再加上这段路有视频盲区，我根本无法判断嫌疑人的长相。"

胖磊说完，点开了第二段视频："这里是案发现场大圩村绕山公路的入口处。"当视频中出现一个人影时，胖磊点击了一下暂停按钮："附近人口稀疏，监控覆盖面很窄，按照推算出的嫌疑人身高，只有这个人符合特征，而且他出现的时间点跟案发时间段基本吻合，所以我猜测他就是我们要找的嫌疑人。"

"这就是一个人影，什么也看不见啊。"叶茜眯着眼睛说道。

"这里只装了一个高空球形监控机，这是我能处理出来的最清晰的视频片段。"说完胖磊点击了播放键。

"磊哥，你看他的右手。"当视频播放一半时，我喊了一句。

胖磊本能地敲击了一下空格键，嫌疑人摆臂时，右手处的一个红色反光点引起了我们所有人的注意。

"跟我推断的情况一样：嫌疑人在焚尸之后离开了现场，为了防止我们以车找人，出租车的车架号和车牌号已经被他去掉，而发动机号藏在车身内部，需要专业的工具才可以打磨掉，他把汽车点燃之后去某个地方拿了工具，他手上的红点就有可能是手持充电式的打磨工具。"

胖磊把视频画面放大："虽然像素很低，但这还真像是一个专业的工具，造型有点像切割瓷砖的切割机。"

"嫌疑人会驾驶车辆，烟头上留有汽车机油，知道销毁车牌号、发动机号和车架号，而且他还能拿到专业的打磨工具，并且对这里的地形如此熟悉，所以我有理由怀疑嫌疑人是在案发现场附近从事与汽车相关行业的人。"我说。

"嫌疑人虽然来回都是靠步行，但是这个'附近'我们怎么把握？就算知道他从事的是跟汽车有关的行业，那又怎么样呢？我们不还是一点抓手都没有？指望这个啥也看不见的视频能够破案，咱想得是不是太简单了点？"胖磊垂头丧气地说道。

胖磊说得我无言以对，遇到这种情况，我们只能把希望全部寄托在明哥身上，可他好像没有听见胖磊说话一样，低头专心摆弄他的手机。

"明哥？"我小声喊了一句。

他并没有回应我。

"明哥，现在我们该怎么办？"我提高了嗓门。

闻言，他收起手机，抬头看了我一眼，起身走到胖磊身旁，接着他弓身点开了网页上的电子地图，并快速滚动鼠标，把地理标注对准了大圩村的唯一入口处。

"刚才小龙分析的不无道理。一般抢劫出租车案件焚尸的情况很少，嫌疑人能够想到摘除牌照、车架号以及打磨发动机号的更少，这就说明嫌疑人对汽车领域相当了解，这是其一。"

"其二，大圩村的焚尸现场相当隐蔽，如果不是对这里的地形足够熟悉，根本不会想到来这里处理尸体。我在云汐市生活了四十多年，焚尸现场也是第一次去。

"其三，小龙所说的专业打磨工具除非有特殊用途，否则一般人不会购买。

"一件事的发生不会有这么多的巧合，所以我同意小龙对嫌疑人的刻画。"

"我还是刚才的疑问，知道这么多有什么用处？"胖磊又重复了一遍问题。

"焦磊，你能不能通过视频监控计算出嫌疑人焚尸后进出现场的时间？"明哥问道。

"监控视频十分模糊，我好不容易才找到了一段嫌疑人回到现场的视频片段，他离开现场的画面，监控录像根本没有记录，这哪能判断出时间？"

"好，既然你判断不出，那我们需要做一个侦查实验。"

侦查实验对我们来说并不陌生，它是主要采用模拟和重演的方法，证实在某种条件下，案件能否发生、怎样发生以及发生何种结果的一项侦查措施。简单来说，就是在我们的模拟下，能不能得到我们想要的结果。

在我们科室，侦查实验做得相当频繁，让我记忆犹新的就是最近一次浮尸事件的侦查实验：当时辖区派出所在泗水河打捞上了一具小女孩的尸体，因为尸体被来往船只的螺旋桨打碎，所以无法正常判断落水时间。尸检时，明哥发现小女孩的裤兜里放了两根球形棒棒糖，用塑料膜和亮片铁丝捆扎，这种糖在校园门口售卖量很高。棒棒糖包装完好，因为在水中浸泡有融化的迹象。

按照明哥的要求，老贤从校园门口买来十根规格差不多的棒棒糖，接着在实验室中使用容器模仿泗水河的水温和流速，在确定环境相仿的时候，他把买来的棒棒糖全部放入，让其慢慢地融化，然后每天观察棒棒糖融化的速度。三天后，所有购买来的棒棒糖样本融化程度都已经接近死者口袋中的棒棒糖。

此次侦查实验的结论是：小女孩落水已经三天左右。派出所根据这一实验结果，排查泗水河上游流域所有县市三日内的失踪人口，最终找到了小女孩的家人，通过对死者家属的调查，从而确定这是一起孩童意外落水的事件。从这里我们不难看出，侦查实验在某些情况下可以帮助调查人员解决很多问题。

　　可这起案件，我实在想不出有什么实验可做，于是我问道："明哥，你想做什么侦查实验？"

　　"汽车燃烧实验！"明哥点了一支烟卷。

　　"什么，汽车燃烧实验？这么带劲！"叶茜一脸兴奋。

　　明哥点头继续说道："正如小龙分析的，嫌疑人折返取工具的地点可能就在焚尸现场附近，我现在想给这个'附近'划定一个范围，否则漫无边际地调查不会有什么结果。但要想准确地划出这个范围，首先必须要搞清楚一个最重要的问题。"

　　"什么问题？"

　　"嫌疑人焚烧汽车一共用了多少时间。"

　　明哥扫视了一圈解释道："根据白班驾驶员王辉的笔录，死者每天接车时油箱都是加满的。他驾驶的是老款桑塔纳轿车，车龄十年，油箱的容积是六十升。焦磊，你能不能把案发当天这辆车大致行驶了多少公里给估算出来？"

　　"他都是在市区跑，根据监控录像，这完全没有问题。"

　　"好，既然这个问题解决了，那实验结果就会更加精确。"明哥吸了一大口烟卷接着道，"我们已知油箱的总容量，减去行驶中的油耗，那油箱里剩下的容量我们就能得出一个数值。

　　"通过监控我们可以分析出，嫌疑人是沈光明在路边随机拉上车的客人，嫌疑人作案前不会有所准备。国贤已经分析出，焚尸的助燃剂就是汽油，那我有理由猜测，嫌疑人使用的汽油就是从汽车的油箱中抽取出来的。"

　　"按照现场助燃剂的分布量来看，最少有三十升，加起来有三十个暖水瓶那么大的量，嫌疑人随身携带的可能性基本不存在，只能是从油箱里抽取。"老贤插了一句。

　　"我们假如能知道汽车燃烧的总时间，减去他吸烟蹲守的半个小时，那我们就能得出嫌疑人往返焚尸现场的大致时间。"

"接着再根据嫌疑人的身高换算出他的步子长度和走路的频率，这样就可以大致判断嫌疑人在这段时间内走了多远的距离，是不是明哥？"

"小龙说得没错，我们知道了这个距离，就等于划出了一个相对准确的调查范围，在这个范围内寻找拥有专业打磨工具的店面，更有针对性！"听到这里我已经被明哥彻底折服，我也总算知道他找白班驾驶员王辉问话的真正目的，现场证据能分析到什么程度，其实在他心里早就已经有了一个大致的估计。

接下来的一段时间，我和明哥跑遍了云汐市所有的二手汽车交易市场找寻实验车辆，功夫不负有心人，还真让我们淘到了一辆和案发车辆车况相近的普桑轿车。因为这次侦查实验投资成本较大，为了确保一次性成功，明哥决定把车开至焚尸现场附近进行实验。除此之外，我们还选择了与案发当日相近的温度、湿度、风向等气候条件，这样得出的实验结果，才能为破案所用。

夜里一点钟，我们全部围在案发现场的这条小路上，老贤已经按照实验要求，把汽油泼在了普桑轿车车厢内。

"小龙，油箱里还有那么多油，车点燃了会不会爆炸啊？"叶茜有些担心。

这句话传进了老贤的耳朵里，他摇头解释道："电影里汽车燃烧会爆炸，其实都是动作电影画面的需要，真正的汽车燃烧几乎不会发生油箱爆炸的情况。"

"真的假的？"我有些不信。

老贤认真地说道："汽车油箱可以分为两大类，第一类：金属汽车燃油箱。主要有铁油箱和铝合金油箱。因为铁油箱耐腐蚀性较差，所以铝合金油箱目前使用较为广泛。金属油箱主要使用在大型客车、重卡这种耗油量大的汽车上。

"第二类：高分子塑料油箱。高分子塑料油箱发展到今天，不但具备了金属油箱所有的刚度和强度，还有很多金属油箱不具备的优点，比如塑料油箱在车有碰撞的时候不会因为油箱和其他物体摩擦而起火，塑料油箱不会产生静电，油箱在猛火燃烧的情况下能坚持三十分钟，等等。所以现在绝大多数私家车都是采用的塑料油箱。

"搞清楚了油箱的材质，那我们接着来说说油箱在燃烧的过程中会不会爆炸。

"学过化学的都知道，爆炸是需要一个密闭空间的，高分子塑料油箱本身具有可燃性，遇明火会熔化，这样就打破了其密闭环境。而金属油箱因为在加油口以及其他位置有易熔部件，遇高温熔化后油箱内的汽油会外泄，也就等于打破密闭空间。所以说，影视剧里车漏油爆炸是为了增加画面效果，其实从汽车油箱本身的设计上就已经排除了爆炸的可能性。"

"谢谢国贤老师，那我就放心了。"叶茜拍了拍胸口。

"准备好了没有？"明哥举起秒表问道。

"可以了！"老贤已经把点火器握在了右手中。

当我们都站在安全距离时，明哥和老贤相视一眼："点火！"

嘀，秒表也在同时按下。

汽车很快被火焰吞噬，整条路被火焰照得通明，滚滚浓雾如同烽火狼烟一样快速地融入了黑暗的夜空，我们五个人的影子伴着蹿动的火焰来回晃动，热浪一波一波朝我们袭来，时间在秒表上飞快地跳动。因为是故意纵火，且助燃汽油量较大，所以燃烧的速度相当快，从点火到火焰即将熄灭，只用了不到两个小时。

明哥结合实验结论和我估算出来的步长换算出了调查范围。电子地图显示，嫌疑人并没有离开经济开发区，接下来调查的重点就是开发区内和汽车有关行业的从业人员，我们已经掌握了嫌疑人的DNA样本，有了这些条件，其实就等于瓮中捉鳖。

刑警队已经悄悄地布下了天罗地网，把整个经济技术开发区包裹其中。

不调查不知道，一调查还真是吓一跳。经济技术开发区虽然人口稀少，可这里却是汽车4S店聚集地，开发区的店铺基本上都从事跟汽车相关的行业，什么汽车修理、汽车美容、洗车，等等。

在辖区派出所流动人口专管员提供的资料上，我们一共找出符合嫌疑人体貌特征的五十多人，这些人都需要逐一调查，暗中筛选，这无疑是一项漫长的工作。

十一

在等待刑警队情况反馈的时间里，明哥整天坐在办公室内，对着那个铁质骷髅头愣神，胖磊则从早到晚鼓捣他的视频软件，老贤依旧雷打不动地驻点在实验室，我和叶茜则百无聊赖地坐在办公室内侃大山。

"你看门口是不是来人了？"叶茜盯着电脑屏幕说道。

明哥担心报复行为会影响到科室的正常工作，他不光在院子的大门上增加了指纹锁系统，还给叶茜下了一个命令，就是时刻观察科室内所有监控影像，防止有陌生人进入。

我看了看监控屏幕："这不是死者的儿子沈艺吗？他来干什么？"

"难不成有线索要提供？"

"他好像很焦急，或许还有可能。"

"那还等啥，赶紧下去，放他进来。"

我和叶茜一前一后走到院子大门旁，我把右手掌张开，贴在了大门一侧的方形屏幕上，随着嘀嘀两声响，新更换的那扇厚重的大铁门缓缓地向一侧打开。

"有什么事吗？"

"警察叔叔，我想问件事。"沈艺今年才十六岁，由于年纪太小，所以他站在门口有些胆怯。

"快进来说。"眼看大铁门将要自动关闭，我慌忙招呼道。

沈艺木讷地点了点头，走进院子。

"有什么事要问？"

"你们……你们……你们有没有在我爸爸的车上发现一个U盘？"

"U盘？"

"对，是银白色金属材质的，我里面保存了很多重要的东西，如果你们看见了希望能还给我。"

"你的U盘怎么会在你爸爸的车上？"

"我爸爸平时喜欢用U盘听歌。"

"听歌？听什么歌？"

"都是我下载的一些歌曲，有TFBOYS的、EXO的，还有一些日韩明星的歌曲。"

"你爸爸平时喜欢听这种歌？"这些歌曲都是一些情窦初开的小年轻的最爱，一个五十多岁的大叔喜欢听这个还真少见。

"他总喜欢跟别人说他自己活得年轻潇洒，所以就让人在他的车上加了一个USB音乐播放器，他在开出租车的时候经常拿我的U盘去听歌，U盘我们两个一起用，我白天用他晚上用。里面的歌是小事，可我从别人那里拷贝的课件都在里面呢，这些都是绝版资料，所以……"

"沈艺，不是我们不给你，而是我们在现场根本就没有发现U盘，而且现场被烧……"

"实在是不好意思，我们确实没有见过。"我话还没说完，叶茜便打断了我。

他有些失望地点了点头："那好吧，实在没有就算了。"

送走了沈艺，我对叶茜调侃道："你现在都会抢答了啊！"

"你难道没看出来，他到现在都不知道自己的父亲是怎么死的吗？你还提焚尸的事情，你是不是没脑子啊！"叶茜训起我来那是理直气壮。

"得得得，我不跟你争。"我本着好男不跟女斗的精神做了退让。

"这U盘是不是被嫌疑人拿走了？"叶茜言归正传。

"很有可能。"

"你说这玩意又不值钱，他拿这个干啥？"叶茜捏着下巴思索道。

"喜欢、爱好、猎奇心理。"

"你是说嫌疑人也喜欢听U盘里面的歌？"

"应该是这样，死者只能算是一个特例，这一细节或许可以反映出嫌疑人的年龄特点，也就是说他会不会是青少年？"

"如果是，那岂不是又缩小了范围？"叶茜闪着星星眼。

"恭喜你，你真的会抢答啦！"

与汽车相关的从业人员，大多需要一定的资历和年限，这类人里的年轻人不是很多。刑警队按照我们进一步分析的结果，把调查范围从五十人直接缩小到了八人。就在我们准备对这八个人进行集中采血比对时，其中一个年轻人竟然在夜间离开了云汐市。这种此地无银三百两的行为，让我们直接把作案嫌疑锁定在了他的身上。

刑警队的侦查员连夜将其抓获，经过DNA比对，这个名叫夏川的青年正是本案的犯罪嫌疑人。通过调查夏川的关系网，发现他跟死者沈光明就像是两条平行线，没有任何的交集，所以这起案件定性为抢劫出租车杀人无任何偏差。

夏川目测最多只有十八九岁，一米六五左右的身高，身材瘦削，留着一头韩式齐刘海，五官长得还算端正。

"知道为什么抓你吗？"明哥张口问道。

"知道。"夏川可能因为年纪并不大，也没有什么社会经验，态度还算是诚恳。

"因为什么？你说说看。"

"因为爱。"

胖磊听到这个结果，噗的一声把还没咽下去的水给喷了出来。他的回答让我们在场的所有人都觉得哭笑不得。

"因为……爱？"明哥反问了一句。

"嗯！"夏川使劲地点了点头。

"人是不是你杀的？"明哥直接问了重点。

"是！"夏川回答得十分爽快。

"那你说说事情的经过。"明哥在审讯提纲上打了一个钩。

夏川红着眼睛说道："一年前，我刚去开发区的汽修厂上班，给人当杂工，打打下手，所以工作并不是很忙，闲暇时我最喜欢玩微信。我记得那是半年前，在一月份的一个下午，我干完活，用微信摇一摇找附近的人聊天，很快我摇到了一个女孩，相互加了好友便闲聊起来。我俩越聊越投机，一直聊到后半夜，我们在相互交换了照片之后，约定第二天在开发区的公园里见一面。

"第二天我精心打扮了一番后，在约定的地点见到了她，虽然她真人个子不高，长相也没有照片上的出众，但是我还是一眼相中了她，我们在见面的一个月后便确定了恋爱关系。

十二

"她在汽车4S店做导购，一个月有四五千的收入，我为了证明我比较优秀，就谎称跟朋友合伙开了一家汽修店，一个月怎么也能赚个万儿八千的。这说出去的话，如同泼出去的水，虽然我有些后悔这么吹嘘自己，可由于虚荣心作祟，我还是选择硬着头皮欺骗下去。

"她平时花钱大手大脚，她喜欢旅行，喜欢摄影，活脱脱的一个文艺女青年。在她的心里，女人被男人疼是理所应当的，男人挣钱给她花也是天经地义的。自从我们两个发生了关系以后，我的工资都要按月上交，为了保住这份爱情，我几乎借遍了所有亲朋好友，不到半年的时间，我已经欠下了两万多的外债。"

"你明知道是火坑，为什么还要跳下去？"

"她是我的初恋，我心里舍不得，我知道以后可能养不起她，但我还是想跟她在一起，哪怕多爱一天也好。"

明哥没有说话，而是静静地等着他的下文。

"上个月我提出要跟她结婚，我本想着只要这生米煮成熟饭，以后她花钱或许会收敛一些，可她提出让我给她买一个最新款的苹果手机，只要我舍得给她买，她就愿意嫁给我，否则没门。

"这部手机卖到将近七千块，我已经欠了一屁股账，到哪里去弄这些钱？可是我不甘心就这么放弃，我还是抱着一点希望，厚着脸皮打了一圈电话找朋友借钱。

"结果可想而知，没有一个朋友愿意再借给我，其中一个铁哥们还拐着弯羞辱了我一番，这让我心里很不好受。当天晚上，我揣着身上仅有的一百块钱去酒吧里买醉，越喝心里越难过。我感觉老天好像跟我开了一个巨大的玩笑，在我最饥饿的时候，他给了我一块肉饼，但我和这块肉饼之间却隔着一条无法跨越的鸿沟。

"我提着酒瓶坐在酒吧门口的石球上发呆。就在这时，一辆出租车停在了我面前，司机把头探出来，问我要不要坐车，我一眼就相中了他脖子上的那条大金链子。酒精上脑的我已经失去了理智，心里突然有了一个念头：'抢了他的金链子，我就什么都有了。'这个念头就像是魔咒，在我心里一遍又一遍闪现。

"我鬼使神差地钻进了他的出租车，坐在驾驶室的正后方。他问我去哪里，我说去经济开发区，他竟不愿意载我，因为一到晚上那边就几乎没几个人影，他害怕出事。为了打消他的顾虑，我掏出了我的汽修证，当他得知我是那里的工人时，才放心载我过去。

"我俩一路攀谈，我还没张口问，他便告诉我，他脖子上的这条金链子价值十几万。听他这么说，我简直喜出望外，这更加坚定了我抢劫的念头。我先回汽修店里拿了一把匕首揣在口袋中，接着我又骗他我家住在高新区，让我从芳泉路走，因为我知道那里没有路灯，好下手。

"司机是眼睁睁地看着我打开了汽修店的卷闸门，所以他对我根本没有任何的防备。为了进一步增加信任的砝码，我提前给了他五十块钱。

"我们两个一路走一路聊，没过几分钟，车便拐入了黑乎乎的芳泉路。在车行驶到中间路段时，我谎称要下车尿尿，让司机停一下。就在他踩下刹车的那一瞬间，我从后面一把拽掉了他脖子上的金链子，开门就跑。

"可是我低估了他的反应能力，我前脚刚跨过绿化带，他后脚便追了过来。我本不想杀他，但他比我高出一个头，如果我不拿刀自卫，当晚肯定要被他打残。就在他要跑到我面前时，我掏出匕首踮起脚，一刀扎了上去，也许是因为外面太黑，他根本没有注意到我手里拿的有刀，我一刀扎进了他的胸口。

"我的衣服上喷了好多血，我害怕他反抗，就又补了两刀。几分钟后，我才意识到我杀了人。我当时真的害怕极了，冷静下来的我，开始回忆这一路上发生的事。芳泉路上黑灯瞎火又没有监控，更没有人看到我杀人，我天真地以为，只要把尸体和车处理掉，你们公安局就不会找到我。我越想心里越放松，随后我把司机身上的财物搜刮完，之后走到路西边将车掉了个头，把尸体装在了副驾驶室。"

夏川咽了口唾沫："我本来想把人和车一起开到泗水河里，可我不会游泳，我怕把自己也搭进去。想来想去只有一个办法可行，就是把尸体和车都烧了，一了百了。

"我经常陪女朋友进山里玩，知道有一个地方几乎没人去，在那里烧车肯定不会被发现。打定主意以后，我便把车牌照和车架号给卸掉，随手扔在了路边的池塘里，到地点以后，我把车撞向了路边的电线杆，想伪造成交通事故，接着我把尸体抱进驾驶室并泼上汽油。"

"汽油是从哪里弄的？"

"我用接油管从油箱里抽的。"

"后来呢？"

"我从油箱里抽出了大半箱汽油泼在尸体上，接着我点燃汽车便离开了那里。"

夏川停顿了一下，接着说："我本以为我做得天衣无缝，可走到半路我突然想到了发动机号，如果发动机号不磨掉，警察还是能找到这辆车。考虑到这个疏漏，我赶忙赶回店里。

"我工作的地方虽然是个汽修店，但有时候也会帮熟人改改发动机号、车架号什么的，所以店里有专门的打磨机。

"来回折腾了一个多小时，我又赶回了焚尸现场。我到的时候，车还在烧，我害怕别人看见，便找了一个隐蔽的地方躲了起来。前后也就几支烟的工夫，我看火稍微小了一些，就提着打磨机把发动机号给磨掉了。做完这一切，我便赶忙离开了那里。"

"你从死者身上拿了哪些东西？"明哥问道。

"一条项链，几百块钱，还有插在车上的一个U盘。"

"这些东西呢？"明哥继续问道。

夏川长叹一口气："项链是假的，让我给扔了，钱被我花了，U盘在汽修店里。"

随着嫌疑人的口供被拿下，这起抢劫出租车杀人焚尸案，终于在大起大落中落下了帷幕。

十三

案件成功告破，我们一车人几乎是一路哼着小曲返回科室。

胖磊踩了一脚刹车，勘查车停在了科室院子的门口："小龙，下去开门。"

"得嘞。"科室的院子自从安装上指纹系统以后，每次进入都必须手动输入密码和指纹信息，作为最熟悉指纹的痕迹检验员，这开门的活自然是落在我身上。

我心情舒畅地拉开车门，走到院子外的一个铁盒子旁，按动了上面的按钮，随着当啷一声响，铁盒上的金属盖自动弹开，里面包裹的一块液晶显示屏露了出来。

嘀嘀嘀，我熟练地输入一串密码后，顺势把右手掌贴了上去，然后转身欲离开。

就在门即将由左至右缓缓打开时，一个陌生男人的喊叫声在我背后响起："不要……"

我刚想回头查看，突然有人从院子内一把将我拉了进去，我还没反应过来是怎么回事，一把手枪已经抵住了我的太阳穴，同时我的脖颈也被一个粗壮的手臂紧紧地勒住，呼吸顿时变得极为困难。

"小龙！"叶茜在最短的时间里掏出了枪，对准了我身后的人。

"谁都不要过来！"一声咆哮之后，男人一枪击中了勘查车的轮胎，沉重的勘查车很快朝一边歪去。

"小龙！"明哥根本没有把男人的话当回事，他举起手枪站在了叶茜和我的中间。

明哥的这个举动，彻底激怒了我身后的男人，他直接把枪口对准了明哥。

"不要！"我声嘶力竭地喊了出来，这一刻，我情愿自己死，也不希望他们任何一个人倒在我面前。我拼命晃动着身体。乒！男人还是扣动了扳机。当啷，子弹由于剧烈的抖动，打在了勘查车的引擎盖上，击出了一串火花。

"王志强！"男人刚想再次扣动扳机，另外一个男人出现在了我们的眼前。

"哈哈哈，鬼头乐，我早就应该猜到你是叛徒。"

通过他们的对话，我已经知道他们的名字或绰号，但我依旧不明白到底发生了什么。

"好，你既然已经知道了我的身份，那咱们就在这里做个了结吧。"

"了结？你有什么资格？你比他们更可恨，我今天一定要杀了你！"

院子的自动大门缓缓关闭，我的视野也随之变得越来越窄，一种死的绝望渐渐地笼罩在我的心头。

"叶茜，冷主任，你们回车里，如果我还活着，我一定会给你们一个解释！"那个被唤作"鬼头乐"的男人直视明哥他们。

"你是谁？"明哥丝毫没有退让的意思。

"自己人！"鬼头乐甩下这三个字，在大门即将关闭之时闪进了院内。

"王志强，你到底想怎么样？"

"怎么样？你杀了我所有的兄弟，你还问我想怎样？我他妈就是个傻子，我早该想到是你！"

"好，既然是我们两个人之间的恩怨，你放开他。"

"不可能，这件事他们也脱不了干系，他们全都得死！"王志强用枪口用力抵住我的太阳穴。

"等下，等下，这样，这样。"鬼头乐右手食指离开了扳机，接着他高举双手，"你把他放开，我换他。"

"你换他？"王志强有些诧异。

"你有没有想过，这里是公安局，你在这里把他杀了，你能活着出去？外面可是有四把枪对着你，估计再过一会儿就不止四把了！既然我已经现身，那你应该能猜到，这件事其实跟他们关系不大，你最恨的应该是我。"

王志强没有说话。

鬼头乐继续游说："你现在挟持他当人质，以我的身手，我们两个人你只能杀一个，于情于理都是杀我最合算，你不会连这个账都不会算吧？"虽然我现在不知道鬼头乐是什么人，但我能清楚地感觉到他真的想要救我。

"行，你既然愿意自投罗网，那我就成全你，你把枪扔掉。"王志强一副被说服的模样。

"王志强，你虽然是个毒枭，但是我了解你的为人。"鬼头乐二话没说，一脚把枪踢开喊道，"放了他！"

"好！"王志强胡乱在我上身摸了一遍，确定我腰间没有配枪后，一把将我推开，我瞬间感觉自己像重生一般。

"跑……"

乓！鬼头乐刚喊出声，王志强便一枪打在了他的腿部。

"鬼头乐！"我停下脚步。

"小子，你别敬酒不吃吃罚酒，这里没有你的事！"王志强重新把枪口对准了我，阴着脸说道。

"司元龙，你给我快点闪一边去！"鬼头乐单膝跪地，痛苦地从牙缝中挤出了这句话。

我没有理会，依旧站在原地。

"好，你是不是也想死？那我就成全你！"

"王志强！"鬼头乐大声喝止他，他循声转过身去。就在这千钧一发之际，我拔出了绑在脚腕上的六四式手枪，正是我这特殊的藏枪方式，让整个局势有了转机。

乓！子弹穿过了王志强的右胸口。

"你……"王志强有些不可思议地转头看着我。

鬼头乐一个箭步上前，抓住了王志强持枪的右手。乓，乓，乓，他试图把王志强手枪中的子弹全部击发，为了防止被流弹打伤，我找了一个墙角作为掩体。

令我没有想到的是，这个王志强虽然右胸口受了伤，但依旧在做垂死挣扎，他们两人倒在地上，厮打在一起。我刚想探出头去，便听见乒的一声枪响。院门外响起了刺耳的警报声，这使我有了底气。

我右手紧握手枪，头部贴着墙壁，接着我用左手从口袋中慢慢掏出手机，调成自拍模式，为了防止画面抖动，我点击了"录像"按钮，把两人厮打的场景全程记录下来。我的双眼紧盯屏幕，想从中找出王志强的破绽将其击毙，可两个人贴得太近，根本没有办法开枪。就在我心急如焚时，院子外传来了高音喇叭声。

"里面的人听着，你们已经被包围了。"

"别说那没用的，把扩音器给我。"

"鬼头乐，你还喘气吗？"听说话这口气，应该是个高层领导。

"死不了！"鬼头乐边厮打边回道。

"那小子呢？"

"活着呢！"

"你……"外面的扩音喇叭刚要响起，只听见乒的一声枪响，墙角的那一边似乎安静了下来，我低头看了一眼手机屏幕，画面上鬼头乐和王志强抱在一起，两人趴在地上一动不动。

"鬼头乐……"

我再也顾不上这么多，一个侧身跑到了两人的面前。

"我×，差一点！"鬼头乐痛苦地从王志强身上翻转过来，大口地喘着粗气，而被他压在身下的王志强早已没了声息。

呼！我突然觉得前所未有的轻松。

"你们搞技术的什么时候也配枪了？"鬼头乐擦拭了一下嘴角的鲜血，躺在地上有气无力地冲我笑了笑。

"你到底是敌是友？"警察的天性让我没有因此对他放松警惕。

"你把门打开就知道了！"

我将信将疑地把他的枪踢在一边，接着我把手枪换到了左手，右手贴住大门的指纹屏幕，随着嘀的一声响，大门被重新打开。

"小龙！"叶茜泪眼婆娑地第一个冲到我面前，一把抱住了我。

"小龙！"明哥他们三个硬是从门缝里挤了进来。看到我没事，所有人都松了一口气。

当大门打开一半时，一群手持冲锋枪的特警蜂拥而至，待现场被完全封锁以后，一位肩扛麦穗三颗星的男子慢慢地走了进来，男子有五十多岁，身材挺拔，气宇轩昂。

"他是……？"我小声问道。

"省公安厅副厅长孟伟。"明哥小声回了一句。

"刚才要不是他拦着，我早就进来打死这家伙了！"叶茜有些埋怨地看了孟厅长一眼。

正说着，他走到我的面前，拍了拍我的肩膀："小伙子，没事吧？"

"没事！"

孟厅长赞许地看了我一眼，接着径直朝躺在地上的鬼头乐走去。

啪！孟厅长一脚踢在了鬼头乐的身上，和刚才和蔼可亲的面容相比，此刻他的脸上多了一丝值得玩味的笑容："装什么装，这点伤对你来说算什么？赶紧给我起来，从今天起，'行者计划'收官。"

"妈的，终于解放了！"听孟厅长这么说，鬼头乐如同打了鸡血般一下子从地上跳起，看着他生龙活虎的模样我才明白，原来刚才他一直在无病呻吟。

"这家伙到底是什么人？"这是我们所有人心里的疑问。

十四

一周后，我们科室五个人接到通知，去市局八楼小型会议室开会，不准带任何通信设备。市局八楼的这个会议室，是个传说中的存在。据说凡是在这里开会讨论的，全都是机密中的机密，除了与会人员，就算是亲娘老子也不能透露半个字。一般这种会议，有资格参加的只有单位一把手，我们科室除了明哥，其他人根本连去一次的机会都没有，可这次我们五个人竟然全部接到了会议通知，这让我们有些受宠若惊。

刚一接到消息，我们便马不停蹄地赶到市局大楼，在市局秘书科一把手的带领下，穿过三道电子门，最终来到了这间只能容下十几人的小型会议室。

会议室的装修和我们科室差不多，一张椭圆形的会议桌配一台柜式空调便是所有家具。看到这样的布局，这间会议室的神秘感也瞬间在我心头消散。我们刚落座，一个身穿制服、肩扛一杠三星的男子走了进来。英俊潇洒是我对他的第一印象。

就在我愣神之际，男子摘下了警帽，那张酷似吴彦祖的脸再一次出现在我的面前。

"鬼头乐！"

"各位好，我是刑警学院2003级毕业生乐剑锋，你们可以喊我阿乐。"说完，他向我们敬了一个标准的警礼。

"你也是刑警学院的？比我高两级？我怎么不知道？"

"因为我的身份保密。"鬼头乐刚敬完礼，便使劲扯着领口的领带，"这玩意戴着可真他娘的难受。"

他这一开口，我的脑门瞬间冒出三条黑线："这家伙，绝对不是一个正经人。"这是我对他的又一个评价。

"今天是你喊我们过来的？"叶茜上下打量着他。

"对，我今天是给你们答疑解惑来了。"阿乐朝叶茜挑了挑眉毛。

明哥给在场的所有男性一人发了一支烟卷："阿乐，那你就别藏着了。"

"得嘞！"鬼头乐朝明哥的方向一抱拳，张口说道，"那我就从开头开始说了？"

"你随意！"

阿乐点了点头："我父母离异，跟着爷爷奶奶长大。我从小到大就没学过一天好，学习成绩也不咋样，到了高考填志愿时，我把全国所有的名校全部写在了志愿表上，什么清华、北大、中国公安大学、刑警大学一个都没放过，反正我也没有抱任何希望，纯属恶作剧。

"可令我没想到的是，我刚填完志愿没多久，一个中年男人便找到了我，问我以后想不想当警察。我当时以为他是骗子，就把他给轰了出去，直到他掏出警官证和配枪我才勉强信了。

　　"当警察是多少人的梦想，这馅饼怎么可能砸到我头上？别看我小，可我心里清楚得很，天下没有白吃的午餐。后来在我的追问下，他告诉我他的真正目的，是把我培养成卧底。起先我是拒绝的，但他给我开出了一大堆诱人的条件后，我就从了他。这个人就是现在的公安厅副厅长孟伟。"

　　阿乐吸了一口烟卷，接着又说："和老孟签了'卖身契'以后，我便被送到刑警学院接受秘密培训，和别的学生不一样，我没有学籍，没有警号，说白了就一黑户。在刑警学院系统集训了一年半以后，我又被送回了云汐市。老孟给我提供了雄厚的资金支持，让我在云汐市建立自己的势力。只要有钱就好办事，我用了半年的时间在云汐市混出了自己的名号。

　　"就在这个时候，老孟带我去见了一个人，这个人从来没有给我看过正脸，以至于至今我都不知道他是谁，我平时称呼他'老板'。看老孟对他毕恭毕敬的态度，可以肯定，老板绝对不是一个凡人。

　　"老孟告诉我，他以后是我的牵头人，我必须一切服从他的指挥。连上线以后，老板通过中间人给我下达了作为卧底的第一个行动'行者计划'。

　　"老板没有说行动的具体内容是什么，只是让我先跟一个叫鲍黑的人接触，等时机成熟以后，他会主动联系我，告诉我下一步的任务。老板就是一个掌控全局的人，而我就是他手中的一颗棋子。

　　"因为我头脑好，道上的兄弟都称呼我为'鬼头乐'。和老板接触时间长了，就算他不说，我也大致猜出了整个行动的具体内容，总结起来就一句话：让我潜伏在鲍黑贩毒集团内部，掌握他们所有的罪证，然后将其一网打尽。

　　"可随着调查的深入，我发现整个湾南省最大的鲍黑贩毒集团，只不过是一个傀儡，他的幕后还有更大的东家。"

　　"更大的东家？"

　　"对，他们是金三角贩毒集团。"

　　"金三角？"我惊呼道。

十五

"金三角是位于东南亚泰国、缅甸和老挝三国边境地区的一个三角形地带，因这一地区长期盛产鸦片等毒品，是世界上主要的毒品产地。鲍黑集团最赚钱的海洛因等毒品主要来源于这里，他的上线就是金三角最大的武装贩毒组织——白熊武装军。

"白熊组织为了保证毒品的正常销路，会给大客户专门配备一支代号'猎鹰'的队伍，这支队伍主要就是用来帮助这些大客户顺利完成整个毒品链条的交易。凡是被白熊组织分配下来的人员，无一不是精英中的精英。而鲍黑集团猎鹰小队的队长，就是泰国人王志强。"

"王志强是泰国人？他中国话说得这么好？"我有些诧异。

"研习中国话是他们的必修课，这并不奇怪。"阿乐又续了一支烟卷，"王志强这个人很邪气，他对泰国的邪灵巫术相当痴迷，他相信婴灵的力量。去年鲍黑曾通过一个叫丹青的找人代孕七个婴儿，这七个婴儿就是给王志强练习巫术准备的，受孕用的精子也是从王志强自己身上取下来的。他信奉的邪灵坐拥七方魔兽，为了表达自己的诚心，他计划将自己的七个'子女'在满月之日活活地密封在装尸罐中献给邪灵。"

听到这儿，我鸡皮疙瘩都冒了出来，这些只有在恐怖电影中才能看到的桥段，没想到在现实生活中竟然真的存在。

阿乐接着说道："后来你们科室在办理案件的过程中，牵扯出了鲍黑集团以及东北的那个小型制毒工厂，虽然时机还没成熟，但这马蜂窝已经捅破，我不得不把我掌握的所有情况暗中通报给了老孟，由老孟出马再层层往上汇报。"

"这个案件能办得这么漂亮，原来是你的原因？"

"我本来想一网打尽的，谁料你们下手太早，让我有些措手不及，我也是迫不得已才出此下策。"阿乐苦笑一声。

这句话说得我们多少有些尴尬。

阿乐可能也意识到了有些不妥，慌忙解释说："我不是那意思啊，你们别往心里去。"

"没事，没事，你接着说！"我已经听得入了神。

阿乐点了点头："鲍黑集团虽然被灭，但王志强一伙人却成功逃脱，他们把所有的责任都扣在了你们头上，王志强已经放出狠话，要把你们赶尽杀绝。后来老板给我下了命令，要我全力暗中保护你们。"

"保护我们？我好像没感觉到啊？"

"既然是暗中保护，肯定不能让你们发现，我只要点一下，估计你们就能想起来。你们在办理绿荫小区那起命案时，是不是察觉到楼上有人用镜子在照你们？"

"有！"我第一个反应过来。

"那个人就是我，因为在楼的对面有一个猎鹰队的成员正用狙击步枪瞄准你们。"

"什么？"

阿乐微微一笑，仿佛不值一提，他把目光望向了胖磊，说道："接着是磊哥的儿子豆豆被绑架，如果不是我事先安排了一个人去当驾驶员，估计小孩子……"

"豆豆是你救的？"

"对。"

"谢谢兄弟！"胖磊眼眶湿润，作揖道。

"不用谢，磊哥，这是我应该做的。"阿乐客套之后，接着说，"王志强的手下接二连三被我干掉，他已经有些气急败坏，他把他手下被杀的屎盆子，也扣到了你们的身上。他当时已经有了鱼死网破的打算，为了让你们有所警惕，我趁着你们出现场的时候，让老孟从省厅关掉了你们科室院内的视频终端，接着我又戴着手套、鞋套把冷主任的房门撬开，在办公桌上放置了一个骷髅头。"

"原来这玩意是你放的！"明哥从口袋中掏出那个被他磨得锃光瓦亮的骷髅头扔了过去。

"因为我没有收到在你们面前暴露身份的命令,所以我只能用这种办法,我相信以冷主任的头脑,不会考虑不到这里面的利害关系。"

明哥嘴角一扬,没有说话。

阿乐把桌面上的骷髅头握在手中笑嘻嘻地说道:"这玩意可是我临时从牛仔裤上拽下来的。"

"我晕,亏你想得出来。"我嘿嘿一笑。

阿乐把骷髅头装回口袋:"跟我预想的一样,冷主任对这件事反应很强烈,你们科室的院外第一时间装上了指纹门锁,而且监控系统也重新调制了一番。这件事让王志强有些恼火,接着他又把目标对准了司元龙的家人,如果那天不是我去得及时连开两枪,估计王志强的手下已经冲进了屋子,将司鸿章老先生给枪杀了。"

这句话把我惊得着实不轻,我瞪大眼睛看着阿乐不知该说什么好,好在这只是虚惊一场。

"那天晚上,王志强的手下被我追到舜耕山上干掉。那件事以后,他开始怀疑他身边有人背叛了他,因为他的每一次行踪,都被摸得清清楚楚。气急败坏的他,当天晚上便开枪杀死了两个他自认为是叛徒的人,直到整个猎鹰小队被我灭得只剩他一个光杆司令之后,他才恍然大悟,这件事跟你们无关。

"王志强其实是一个很聪明的人,他计划杀你们这么多次都没有得逞,知道肯定有人在暗中保护你们,而这个人就是杀掉他整个猎鹰队成员的仇人。为了逼我出现,他想到了挟持你们做人质,消息到我这里时,王志强已经付诸行动了。当我马不停蹄地赶到你们科室院子外时,小龙已经被挟持。

"接下来的事情你们都知道了。王志强一死,也就意味着猎鹰小队的所有成员全部被歼灭,王志强的上线交给了国际刑警去处置,我已经暴露身份,上面不得不宣布代号'行者计划'的卧底行动结束。因为我本人就是云汐市人,所以上头下一步准备把我安置在云汐市公安局的某个部门任职,事情的所有经过就是这样。"

"这简直跟电影似的!"叶茜给这个秘密的会议做了一个完美的总结。

叶茜的声音吸引了阿乐的注意,刚才还一本正经的阿乐忽然没了正形,他笑眯眯地看着叶茜，眼睛里多了一种让人猜不透的东西。

尾声

省城，一个密闭黑暗的房间内，一个男人坐在沙发上。女助手把一台黑色的笔记本电脑放在了他的面前，电脑上正在播放一段视频，视频的内容正是司元龙被劫持那天，技术科院中的监控设备记录下的影像资料。

视频播放到一半，男人指着电脑屏幕对女助手说道："把这个放大！"

女助手领命，熟练地操作起来，放大的视频画面上只显示出了王志强和乐剑锋的头部，从监控上看，王志强正在向乐剑锋说着什么，接着两人便开始争吵，最后王志强被击毙，乐剑锋露出了解脱的笑容。

"你猜鬼头乐有没有从王志强那里知道那个秘密？"男人往沙发上一靠，对女助手说道。

"这个……"

"我猜他知道了。"男人见女助手有些为难，说出了心中的答案。

"那下一步怎么办？"女助手谨慎地问道。

"把我们需要的东西从鬼头乐嘴里挖出来，然后……"说着，男人的手掌在自己的脖颈上划了一下。

女助手目露寒光："明白！"

（全书完）

图书在版编目（CIP）数据

尸案调查科. 3 / 九滴水著. —长沙：湖南文艺出版社, 2016.6（2023.2重印）

ISBN 978-7-5404-7629-8

Ⅰ.①尸… Ⅱ.①九… Ⅲ.①推理小说—中国—当代 Ⅳ.①I247.5

中国版本图书馆CIP数据核字（2016）第118354号

上架建议：推理小说

SHI'AN DIAOCHAKE.3

尸案调查科.3

作　　者：九滴水
出 版 人：陈新文
责任编辑：薛　健　刘诗哲
监　　制：毛闽峰
策划编辑：付立鹏　张园园
文案编辑：孙　鹤
营销编辑：刘　珣　焦亚楠
封面设计：仙境书品
版式设计：李　洁
出　　版：湖南文艺出版社
　　　　　（长沙市雨花区东二环一段508号　邮编：410014）
网　　址：www.hnwy.net
印　　刷：北京嘉业印刷厂
经　　销：新华书店
开　　本：700 mm × 980 mm　1/16
字　　数：312千字
印　　张：21.5
版　　次：2016年6月第1版
印　　次：2023年2月第10次印刷
书　　号：ISBN 978-7-5404-7629-8
定　　价：49.80元

若有质量问题，请致电质量监督电话：010-59096394
团购电话：010-59320018

尸案调查科
>>>>>>>>>>>

他人见血腥凶杀，我们解死亡密码

"尸案调查科" 系列

第一季

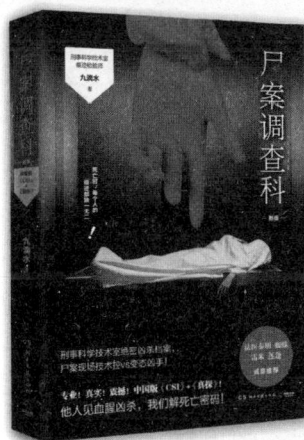

刑事科学技术室痕迹检验师九滴水专业推理小说

每本书七个案件

见证七种不同的命运

死亡时，每个人的痕迹都独一无二

"尸案调查科"系列

第二季

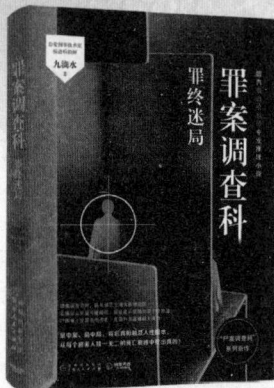

尸案现场抽丝剥茧，还原事发过程；
案件背后寻踪觅源，探究人性深渊！

先封现场，后诊死因，此为：封诊道

"大唐封诊录"系列

畅销悬疑作家 九滴水
古代罪案推理小说

《大唐封诊录·天雷决》

《大唐封诊录2·狩案司》

"大唐风土与刑侦悬疑的巧妙结合，
题材耳目一新，不忍释卷。"——马伯庸